祈りの館、霧越邸へ
ようこそ！

綾辻行人

歡迎來到祈禱之館，霧越邸！

霧越邸殺人事件

綾辻行人
Ayatsuji Yukito

高詹燦——譯

目錄

contents

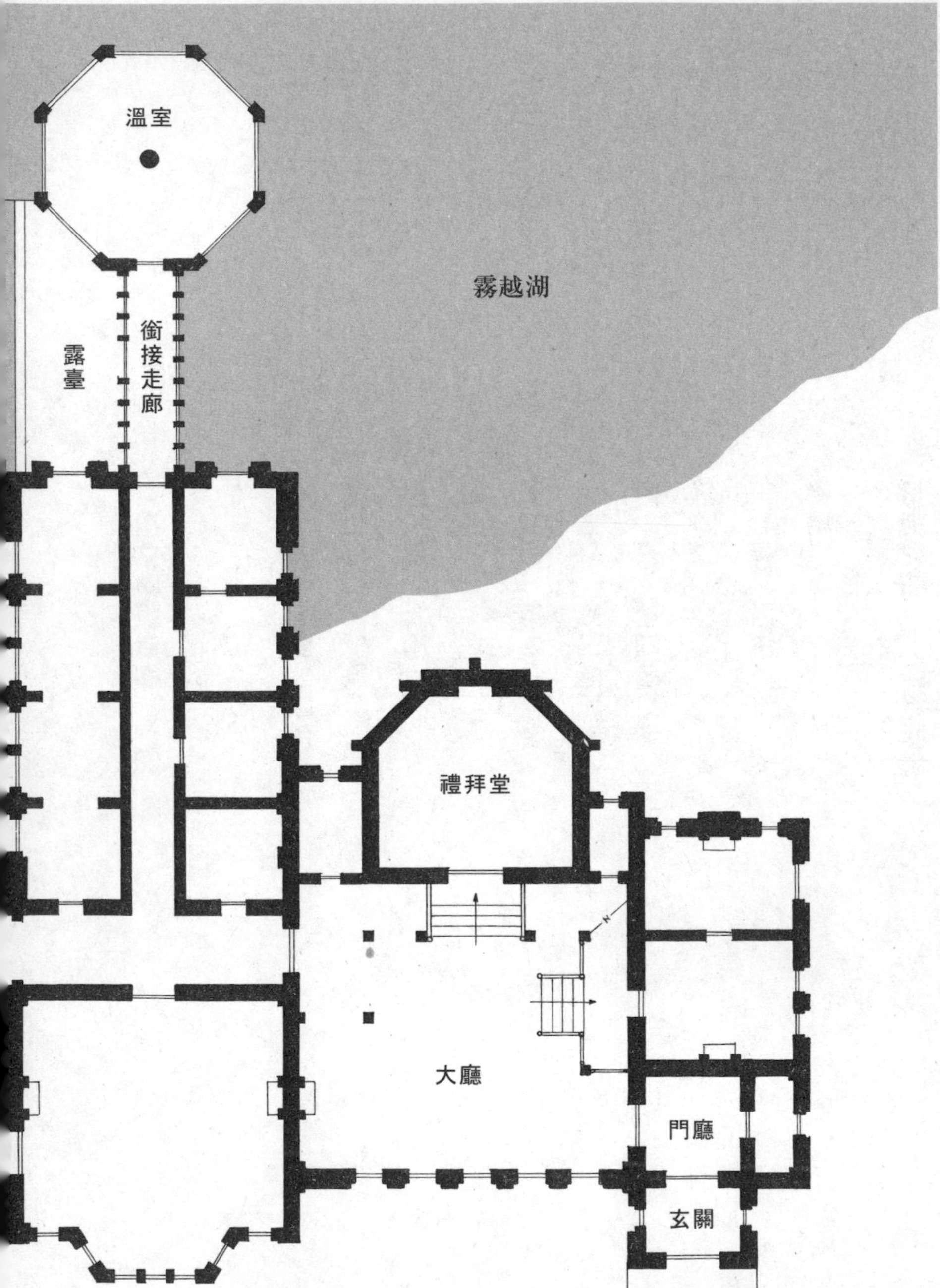

溫室
霧越湖
露臺
銜接走廊
禮拜堂
大廳
門廳
玄關

霧越邸平面圖／一樓

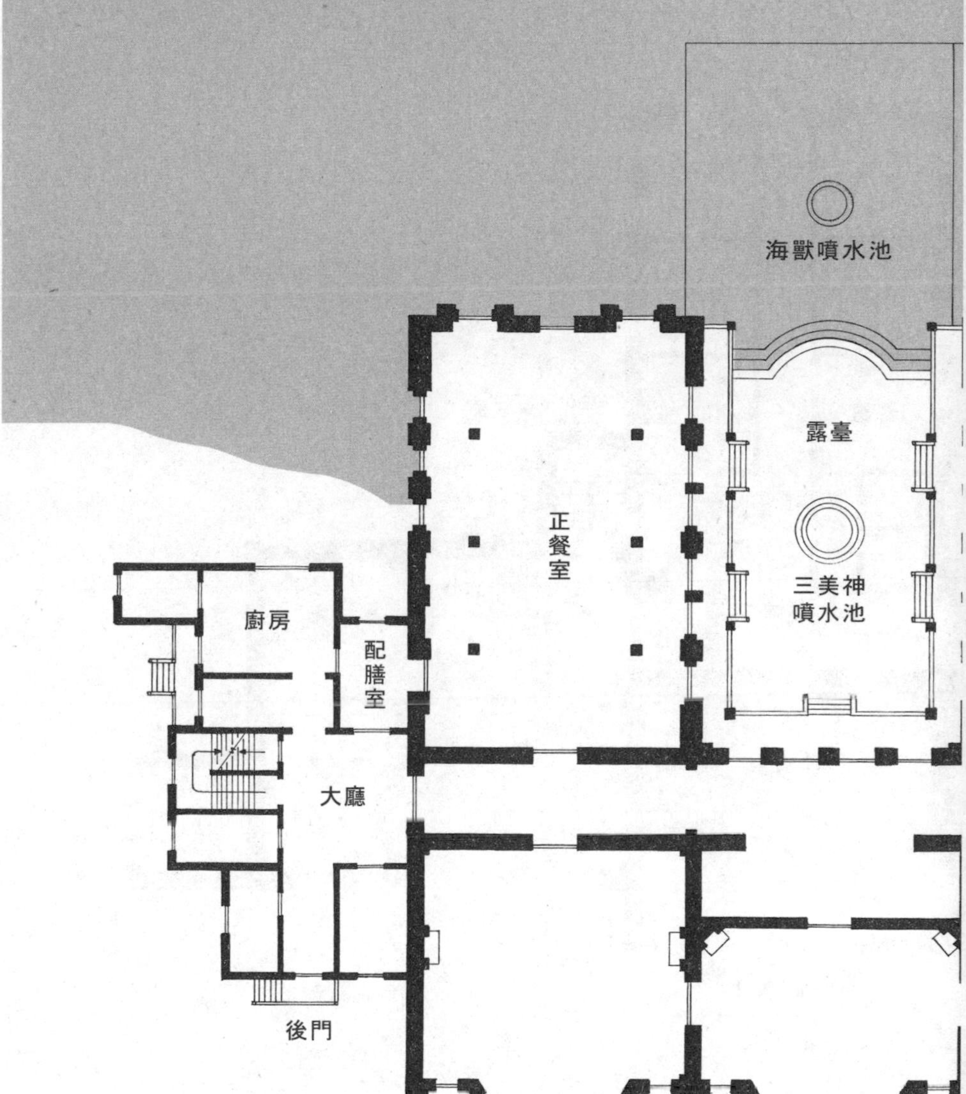
海獸噴水池
露臺
正餐室
三美神噴水池
廚房
配膳室
大廳
後門

霧越邸平面圖／二樓

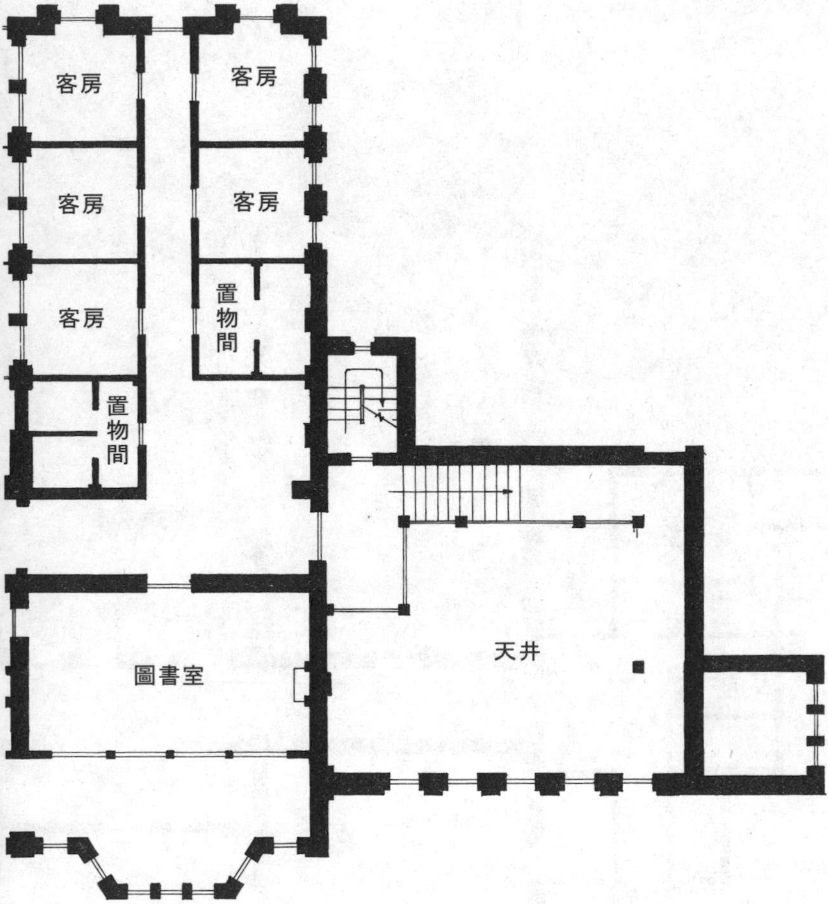
客房
客房
客房
客房
客房
置物間
置物間
圖書室
天井

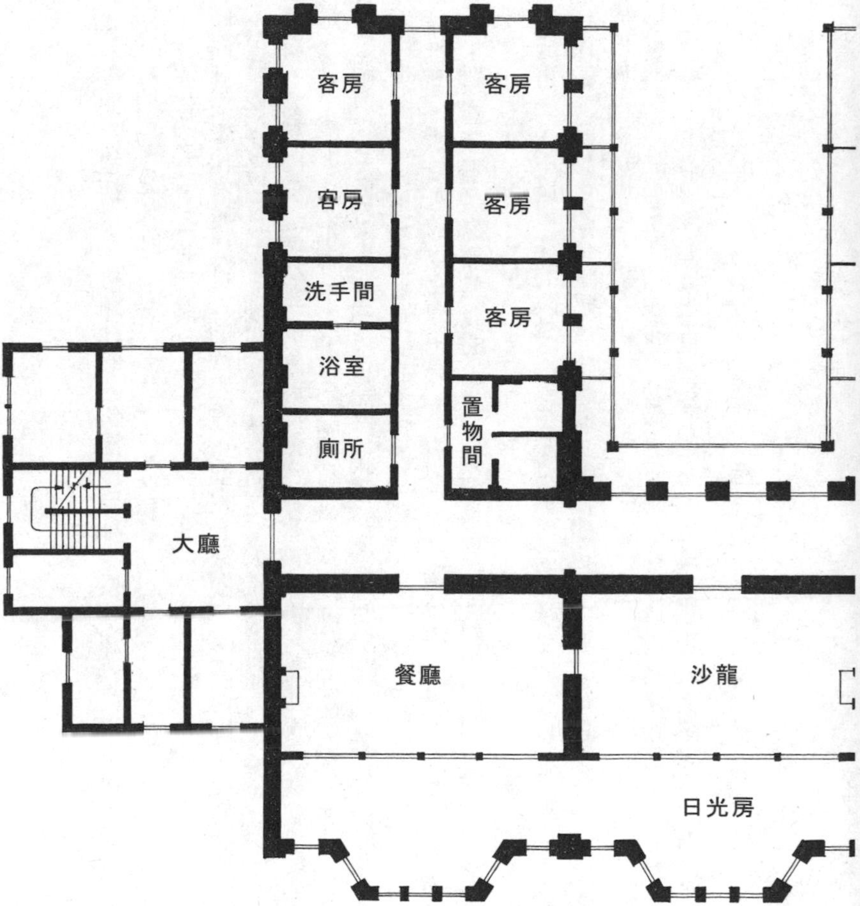
客房
客房
客房
客房
洗手間
客房
浴室
置物間
廁所
大廳
餐廳
沙龍
日光房

角川文庫版自序

《霧越邸殺人事件》起初是在新潮社的「新潮推理小說俱樂部」叢書下發行的一本新書，那是一九九〇年九月的事。之後在一九九五年二月，收錄在新潮文庫，二〇〇二年六月，以它為底本，還發行了祥傳社的NON NOVEL版。

一度人們傾向評論本作為綾辻行人的代表作，而對我來說，《霧越邸》確實是「很特別的一部作品」，本書發表至今已有二十多個年頭，這個想法至今仍未有任何改變。

話說，以擁有「霧越邸」這個名字的美麗洋樓當舞臺來編寫長篇推理小說，我最早產生這個想法，記得是在二十歲那年。小野不由美女士同樣也是這棟洋樓平面圖的創作者，我在和她交談的過程中有了這個構想。很希望能在三十歲前以滿意的形式加以完成，讓它得以問世——這是之後以作家身分出道的我，從事創作活動的一大目標。

而這部《霧越邸》距離之前以文庫出版，已過了十九個年頭。最近全面改訂，嘗試以全新裝訂重新出版，這應該不是毫無意義的工作。我就是抱持這樣的念頭，發行了這次的角川文庫版。

雖然也曾猶豫再三，不過本作的改訂，最後還是依照講談社文庫發行的「館」系列「新裝改訂版」來進行作業。構想、故事主軸、小插曲，都沒變更，主要著重在文章細膩度的「最佳化」，謀求完成度與易讀性的提升。

不過，特別是這部作品，現在回頭看，必然會看到一些當時因為年輕而不夠完善之處，但我也不能隨意更改。正因為包含了這些諸多要素在內，《霧越邸殺人事件》這部小說才得以成立。如果我隨意更改，可能會損及這部作品原本的氣氛和味道，我自認在這方面的拿捏上相當謹慎小心。

我在二〇〇九年，發表了對我來說同樣也「很特別的一部作品」，那就是長篇驚悚與推理小說《Another》。這兩本書都收錄在角川文庫中，如果是因為《Another》而第一次認識「綾辻行人」的讀者，並開始閱讀這本書，我將甚感欣慰。因為當初我採用的手法不同於約翰・狄克森・卡爾《燃燒的法庭》這種同類型的作品，還融合了驚悚要素，與本格推理緊密結合，並將其命名為怪奇幻想系小說，以這種自我嘗試完成的作品，正是《霧越邸殺人事件》。

——基於以上原因。

接下來，我將邀請各位來到一九八六年晚秋的一座華麗「暴風雪山莊」。請暫時忘卻「浮世」的種種，盡情地享受這部作品。

綾辻行人

二〇一四年二月

登場人物

＊造訪「霧越邸」的人們（（）內的數字是一九八六年十一月時的實歲）

槍中秋清……………劇團「暗色天幕」的團長，導演（33）
名望奈志……………「暗色天幕」的男演員，本名松尾茂樹（29）
甲斐倖比古…………同上，本名英田照夫（26）
榊由高………………同上，本名李家充（23）
蘆野深月……………同劇團的女演員，本名香取深月（25）
希美崎蘭……………同上，本名永納公子（24）
乃本彩夏……………同上，本名山根夏美（19）
鈴藤稜一……………槍中的朋友，小說家，「我」，本名佐佐木直史（30）
忍冬準之介…………開業醫師（59）

*「霧越邸」的住戶們

白須賀 秀一郎……宅邸的主人
鳴瀨 孝……管家
井關 悅子……廚師
的場 AYUMI……主治醫師
末永 耕治……傭人
？？……住在宅邸裡的神秘人物

——獻給另一位中村青司先生——

序章

遠處傳來風聲。

音色透著悲戚，聽起來就像因近逼眼前的隆冬而做好防備的群山所展開的竊竊私語，也像是從這世界以外的某處誤闖此地的巨大動物，因懷念原本的世界而痛哭哀嚎。光是靜靜聆聽，彷彿就會有呈現出苦悶形狀的情感不斷從心底往外滲出。

就像要與那聲音共鳴般，或是那聲音自己暗中奏出這樣的旋律，有一首歌曲的曲調開始在我的耳內深處傳響。

那同樣也是既悲戚又懷念的歌曲。

那是許久以前，當我還是個幼童時便有記憶的歌曲。是小學在音樂課中學會的嗎？如果不是，會是母親唱給我聽的嗎？只要是在這個國家生長的人，可能都知道吧，那首有名的童謠。

我的嘴唇追循著它的旋律和歌詞，同時想起因為這首歌而走上毀滅之路的那個人。

因為這首歌……

四年前，在同樣季節的那一天。

我們就像被一條看不見的絲線給拉過去似的，造訪了那座宅邸。在那裡遭遇了那起非比尋常的連續殺人案件——

那座宅邸有個神秘的東西，完全跳脫出我們生活的這個日常的「現實」。現代的科學精神或許會先全盤否定它，給予另一個不同的解釋，但就算這樣也無妨。至少對直接牽涉那起案件的我們來說，主觀認定它確實存在——只要能認同這點就行了。

真要說的話，這首歌其實象徵了那座宅邸擁有不可思議的意念。

我想起過往。

想起知道那意念的存在，而刻意想加以跨越，但最後自己走上毀滅之路的那個人。

事發至今已整整四年過去。

時間踩著前所未見的急促腳步，從八〇年代邁向九〇年代，整個世界變換快速，令人眼花繚亂。連過去一直以和平和富足這種一成不變的標語來粉飾太平的這個國家，都能近距離聽到時代就像被什麼附身似的，朝世紀末發足狂奔所發出的急促喘息。那怪異的加速狀態，將我這種人的內心逼入一種自閉狀態中。

四年的時光流逝，如今我已三十四歲。

半年前我生了一場小病，生平第一次手術挨刀。當時的疼痛令我深切感受到，自己已不再年輕，而且我那脆弱的精神外頭包覆的肉體，早已過了全盛期，正一路走下坡，走向既定的結果。存在於我心中某個層級的小小信念，隨著這次的經驗而開始動搖，這也是不爭的事實。

風在遠處呼號，歌曲一再地反覆，感覺不會終止。

信州的這處深山，暌違四年再度造訪此地——此時我人在相野町的車站。

除了我之外，再也沒有別人的候車室。

天花板上閃爍的日光燈出奇地明亮，感覺像是最近才重新粉刷，白得特別顯眼的牆壁，布告欄上貼了好幾張觀光宣傳的漂亮海報。

這座古老的車站，在這四年的時間裡也改變了不少。再過幾個禮拜，不，等到下個週末，這裡想必也會擠滿大批的年輕滑雪客，熱鬧非凡吧。

開關不太順暢的木框窗戶，上頭的玻璃顫動，透著寒意。我感覺室內的氣溫彷彿開始驟降，不自主地將雙手湊向眼前的煤油暖爐，但它還沒點火。

四年前——一九八六年十一月十五日。

我從扁掉的菸盒裡取出剩下的最後一根菸，試著悄悄伸手想要握住在我心裡急促轉動的時針，接著我不經意地抬眼望向黑暗步步逼近的窗外——

就像要仿效那天案件展開時的光景般，此時雪花也開始翩然飄落。

† † †

天降瑞雪。

離太陽下山應該還有一些時間，但維持視力的最基本光線亮度，已幾乎等同黑夜，大雪狂降。乘著冰凍的寒風，激烈狂亂地漫天飛舞。

頃刻過後，冰凍的寒風以宛如利刃般的銳利，砍向我的臉頰。已超出冰冷和疼痛的感覺，反而感到又熱又麻的耳朵，傳來風聲的呼號。

大自然的山林，對我們這八名迷失在它懷中的凡人，此時只展現出露骨的敵意。

堆積的白雪令人步履沉重，握著手提包的右手手指已凍僵，幾欲就此脫落。黏貼在睫毛上的雪融化，令視野變得冰冷又模糊，每一次呼吸，寒氣就會燒灼著喉嚨。意識因寒冷和疲憊而變得模糊不清，方向感和時間感肯定也都無法保持正常狀態。

沒人想刻意提及——或許是因為連這樣的精力都不剩了——但迷路的事實已不容否認。

為什麼會走到這一步呢？

我知道現在說這些也無濟於事，但還是忍不住想問。

就在幾個小時前——下午從旅館出發時，晚秋的天空晴空萬里，別說下雪了，就連一抹浮雲也看不到。我還是第一次在這種季節造訪信州，但這三天來連續都是這種豔陽天，與我原本心中隱隱抱持的模糊想像有很大的反差。就連遠處峰峰相連、陡峭壁立的藏青色群山，看起來宛如也溫柔地敞開雙臂邀請我們到來。

而這一切——

就在我突然感覺到一陣怪異的涼風拂過我脖子時，一切就此展開。

但我並未有什麼特別的不祥預感，我們持續走下山頂，走在那蜿蜒沒鋪柏油的道路上，但過沒多久，不知是誰說了一句「開始冷起來了」。接著當我仰望天空時，原本從山的另一頭冒出的鉛色雲團，正開始朝我們這邊的上空擴散飄來，那飛快的速度，簡直就像將大量的顏料潑灑在畫布上一般。

冷風頻頻吹來，吹得紅褐色的落葉松林顫動不停。

褪色乾癟的松枝，以及覆蓋樹下地面的山白竹葉片，如同因害怕而發抖，持續發出嗚響。

轉眼已布滿整片天空的厚厚雲層，才一眨眼工夫，已開始吐出白色的成群結晶。

就算開始下雪，起初大家也沒特別放在心上，反而還紛紛對眼前這片在東京難得一見的壯闊景致發出天真的歡呼。但過沒多久，大家便開始感到極度的不安，因為天候惡化的速度實在太快。

眼前的事態太過突然，完全料想不到。

眼前的風景，之前才在我們面前靜靜地表演出秋意漸濃的一面，但接著馬上像翻臉一樣完全變了個樣，就像是虛構一般，甚至讓人有種跑錯棚的感覺，彷彿誤闖老舊恐怖電影裡的某個場景。

然而，在這意外來襲的暴風雪中，我們唯一能做的，就是靠自己的雙腳繼續走下去，再也沒其他選項。

不過，要是繼續這樣往下走一個小時，應該就能抵達市町，雖然多少得吃點苦頭，但至少不會暴露在進退維谷的危險中。我內心做出如此樂觀的預測，然而——

這雪與其說是從天而降，不如說像是源源不絕地從半空中湧出。此刻對我們來說，它已成了駭人的惡鬼，它阻礙視線，奪人體溫。我感覺到自己的肉體和精神，每分每秒都逐漸遭到侵蝕。

我們在某個地方走錯了路——當我們發現這點時，已經太晚了。一路上累積的疲勞，與覆蓋周遭整片地面的白雪，造成判斷力低落。因為這個緣故，我們甚至不懂得思考原路折返的可行性。

就像是處在一種被強大的咒術困住的狀態下。

若是照這樣走下去，不管走再遠，恐怕也到不了市町吧？雖然幾乎可以確定是這樣的結果，但我們還是踩著牛步，持續走在相同的路上，這可說是絕望與期待扭曲地相互交雜，或是近乎自虐的不尋常舉動。

路寬似乎變得愈來愈窄，連是上坡還是下坡也分不清楚。眾人全身覆滿白雪，不發一語地走著，再這樣下去，就算有人跟不上隊伍，也是時間早晚的問題。

——驀然間。

我感覺到這一路綿延，無比單調的白色景致，突然就此中斷，不自主地停下腳步。現在吹的是強勁的逆風，雪化為冰冷的子彈打在臉上，雖然也沒多痛，但無法好好睜開眼睛。因此我們在行走的同時，視線都落向腳下（現在回想，這可能就是之前在某個地方走錯路的原因之一吧）。這樣的變化，對我那凍結的視網膜角落帶來刺激。

「怎麼了，鈴藤？」

我正後方傳來槍中秋清沙啞的聲音。感覺好像很久沒聽到人們的聲音了。

「你看那個。」

我從因沾附雪花而變得硬邦邦的大衣口袋裡抽出左手，以緩慢的動作指向前方。

白雪中斷處，就位在前方形成一處和緩彎道的道路旁，整排稀疏的白樺樹叢間。我定睛凝視，極力振奮衰弱的神經，想看清楚那到底是什麼。

風向微微改變。

打在臉上的白雪，力道已略微減緩。

雪花在黑暗空間中斜向飄落，從雪花中的縫隙可以看見前方有某個東西擴散開來，就像鋪了一面淡灰色的天鵝絨般。它的表面發出沙沙的聲響，混雜在暴風雪的聲響中，微微傳入耳中。

那是——

我猜應該是水吧。

一想到這點，馬上就像被吸引過去般，我凍僵的沉重雙腳再度邁開步伐。又不是在沙漠裡迷路，而且在這種狀況下，我認定是「水」的那個東西理應也不會對我們有任何幫助。但不知為何，我卻感到一股異樣的興奮。

我抬起右手擋在眼睛上方，緩步前行。宛如古代生物的骨頭般，一座白色樹叢。它後方的那一大片東西，隨著我們一步步前進，逐漸開始顯現全貌。

果然是水。那傳入耳中的細微沙沙聲，似乎是水面受風激起波浪發出的聲響。

「是湖。」

我冰冷乾裂的嘴唇微動。

「湖？」

走在前頭的榊由高，就像要宣洩無處排解的滿腔怒氣般，轉頭對我說道。

「講這個做什麼……」

「不，你看。」

站在我身旁的槍中抬手指向正前方。

「喏，你看那個。」

「咦。啊——」

近乎吶喊的聲音從喉頭衝出。

在樹叢後方的一大片湖……**不光只是這樣**，不光如此。

就像是某人的精心演出般，在這絕佳時機下，強風戛然而止。那突如其來的死寂，靜得可怕，將呆立在雪中的我們緊緊包覆。

我懷疑起自己的眼睛。

甚至很認真地懷疑，眼前這該不會是白色的惡魔讓我看到的幻覺吧？就像是打破了時間與空間的這道牆，闖進了另一個世界，也像是被扔進某個壯闊的夢境中……當真是很奇妙的感覺。海市蜃樓、集體催眠這類的詞語瞬間從我腦中掠過。

在黑暗的雪景中，一座開闊的湖。

那裡蓋了一座巨大的洋樓，呈現出朝淡灰色的湖面挺出，或是半浮在湖面上的樣貌。這可不像是小巧的山中小屋，或是常見的別墅，很難相信在深山的這種地方，竟然會有如此雄偉的建築。

它給人的印象，就像有隻巨鳥隨著紛飛的雪花從天而降，敞開雙翅，停在湖邊休息。而它黑色的輪廓裡，有幾盞燈光，看在我眼裡，那是比過去見過的任何夜景霓虹都還要美的燦爛光芒。

風很快又轉強了，這瞬間的寂靜就此瓦解。

在肆虐的風雪中，那座建築持續展現出它絲毫不為所動的分量感，矗立原地——這絕不是夢，也絕不是幻覺。

「啊～」

我的一聲長嘆，被凍成了雪白，隨風吹散。

「得救了。」

得救了……其他人也陸續這樣說道。

這就是我們八人與這座宅邸——人稱「霧越邸」的神秘洋樓之間，一場堪稱是命中注定的邂逅場面。

第一幕

劇團「暗色天幕」

1

「哦，來了一整個團體的同伴。」

甫一走進房內，便傳來一個像馬鳴般高亢的聲音，我們皆大感困惑，就此停步。

聲音的主人就坐在一進門裝設在左手邊正中央牆上的壁爐前，是一位戴著銀色圓框眼鏡，個頭矮小，年近半百的男子。壁爐內燒的是真正的火焰，散發紅光，他就坐在壁爐前的凳子上，雙手擺在火上取暖，身子沒動，只轉動他粗短的脖子，衝我們一笑。

他身上穿著像是手工編織的白色厚毛衣，年約五十五歲左右，不，應該已年近六十了吧。雖已童山濯濯，但從鼻子下方到嘴巴、下巴一帶，卻覆滿了蓬鬆的白鬍鬚，形成強烈對比。

咦，這男人就是宅邸的主人嗎？

我一時這麼認為，不過其他人似乎也是同樣的心思。

「請問……」

率先踏進房內的槍中秋清，以請教的口吻開口說道，結果男子笑容滿面地說道：

「不不不。」

他抬起單手，大動作地直搖手。

「剛才我不是提到同伴嗎？我也是在這場暴風雪下前來借住躲雪的人。」

聽到他這麼說，眾人不由得露出放心的表情，我也不例外。緊張感化解後，凍僵的身體才漸漸對房內的暖氣有反應，一下子熱了起來。

「您好……啊。」

是緊跟在我身後，最後一位走進的蘆野深月發出的聲音。我轉頭一看，發現她手扔握在敞開的那扇門的門把上，納悶地望向走廊。

「怎麼了嗎？」

經我詢問後，深月一邊輕撫她濡濕的烏黑長髮，一邊偏著頭應道：

「為我們帶路的人不見了。」

原來如此，帶我們到二樓這個房間的男人，已不見人影。我什麼也沒說，就只是微微聳了聳冷得僵硬的肩膀。

「那個人感覺怪陰森的。」深月說。

「確實是個態度冷淡的男人。」

「不光這樣，感覺他好像一直盯著我的臉上下打量。」

那是因為妳長得漂亮啊——我想這麼說，但急忙打住。

因為我可不想要在這種情況下說出這句話，就此成了無關緊要的一句玩笑話，而被人遺忘，此時我的臉上一定露出了很生硬的表情。

其他人都爭先恐後地擠向壁爐前伸手烤火，我一邊在嘴邊摩擦著失去感覺的雙手，一邊催促深月趕緊跟大家一起過去。

以淡綠色的大理石打造的壁爐上方，以厚實的櫸木裝設了一排裝飾層架，兩端擺放長長的銀燭臺，燭臺中間擺上鮮豔的彩繪陶壺以及以縝密的螺鈿[1]裝飾的小盒子。我對此沒什麼了解，但每個看起來都像是歷史悠久，價格不菲。

這些物品後方的牆壁掛著一面橢圓形的大鏡子，映照出我們在壁爐前擠在一起的模樣，我們每個人都一臉茫然，不發一語地面向爐火。

待身體漸漸暖和後，我重新環視室內。

這是一座寬敞的歐式房間，若以榻榻米來計算，大概有三十張榻榻米那麼大吧。我在東京（雖然這麼說，但也不是在二十三區[2]）租的兩房一廳的房子，都遠比不上這個房間來得寬敞。

1. 用螺殼與海貝磨製成人物、花鳥、幾何圖形或文字等薄片，根據畫面需要而鑲嵌在器物表面的裝飾工藝。
2. 東京都東部的二十三個特別區，為東京都政府機關所在地，同時也是人口最密集的地區。

天花板也很高，足足有三公尺以上。

從設有壁爐的那面牆對面，一直從房間中央，霸氣地設置了豪華的布面沙發組，好幾個裝飾層架，填滿了鋪白色壁紙的牆壁。地板上鋪設了漂亮的波斯地毯，配色是以紅為底色，以暗綠當主色，上頭加入唐草圖案[3]的編織。

但當中最吸睛的，是前方左手邊（若從進門處來看，則是在正前方）的牆壁。那面牆幾乎整面都是玻璃，只有離地約一公尺的褐色裙板部分不是玻璃，它以上一直到天花板全是玻璃。

緊緊地嵌在黑色的細木格子裡，邊長約三十公分的正方形圖案玻璃，那泛青的色澤，可能也因為周遭光線的因素，感覺猶如置身深海，深邃地浮現出從天花板垂吊而下的枝形吊燈的形體。

「哎呀，真是太驚人了。」

在凳子上移向一旁，為我們挪出空位的那名先到的男子，柔和地瞇起他圓眼鏡底下的眼睛，向我們搭話。

「突然下起這樣的大雪，真教人吃不消，你們是來旅行的嗎？」

「嗯，可以這麼說。」

槍中摘下因蒸汽而起霧的金色細框眼鏡應道。

「那您呢？呃，您是當地人嗎？」

「是啊，我好歹也算是位醫生，敝姓忍冬。」

「冷冬？」

「對，忍耐度過寒冬的忍冬。」

很特別的姓氏，說到「忍冬」，是日文「吸葛」的漢名，是每到梅雨季就會綻放淡紅色可愛小花的一種花草。

「忍冬醫生是吧，這樣啊。」
槍中一副了然於胸的表情點了點頭，接著視線落向腳下，改以愉快的表情重新打量對方。
「嗯，這可真是有趣的巧合呢。」
「這話怎麼說？」
「就是這塊地毯啊。」
「啥？」老醫生為之一愣，順著槍中再度望向腳下的視線望去。
「這地毯怎樣嗎？」
「您不知道嗎？」
接著槍中望向在一旁聽他們對話的我，向我問道：
「鈴藤，你知道嗎？」
我不發一語搖了搖頭。
「是這塊波斯地毯的圖案，你仔細看，和所謂的唐草圖案人不相同對吧。整體偏大，而且每一根草都獨立，莖的部分畫得特別長，加以強調，葉子則特別少。」
經他這麼一說，看起來確實與阿拉伯的唐草圖案不太一樣，而且也感受不到什麼異國的風格，倒不如說它隱隱散發著一股日本味。
「這是以吸葛畫成的圖案，人稱忍冬唐草圖案。」
「哦，這麼說來……」
「也可簡稱為忍冬圖案。若追溯它的起源，我記得是古希臘的棕櫚圖案吧。這是經由波斯、印度，傳到中國和日本，之後便得到這樣的稱呼。」
老醫生發出「哦」的一聲讚嘆，槍中轉身對他說道：

3. 即蔓草、花卉，唐草紋是依照蔓生植物的成長狀態所構成的花紋，有連綿不斷的象徵意義。

「您不覺得這是有趣的巧合嗎？**在這第一次見面的場合下，地上鋪的地毯，它上頭圖案的名字，竟與第一次見面的人擁有的姓氏相同。**忍冬是個很罕見的姓氏，說起來，打從我們走進這個房間的那一刻起，就給了我們提示。」

「原來是這麼回事。」忍冬醫師的那張圓臉眉開眼笑，布滿皺紋。「您可真是博學呢，我這個人對自己工作外的事一概不知。哎呀，連有忍冬圖案這種東西都不知道。」

「忍冬醫生是到這戶人家來看診的嗎？」

「不，我是到其他地方去看診，回來時遇上大雪，覺得這情況不太對勁，急忙跑來這裡投靠。」

「真是明智之舉，我們是差點凍死路旁。」

槍中瘦削的臉龐浮現笑意，在外衣的內側口袋掏找。

「抱歉，這麼晚才介紹，敝姓槍中。」

他從錢包裡取出一張因沾濕而縐巴巴的名片，遞給對方。這時，還留在他袖口上的雪花脫落，撒落一地。

「槍中……這名字念作『AKIKIYO』是嗎？」

「『清』念作『SAYA』。所以是『AKISAYA（秋清）』。」

「這樣啊。哦～您是導演？這麼說來，是電視劇的導演嗎？」

「不，我只是個小小劇團的導演。」

「劇團，真不簡單呢。」

老醫師就像一個發現什麼稀奇玩具的小孩般，雙眼炯炯生輝。

「我們叫『暗色天幕』，是在東京演出的一個小劇團。」

「是所謂的前衛劇團吧，其他人也都是劇團裡的成員嗎？」

「是的。」

檜中頷首。

「這位是鈴藤稜一。」

他指著我說道。

「他是我大學的學弟，立志當一位作家，雖然不是劇團的成員，但我常會請他幫忙寫劇本。其他六人都是我們劇團裡的演員。」

「東京劇團的人全跑來這裡，有什麼目的呢？總不會是要到這種鄉下地方舉辦地方公演吧？」

「我很遺憾，我們的身分還沒辦法舉辦地方公演。」

「這麼說來，是為了集訓之類的吧？」

「這個嘛，與其說集訓，不如說是一場小型的員工旅行吧。」

「那又怎麼會闖進這樣的深山裡呢？」

忍冬醫師一直維持他那充滿福態的笑臉，直爽地提出各種問題。而檜中也順著他的提問，開始說明我們來到這座宅邸的經過。

2

信州的相野町，自古便是一處幽靜的溫泉勝地，遠近馳名。

從這裡約一個多小時車程，行經翻越山嶺的山路後，便可抵達一處名叫「御馬原」的小村莊。在「九〇年代信州的全新綜合休閒景點」這樣的大力宣傳下，這裡現在已是一處開發中的土地。

我們八人是前天造訪御馬原，也就是十一月十三日，星期四。

說起這件事，是因為上個月中旬舉辦的「暗色天幕」秋季公演還算成功，我們打算到某個

紙盒。那不是菸盒，而是糖果盒之類的東西，他從裡頭取出一個小小的銀色紙包，剝開包裝紙，將裡頭的東西送入口中。

「像今天這樣的大雪，在這個地方是常有的事。今年似乎比往年提早一些，不過，降雪的時候都是像這樣，一下子就大雪紛飛。」

「真的很傷腦筋。」

槍中向那面朝向戶外、上頭嵌有圖案玻璃的牆壁瞄了一眼。

「原本還晴空萬里，但一轉眼就颳起了暴風雪。」

「今天的氣候比較極端一點，市町那邊想必也是亂成一團。」

醫師動著他那豐潤的雙頰，如此說道。

「不過話說回來，那位巴士司機應該要負責才對，既然是在這種季節，他應該也會料到有可能發生那種情況吧。」

「他好像不是本地人，因為他帶有關西腔。」

「可是，你們走了那麼長的路呢。說到返嶺，離這裡有一大段路，大概有十公里吧。」

「有那麼遠？」

槍中一臉訝異。

「這裡大概是在哪一帶？」

「從相野的中心來看，這裡相當於西北邊的山中一帶吧。返嶺位於市町的東北邊，所以我猜你們是走在山中，遠遠繞過市町來到這裡。」

「哦。」

「應該是在某個地方走錯路吧。嗯。對了，我記得那條山路的半途有一條通往這邊的岔路。」

「啊，應該就是它了。因為大雪從正面狂吹，沒辦法看清楚前方，再加上我們一直以為那裡只有一條路。」

「這麼說來，那位司機的罪過又更大了。他要是告訴你們那裡有岔路，提醒你們一聲，你們可能就不會迷路了。」

「您說的是，不過，現在抱怨也沒用了。」

槍中將垂向他寬闊額頭上的頭髮往上撥，就像想起什麼似的，嘆了口氣。

「現在光是能像這樣待在溫暖的房間裡，就很感謝老天爺了。坦白說，在發現這座宅邸前，我一直以為這次真的死定了。」

「今晚就留在這兒吧，現在就算打電話叫計程車，也沒人會在這種暴風雪中前來。」

「對，這也是沒辦法的事。」

槍中如此應道，又輕嘆一聲，就在這時——

「開什麼玩笑。」

我背後有人發出不耐煩的聲音。

「所以我才說不想一路走到相野的，當時要是返回飯店，就不會發生這種事了。」

希美崎蘭，二十四歲，「暗色天幕」的女演員之一。

她有豐滿的身材，配上在舞臺上很上相的鮮明五官；她的穿衣品味也很重華麗，此時穿著一件搭配深紅色衣領的黃色連身洋裝。說她是美人的話，確實頗具姿色，但坦白說，她是我不太想有親密往來的那種女性。

「蘭。」

槍中厲聲訓誡。

「不該說這種話吧，因為那是最後大家達成共識作出的決定。」

「可是我說不要啊。」

「我看，她這句話另有含意哦。」

以挖苦口吻說這話的，是名望奈志。

他是一位身材高瘦，感覺就像骷髏穿著衣服的一個男人，目前在「暗色天幕」的演員中，就屬他最資深。年紀小我一歲，今年二十九。「名望奈志[4]」這個罕見的姓名當然是藝名，他的本名是松尾茂樹。

「小蘭之所以說她不要走，意思是她不想用自己的雙腳走山路吧。就算回到飯店，她一定也會使性子。」

「你可真不客氣啊。」

蘭狠狠瞪視著名望。

「這是事實，沒辦法。」

「可是我不趕快回東京的話，可就傷腦筋了。到底要在這種鬼地方待到什麼時候啊？」

「哎呀呀，這麼氣派的宅邸，妳竟然說是『這種鬼地方』，未免也太失禮了吧。」

「我那樣說又怎樣……」

蘭急躁地用雙手撥弄她那頭已經變得零亂的大波浪長髮，略顯脫妝的臉龐微微抽搐，表現出一副滿腔怒氣無處宣洩的模樣。

「好了，別激動。」

忍冬醫師以平靜的聲音調停。

「俗話不是說『留得青山在，不怕沒柴燒』嗎？你們又不是老年人，做事沒必要這麼急。像這樣稍微繞點遠路，會對日後的人生經驗有助益的。」

他一面咔啦咔啦地咬碎糖果，一面從凳子站起身。和臉一樣渾圓的身材，身高比一般人的高度略矮一些，可能不到一百六十公分吧。

「有沒有誰身體不舒服？我可以臨時看診哦。」

醫師朝擺在一旁的黑色手提包望了一眼，如此說道。大家已慢慢地緩過氣來，但還是靠在壁爐前，個個一臉緊繃的表情，而現在聽到這句玩笑話，才不由自主地放鬆下來。

這時，剛才我們走進的那扇雙開門，突然無聲地開啟。

它剛好進入我的視線，所以我馬上便發現，但其他人則是在聽到帶我們來這個房間的那個男人發出沙啞又沒有高低起伏的聲音後，才轉頭望向他。

「各位，餐點已經備好了。」

男子如此說，指著他右手邊，沙發組後方牆壁的褐色單開門。

「請往那邊的餐廳走。」

我們聚集的壁爐旁也有同樣的一扇門，所以連同通往走廊的雙開門一起算在內，這房間一共有三個出入口，兩側的這兩扇門，似乎各自通往隔壁房間。

男人以像是獄警在監視囚犯般的眼神，依序望著包括忍冬醫師在內的我們一行九人。

而當他冰冷的視線來到我斜後方的蘆野深月時，感覺他陡然停住。不過，可能是因為剛才我才聽蘆野談到這名男子，所以才有這種感覺。

男子微微行了一禮後，再度從走廊上消失，我們依言陸續走向他指示的方向。

4

這裡與隔壁房間差不多大，而且採同樣的格局。

一進門左手邊的牆壁，與隔壁房間一樣，整面都是藍色的玻璃，右手邊有一扇通往走廊的門。壁爐位於正面，也就是裝設在與隔壁相反的另一面牆上，已點燃了火。

刻有精細浮雕，磨得晶亮如鏡的混色大理石壁爐上，擺了一個以景泰藍工藝與纖細的琺瑯

4. 假名為「なもなし」，有「連名字也沒有」的意思。

畫裝飾而成的漂亮時鐘。兩側有仿造小船形狀的群青藍玻璃碗，以及幾個在紫色玻璃上加入金色蒔繪[5]的鶴首酒壺。這些鮮豔中帶有懷舊風情的色澤，與其稱之為玻璃，還不如用葡萄牙語的「VIDRO」來稱呼更為貼切。

擺設在房間中央的，是一張塗黑漆的餐桌。這細長形的桌子，面向它的右側鋪了四張暗紅褐色的餐墊，左側則是鋪了五張，正好與我們的人數一致，並已擺好裝有菜餚的整組餐具。

「哦～真豐盛。」

忍冬醫生像在歡呼似地高聲說道，率先走向餐桌。

餐桌旁的木製手推車上疊放著毛巾，我們各拿起一條，擦拭著還沒乾透的頭髮和衣服，陸續就座。排在桌子兩側的椅子同樣也是塗上黑漆，外緣還鋪上藍色綢緞，與眾不同。

熱呼呼的巧達湯和蔬菜燉牛肉，是此時最令人感激的佳餚。壁爐架上的時鐘，指針已過下午六點，太陽早已下山。原本因寒冷和疲勞而遺忘的飢餓感，突然全部湧現，我們連話都沒空說，如同從冬眠中醒來的熊，狼吞虎嚥地將菜餚一掃而空。

「對了，槍中先生。」就在大家快吃完時，忍冬醫師對坐他隔壁的槍中說。「難得有這個緣分，可以向我介紹你的同伴們嗎？」

「啥？」

槍中似乎正在想什麼事，因為這突如其來的詢問，憨傻地應了一聲，但接著馬上重新回應「啊，是」。

「說得也是，哎呀，真是失禮了。」

他拉開椅子，身子微微離開餐桌，望向我們。

「從我旁邊依序是剛才介紹過的鈴藤稜一，再過去是甲斐倖比古、蘆野深月，對面是榊由高、希美崎蘭、名望奈志，以及乃本彩夏，這些是在上個月公演中演出的成員。大家也依序自我介紹吧，說說你們的年紀、出身地、興趣、才藝……」

「你就饒了我吧，槍中兄。」

榊由高誇張地敞開雙臂，從椅子上站起身。

「我已經累癱了，請別再叫我做這種累人的事。」

他以微帶鼻音的撒嬌聲，說出這句很粗魯的話。

他那削肩的清瘦身軀，很隨興地穿著一件大紅色毛衣；略長的褐色頭髮，白皙的小臉配上濃眉大眼。這副容貌一定可以算得上是美男子，毋庸置疑，如果要加以調侃的話，倒是可以說他會讓人想起早年的偶像明星。

「那麼，抱歉，我先離開了。蘭，我們去那邊吧。」

語畢，榊馬上離開餐桌，前往隔壁房間。希美崎蘭以冷冷的表情朝餐桌旁的眾人瞥了一眼後，也隨後離去。

兩人的身影消失在門後。

「真是抱歉。」槍中很羞愧地對忍冬醫師說。「他就是這麼不懂禮貌的傢伙。」

「因為那傢伙天不怕地不怕。」

名望奈志從那對薄嘴唇間露出像松鼠般的門牙。

「他有錢，又有臉蛋，很有女人緣，現在是我們劇團的看板人物。最近年輕的女性觀眾倍增，這也都是他那俊俏扮相的功勞，而且演技也有他自己的獨到之處，所以槍中兄也不好對他擺出強硬的態度。」

「我才沒對他特別寬容呢，該說的話，我還是會說清楚。」

「你或許是這麼想，但看在我眼裡，你對他還是太寬容了。」

「會嗎？」

5. 在漆器上以金、銀、色粉等材料所繪製而成的紋樣裝飾，為日本的傳統工藝技術。

「不過這也是沒辦法的事啦，畢竟我們是代為照料稱霸四方的李家產業的少爺啊。」

「哦～」忍冬醫師高聲驚呼。「這可真教人吃驚呢。」

說到李家產業，是戰後以製造電機產品為主，展開大幅成長，我國首屈一指的大企業，醫師會這麼驚訝也不足為奇。

「他是現任社長的么子，是人們口中的浪蕩子，好像是他們家中的一匹孤狼。」

槍中如此說道，微妙地蹙起眉頭。

「他今年二十三歲，大學念到二年級便擅自休學，不想好好念到畢業。他好像想投入戲劇，但當初一加入大學的戲劇社，便和人吵架，自行退出，所以我才問他要不要加入我們劇團。其實他姊姊跟我大學同屆，她曾拜託我好好照顧這個弟弟。」

「哦。」

「不過，如果他只有這麼點能耐，我早將他放生了。就像名望說的，以一名演員來說，他還算挺有天分的。」

「不過槍中先生，您一開始是稱呼他『榊』……原來如此，是藝名對吧？」

「啊，對。他的本名是李家充。剛才講的全是每個人的藝名。」

「鈴藤先生的名字算筆名是吧？」

忍冬醫師朝餐桌上挺出粗短的脖子，望向我。我朝他點了點頭，接著視線移回槍中臉上。

「槍中先生也是嗎？」

「不，我這是本名。」

槍中回答後，摘下眼鏡，朝鏡片哈氣。他似乎很在意鏡片上的髒污，從口袋裡取出面紙，開始用心地擦拭。

槍中和我已有十多年的交情，他今年三十三歲，大我整整三歲，但和我一樣，至今仍過著王老五的生活。

「抱歉，請容我再複習一遍，哎呀，我從以前就很不會記人名。」忍冬醫師說。「剛才離開的是李家企業的榊先生。嗯，確實很帥，似乎很受年輕女孩喜歡。而跟他一起走的女孩，是『蘭』小姐嗎？」

「她叫希美崎蘭，附帶一提，她的本名是永納公子。」

「嗯、嗯，是取『公子（KIMIKO）』的音，而另外取了『希美崎（KIMISAKI）』這個姓對吧？啊，不，不用告訴我本名沒關係，因為會整個攪混在一起，亂成一團。然後呢，坐鈴藤先生隔壁的是……」

「敝姓甲斐，請多指教。」

甲斐如此應道，很恭敬地點頭行禮。

甲斐倖比古，二十六歲，本名英田照夫。

他在眾人當中最高大，體格也最壯碩，但個性卻也最低調、溫和。他那像噘嘴般緊閉的小嘴，配上總是微微往下望的細眼；與他的體型相反，有著很纖細的五官，要是再戴上一副深度數的方框眼鏡，便很像一位穿著白衣在實驗室低頭看顯微鏡的研究者。

「再過去那位是『蘆野』小姐對吧？」

「我是蘆野深月。」

她如此說道，回以輕柔的微笑。

蘆野深月，二十五歲，原本姓香取，名字一樣是深月。身高和我差不多，所以在女性當中應該算高了。

她是位美女——我姑且只能做這樣的評語，至少對我來說，她是位美得無可挑剔的女性。既知性，又文靜，還帶有些許憂鬱的風情……每次只要想評論她，最後就只是一些通俗的讚美語句堆砌。而從這些詞藻交織成的網眼中掉落的某個東西，令我不由自主地感到焦急。

「真是位美女呢。」

有這樣的心情。

老醫師就像覺得刺眼般，頻頻眨眼，我見狀，心裡大感得意。但遺憾的是，我根本沒道理

「不不不，其他兩位當然也很美，不過……嗯。這位是『名望奈志』先生，接下來這位是……」

醫師目光移向坐在他正前方的最後一人。

「我叫乃本彩夏，請多多指教哦，醫生。」

乃本彩夏以親暱的口吻說道，一雙圓眼朝醫師送了個秋波。

她本名為山根夏美，今年剛滿十九歲，是劇團成員中最年輕的。

伊豆大島出身的她，據說去年春天高中畢業後，便馬上來到東京，到各個劇團應徵。她是位個頭嬌小、身材圓潤的可愛女孩，但頂著一頭短髮的那張稚氣的臉龐，卻以不太高明的化妝技巧抹著濃妝，所以總覺得不太搭調，說得難聽一點，甚至給人一種滑稽的印象。

「我是在相野開診所的醫生，名叫忍冬準之介。」

老醫師重新介紹自己。

「——話說回來，真的很羨慕呢。舞臺劇該怎麼說呢？帶有一種浪漫。」

「醫生也會有你們的浪漫吧。」

槍中此話一出，醫師馬上晃動他那鬆垮的下巴肥肉，搖頭否定。

「不可能，我們所擁有的，就只有再普通不過的現實而已。」

「您是指處在人的生死交界嗎？」

甲斐倖比古微微偏著頭，露出頗感興趣的表情。

「沒錯。」忍冬醫師一本正經地頷首。「到醫院就診的患者，都會精打細算，看到底是向醫生求診才划算，還是忍著病痛繼續工作才划算。保住一命的患者會擔心治療費，已故的患者家屬會計算喪葬費，如果還留下遺產，親人之間就會起內鬨……這就是現實。」

「這麼說也是啦。」

「我小時候很擅長畫畫，原本是想到美術學校就讀，但我是家中的獨子，不得已，只好讀醫學院。因此，我想讓自己的孩子成為藝術家，很早就讓他們學習各種才藝。

但小孩子不會照父母的意思走。長男繼承我衣缽，那就算了，結果連次男都說他要當醫生。我訓了他一頓，告訴他這種沒人煙的地方不需要兩位醫生，結果他說，這樣的話，他要到沒醫生的村莊去，現在人在沖繩的某座島上。我原本心想，至少么女還有一點希望，結果她今年進藥學院就讀了。」

「嗯，您的孩子個個都很優秀啊。」

甲斐一臉感佩地撫摸著臉頰。

「以前我的志願也是考取醫學院，但因為成績差太多了，很早就死了這條心。」

「哎呀，如果是一般的父母，應該會感到驕傲，但以我來說，卻是期望完全落空。我原本是打算將兩個兒子培育成畫家，將女兒培育成鋼琴家的。」

「那麼，如果有個當演員的女兒，你覺得如何？」乃本彩夏在桌上探出身子，調皮地打岔道。「要不要收我當養女？這麼一來，你就會有個演員女兒了。」

忍冬醫師搔抓他那光禿禿的腦袋，張口哈哈大笑。

5

我驀然發現，槍中好像又在想什麼了，他以手指摩娑他那大大的鷹鉤鼻鼻頭，視線鎖定在餐桌上的某一點。

「怎麼了？」

我向他詢問，他低聲應了一句「嗯」，微微偏著頭沉思。

「我從剛才就一直很在意，這張餐桌……」

「餐桌怎麼了？」

「我認為這是一張十人座的餐桌，你看，像這樣。」

槍中掀起暗紅色餐墊的邊角。

「每個座位前方不是都以銀箔圍成一個框嗎？我算過，這一共有十個，所以當然是十人座的餐桌。」

「好像是這麼回事，但這又怎樣？」

「問題在於椅子的張數。」

「椅子？」

「那裡——」

槍中說道，指向他前方最左邊的座位，那是剛才榊坐的位子隔壁，但那裡沒鋪餐墊。

「那個空位沒放椅子對吧。我環視四周，都找不到這個餐廳哪裡擺放了那個位子原本該有的椅子，這是為什麼呢？」

原來如此，餐桌四周一共只放了九張椅子，我環視室內，果真如槍中所言，到處都看不到那張多出的椅子。

「可能是搬到餐廳外了吧。」我說。

「這麼刻意？」槍中眉尾上揚。「你的意思是，我們包含忍冬醫生在內，一共九人，所以刻意從原本的十張椅子中搬了一張出去是嗎？」

「這……」

我一時無法回答，一旁的槍中仍偏著頭尋思，但不久他低語一聲「好吧，算了」。

「對了，忍冬醫生。」他一副拿定主意的神情，望向這位老醫師。「打從剛才我就在想，什麼時候問您比較恰當，這裡到底是怎樣的一戶人家呢？這座宅邸真的很氣派。」

「坦白說，我也不清楚。」忍冬醫師應道。

「您第一次來嗎？之前不曾在這裡進出過？」

「我也是今天第一次走進這座宅邸。哎呀，有件事不能大聲說……」醫師真的壓低聲音說道。

「這宅邸裡的住戶，是一群怪人，和市町的人們完全沒有往來。」

「沒往來？是從以前就這樣嗎？」

醫師聞言，望向走廊那扇門。

「您知道這座宅邸的後面是一座池子吧？雖然算不上多寬闊，但它有個名字叫『霧越湖』。越過霧氣的『霧越』二字。」

就在兩個小時前，在暴風雪中發現的那片淡灰色的池水，鮮明地在我腦中浮現。

「所以這座宅邸人稱『霧越宅邸』或『霧越邸』。」

「霧越邸……」

「聽說原本是大正初期某位華族蓋來養老的居所，不過，會在這種偏僻的山中蓋這種豪宅，想必不是一般的富豪，聽說為人有點古怪。那位老先生在這裡住了一段時間，而自從他過世後，幾十年來，這裡一直都如同空屋一般。之所以不用屋主的名字，而以地名加上一個『邸』字，直接稱之為『霧越邸』，背後可能也是有這樣的緣由吧。」

而約莫在三年前，這裡突然大肆整修，原本嚴重荒廢的屋子經過一番整修後，隔年春天便開始有人入住。屋主姓白須賀，全名好像叫白須賀秀一郎吧，『白』字再加上橫須賀的『須賀』二字，這位白須賀先生是和傭人一起搬來的。

但奇怪的是，他們一概不和外界有往來，聽說傭人當中還有一位醫生，所以包括我在內，這一帶的醫生們都沒機會為他們服務。傭人會到市町去採買，但一樣態度很冷淡。一開始人們甚至還傳聞，說他們可能是幹了什麼壞事，為了躲警察追緝才會來到這裡。」

「那位白須賀先生沒有妻兒嗎？」

槍中提問，打斷醫師的滔滔不絕。

「不清楚，正確來說，連這座宅邸裡到底住了幾個人都不清楚。」老醫師輕撫著他下巴雪白的長鬍子。「我雖已將近花甲之年，但好奇心依舊旺盛，今天剛好到山的對面那座村落辦事，回程時遇上大雪，就這樣開車來到這座宅邸，只能說真的很幸運。

如果換作是平時，就算再勉強，我也會直接開車下山，但這是一棟這麼氣派的大房子，我從以前就很想進來看看，當然也抱持一絲期待，希望運氣好的話可以和白須賀先生結個緣……哎呀，感覺完全期望落空。我說自己車子沒裝雪鏈，很不擅長在雪道中開車，因為看他們很可能會賞我吃閉門羹，我想了各種藉口拜託，最後好不容易才得以進屋內躲雪，但別說見到屋主了，那位完全不給好臉色看的男子，好像是這裡的管家吧，就這樣把我帶去那個房間扔著，一直到你們到來為止，都完全沒理我。」

「管家是吧，您說的對。」槍中點頭，略微壓低聲音說道。「再怎麼說，那樣也太冷淡了。」

6

……得救了。

得救了……

在呼號的風雪中，從已沉入一半的絕望深淵中湧出這聲叫喊。

儘管積雪絆住我們的雙腳，但我們還是連滾帶爬地朝看得到亮光的那棟建築奔去，走出白樺林後，走在沿著湖岸往前延伸的一條小路上。

不知有多遠的距離，也不知走了多久。我們在大雪中一味地向前走，不久終於來到位於這棟建築角落的一處陽臺前。

陽臺深處有一扇門，從嵌在暗褐色鏡板上的圖案玻璃後面，透射出橘色的亮光，槍中扯開嗓門叫喚「有人在嗎」，朝那扇門一陣猛敲。

不久，玻璃後面出現一道人影，替我們開門的是一位四十多歲，個頭嬌小的婦人，身上繫著一件白色的大圍裙。

槍中雖然走得氣喘吁吁，但還是簡短地說明了我們的情況。婦人一開始露出很驚訝的表情，但聽他說完後，她逐漸收起臉上的表情。

「我去請示我家主人。」

說完後，她冷冷地關上門，甚至傳來從屋內上鎖的聲響。

我們在露天的陽臺上緊挨著彼此凍僵的身體，只能在原地頻頻踩踏已失去知覺的雙腳，等候這扇門再度開啟。

實際上或許只等了一、兩分鐘，但就我們來說，感覺卻像永遠沒有盡頭，最後婦人終於回來，以平淡的口吻對我們說：

「我家主人說可以讓你們進來。」

聽到這句話而鬆了口氣，僅只有很短暫的瞬間，當我們正準備進門時，婦人擋在門前，制止了我們。接著她指示我們，走下平臺左轉，那裡有後門，要我們繞路從那裡走。

我們只想早點進屋內，這時候從哪裡進屋裡應該都無所謂吧，但正當我們準備開口反駁時——

「因為這裡是廚房。」

女子毫不客氣地說了這句話，再度關上門。

我們很不情願地離開陽臺，在紛飛的大雪中繞到建築的正面。

幸好很快就找到婦人說的「後門」，從半開的門縫，可以看見一道黑色的人影。

好不容易走進建築內，眼前是一座小小的大廳，在那裡迎接我們的，是一位身材高大，年近半百的男子。

他一身黑灰色西裝，規矩地繫著黑色領帶；肩膀寬闊結實、向前挺出的雞胸、豐厚的嘴唇和緊實的下巴線條；凹陷的一雙小眼，幾乎分看不出黑白的分別，讓人聯想到某種鳥類的標本。

男子與剛才那位婦人一樣，冰冷又不帶任何表情地將我們掃視過一遍。

「請將鞋子、大衣、行李上的雪拍除。」以不帶高低起伏的聲音下令。「然後請換上那邊的拖鞋跟我來。大衣和行李就直接擺在原地……」

我們沿著左手邊深處的樓梯走上二樓，樓梯呈一百八十度大轉彎，繼續通往樓上，但男子是直接走進正面那扇雙開門。穿過門後，眼前一條寬逾兩公尺的寬敞走廊，一路筆直地往前延伸。

接著就被帶往剛才那個房間。在這段時間，我們除了對他下達的指示做簡短的回應外，一直都閉口不語。雖說這是他們對待不速之客的方法，但這些傭人們如此冷淡的態度，令人大受震懾，情緒低落。

7

「不過話說回來，這裡就跟城堡一樣，真氣派。」

乃本彩夏這時候才環視室內，從椅子上站起身。她離開餐桌，像貓一樣躡腳行走，緩緩靠近裝設在壁爐右手邊的大裝飾層架。

槍中和我就像受她所吸引般，也跟著離開座位，不經意地跟在彩夏身後，走向裝飾層架前。

「與其說氣派，不如說是驚人。」

槍中難掩心中的讚嘆，朝裝設有玻璃門的裝飾層架內窺望，裡頭有許多茶具、酒壺、小酒杯等物品，就像博物館的陳列臺一樣，井井有條地羅列。

「看起來每一個都年代久遠──嗯。這個淡褐色的茶碗可能是『荻』吧，也搞不好是『井戶』。那個黑色的應該是『樂』。」

「『樂』是什麼？」彩夏一本正經地詢問。槍中一臉驚訝地回道：

「就是『樂燒』啊。」

「是陶器的名字嗎？很特別嗎？」

「嗯，可以這麼說。它不是靠陶輪製作，而是完全徒手捏製，再用風箱窯以低溫的窯火燒烤。用這種手法做出的陶器，一般稱之為『樂燒』，不過，它原本專指『樂窯』，也就是京都的樂家一族，或是其弟子們的作品。」

「嗯～那麼『井戶』呢？」

「是朝鮮李朝時代的陶器，俗話說『一井戶二樂三唐津』，它從室町時代便被視為茶碗之王，頗受看重。那些人稱『大井戶』或『名物手』，做得很講究的大井戶茶碗，似乎現存只有三十個左右，不過，我個人不是那麼喜歡就是了。」

槍中帶領劇團，全力投入演出的同時，他在東京還擁有幾家古董店，倒不如說，那方面才是他的本業。我聽說他原本繼承了父親所經營的古董店，還擴展生意版圖，而實際上，他對於這些古典美術品和工藝品的相關知識，以及鑑賞的眼光，可說是遠在外行人之上。

「那個大盒子是什麼？」

彩夏隔著玻璃指向一個盒子問道，那是個上層附鐵製把手，看起來像層架的東西，裡頭放有一層又一層的盒子，以及形狀像大鼓的酒壺。每樣道具大量採用金和銀的素材，上頭畫有同樣設計的蒔繪。

「這叫『提重』，堪稱是集江戶工藝精華於一身的作品。哎呀，這蒔繪真是漂亮。」

「『蒔繪』是什麼？」

「真是服了妳。」槍中一副受不了的神情，抬手抵向額頭。「妳不知道本阿彌光悅或尾形光琳[6]嗎？」

「不知道。」

「哎呀呀，彩夏，妳高中到底學了些什麼啊？」

「我討厭念書嘛。」

「真是拿妳沒轍。」槍中雖然小念了她幾句，但還是開始一板一眼地講解起來。「這是以漆畫下圖案，趁漆還沒乾，撒上金、銀、錫等粉末。妳看，那個大鼓上面畫的鳳凰，畫的部分微微隆起對吧，這種叫作『高蒔繪』。」

「嗯～」

彩夏略顯不安地點了點頭，吐舌頭做了個鬼臉。

「槍中哥果然不簡單，什麼都知道。」

「是妳太欠缺常識。」

「是嗎？」

彩夏鼓起腮幫子，微微露出像嘔氣般的表情，但接著她又指向幾個敞開、立著放的小扇子問道：

「這扇子好小啊，是小孩子用的嗎？」

「那是茶扇子，這可是正統的茶具呢。」

「是嗎？很漂亮呢。」

彩夏朝裝飾層架裡的物品東指西指，持續發問。槍中感覺就像帶著小學生到社會上參觀的老師一樣，但他並未露出很不耐煩的模樣，始終一一回答彩夏的提問。

不久，彩夏可能是看膩了，打了個大哈欠後，突然就此離開。她可能是想到了什麼，小跑步奔向那面玻璃牆。

終於擺脫學生糾纏的槍中，微微吁了口氣。接著有好一會兒的時間，他都望著層架裡的物品，那眼神就像在逐一鑑定般，這時——

「槍中哥。」

突然傳來彩夏的聲音，就像裝著鈴鐺的皮球彈跳發出的響聲般。

「我跟你說哦，從這裡可以回到剛才的房間呢。」

彩夏站在房內角落，仔細一看，她那一帶的玻璃牆沒有裙板，下方是一扇單開門，她打開那扇門，指著外面叫我們看。

槍中和我朝那裡走去，從她身後望向外頭。

門外是一間深約三公尺的細長形房間，正面的牆壁是一整排褐色木框的直拉窗，窗戶的玻璃是毫無裝飾的透明玻璃，似乎是面向戶外的窗戶。

右手邊很快便來到盡頭，但左手邊則是一直往深處延伸。誠如彩夏所說，這似乎通往一開始我們被帶往的房間，以及更後面的房間。

「這可以稱作是日光房吧。」槍中說。「這棟宅邸到底多大啊？」

彩夏小碎步地朝外頭奔去，她直直地穿過房間後，前胸貼向正面的玻璃上。

「外面已經一片漆黑了，哇，還是一樣大雪紛飛。」

槍中原本也想跟在彩夏後面來到外頭，但突然停下腳步，他的目光停在占滿前方整面牆的圖案玻璃中的一片。

「噢。這可有意思了。」

「怎麼了？」

6. 本阿彌光悅是寬永年間知名的畫家、書法家、陶藝、漆器藝術、茶道等方面的藝術家。對後世的尾形光琳帶來很大的影響。本阿彌光悅、俵屋宗達、尾形光琳，合稱為琳派的創始者。

我問。
「你仔細看這玻璃上面的圖案。」
他一面托著纖細的金色鏡框調整眼鏡位置，一面對我說道，我依言望向嵌在格子裡的玻璃圖案。
「是某種花的圖案對吧？」
那每片微帶藍色的厚實玻璃，中央各刻有一個花瓣與葉子組合成的圖案。圖案的部分在玻璃上採凹刻的方式，但可能是透光的關係，它看起來宛如浮雕一般。
「會是家徽之類的東西嗎？」我說。
「對，大概就是剛才忍冬醫生說的，這戶人家原本主人的家徽。」
「Gravure（凹版）是嗎？」
「你竟然知道。」
我從以前就喜歡玻璃工藝，所以多少具備這方面的知識。Gravure是知名雕刻技法的名稱，雖是以圓盤狀的銅製磨床來磨削玻璃表面，以此進行雕刻，但依照不同的圖案種類而區分使用的磨床，據說多達上百種，在玻璃工藝中也被視為極高水準的技法。
「這是特別訂做的吧？」
「應該是吧，而且一次做這麼多片，看了都快教人眼花了。」
槍中伸手托著鏡框。
「問題在於這個圖案，你不知道這是什麼圖案嗎？」
「不知道。」
「你不夠用功哦。」槍中臉上浮現一抹淺笑，對我說道。「這是龍膽紋。」
我不由自主地發出「啊」的一聲驚呼。
「有三朵花，當中有三片葉子，呈放射狀排列。這是很有名的圖案，叫作三葉龍膽。」

「三葉龍膽……」

「鈴藤跟龍膽，這又是個有意思的巧合[7]，你說是吧？」

槍中愉快地說道，視線投向天花板，就像要由下而上將那面玻璃牆整個舔過一遍似的。

「隔壁房間的地毯是忍冬圖案，這些玻璃則是龍膽圖案。再多找找，或許還有呢。」

「你說再多找找，意思是會有和我們的姓氏同音的東西嗎？」

「嗯，就是這個意思。」

這時，我發現彩夏已不在剛才她所在的位置上。

我踏步向前，試著朝外頭窺望，發現她不知何時移動了位置，朝左手邊一路走去，站在盡頭處。她在那邊偏著頭，朝前方的房內窺望，但過沒多久，她小跑步回到我們這邊。拖鞋跑在拼貼木板地上發出的「啪噠啪噠」聲響，在整排拱形格窗的挑高天花板上形成回音。

「那邊的房間裡滿滿都是書呢，就像圖書室一樣。」

彩夏得意地向我們報告。

「辛苦妳了。」

槍中苦笑著，緩緩轉身，這次他朝通往隔壁房間的那扇門右邊的碗櫃走去。往裡頭大致看過後，他打開玻璃門。悄悄拿起一個咖啡杯。

「德國麥森（Meissen）是吧，而且同樣也年代久遠，真不簡單。」

「很貴嗎？」

不知何時，彩夏又來到身旁。

「光打破一個，妳就賠不起了。」

「嚇，這麼貴啊。」

7. 鈴藤和龍膽，日文發音都是「RINDOU」。

就在彩夏轉動她那骨碌碌的圓眼，如此說道時。

「各位。」

背後突然傳來一個沙啞的聲音。

我們三人不約而同地轉頭望，甲斐、名望、深月、忍冬醫師——原本還坐在餐桌前聊天的四人，也同時閉上嘴巴。

「如果已經用完餐，我帶各位去你們的房間。」

那名「管家」在場。看來，他是位偷偷開門的高手，神不知鬼不覺。

「請往這兒走。」

他站在通往走廊的那扇雙開門旁，請我們往外走。

我們叫喚剛才前往隔壁房間的榊和蘭，就此走出餐廳。原本我們留在一樓大廳的外套、鞋子、行李，已全都搬到走廊上來了，一旁站著一名女子，不是之前替我們開廚房門的那位個頭嬌小的中年婦人。

這名女子的年紀與槍中相仿，個頭比我高一些，戴著一副度數很深的黑框眼鏡，一頭短髮，身穿藏青色長褲、白襯衫、灰背心。她肩膀也相當寬闊，所以一開始我差點誤認成是男性。

「請帶上行李。」管家說。「我詢問過，這場暴風雪還會持續一陣子，在各位可以下山前，會讓你們在此留宿，不過，在此要先叮囑各位一句。」

由於他遣辭用句相當恭敬，聽在耳裡更突顯出聲音的冰冷。

「請勿隨意在宅邸內四處走動，尤其是三樓，請絕對不要擅自進入，了解嗎？」

他像戴著面具般，面無表情地環視我們。就在這時，我又感覺到他的視線有短暫的瞬間停在深月臉上，我馬上（雖然也沒有明確的理由）望向站在行李旁的那位戴眼鏡的女人。說來也奇怪，她的視線同樣也筆直地落向深月臉上。

這是怎麼回事？

因為深月長得美，這是唯一可以充分接受的答案。因為她的美不光只吸引男性的目光，就算女性也會深深被她吸引。雖然一樣擁有美貌，但希美崎蘭那豔麗的五官會激起男性肉體的欲望，卻得不到同性的讚賞，簡單來說，她們兩人的美是不同的層級。

話雖如此……

「那麼，男士們請跟我往這邊走，女士們與男士當中的一人請往那邊走，這是因為房間數的關係。」

「那就我去吧。」榊由高應道，迅速拿起自己的行李。蘭緊貼在他身邊，劇團裡的人都很清楚他們兩人的親密關係。

那名男子走在前方，我們跟著他走，沿著長長的走廊往右手邊前進。三名女性與榊，似乎是由戴眼鏡的女子帶往反方向。

位於走廊盡頭處的那扇雙開門，前方是一座很寬敞的大廳，來到那裡左轉。轉彎後的走廊，沿途有一整排的房門，細數後得知，右側有三扇門，左側有四扇門，一共是七扇。

「請使用裡面那五間房，靠前面的這兩間房是置物間。」男子說。

原來如此，靠前面的兩側各有一扇門，與其他五扇門相比，略微窄了些。我猜想，女士們被帶往的走廊那一側，應該也和我們這邊是類似的格局。

我試著在腦中描繪宅邸的構造。

粗略來說，應該可以將霧越邸這座宅邸想成是ㄇ字型，開口朝向後方的霧越湖。而正面面向這座建築，它右手邊突出的部分，就是我們被分配到的房間。

「謝謝。」槍中很客氣地向準備離去的男子表達謝意。「對了，請問宅邸主人在哪兒？如果可以，我想向他問候一聲。」

「沒這個必要。」男人的回答始終都很冷淡。

「可是，那我們……」

「我家老爺說他不想見你們。」

感覺就像被人當面狠狠甩門拒於門外，男子說完話，便匆忙離開現場。

8

隨便決定好房間，將行李搬進房內後，對方很快便前來帶我們入浴。來的是剛才那位戴黑框眼鏡的女子，她通知我們，已放好洗澡水，可以入浴了。我們也就此知道，浴室和廁所的所在地，就位在同一層樓左邊突出部分（女士們被帶往的那邊）的底部位置。

不論是用餐、房間、洗澡，屋主對我們的款待真的無可挑剔，但正因為如此，反而更覺得傭人們那冷淡、宛如刻意壓抑情感的表情和態度很怪異。這宅邸的主人也是，既然他都願意如此款待我們這群素未謀面的陌生人了，大可現身說句話吧。

——話雖如此，我們始終都是不速之客，沒資格抱怨。這裡像飯店一樣，給我們每個人一間單人房，如果還想進一步有所奢望，那就太自私了。

依序入浴後，我們再度不由自主地聚向一開始被帶往的二樓中央房間（或許將它稱作「沙龍」最為合適），忍冬醫師也一同前來。

在寬敞的沙龍裡分散各處的眾人，看起來都一臉疲態，不過目前還沒人想回自己房間。可能是體力雖已耗盡，但精神上卻處在莫名的亢奮狀態，至少我就是這樣。

「真想聽氣象預報。」

癱坐在沙發上，全身陷在裡頭的希美崎蘭，撫弄著她半乾的紅褐色頭髮，如此說道。

「我說，有誰的房間裡有電視嗎？」

蘭的提問沒人回答，不論是這間沙龍還是餐廳，都沒擺放電視，隔壁的圖書室當然也沒有吧。

「那麼，收音機呢？」蘭急躁地環視眾人。「沒人有嗎？」

「經妳這麼一說。」一坐她身旁，蹺著長腿的榊由高說道。「甲斐的隨身聽不是有附收音機嗎？」

「——哦。」坐他們兩人對面，默默抽著菸的甲斐倖比古，以無精打采的聲音應道。「我去拿過來吧。」

「剛才那位大叔不是說了嗎？這暴風雪會再持續一陣子。」坐在壁爐前的名望奈志，笑咪咪地說道。「就算聽了氣象預報，雪還是一樣不會停的。」

「用不著你多事——甲斐，請你去拿來吧。」

「嗯，好。」

甲斐朝桌上抽菸道具組裡的菸灰缸揉熄抽到一半的菸，一派輕鬆地從沙發上站起身。

我環視房內的家具，不久，我來到裝設在壁爐右手邊的裝飾層架前。

這個裝飾層架與成人的脖子差不多高，是個兩邊很寬的大層架，幾乎占滿壁爐與深處牆壁間的這處空間。上頭擺設的物品大多是盤子、陶壺之類，中央有個區塊擺滿了書。但很遺憾，我沒有槍中那樣的鑑定眼光，不過，光是將這層架裡的東西拿起來看，就猜得出這是相當昂貴的收藏品。

蘆野深月跟在一旁。向她告白，是我走近這個層架的原因之一。這時她專注地望著擺在層架右邊的一個彩繪盤。

「我很注意地觀察，發現那個男人好像很在意妳呢。」

我向她搭話，她靜靜地頷首後說道：

「聽說他姓『NARUSE』。」

「NARUSE？」

我腦中馬上浮現「鳴瀨」這兩個字。

「這是他的姓氏嗎？」

「對。」

「妳為什麼會知道？」

「因為帶我們去房間的那個女人是這麼稱呼他的，而她自己姓『的場』。」

「是她自己告訴妳的嗎？」

「我問的，因為不知道對方姓什麼，會很不安。」

「對了，她也和那個男人──姓鳴瀨是吧，也跟他一樣，好像都很在意妳呢。」

「對──不知道為什麼。」

「這樣還是會讓人覺得可怕對吧？」

「嗯，有一點。」

深月略顯陰鬱地皺起柳眉，目光再次移回裝飾層架的盤子上，我順著她的視線望去。

那盤子直徑逾二十公分，上頭畫有藍色的波浪，以及紅色和黃色的紅葉飛舞的圖案，相當華麗。與之前在餐廳看到的茶碗不一樣，像這種彩繪瓷器外觀華麗，連我這種外行人也可以輕易看出它的價值。

這時槍中走來，他站在我和深月背後，朝層架裡窺望後，說了一句「原來是色鍋島」。

「是伊萬里燒吧。」深月說。

「沒錯，有田燒別名伊萬里燒，不過伊萬里大致有三種樣式，分別是柿右衛門、古伊萬里，以及鍋島。這正是鍋島燒，鍋島燒的彩繪盤，俗稱色鍋島。」

「年代久遠嗎？」

「大概吧，真是服了他們，竟然每個都這麼高檔……不僅品味好，保存狀況也很不錯。真不知道是怎麼蒐集到這麼多珍藏品，真想好好接近一下這位屋主。」

他這應該是真心話，只見他重重吁了口氣。

「喏，旁邊那個盤子就是我剛才說的柿右衛門，留白的部分很多對吧。這種柔順的乳白色素胎，稱作『濁手』，是柿右衛門的特色之一。」

「柿右衛門，我記得是日本第一位開始作彩繪瓷器的創始人對吧。」

「妳可真博學。」

「在大學學過一些。」

「這樣啊，深月妳是畢業於藝術大學對吧。嗯——不過，第一代的酒井田柿右衛門在有田創造『赤繪』一說，其實一直都只是傳說，好像沒留下確切的證據。」

忘了說，槍中和深月有血緣關係，聽說深月是槍中表舅的女兒，經這麼一提才發現，他們兩人的長相有幾分相似。

我很感興趣地聽著他們兩人的對話，但不知何時，我的視線移往擺在層架中央的書本上。每本都是充滿古味的裝幀，這也難怪，因為這裡收藏的，全是明治中期到大正時期的詩集和歌集。

這時，最先映入眼中的，大多是自己喜歡的作家作品，我自己最喜歡的，是北原白秋的《邪宗門》、《回憶》，以及佐藤春夫的《殉情詩集》。

我感到胸口為之一緊，試著重新細看那整排的書背文字，有土井晚翠的《天地有情》、荻原朔太郎的《吠月》、《青貓》、若山牧水的《海之聲》、島木赤彥的《切火》、崛口大學的《月光與小丑》、西條八十的《砂金》、三木露風的《白手獵人》……

「噢～」

槍中可能是發現我視線的動向，目光也移至層架上的書。

「這些可都是壓軸好書呢，有子規、鐵幹、透谷、藤村、茂吉……」

「好像都是初版裝幀，搞不好還有真正的初版書呢。」

「嗯，鈴藤，你都流口水了。」

「也有一些小說。」

「藤村的小說是吧。嗯，蒐集這些書的仁兄，好像特別喜歡藤村和白秋呢。」

「你們說的藤村是什麼啊？」

乃本彩夏突然拋出這令人難以置信的問題。她不知什麼時候來的，就站在我左手邊。

「就是島崎藤村啊。」

我一本正經地回答她。

「妳不知道《初戀》這首有名的詩嗎？

『初次挽起劉海的妳，
來到蘋果樹下，
頭上插著帶花髮梳，
美得如花綻放。』」

「不知道。」

彩夏微微噘起豐厚的嘴唇，頭偏向一旁。

「你們說的白秋，是北原白秋吧？」

「妳知道他的詩嗎？」

「怎麼可能嘛。」

「妳應該知道，因為白秋在《赤鳥》[8]中寫了很多童謠。」

「不知道。」

「不可能。」槍中說。「就算是彩夏，好歹也知道〈這條路〉吧？」

「這什麼啊？」

「『這條路是我曾經來過的路，
啊，對了。
路旁有刺槐花綻放。』」

槍中很快地唱出這首歌，但彩夏依舊偏著頭，一臉納悶。

「那麼，〈搖籃曲〉呢？」我說。「當中有一段是『金絲雀唱搖籃曲喲～』。」

「啊，這首我就知道了。」

「還有像〈唧唧千鳥[9]〉、〈冒失的理髮師〉也是白秋的作品。」

「還有〈赤鳥小鳥〉、〈雨〉、〈壁爐〉……真是不勝枚舉。」

「如果是這樣，應該有大家更熟知的作品吧。」

深月狀甚滑稽地瞇起她細長的眼睛插話道。

「〈五十音〉也是白秋的作品哦。」

「五十音？」

「妳不是也學過嗎？」

「『水黽紅通通，ア、イ、ウ、エ、オ。

小蝦也跑來找浮藻。』」

槍中說完後笑了起來，彩夏的圓眼睜得更圓了。

「啊，是發聲練習用到的……」

〈五十音〉是大部分的劇團或戲劇研究社團在進行發音發聲的基礎訓練時，會用到的詩句，但我當時也不知道，它的作者竟然是北原白秋。

我不由自主地面露微笑，伸手碰向裝飾層架的玻璃門，發現它並未上鎖。

我悄悄從那整排書中取出《邪宗門》，鮮紅的書背上有金色文字，封面的右半邊和書背一樣是紅色，左半邊是淡黃底色，加上纖細的素描畫。以前曾在某個資料的照片中看過，這肯定是

8. 鈴木三重吉於一九一八年創刊的兒童雜誌，內容主要為童話與童謠。
9. 千鳥的中文為鴴。

一九〇九年——明治四十二年的初版書。

「鈴藤，你記得〈邪宗門扉銘〉嗎？」

檜中問。我就此停下手中翻頁的動作，在記憶裡探尋。

「『通過這裡，進入旋律的諸多煩惱，

通過這裡，進入感官的愉悅之園。』

——是這樣對吧？我記得是對《神曲》某個章節的戲仿文。」

「沒錯，我很喜歡。該怎麼說好呢，我認為戲劇的開幕也一樣。」

檜中臉上露出陶醉的表情，盤起雙臂。

「『通過這裡，進入神經痛苦的麻醉。』

——一點都沒錯。鈴藤，你不覺得是這樣嗎？」

9

剛才檜中向忍冬醫師介紹說我是他的「大學學弟」，這句話沒錯，不過，我們雖然就讀同一所大學，而且同是文學院，但他是哲學系，我是國文系，而且差了三屆。在就讀學生眾多的大學當中，我們兩人會相識，當然是有一段緣由。

出身三重縣津市的我，來到東京後，便獨自住在位於高圓寺的一棟小巧的學生公寓裡。這棟公寓有個念起來很饒舌的名字——「神無月莊」，房東不是別人，正是檜中秋清。

當時檜中是同一所大學的大四生，還在念書的學生竟然是公寓的房東，真是怪事一樁，起初我也很困惑，但詢問後得知，神無月莊原本就是他父親的房子，打從他上大學後，房子便交由他管理。公寓的收入似乎是直接當他的零花，對我這種只能靠家中寄來的基本生活費勉強維持生計的窮學生來說，實在羨慕得緊。

學生時代的槍中骨瘦嶙峋，臉色蒼白，蓄著一頭長髮，活像是個很難侍候的藝術家，但與他結交後，意外發現他是個話多又愛照顧人的有為青年。再加上他腦筋轉得快，在很多領域上擁有我所沒有的豐富知識，而最重要的是，對於我從小一直很討厭的慣習、成規，他絕不會被它們所束縛，並以這樣的思維作為信念，很冷靜地加以實踐，這是他的迷人之處。基本上，他到現在仍未改變。

我很景仰他，常到他住的一樓管理員室拜訪。

當時我一心立志要成為名小說家（而且是所謂的純文學作家），比起大學的課程，我投注更多的時間和熱情在寫作練習上，他知道後，並未以奇怪的眼神看我，或是瞧不起我，甚至偶爾還會陪我展開很不成熟的文學討論，現在回想起來都感到臉紅（「鈴藤稜一」是當時就使用的筆名，附帶一提，我的本名是佐佐木直史）。

一九七五年從文學院畢業後，槍中繼續攻讀哲學系的研究所，但修完碩士課程，進入博士課程後不久，便休學了。

我聽說當時他父母在某個意外事故中身亡，是他休學的原因之一，不過，他似乎原本就沒有成為一名研究者的打算。身為家中獨子的他，完全繼承他資產家的父親留下的土地和財產後，便離開神無月莊的管理員室。過沒多久，公寓轉讓給了別人，我也只好另尋住處。

之後有好一段時間，我都沒見過他。

我花了五年的時間從大學畢業後，也沒從事正職的工作，一樣想當作家，過著打零工的生活。以自己完成的作品，到各家文藝雜誌投稿，有幾次也曾經打進新人獎的候選名單中，或是入選佳作，但現在都是靠承包一些無聊的雜文才勉強得以糊口，就結果來看，我的作家之路至今尚未開花結果。不過話說回來，就某個層面來看，我還算怡然自得，有時對這種很容易自我墮落的狀態還感到樂在其中。

槍中與我重逢，是在四年半前，他創立「暗色天幕」這個劇團的時候。

當時是一九八二年四月，我收到他們首次公演的邀請函，大感吃驚。

檜中雖然在大學時代和戲劇研究社團沒半點關聯，但他從以前就喜歡舞臺劇，還曾經毫不避諱地公開說，總有一天他要親自當導演。而這次，他終於帶領了自己的劇團，當然了，這也是因為他有這樣的熱情、才能、人望，以及財力，才得以實現。身為他的友人，我很替他高興，但另一方面，我也確實很羨慕他。

公演首日，我前往吉祥寺的某間小屋，睽違多年，我們在那裡重逢，檜中超乎預期地歡迎我，我也不吝獻上我的祝福。我們兩人的友誼再度升溫，不過，在他的邀約下進出劇團的演練場所，幫忙他寫劇本，是這兩、三年間的事。

「我在找尋一種『風景』。」

我不自主地憶起檜中曾對我說過的一句話。

「我應置身其中的風景，身處在這樣的風景中，最能夠真切感受到我存在的意義，雖然意思有點不同，不過，就稱呼它『原風景』吧。我一時興起，進研究所就讀，以及繼承我父親的衣缽，經營古董店，說起來，都是為了尋求這個風景。幸好我有可以自由使用的時間和金錢，之所以設立這個劇團，也是為了這個目的。

對了——嗯，我一直在找尋『風景』。這也許是我兒時遺失的記憶，也可能是更早之前，還在母親胎內所做的夢，也許是在出生前的混沌中看到的某個東西，或者是在自己死後的世界會有的某個東西……是天國，還是地獄呢？對我來說，是哪個都好。

你應該明白我的想法吧？」

對我來說，那「風景」到底是什麼呢？

在一種莫名感傷的心情下，我現在又想起這件事，或許是因為當時我的心境處在一種亢奮的狀態吧。不知何時，我從檜中和深月所在的裝飾層架前離開，打開通往日光房的圖案玻璃門。

10

「什麼？」

傳來一陣極度驚恐和慌張的叫聲，當時已過了晚上九點。

來到日光房，茫然望向窗外黑暗的我，略感驚訝地轉頭望向沙龍的方向。聲音其實也沒多大，但因為正好是在沒其他人交談的時候傳來這個聲音，所以異常清楚地傳進耳中。

發出這聲音的人是甲斐倖比古，他坐在其中一張沙發上，面朝著我。

「嗯？甲斐，你怎麼了？」隔著桌子，坐在他對面沙發上的榊開口問道。

「不，是因為……」

甲斐似乎配戴著耳內型耳機，黑色的耳機線一路從脖子垂向他穿著黃灰色開襟羊毛衫的厚實胸膛上，他應蘭的要求，從房間取來了附收音機的隨身聽。

「是因為……」

甲斐想回答，卻又吞吞吐吐，感覺中間有很長一段不自然的空檔。

「剛才新聞說，今天下午，大島的三原山火山爆發。」

過了一會兒，他才如此告知，他像在窺探眾人臉色般，以神經質的目光巡視眾人。

率先做出反應的是彩夏，「咦～」她大叫一聲，跑到沙發旁。

「真的假的？甲斐哥，是真的嗎？」

「嗯。」

「火山爆發的規模有多大？那裡的街上受到波及嗎？」

「詳情我也不清楚……」甲斐垂眼望向地面。「因為是中途傳來的新聞。啊，對了，彩夏是大島人對吧。」

「氣象預報怎麼說？」蘭的口吻就像完全不在乎火山爆發的事，高聲問道。「甲斐，隨身聽借我一下嘛。」

「不……等等。」甲斐雙手按在耳機上。「開始播放氣象預報了。」

「我去打個電話。」

彩夏似乎再也按捺不住，如此喊道。她臉色蒼白，快步朝房門走去，大家都還來不及叫住她，她已奔向走廊。再怎麼說，她終究還是個不滿二十歲的女孩，想必因為擔心故鄉的家人和朋友的安危，焦急難耐。

「天氣怎樣？」蘭不耐煩地催促道。

「好像很糟。」

經過一段短暫的沉默後，甲斐手抵著耳機應道。

「氣象預報說，雪暫時沒有停的跡象，甚至還發出大雪警報。」

「啊～」

蘭筋疲力竭地垂首，我望著她的模樣，從日光房返回沙龍，緩緩繞到沙發後方。

「明天下午要是沒回去的話，我……」

蘭低聲說了這句話後，就像突然意識到一般，望向坐在壁爐前凳子上的忍冬醫師。

「醫生，能不能用你的車載我下山？」

「哎呀，不太好吧。」

老醫師一臉為難，摩娑著他渾圓的禿頭，他那豐腴的臉頰不知在嚼些什麼，嘴裡好像又塞滿了糖果。

「因為下雪視線不良，就算明天早上雪停了，想必也會積上厚厚一層雪，我的車實在開不了。」

「蘭，別這樣強人所難。」

槍中離開裝飾層架前，如此說道。

「可是……」

蘭緊咬著她塗有鮮紅口紅的嘴唇。

「妳說非回去不可，到底明天下午是有什麼事啊？如果是打工，只要借個電話打去告知一聲不就好了嗎？」

「才不是那種事呢。」她虛弱無力地抱頭。「……我要去試鏡。」

槍中清楚聽到她悄聲說的那句話。

「試鏡？什麼試鏡？」

儘管槍中追問，但蘭始終雙手抱頭，緩緩搖頭。

「是電視連續劇。」一旁的榊回答道。「沒法子了，妳就死心吧。」

他如此說道，輕拍蘭的肩膀，槍中則是低吟一聲「嗯？」。

「原來妳去參加試鏡啊，不過也還好吧，現在試鏡的機會太多了。」

蘭聞言，抬眼瞪向槍中。

「這次的試鏡很特別。」她以略顯歇斯底里的聲音說道。

「難怪。」站在忍冬醫師身旁的名望奈志，嬉皮笑臉地說道。「之前我曾在路上看到小蘭，是某個星期四，妳半夜走在道玄坂上。當時和妳同行的男子，是某電視臺的製作人吧。喏，就是槍中兄的朋友，之前曾經來看過公演的那位大叔。」

「──你認錯人了吧。」

蘭把臉轉向一旁，名望敞開他瘦長的雙手說道。

「我的視力很好耶，兩眼都是二點零哦。」

「那又怎樣。」

「哎呀，我看你們兩人的感覺挺危險的，而且前往的方向也不太對呢。」

「要你管，你到底想說什麼。」

「我是替妳擔心啊，能上電視固然不錯，但如果單純只是賣弄性感的話，是無法在那個世界混下去的。憑妳那三流的演技，如果能撐上半年就算不錯了。」

「用不著你多管閒事。」蘭從沙發上站起身，脹紅著臉瞪視名望。「我想變得更有名氣，女人就得趁年輕的時候拚搏，我可沒那麼多時間，一直在這種小劇團裡虛耗。」

我對她的怒氣騰騰感到錯愕，同時窺望站在裝飾層架前的深月，她正以難以形容的哀傷，注視著大聲叫喊的蘭。

「我也只能說，隨妳高興吧。對了，妳跟那位大叔睡過幾次啊？」

名望奈志一樣嬉皮笑臉，更進一步地展開吐槽，蘭更加歇斯底里，整張臉為之僵硬。

「我想怎麼做，用不著你管。」

「好可怕哦。」名望朝自己的薄唇舔了一下。「雖說下半身有這樣的需求，但這樣的女朋友可真要不得啊，你說是吧，榊。」

榊一臉與己無涉的模樣，若無其事地聳了聳他纖細的肩膀，拿起餐桌上的造型打火機，點燃一根細長的薄荷涼菸。

「奈志。」槍中看不下去，出言告誡。「要適可而止，忍冬醫生也在場呢。」

名望奈志就像是個毒舌的丑角般，四處出言挖苦人，這不是今天才開始的事。不過，剛才那番話特別辛辣，想必是被大雪困在這裡，他同樣有擔心的問題，才會感到心情煩躁吧。

正當我這麼猜想時，名望就像要回答我的猜測般，自己主動說道：

「不過，因為回不了東京而傷腦筋的，可不光只有小蘭啊。」

他像個惡作劇的小鬼，手指在鼻子底下摩娑。

「其實被困在這裡動彈不得，我也很傷腦筋啊。」

「哦，你也要參加試鏡嗎？」槍中問。

「說什麼呢，我目前對槍中兄的劇團很滿意。」

「那可真謝謝你啊，那麼，是什麼事讓你傷腦筋？」
「也沒什麼，只是件庸俗的小事。」
正當名望奈志從槍中臉上移開視線，如此回應時——
我聽聞「碰」的一聲巨響，走廊那扇門開啟。彩夏的模樣，活像是B級片裡的女主角被殺人魔追殺般，跌進房內。
「怎麼了？」
槍中問，彩夏的臉色比剛才衝出去的時候更加蒼白、僵硬，一再地搖頭。
「他們不肯借我電話。」她以快要哭出來的聲音說道。
「不肯借妳？」
「我因為不知道該往哪兒走才好，就這樣下樓去了。從那邊的樓梯往下來到一座大廳，正當我在黑暗中遊蕩時，一名男子……」
「是那個男人嗎？」
「不，是不同人，這名男子留著鬍子，更為年輕。他突然冒出來，以可怕的聲音對我說『妳在這裡做什麼？』。」
「妳可有好好說明妳的情況？」
「嗯，可是我因為害怕，講不清楚，結果那位活像科學怪人的男人朝我走來。」
「那位管家是吧。」
「對。」彩夏吸著鼻涕。「我向他說明，但還是沒用。他說，宅邸的人晚上睡得早，有事明天再說，快回二樓去吧。」
「根本不想聽妳說是吧，真過分。」
「槍中哥，不光這樣哦，我看到奇怪的東西。」彩夏繼續說道。「我走下樓的地方有一幅畫，很大的一幅油畫，上面畫了一個女人，而那女人的臉……」

「畫裡的人臉？」
槍中納悶地低語道，彩夏打斷他的話，像在吶喊般地說道：「和深月長得一模一樣！」
「那是一位很漂亮的女人，長得和深月像是同一個模子印出來的。身上穿著一襲黑色禮服，梳著同樣的髮型。」
我們當中最驚訝的人，當然就屬深月了。
「深月？這件事妳知道些什麼嗎？」
槍中轉頭問。
「我怎麼可能知道。」
她單手抵向額頭，略顯踉蹌地以背部靠向後面的層架。
「怪哉，哎呀，真是太奇怪了。」忍冬醫師從凳子上站起身。「這座宅邸果然神秘莫測，感覺愈來愈像怪談了。」
「槍中哥，還有一件事。」彩夏說。
「還有什麼事？」
「嗯，我在回來的途中，在樓梯那裡聽到某個奇怪的……」
彩夏才正要說，突然開始響起一陣與原先房裡的各種聲響截然不同的聲音，令彩夏就此噤聲。
聲音來自壁爐的方向。
忍冬醫師已起身朝火焰減弱的壁爐走去，身材矮胖的醫師，隔著他的肩膀可以望見擺在壁爐架上當裝飾的螺鈿盒——蓋子是開著的。
「真教人吃驚。」
打開盒蓋的人似乎是醫師，他光禿的腦袋配上白鬍子，圓睜著雙眼佇立的模樣，像極了打開玉匣的浦島太郎。

「沒想到竟然是音樂盒。」

聲音確實是從盒內傳出。

那是引人哀愁，高亢清亮的音色，不太流暢地彈奏出某個大家都很熟悉，陰沉中帶有哀傷的旋律，那是無人不曉的一首童謠的旋律。

「這是〈雨〉吧。」

甲斐如此低語，他已取下隨身聽的耳機。

「是白秋的詩。」槍中說。「螺鈿盒搭配音樂盒是吧，嗯，很有意思的組合。」

而就在彈奏完整段旋律時，從走廊那扇門傳來一個響亮的清咳聲。注意力全放在音樂盒上的我們全嚇了一跳，轉頭望向聲音的方向。

「提醒各位一聲，這裡不是飯店。」

那位姓鳴瀨的管家，打開門站在那裡，忍冬醫師急忙蓋上盒蓋，音樂盒彈奏的〈雨〉也就此消失。

「這裡不是飯店。」鳴瀨又重複說了一遍。「我們始終是基於人道立場，也可說是不得已而為之，才留各位在此住宿，這點請各位牢記在心。」

接著他朝一臉畏怯的彩夏瞪了一眼。

「剛才我也對那位小姐說過，晚上請盡早就寢，你們在這裡太過喧鬧，會造成我們的困擾。因為我們宅邸裡的人，平時最晚九點半就會回到各自的寢室。」

「請等一下。」槍中往前朝鳴瀨邁出一步。「事情是這樣的，她是大島出身的人，所以……」

「根據新聞報導，街上沒傳出災情。」

鳴瀨以不帶情感的聲音應道。

「今天晚上請各位就此解散，此外，房內的裝飾品請勿擅自碰觸，可以嗎？」

在鳴瀨冰冷的眼神注視下，我們默默離開沙龍。

我們之間開始彌漫一股無比沉重、尷尬的氣氛，感覺也不能全然說是因為這位板著張臉的管家，以及宅邸內的其他人展現的態度所造成。

在返回房間的途中，我暫時停下腳步，以手掌擦拭玻璃窗上冰冷的霧氣。

隔著昏暗走廊的對面那面牆上，有一整排相當高的落地窗，外頭似乎是面向中庭的陽臺。玻璃外面是深不見底的黑暗，而絕不被黑暗染色的白雪，在黑暗中持續隨風飛舞，毫無減弱的跡象。

我一時間（只有短暫的一瞬間）因某個來路不明的預感而顫抖，這時候有這種預感的人，肯定不只我一人。

第二幕

「暴風雪山莊」

1

這裡是哪裡？

從睡夢中醒來時，率先浮現腦中的，果然是這樣的疑問。在不是自己住慣的房間醒來時，一定都會微微陷入一種認知困難的狀態中。

我躺在一張小型雙人床上。

觸感舒服的毛毯和柔軟的大枕頭，舒適的溫暖室溫——我清瘦的身軀側向一旁，以胎兒漂浮在羊水中的姿勢睡覺。

我微微睜眼，目光捕捉到擺在床頭櫃上的手錶，我看指針顯示現在十二點半，首先想到的是「還早嘛」，這也是因為我還沒能清楚認知自己現在所在的地方，因為平時我過的都是下午很晚才起床的生活。

我坐起身，背靠著枕頭，伸手拿向擺在手錶旁的香菸和打火機。點燃菸，沉醉在尼古丁行遍全身神經的微微暈眩中，望著呼出的煙飄散的方向。紫煙那宛如漩渦般的動向，與漫天飛舞的白雪重疊在一起，浮現在我腦中，緊接著，當時在暴風雪中發現這座宅邸的燈光時，那種宛如被拋進某個壯闊夢境中的感覺，漸漸在我心中甦醒。

霧越邸。

我漸漸想起這個名字，同時將菸灰撣落桌上的菸灰缸內。

外觀呈橢圓形的厚質玻璃菸灰缸，從它那獨特的暗沉色調，推測是採用「脫臘鑄造法」（Pâte de verre）的作品。

脫臘鑄造法是十九世紀末，在新藝術運動下被重新發現、重新評價的古美索不達米亞玻璃製作法，是以漿糊揉捏來燒製玻璃的一種技法，藉由這種做法可以製作出柔和的不透明感，以及宛如陶器般的圓潤質地。菸灰缸旁有一個風格獨具的銅製檯燈，它仿照相互纏繞蔓延的花草形象，同樣也是新藝術運動風格的設計。

桌子後面可以看見一扇細長的直拉窗，隔著純白的蕾絲窗簾可以看見，在透明的玻璃窗外，厚實的百葉門緊閉，一旁的大落地窗同樣也裝設了百葉門，從百葉門的縫隙間射下白光。

我下床穿上鞋，走向設在房內角落的洗臉臺，它有兩個水龍頭，開關上頭分別有紅色和藍色的印記，轉動紅色水龍頭後流出熱水。我猜這給水裝置應該是三年前，現任的屋主白須賀秀一郎在改建房子時設置的吧。

儘管如此——

類似的房間，光是二樓至少就有八間房。雖然忍冬醫師說這一家人「完全不和外界往來」，但不論是這個洗臉臺，還是整理得很乾淨的寢具，都覺得是假想會有外來的客人而刻意準備的。

我換好裝後，想讓房內空氣流通。我打開直拉窗，將窗外的百葉門微微推開，這時，就算用驚人來形容也一點都不誇張的寒氣流進屋內。我將開襟羊毛衫的領口拉攏，打了個哆嗦。不過，雪好像轉小了，我想到陽臺看看，就此打開一旁的落地窗。

外頭緊繃的空氣，猶如切成銳角的水晶，風聲在遠處呼號，眼前的景致，放眼所及全被白雪覆蓋。

因為有屋簷的緣故，陽臺上的積雪出奇地少，我朝外面踏出一步。

我被分配到的這個房間，位於ㄇ字形建築突出部位的前端內側。陽臺下方是中庭風格的露臺，而建築另一頭的突出部位，就隔著它兩相對望。象牙色的牆壁上一整排的窗戶，有幾扇的百葉門早已打開。

三面都被建築包圍的寬敞露臺，朝右手邊，也就是朝湖的方向敞開的一邊，呈圓形朝水面上挺出，中央一帶有個被白雪覆蓋的雕像，那大概是噴水池吧。從那裡再往前幾公尺處的湖面上，浮著一座圓形的小露臺，看起來就像離岸的小島，那上面也擺了一座雕像，但不知道它是否也設有噴水裝置。
擁有霧越湖之名的這座湖，清澈的水面僅帶有些許綠色，像鏡子般倒映出四周的景致。它給人一種靜謐的印象，與昨天傍晚在暴風雪中看到的那一整片淡灰色湖面截然不同，甚至覺得它呈現出一種恭順的表情。不遠處靠近對岸的湖面上，稀疏聳立的枯樹形成漆黑的暗影，如同以銼刀磨成的尖銳山巒，聳立在後方，層層交疊。
眼前是遼闊無垠，充滿震撼性，令人為之屏息的雪景。
我發現此刻我毫不猶豫地感覺到「美」，在昨天抵達這裡之前所體會到的苦難，此時全都鮮明地憶起，我再次沉浸在深感安心的嘆息中。

2

走出房間後，我先前往沙龍。當時我試著敲了敲隔壁房間（槍中選的房間）的房門，但沒應聲，看來他已經起床離開房間了。
忍冬醫師獨自在沙龍裡，深坐其中一張沙發上，正低頭看著某本雜誌。他一發現我走進，那張圓臉馬上堆滿笑意，高聲向我問候道：
「鈴藤先生，昨晚的疲勞都消除了吧？」
「對，因為很舒服地睡了一覺。」
我回以一笑。
「您在看什麼？」
「這個啊？」
老醫師立起手中攤開的那本書，讓我看封面。一本B5大小，薄薄的冊子，上面大大地寫著標題「第一線」。

「這是什麼雜誌嗎？」

「可以這麼說，這是警視廳發行，給內部人士看的刊物，內容有最近的犯罪情勢、真實案件的搜查報告這類的報導。」

一提到「警視廳」，感覺像是聽到一個和這裡很不搭調的字眼。見我露出驚訝的表情，醫師圓框眼鏡底下的雙眼瞇成一道細縫。

「是這樣的，我以前曾協助警方的工作，因為有這層關係，所以現在他們仍會寄這種刊物給我。」

「您說警方的工作，是指驗屍或解剖嗎？」

「嗯，就是那一類的工作。」

「您曾經當過法醫嗎？」

「不不不，這裡只是個鄉下地方，沒有那麼了不得的職務，只有東京、大阪這種大都市，才有所謂的法醫制度。」

「那麼……」

「相野的警局局長是我的老朋友，緊急的時候常會把我找去。不過，這一帶也不會發生什麼多大的案件，就只有旅館裡發生的竊盜案件，或是小混混之間的打鬥。至於殺人案，這三十年來也只發生過兩、三起。這個市町說祥和的話，確實很祥和，但如果說無趣的話，還真是無趣透頂。

哦，請不要誤會，我並不是希望發生更多重大刑案。該怎麼說呢？我只是希望多點刺激，想要那方面的刺激應該也是人之常情吧。」

「哦。」

我不置可否地回應後，醫師略顯難為情地搔著頭。

「所以我才請他們寄這種雜誌給我，以此排遣無聊。這可比那些三流的連續劇或偵探小說有趣呢，內容相當寫實，連屍體的照片都有，不過這不太能給一般人看。」
光聽到「屍體的照片」，我就微感人不舒服了。小說或電影裡，不管發生多殘酷的殺人案，我也都不在乎，而且那些以此為樂的人們心裡的想法，我也能體會，但是以報紙或週刊雜誌上聳動報導的真實兇惡犯罪，當作「刺激」來享受，這點我實在做不到。
「那裡已準備好早餐，我剛才先吃了。」
經他這麼一說，我才發現通往餐廳的門敞開著，仔細一看，槍中、深月、甲斐三人就坐在餐廳的餐桌旁。
「嗨。」
槍中朝我舉起手，並伴隨著這聲爽朗的問候。
「早安啊——這樣說好像不恰當，因為已經不早了。」
「這個時間已經算很早了。」
我淺淺一笑，向他道早安，在走向餐廳時，同時向他問道：
「雪變小了呢，搞不好回得去哦。」
「聽說接下來又會變糟。」槍中聳了聳肩。「總之，雪積得很深，現在還是無法下山。」
「就不能想辦法請人來接我們嗎？」
「聽說電話線斷了。」坐在槍中身旁的深月說。
「妳說什麼？」
我正準備拉出椅子，手就此停住。
「好像是昨天很晚時發生的事。」槍中接話道。「所以我們得暫時關在這兒了，雖然很同情蘭的處境。」
這張備有九張椅子的十人座餐桌上，煮起司火鍋用的鍋子裡裝有奶油燉湯，配合我們的人數，一人一份。盤子裡裝有麵包、法式鹹派、生火腿、煙熏鮭魚沙拉，連同我的份算在內，還有五份餐都還沒動過。

約莫過了十分鐘，彩夏摀著嘴，打了個大哈欠，走進餐廳。昨晚她像逃命似地從一樓返回時的畏怯表情，現在已完全看不出來。

「昨晚睡得可好？」

槍中詢問後，彩夏又打了個哈欠，點頭應了聲「嗯」。她朝用來對奶油燉湯加熱的酒精爐點火後，馬上便伸手拿沙拉。

「我得去借電話才行。」

她似乎還是很擔心三原山火山爆發的事，馬上提到這件事，於是槍中告訴她電話線斷了的事。

「真的？」彩夏雙目圓睜，重新望向槍中。「怎麼辦，這下可傷腦筋了。」

她鼓起腮幫子，微微低下頭思索了一會兒，接著抬眼望向坐她對面的甲斐。

「甲斐哥，你的隨身聽待會兒可以借我一下嗎？我想聽新聞。」

「這個嘛……」甲斐昨晚可能沒睡好，嚴重充血的眼睛頻頻眨眼，一臉歉疚地說道。「電池沒電了，偏偏我又沒帶充電器。」

「咦～怎麼這樣。」

「不會有事的，彩夏。」槍中以溫柔的口吻安慰。「不是說昨天下午是最早的火山爆發嗎？就算是大規模的山火爆發，也不會整座島突然一下子就布滿熔岩的。」

「可是……」

「如果妳還是很在意的話……啊，有了，忍冬醫生。」槍中望向沙龍的方向，朝打開的那扇門後方叫喚。

「咦？什麼事？」

醫師仍坐在沙發上，轉動他肥胖的身軀，望向這邊。

「請問一下，您的車就停在這座宅邸旁對吧。」

「沒錯。」

「可以的話，待會兒能否讓我們聽您車上的收音機呢？我們想知道三原山火山爆發的情況。」

「哎呀，這可傷腦筋了。」忍冬醫師如此應道，一臉羞愧地往額頭一拍。「很遺憾，車上的收音機故障了。因為我正考慮要換車，所以沒修理，一直這樣擱著。」

「這樣啊，那就沒辦法了。」槍中的視線移回彩夏臉上。「似乎只能請這家人借我們電視或收音機了。」

「這家人？」

彩夏的表情雖然還不到畏怯的程度，但明顯為之一沉。

「我會幫妳去拜託他們，別擺出那麼悲慘的表情。」

槍中如此說道，接著頻頻朝她點頭，就像在說「乖～乖～」。

又過了好一會兒，榊跟蘭才一同走進餐廳。不知為何，兩人就像喝醉似的，看起來步履虛浮，這是當時他們給我的印象。

儘管坐向了空位，但蘭還是顯得悶悶不樂，完全不碰眼前的菜餚。可能是因為昨天的那場雪中行軍感冒了，她頻頻吸著鼻涕。榊看起來也沒特別擔心，而他自己好像也沒有食欲，一鍋奶油燉湯完全沒動，只吃了少許的沙拉。

下午兩點過後，最後一人終於也起床到來，他是名望奈志。

他在蘭身旁的空位坐下後，目光停向擺在盤子旁的刀子，叫了一聲「哎呀」，他惴惴不安地以食指伸向刀子的握柄，直接將它推出餐墊外。

「你還是老樣子。」槍中苦笑道。「要請他們幫你準備筷子嗎？」

「請別笑我。」名望像章魚一樣噘著嘴。「每個人都會有自己不喜歡的東西。」

他有一種堪稱是「刀子恐懼症」的毛病（或許稱之為疾病比較正確），也不知道是怎樣的幼年體驗帶來的影響，從菜刀乃至於小刀、剃刀、拆信刀，所有刀子他都怕，連用手摸都怕，即便是用餐的刀子也不例外。記得曾經聽他親口說，他唯一敢用的是剪刀，這點很慶幸。

「哎呀，住在這棟宅邸裡的人雖然有點那個，不過他們作的菜真是可口。」

名望奈志右手拿起叉子後，便展現他旺盛的食欲，開始將飯菜往胃裡塞，真不知道他那骨瘦如材的身軀，是哪裡藏了一個這麼大容量的胃。

「咦，小蘭，妳不餓嗎？如果妳不吃，我就接收嘍。」

槍中看準時機，告知電話線斷了的事。

今天在東京有一場「特別」試鏡的蘭，她那不好上妝的臉頰就此變得僵硬。但也許是看到外頭如此深的積雪，她心裡也放棄一半了，因而沒像昨晚那樣做出歇斯底里的反應，就只是不發一語地頹然垂首。

「連電話也不能打是吧。」名望撕著麵包的手就此停下動作，板起了臉。「傷腦筋，這下就沒辦法了。無計可施啊。」

「你不是說你有一件庸俗的小事，到底是什麼事啊，奈志。」

槍中詢問後，名望縮起肩膀。

「好了啦，那件事就別再追問了。」

「教人很好奇呢，你是不是有事瞞著我們？」

「才沒有呢，不過，我不想談那件事。」

「嗯，既然這樣，打從一開始就別說嘛。」

「啊，槍中兄剛才的口吻好冷啊。」名望微微咂嘴。「你可以用其他說法吧，例如，『聽你這麼說，反而讓人更想問個清楚』之類的。」

「原來如此。」槍中覺得好笑，露出一口白牙。「你其實很想說，這才是你的真心話是嗎？」

「是是是，我的個性就是藏不住秘密。」名望奈志用手掌輕撫他那顏色很淡，活像豆芽菜的髫髮。「我即將回歸單身生活了。」

「啥？」

「換句話說，我想離婚。」

「哦？」槍中**極力忍住**不笑。「簡單來說，你老婆跑了。」

「別講得這麼白嘛，別看我這樣，我內心受創很重呢。」

「這事跟你非得趕回東京不可，有怎樣的關係？」

「十七日星期一，我太太會送交離婚申請書。也就是說，我還沒完全死心，在這趟旅行的過程中我一直在想，要不要展開最後的掙扎。」

「最後的掙扎？」

「就是回去後，邀她展開一場和平談判。」

「原來是這麼回事，確實很庸俗。」

「竟然擺出這種事不關己的態度，真是的。」

「經這麼一提才想到，你當初是入贅對吧？」

「是啊，我太太家和槍中兄一樣，是有錢人，而且名下有多筆土地。坦白說，我不是真的愛上她，而是對她家的財產抱持期待，現在這份期待落空，心裡很難過。」

「哦～名望奈志先生原來是入贅的啊，真意外。」彩夏插話道。「這麼說來，你真正的姓氏松尾，是你太太的姓。」

「這是當然。」

「離婚後你又要恢復原本的姓氏對吧，姓什麼？」

面對這毫無顧忌的提問，名望也不顯一絲不悅地回答道：

「鬼怒川。」
「鬼怒川？」
「漢字就是鬼怒川溫泉的『鬼怒川』三個字，鬼發怒的河川。」
彩夏一時笑出聲來。
「拜託，好怪哦，跟你的型搭不起來。」
「妳也這麼認為？」
「因為名望奈志先生就是なもなし（連名字也沒有），怎麼看也不會給人鬼發怒的感覺。」
「謝謝指教。」
「不過，少了太太後，會很辛苦吧。」
「妳這是在同情我嗎？」
「嗯，一點點。」
「介紹妳的朋友給我認識吧，只要人長得美，又有錢，什麼樣的對象都好。靠妳嘍，彩夏。」
雖然名望奈志一樣用這種不正經的口吻說話，但從他的言談舉止間，還是隱約可以看出他和平時不太一樣。我心想，雖然他嘴巴上說到即將離婚的妻子財產，但也許他單純只是在逞強罷了。

3

我上完廁所回來後，發現槍中獨自來到走廊上，雙手深深地插在灰色法蘭絨長褲的口袋裡，正望著掛在中庭那一側牆壁上的一幅大型日本畫。
「你看這個，鈴藤。」我走近後，槍中便如此說道，指著他正在看的那幅畫。「是春天的風景對吧。」

畫中描繪的是染成草綠色，顯得朦朧模糊的群山。前方景致的一大片森林，有某個區塊長滿了山櫻。我瞇起眼睛細看那恣意綻放的白花。

「不，不是那個，是這個才對。」槍中再度伸出右手食指，明確地指出圖畫的右下角。

「上頭的落款。」

「落款？」

我微微彎腰，定睛細看他所指的地方。原來上面有作者的簽名和蓋章。

「這……」

看出那草書寫成的文字後，我為之語塞，因為我看出上面寫著「彩夏」這個名字。

「這是……」

「這不是念作『AYAKA』，而是念作『SAIKA』[10]。雖然不太有名，但她是活躍於昭和年代初期的風景畫家，名叫藤沼彩夏（SAIKA），這大概就是她的畫。」

我不知道該怎麼回應才好。

忍冬圖案的地毯、三葉**龍膽**的圖案玻璃，以及這次出現眼前，名叫「彩夏」的畫家簽名。若說這是湊巧，當然是如此，但湊巧接連發生就有點可怕了。我漸漸有一種詭異的感覺，這一切已不是光靠一句「湊巧」就能解釋。

「那個呢？」

靠中庭那一側的牆面，中間隔著四扇通往陽臺的落地窗，有另一幅大小相近的日本畫。我望向那幅描繪了紅葉的群山，宛如著火般的圖畫，向槍中問道：

「那幅畫也是出自同一個人之手嗎？」

「不。」槍中搖頭。「那是其他畫家畫的，上面也有簽名，但那是跟我們沒任何關係的名字。」

這時，彩夏正好走出沙龍，她一看到我們，便從暗褐色地毯上快步跑來。
「喏，妳看。上面有妳的名字呢。」
槍中此話一出，彩夏馬上一臉納悶地望向那處落款。
「啊，真的耶。」
彩夏大聲說道，接著向後轉身。
「深月，妳快來看。」
她朝接著來到走廊上的深月招手，槍中對她們兩人說明自昨晚以來，在這座宅邸裡發現的「姓名」一事。
「我們大家一起來探險吧。」彩夏突然說道。
「探險？」
我偏著頭感到納悶。
「就是在這棟宅邸裡探險。」
她豐腴的嘴唇帶有一抹天真無邪的笑意。
「妳明明昨晚還臉色發白，嚇得要命呢。」
槍中說完後，彩夏搔著頭，發出「嘿嘿」兩聲。
「我的優點就是很快就能重新振作，而且我想讓大家看樣東西。」
「什麼東西？」
「喏，我昨晚不是跟你們報告過嗎？有一幅畫得很像深月的畫。」
「啊……」
對哦，是有這麼一件事。

10.
劇團的成員乃本彩夏，她的彩夏念作「AYAKA」。

昨晚跑去借電話的彩夏，說她在樓下看到一幅油畫，畫中的女性和深月長得一模一樣。如果那是真的，這座宅邸便又向我們出示了一個奇妙的「偶然」。

「可是，管家不是特別叮囑我們，別四處遊蕩嗎？」

深月調皮地露齒而笑，當真很快就又重新振作。

「大家贊成對吧，只是小逛一下。」

槍中托起金框眼鏡，以一本正經的口吻說道，他臉上的表情就像在說「這方法可行哦」。光是察看沙龍和餐廳，就找到這麼多收藏品，此刻他很想早點到其他地方看看，強烈地傳來他心裡的想法。

我與不發一語、暗自苦笑的深月互望一眼，同樣忍不住露出苦笑。

「往這兒走。」彩夏帶我們走的，是面朝中庭的右手邊方向（我和槍中的房間所在的方向），與昨晚我們被帶進門所走的地方，是完全相反的另一側。

此時我們腳下踩的步履，就像參觀美術館的客人一般，緊跟在身穿牛仔褲搭粉紅色毛衣的彩夏身後，「探險」就此展開。

餐廳、沙龍、圖書室，都位在同一排上，在這三扇門中間的牆壁上，掛著兩張大掛毯，前面這張織的是金黃色太陽與折射陽光的汪洋，另一張則是銀白色的雪景。這是大量採用了金絲和銀絲所作成的華麗編織，主題為「夏」和「冬」，對面牆壁擺飾的日本畫，則是「春」、「秋」，兩邊合起來，構成美侖美奐的四季。

走廊的盡頭處是加上新藝術運動風格裝飾的一扇大雙開門，大門緊閉。上頭有加入毛玻璃的藍色鏡板，以及遍布其上的黃銅製蔓草——來到這扇門前，彩夏轉頭看了我們一眼，確認我們都跟在後面後，雙手握住門把拉開。

門的對面有一處小小的空間，是樓梯間，它的設計就像是朝挑空的寬敞大廳挺出般，來自一樓的樓梯以及通往三樓的樓梯都連接在一起。以草木複雜交纏的畫面來裝飾的黃銅骨架，支撐著圍在樓梯旁的咖啡色扶手，這是典型的新藝術運動設計。

「哎呀。」

來到樓梯間後，右手邊有一處微微朝一旁挺出的空間，那裡擺了一個玻璃櫃，深月目光停在上頭，忍不住發出一聲驚呼。

「呀～好可愛。」彩夏發出一聲歡呼，跑到玻璃櫃前方。「好小的雛人偶。」

擺在黑色的木製臺座上的玻璃櫃，高和寬都大約六、七十公分，裡頭收納了小小的雛人偶陳列臺。雖說它「小」，但它一樣是規矩的五層裝飾，最上層是天皇與皇后，底下依序是三位宮女、五位唱歌演奏者……整組雛人偶道具齊備，沒有疏漏。至於人偶的大小，最大的高度也不到十公分高。

「這是芥子雛對吧。」深月就像覺得刺眼般，瞇起她細長的眼睛，望向槍中。

「對。」槍中朝櫃子走近一步，雙手置於膝上，彎下腰來。「這好像是知名的上野池之端的七澤屋作品。如果真是這樣，那可值錢呢。」

「芥子雛？」彩夏偏著頭不解。

「也叫作牙首雛，人偶的頭是用象牙雕刻作成。」

「嗯？」

「以現今這種形式擺出雛人偶陳列臺當裝飾，是進入江戶時代後才有的，之後經由江戶及大阪的富裕商人改良，而變得更加精緻，並投注各種技術。但幕府時常會訓誡百姓們不可過度奢華，對雛人偶也限制其材料和尺寸，工匠們就此被激起鬥志，就像在說『既然這樣，我就做給你看』，在這樣的限制下做出的，就是這種小型的雛人偶。」

「哦～聽你這麼說，感覺好像很不簡單呢。」

「妳看一下雛人偶的道具，真的做得很好。」

果真如槍中所言，雖然這遠比標準尺寸小上許多，但這些道具的精巧，以及製作技藝的纖細，都令人看了為之瞠目。

直徑約五公分的「貝桶[11]」裡，塞滿了大小不到一公分，可用來玩「貝合[12]」的貝殼；用來收納硯臺、墨、毛筆，只有三公分長的硯盒；全長不到五公釐的小鳥就養在裡頭的鳥籠；拉著牛車的牛，身上還植入纖細的體毛——每一個都做得很精細，完全不會因尺寸小，就給人廉價感。

感覺我們都快被拉進這個精細的迷你世界中了，當我們都盯著櫃子瞧時——

「咦？」彩夏突然鬼叫一聲。

「怎麼啦？」

槍中詢問後，她突然轉身面向背後。

「拜託，怎麼又來了……」她一臉納悶，臉上籠罩黑霧。

「怎麼了？」

槍中重複又問了一次，彩夏倒成了八字眉說道：

「你剛才沒看到嗎？」

「看到什麼？」

「那個櫃子的玻璃上，映照出一張陌生的臉孔。」

「啊？」

「這話什麼意思？」

深月問，彩夏更加眉頭緊鎖。

「我也不太清楚，突然有某個人的臉浮現在我們身後。」

「怎樣的長相？」

「影像很模糊，所以我也不清楚，不過……」彩夏右手指向前方。「我想，有人站在那扇門後面。」

她指的是芥子雛玻璃櫃反方向的那一側——從走廊過來之後的左手邊，通往三樓的樓梯入口。在樓梯前面有一扇單開門，上頭嵌有拱形的透明玻璃，此時這扇門是關著的。

「就在那片玻璃後方嗎？」槍中輕撫著下巴說。「妳的意思是，那裡有個人，影子映在玻璃櫃上是嗎？」

「嗯。」

彩夏以不置可否的表情點頭，邁開小碎步走向那扇門，雙手握住隱隱發出金光的門把，像在踮腳般朝玻璃後方窺望。

「——沒半個人影。」

「會不會是妳自己想多了？」

「這不可能……啊，這門打不開，它鎖住了。」

「那位管家說過，絕不能上三樓。」

「昨晚也很奇怪。」彩夏手握著門把，轉身對我們說。「當時我正準備從這裡下樓，結果從這扇門的方向傳來奇怪的聲響。」

「奇怪的聲響？」

「嗯，『叩』的一聲，是某個堅硬的聲響。」

「腳步聲嗎？」

「感覺不像。」

彩夏仍偏著頭，往門後窺望，我們催促她快點過來，一起下樓去。

11. 用來裝貝殼的桶子，為女性嫁妝的一種。貝殼是作為遊戲使用的道具，起源於平安時代。
12. 從眾多貝殼中找出可配成一對的貝殼，以此當遊戲。

樓梯的寬度比走廊略微窄些，話雖如此，應該也將近兩公尺。我們先往下來到半樓高的位置，沿著左手邊的牆壁，有個像迴廊一樣的構造，繞了整個大廳一圈。

「哦，這是……」走在前面的槍中，在一處呈L型的轉角前停下腳步，他抬頭仰望掛在盡頭處牆上的一幅水彩畫。

「是這座宅邸的畫。」他以低沉卻又充滿讚嘆的聲音說道。

我們昨晚在暴風雪中目睹的，是宛如一隻巨鳥敞開雙翼的黑色輪廓，以及屋內的亮光。儘管如此，這幅畫所描繪的洋樓，肯定就是霧越邸沒錯——不知為何，我很確定是這樣。

這是從正面對這棟建築取景所畫成。

占據中心位置的，是維多利亞式的半木結構房屋樣式。這是發源於北歐和北美，日本在明治二〇年代到昭和初期相當盛行的木架建築樣式，象牙色的牆壁上，可以看到黑色的木架浮現，真的很美。中央的一整排凸窗，以及其他許多地方也都採用了玻璃，與沒玻璃的牆壁形成絕佳的平衡。屋頂是所謂的曼薩爾式屋頂，細膩的屋梁裝飾、閣樓窗、紅磚煙囪，為青綠色的屋頂陡坡帶來點綴。

「半木結構是吧。」

槍中一臉陶醉地說道，我聽了之後，說出我心中的想法。

「不過，這大概只是虛有其表而已。」

「為什麼這麼說？」

「這棟建築的結構本身恐怕不是木造，這裡明明多雪，卻還使用大量的玻璃，如果百分之百是木造的話，一定承受不了重量。」

「有道理，這麼說來，是用鋼筋嘍？」

「沒錯。」

「大正時代有鋼筋建築嗎？」

站在背後的深月說，槍中應道：

「我記得是在明治末期傳入日本，鋼筋幾乎都是進口──嗯，上面有簽名呢。」

槍中手抵著鏡框，走向畫的旁邊。

「又是什麼別有含意的名字嗎？」

我如此詢問，他應了聲「不」，搖了搖頭。

「是個和我們無關的名字，也不知道該念成『AKIRA』，或是『SYCU』。」

「AKIRA……」我細看槍中指出的簽名，上面寫了一個「彰」字。「是哪位知名畫家嗎？」

「不知道，至少不是我認得的畫家。」槍中雙手一攤。「也許不是專業畫家畫的作品，雖然畫技不錯，但該怎麼說呢？不太感覺得到畫家展現自我的欲望。」

槍中雖然如此挑剔，卻依舊是那無比陶醉的神情，畫裡的季節應該是春天吧，我們仰望那以淡綠色為背景所描繪的華麗洋樓，在原地駐足良久。

4

來到一樓後，在正面的右前方看到剛才走過的樓梯間，我們從二樓下到一樓前，已先在大廳周圍繞了將近半圈，左後方的一大扇黑色雙開門，似乎通往宅邸的正面玄關。

這是一座昏暗，且瀰漫清冷空氣的大廳。地板面積比二樓的沙龍和餐廳還要寬敞些許，但由於一樓到三樓完全挑空，所以感覺空間更是大上數倍之多。

三邊的牆壁上都沒有半扇窗，就只有我們的左手邊（剛好與湖呈反方向）這面牆，有整排細長的圓形拱窗，高達二樓。就像是由這些多處嵌有彩色玻璃的窗戶在底下支撐般，描繪聖母領報[13]的彩繪玻璃，從更高的位置俯瞰著我們。

在黑色花崗岩上，到處嵌入白色大理石，形成像圖案般的地板，牆壁也是採厚重的灰色石造牆面。被染成紅、藍、黃的微弱光線從彩繪玻璃灑落，劈開了黑暗，醞釀出一股宛如古教堂般靜謐且莊嚴的氣氛。就連掛在正面牆上，用來呈現基督誕生圖與復活圖的兩幅巨大的戈布蘭掛毯，也融入灰色牆面中，看起來宛如馬賽克鑲嵌壁畫。

「就是那幅畫。」彩夏如此說道，直接穿越大廳。

兩幅掛毯中間，設有一座大理石壁爐，而掛在它上方的金色畫框裡，正是彩夏說的那幅畫。

「喏，你們看這個。」彩夏在壁爐前轉頭望向我們。「對不對，很像深月吧。」

「真的耶。」槍中發出一聲驚嘆，搖搖晃晃走向前。「這到底是怎麼回事……」

以五十號大的畫布畫成的油畫。

畫中的女子纖細的身軀穿著一件全黑的禮服，坐在窗邊的椅子上，在昏暗的前方一直靜靜注視著我們。烏黑長髮一路垂至胸前，就像覺得刺眼般，瞇起她細長的眼睛，帶著一股落寞的微笑，她呈現出的文靜，彷彿已看出這世界的結束──這位美麗的女性果真如彩夏所說，和蘆野深月長得像同一個模子印的。

「這到底是誰呢？」槍中仰望那幅畫，如此低語。「昨晚我也問過，深月，妳是否知道些什麼？」

就像要甩除這個問題般，自從走下樓梯後便一直站著不動的深月，搖了搖頭。

「我不知道……」

黑色毛衣搭配黑色長裙──說來也奇怪，她與畫中的女子穿著同樣顏色的衣服。

「不過真的很像，妳自己也這麼認為吧？」

「──對。」

「英國有一部恐怖電影，名叫《遺產》（The Legacy）。」槍中自言自語道。「由凱瑟琳．

羅斯扮演的女主角，在偶然的機會下造訪山中一座大宅邸，接著在那裡發現一幅和她一模一樣的肖像畫。」

「別再說了。」深月小聲地喊道。「很嚇人呢。」

「喂，我們往這邊走吧。」

彩夏的聲音響起，她不知何時已離開那幅畫，來到右手邊那扇藍色的雙開門旁。

深月就此從肖像畫移開視線，朝彩夏奔去。槍中仍仰望著那幅畫，一時還不想動，但過沒多久，他重重嘆了口氣，也離開了現場。

彩夏握著門把，等候槍中過來，她悄悄推開門的手，隨著簡短的一聲「哇」，就此停住。

「是那個人……」彩夏悄聲說道。「就是昨晚在這裡罵我的那個男人。」

從微微張開的門縫中可以看到又長又寬的走廊，和二樓一樣鋪著暗褐色地毯的走廊上，一名身穿白色運動服，身材高大的男人逐漸走遠。從背影看不太出來，不過，確實就像昨晚彩夏說的，看起來年紀遠比管家鳴瀨還要年輕。

男子在筆直延伸的走廊上走到盡頭處，打開一扇和我們這邊一樣的藍色雙開門。雖然已看不到男子的身影，但有長達幾十秒的時間，我們一動也不動——甚至應該說，是一動也不敢動。

「走吧。」開口的人是槍中。

「可是，感覺像在做壞事呢。」深月面有難色。

「被發現的話，就到時候再說吧，總不會不講道理，馬上將我們轟出屋外吧。」

槍中以煞有其事的回吻回覆，把門打開一道身體寬度的門縫，鑽向走廊。

前方有一條袖廊，轉向右手邊湖的方向，我們並未事先說好，便決定往那條路走。我們打破禁忌，在宅邸內「探險」，正因為有罪惡感，所以不方便往建築的中心走去。而我們前進時，

13. 基督教中，指天使加百列向聖母瑪利亞告知她將受聖神降孕而誕下聖子耶穌。

也在無意識中躡著腳走。

袖廊的盡頭處有一扇單開門，藍色的鏡板上嵌有毛玻璃，上頭有蔓草圖案的黃銅裝飾，與其他門同樣的構造。

「門沒鎖呢。」

小碎步走向前方的彩夏，小聲地說道，見槍中默默點頭，她這才緩緩打開門。

一時間我產生錯覺，以為來到了戶外。

門外白光滿溢——是白色的積雪。與原先起床走出陽臺察看時相比，雪明顯下得更大了，隨風飛舞，不斷降下新雪。

兩側都是透明玻璃牆的銜接走廊，就在眼前。

隔著厚厚的玻璃牆，右手邊就是水波蕩漾的霧越湖，左手邊沿著湖，有一座數公尺寬的細長形露臺。在離此有段距離的湖面上，可以望見那座像小島一樣浮出水面的圓形露臺。

這是一條七、八公尺長的走廊，我們緩緩走向深處那扇和這邊一樣的單開門。

在左側中央附近，同樣也設了一扇透明的玻璃門，可供人前往露臺。我在通過時，順手試著轉動那個門把，感覺沒上鎖。

「裡頭不知道會有什麼。」

「是怎樣的房間呢？」

深月跟彩夏同時說道，走到這一步後，成了貨真價實的「探險」了。

「依我看……」槍中定睛望向隔著玻璃可以看見的前方建築。「那大概是……」

他還沒來得及說出推測，彩夏已打開深處的那扇門。這時——

「哇～好酷哦。」她發出孩子般的歡呼聲。

一道和之前截然不同的異樣光芒，像洪水般一次湧來。盈滿房內的綠意，當中有零星的鮮紅與鮮黃，撲鼻而來的芳香，還有熱氣……難道是溫室？

沒錯，這裡正是溫室。

「太酷了！」彩夏心花怒放地衝進溫室，我們也跟著踏進那浮在白色湖面上，綠意盎然的房間。

「太不可思議了，這戶人家到底是什麼來路啊？」槍中環視明亮的室內，如此說道。

被冬天清一色的雪白掩蓋的戶外景致，與充滿生命力的室內，兩者相差懸殊所形成的對比，甚至令我微微感到暈眩。

「外頭明明下著那樣的大雪。」深月也難掩心中的驚訝。她走進之後，反手把門關上，輕輕吁了口氣。「好美，竟有這麼多花。」

話說到一半，她像嚇了一跳似的，急忙噤聲，深月望向槍說道：

「這些花全都是蘭花。」

「蘭花……」槍中鼻頭皺起皺紋。「原來是蘭啊。」

難道又發現一個跟我們有關聯的名字嗎？

蘭──希美崎蘭的「蘭」。

那成群的綠意，是種在盆栽裡的洋蘭葉子，有嘉德麗雅蘭、蕙蘭、人花蕙蘭、蝴蝶蘭、石斛蘭……各種蘭花綻放出五顏六色的花朵。

每一面都是玻璃的寬敞溫室，從天花板的情況來看，可能是一個八角形的平面；一條約一公尺寬的通道，從入口一路往溫室中央延伸；中央有一個圓形廣場，擺設了白木的圓桌和椅子。

「總之，這花就是蘭的分身是吧。」槍中指向廣場前成群綻放的黃色嘉德麗雅蘭說道。

「如何？不論是華麗感，還是色澤，都和她一模一樣。」

「的確。」我把苦笑嚥回肚裡，點了點頭。

鮮黃的花瓣，搭上鮮紅的唇瓣。這直徑約二十公分的大朵鮮花，顏色剛好與蘭昨天穿的華麗連身洋裝吻合。雖然槍中以「華麗」來形容她，但對她向來沒好感的我，倒是很想補上一句「毒辣」來加以形容。

這時，背後傳來開門聲。

本以為是宅邸裡的人來了，我為之一驚，做好防備。槍中和深月他們也同樣做出防備架式，轉頭望向門口。

「什麼嘛。」一看到走進的男子，彩夏大聲叫道。「原來是甲斐哥啊。」

他可能也是為了打發無聊，而開始在宅邸內「探險」，一看是我們，甲斐倖比古一時顯得很驚訝，但他蒼白的臉頰旋即露出微笑，抬起手發出一聲「嗨」。

「嚇了一跳對吧？」見甲斐瞪大眼睛望著溫室內部，彩夏一臉得意地說道。

「啊，嗯。」甲斐雙手插在褐色皮夾克的口袋裡，低聲應道。「真是服了他們，沒想到竟然有溫室。」

我們前往中央的廣場，在那裡重新環視室內。

鐵絲網編成的臺座上擺了大大小小的盆栽，還有從天花板用鐵絲垂吊而下的盆栽，在盛開的花朵中間，擺放了幾個鳥籠，籠裡的鸚哥和金絲雀各自輕快地唱著歌。

「要讓這麼多種類的蘭花開花，是很不容易的工作，遠超乎大家的想像呢，鈴藤。」槍中的雙手放在白木的圓桌上，朝擺在桌上，形狀像座鐘的溫度計窺望。

「攝氏二十五度。」

「這裡頭這麼溫暖？」

難怪穿著厚實的開襟羊毛衫的身體，走進這個房間才短短幾分鐘，就已微微出汗，玻璃外想必氣溫是在冰點以下。

「因為這原本就是熱帶、副熱帶的品種，總之，是很纖細的花。溫度、濕度、光照量、通風，只要其中有一項不夠完備，就不會開出漂亮的花，一個沒弄好，還會變得虛弱。」

「雖然名字一樣，但和某人可是大不相同呢。」

聽他作這些說明的彩夏，以含糊的聲音說出帶刺的話來，槍中似乎有點驚訝。

「喂喂喂，這話也太傷人了吧。」

「誰教我就是和她合不來嘛。」

彩夏以半開玩笑的口吻說道，我覺得她褐色的眼瞳中，彷彿有一瞬間冒出黑暗的火舌。

5

不知在那裡過了多久的時間。我們也差不多該走了——就在槍中開口提議時，加上甲斐的我們「探險隊」一行五人，遇上了不該遇上的人物。

雙方都大吃一驚。

「你們……」從銜接走廊走進的這名人物，朝我們發出尖叫般的聲音。「你們在這裡做什麼？」

是那位戴著黑框眼鏡的女人（深月說她姓「的場」）。

「你們在這裡做什麼？」她又重複問了一遍，手中捧著一個銀盤，上面擺著白瓷茶壺和茶杯。看起來度數很深的鏡片後方，一對感覺頗具知性的眼睛，不斷緊盯著我們，並投射出冰冷寒光。

「啊……不。」連槍中也變得語無倫次。「這蘭花……真漂亮呢。」

「我應該已經拜託過你們，別擅自在宅邸內走動。」

她雖是女性，但聲音無比低沉，而且略帶沙啞。她以一點都不激動，甚至顯得很沉穩的口吻說道：「這裡不是飯店。」

她就像一把將我們推開似的，和昨晚的鳴瀨說著一樣的話。

「請馬上回二樓去。」

我們當然是無言以對，我和甲斐不發一語，垂頭喪氣地朝她點了個頭，正準備離開時，槍中開口了。

「請等一下。」

「什麼事？」

女人微微蹙眉。

「我要為我們擅自走動一事致歉，確實沒有辯解的餘地，不過……」槍中筆直地承受對方的視線。「可否請您稍微諒解一下我們的心情？」

「這話什麼意思？」

她一邊回應，一邊大步走向廣場的圓桌，把銀盤擺在桌上。

「我們大家都很不安。」槍中說道。「說得誇張一點，昨天我們真的是在鬼門關前走了一遭。你們願意收留我們，我們是很感激，可是……」

「有什麼不滿嗎？」

「不是有什麼不滿，對素昧平生的我們，從餐飲、住宿，乃至各方面，你們都很用心款待，非常感謝。不過……」

見槍中欲言又止，女子冷冷地瞇起眼睛。

「我叫你們別在宅邸內四處走動，讓您不高興嗎？」

「也不是，我只是……對了，對於我們投靠的這座宅邸，到底是一戶怎樣的人家，住著怎樣的人，會想要有些許的了解，這也是人之常情吧。我想見屋主一面，當面向他說聲謝謝。」

「老爺不會見您。」女子冷漠地說道。「至於這是一戶怎樣的人家，您也沒必要知道。」

「可是……」

「的場小姐，」這時深月插話道。「提出這樣任性的要求，真的很抱歉，但我們真的很不安。大家都想早點回東京，但被困在這樣的大雪中，連電話也打不通。」

「啊，是。」

這位姓的場的女子，反應開始有了變化。深月自己似乎也對此頗感意外，她納悶地望著對方那化著淡妝的臉問道：

「請容我問個問題。」

原本一直很冷漠的女子，此時表情微微開始動搖。

「什麼問題？」

「剛才我在那邊的大廳看到一幅女人的肖像畫，那畫的是誰呢？」

女子一時答不出話來，深月又接著問：

「畫中人和我很像，感覺就是我，不是別人，那個人到底是誰？」

現場歷經數秒的沉默，女子注視著深月的臉，回答道：

「是夫人。」

「夫人？是屋主的夫人嗎？」

「是的，那是夫人年輕時的畫像。」

「為什麼和我這麼像？」

「我不知道，我和鳴瀨昨天一見到您，都嚇了一跳，因為實在太像了。」

所以他們當時才會那樣一直盯著深月瞧。

「這純屬偶然嗎？」

「也只能這麼想，因為夫人沒有兄弟姊妹，也沒有表姊妹，生前一直是孤零零一人。」

她提到「生前」，深月似乎也察覺她話中的含意，就此皺起眉頭。

「這麼說來，夫人已經……？」

「她已經過世了。」

女子回答深月問題的聲音，已沒有剛才的冰冷。
「在這座宅邸過世的嗎？」
深月繼續追問，女子悲傷地搖搖頭。
「已經過世四年了吧，是當初橫濱的宅邸發生火災的時候……」
「火災？」
「都是那家電視製造商的錯，電視半夜突然起火。」
說到這裡，女子突然閉口不語，她顯得很慌亂，就像連她自己也不知道為何會說出這些話來。
「我說了不該說的話。」她像在訓斥自己般，微微搖了搖頭，從深月臉上移開目光，低下頭去。「請回二樓去吧。」
「請問……」深月還有話想說，但槍中抬手制止了她。
「抱歉，再問一個問題就好，可以嗎？」
女子輕輕咬著下唇，抬起視線，冰冷的面具再度覆在她臉上。
「已故的夫人叫什麼名字呢？」
「這您沒必要知道。」
「請告訴我，只要告訴我名字就可以。」
「沒這個必……」
「該不會叫深月吧？」
槍中提高音量說出來的這個名字，令女子瞪大眼睛，就此閉上嘴。
「叫深月對吧，深邃的明月，或是同音異字？」
「你為什麼知道？」
「那是我的名字。」深月回答道。「這也純屬偶然吧。」

就在這時。

溫室內的某處突然發出奇怪的聲響，「啪嚓」某個堅硬的聲響傳了出來，就像鞭子猛然彎撓般。

我們大吃一驚，惴惴不安地找尋聲響傳出的地方。

「在那裡。」槍中旋即指出，就在我們頭頂——正好是擺放圓桌的位置正上方，高處天花板的一部分。「大家看那個，那塊玻璃。」

看得出在天花板鋪設的一塊透明玻璃上，出現十字的龜裂。一道裂痕長約三十公分，而另一道裂痕正好與它垂直相交，長度幾乎一樣。

「是剛才裂開的嗎？」

深月納悶地問道，槍中微微點頭。

「我猜是這樣——的場小姐，以前就有那處龜裂嗎？」

女人不發一語地搖了搖頭。

「是自然龜裂嗎？還是因為雪的重量？不，如果是這樣的話……」

「請不用在意。」女子對百思不解地仰望玻璃龜裂的我們說道。「在這座宅邸，這是常有的事。」

「常有的事？」槍中側著頭不解。「是因為建築老舊嗎？」

「不，這宅邸有點奇特，尤其是有客人來的時候，它就會開始自己動起來。」

對我們來說，這句話充滿謎團，但不知為何，沒人想問清楚這句話的含意。不過，這時候就算強硬地質問，她肯定也不會告訴我們。

在她的催促下，我們離開溫室時，槍中再次轉頭望向女子，對她說「如果有收音機的話，希望可以借我們一用」。說明了情況後，女子就只是冷回一句：「我會去請示老爺。」

6

傍晚時，槍中和我待在二樓的圖書室，除了忍冬醫師和名望奈志、彩夏三人在隔壁的沙龍裡聊天外，其他人似乎都窩在自己房裡。

圖書室的格局可說幾乎和餐廳一樣，通往沙龍那扇門對面的牆壁上，設有混色大理石打造的厚實壁爐，正好隔著沙龍與餐廳形成對稱的位置關係。

今天每個房間的壁爐都沒點火，因為有中央暖氣供應系統，所以也沒必要點火，昨天是為了在暴風雪中一路走來的我們，特地點燃柴火。

順便用來放珍貴書本的大裝飾層架，位在沒點火的壁爐右側，至於其他壁面，只留下日光房那一側，其他全都被一路抵向天花板的高大書架占滿。書架上擺滿各種類型的書，井井有條地分類整理；也有許多地方是分成前後兩排，塞得滿滿，所以照分量來看，或許跟高中圖書室的藏書相當。

其中數量特別多的是日本文學，當中又以眾多的詩集和歌集最為顯眼。外國文學的數量也不在少數，而美術全集及研究書這一類，也有相當的數量。除此之外，從醫學相關的專業書，乃至於現代物理學、東方和西方的哲學書和評論書、最近的娛樂小說，應有盡有，蒐集了各種領域的書籍。

「鈴藤，我現在愈來愈不想回東京了。」槍中坐向壁爐前的搖椅，頻頻撫摸著他窄細的下巴說道。「我希望這雪一直下下去，許這樣的心願，不知道好不好。」

我回了他一個不置可否的笑容，站在壁爐旁的裝飾層架前。

以玻璃門區隔的裝飾層架中，除了書本外，還存放了漆器的信盒和筆墨壺等物品。日式裝訂書也相當多，當中特別吸引我的，是擺在中間那一層，頁面翻開的幾本《源氏物語》，從帶有透明圖案的和紙以及上頭所寫的文字色澤來看，研判已頗有年代。

《源氏物語》是日本古典文學中，我特別喜歡的作品。我不是拿它當戀愛小說看，而是拿它當諷刺小說，它不是在描寫平安時代貴族生活的紀錄，而是描寫他們幽暗幻想的故事。

我忍不住想伸手拿起那本書，但玻璃門牢牢地上了鎖。

「這裡真是太酷了。」槍中沒理會我此時的模樣，仍自言自語地說道。「這座宅邸真的很酷。」

槍中流露出凝望遠方的眼神。感覺好像很久沒見過他流露出這樣的眼神了。

「我在找尋一種『風景』。」

以前他對我說這句話時的表情，與此時的他重疊在一起，浮現我腦海。那是——那是什麼時候的事呢？

我一面離開裝飾層架，一面在憶海中探尋。

對了，那是四年半前的春天，「暗色天幕」第一次表演的那一晚。演出結束後，我們兩人在吉祥寺的某家酒館裡重溫往日情誼，就是那時候。

記得我好像是詢問他劇團名稱的由來，我還問到，既然以「天幕」來命名，是否打算日後有天要展開帳篷公演。

「我在找尋一種『風景』。」

在擁擠的店內吧檯中，他就像在凝望遠方般，那對有雙眼皮的眼睛瞇成一道細縫，將摻水威士忌的酒杯湊向唇邊。「我應置身其中的風景，身處在這樣的風景中，最能夠真切感受到我存在的意義……」

他頻頻說著和我的提問沒什麼直接關係的內容，接著說道：

「『天幕』其實也沒什麼多深的含意，我更是一點都沒有打算要以『黑色帳篷』或『紅帳篷』當目標。所以我也沒有要舉辦帳篷公演的意思。」

不過，說得也是，以前親眼目睹過新宿中央公園那起事件的體驗，也許多少對我造成一些影響吧。」

他說的是一九六九年的那場「紅帳篷動亂」。我當時對戲劇這種事並不是很感興趣，但好歹還是知道那起知名事件的梗概。

那是一月三日晚上發生的事件。

唐十郎率領的劇團「狀況劇場」，原本打算在西新宿的中央公園演出「腰卷仙——振袖火災之卷」[14]這齣戲碼。但當時的美濃部東京都知事以「都市公園法」為由，不許他們演出。當天，劇團在未經許可的情況下強行演出，那天晚上在機動隊包圍帳篷，以擴音器大聲咆哮的情況下，仍持續演出的那齣戲，如今已成為傳說。

「……當時我十六歲，還高一，是個很叛逆的**不良少年**，都不到學校上課，完全沒把老師看在眼裡，也少有同年齡的朋友。話雖如此，我可不是無所事事地四處遊蕩玩樂，我整天都關在房裡看書，如果用現在一般的說法，也就是一味沉浸在自己的世界裡。

說到一九六九年，正是大學鬥爭最激烈的時期，東大安田講堂的攻防戰[15]也是在那一年吧。雖然我就讀的高中也受到了影響，但一樣漠不關心，我多少也讀了一些馬克斯的書，但完全無法接受……不，這不是能不能理解的問題，應該說是產生抗拒反應，大概就是這種感覺吧。不論是安全保障，還是革命，我都不在乎。我很清醒地看著這一切，覺得他們都陶醉在自己的戰爭中，想必我是個很不討喜的少年吧。

政治就不用說了，我對那個時代的戲劇也沒什麼興趣。當然了，當時正流行的小劇團運動，我也漠不關心。

而這樣的我，那天晚上之所以會目睹那起事件，背後當然有其原因。一名高中生晚上路過那樣的地方，這聽起來也很奇怪吧。我有一位很喜歡戲劇，大我十五歲的表哥，那天我和他一起外出，回來的時候他帶我去那裡。還跟我說，或許能看到有趣的東西。」

多年後我才知道，那位喜愛戲劇的表哥，就是蘆野深月已故的父親。

「他事前什麼也沒跟我說，因此我完全不知道那裡發生了什麼事。晚上公園裡聚集了好多人，有手持硬鋁盾牌的機動隊，有投光燈具有攻擊性的強光，激烈地相互咆哮的聲音。以及在這片混亂中，就像從黑暗底端升起，突然現身的鮮紅帳篷……

那是很不可思議的一幅『畫』，嗯，對一位一直都只關注自己內面世界的十六歲少年來說，那是極具震撼性的一幕。確實有種類似感動的感覺，不過，那不是對那起事件的具體意義產生的感動。也就是說，我內心的風景與那幕光景，巧妙地產生共鳴，它充滿了幻想，而且確切地存在，那宛如噩夢般的可怕令我顫抖，而我同時也感覺到它那駭人的美。

那天晚上，我們只有遠遠地看到紅色帳篷在那樣的紊亂中演出，之後便返回家中。帶我去的那位表哥就只對我說一句『很厲害吧』，並未做任何解說，我是到了隔天才明確了解那起事件所具有的社會性意義。雖然我從新聞等媒體上讀到相關報導，但這時我的興奮之情反而就此退燒，心想：**什麼嘛，原來是這麼回事**。

在這個契機下，我就此開始對現代戲劇產生興趣，這是事實，但我並不認同之後乘著『地下典範』的風潮，而展開的戲劇運動。『戲劇是時代的函數』這種老套的主張，我原本就很深惡痛絕，對於人們常說的『集體創造』這種思想，也完全引不起我的共鳴。算了，先不談這個……

對我來說，真正有價值的，可以說**只有那天晚上的光景**。那滴落鮮紅血色的帳篷，宛如生物般逐漸挺起身的那幅『畫』。不管它具有社會性，還是藝術性，總之，它已屏除一切的含意，以及它被賦予的意義。也沒有任何合乎邏輯的應證。它單純只是印象的問題，但它確實引導我走

14. 此火災別名為「明曆大火」，發生於明曆三年（明曆是後西天皇的年號，時間是江戶時代一六五五年到一六五八年），據說是源自一件不吉利的女性振袖（寬袖和服），住持想將它焚毀供養時，突然一陣風吹來，引發大火。

15. 東京大學本鄉校區遭全學共鬥會議占據，之後警視廳出面擺平的一起事件。

向我所探尋的『風景』——雖然講得好像很了不起似的，不過，要是追根究柢的話，也許就跟小時候在某處看到的珍奇展示屋帳篷差不多吧。」

7

「你在發什麼愣啊？」

在槍中的叫喚下，我猛然回神。我坐在房間中央那張黑色大理石桌旁的扶手椅上，夾在指縫間的香菸，已一路燒至菸蒂，化成了灰。

「我想起一件事。」

我將桌上的菸灰缸拉過來，坦白地回答他，槍中搖晃著搖椅，一臉納悶地應了聲「嗯？」。

「我在想你的事，你說要找尋的『風景』。」

「什麼嘛。」槍中自嘲似的，嘴角輕揚。「嗯，我也曾經有那麼一段時期，會說那種話嗎？」

「瞧你這說話語氣，好像你現在已經清醒了似的。」

「倒也不是，只不過，最近感覺我的感性處於低潮，不管做什麼、看到什麼，內心也不會有任何感動……」槍中站起身，改移到桌子對面的另一張椅子上。「不過，自從遇見這座宅邸後，感覺我從那種狀態中跳脫出來了。嗯，我很中意這座霧越邸，不過，住在這裡的人另當別論。」

「你也太執迷了。」

「該怎麼說呢？這座宅邸太完美了。」

「完美？」

「就各個層面來說，它都給我這種感覺。」槍中如此說道，暗自點頭。「舉例來說，在洋樓建築的傳統內部裝潢樣式中，若隱若現的新藝術運動設計，與呈現在許多地方的日本風情，兩者巧妙地相互融合。新藝術運動本身，原本就是受到日本浮世繪的影響，所以兩者合得來也可說是理所當然的事。不過，換個不同的看法，這裡聚集了這麼多樣的物品，要是稍有差池，也很有可能會毀了一切，這需要有如同走鋼索般的平衡感才行。」

「是這樣嗎？」

「這是很主觀的問題，雖然不知道白須賀先生是怎樣的一號人物，不過，我真的很希望能會會他。」

想和這宅邸的主人見面一事，我也有同感。我點頭，正準備重新點一根菸時——

「舉例來說。」槍中又開口道。「你難道沒想過，如果能在一樓的人廳表演之前那齣戲，不知道會怎樣。觀眾全部都從上面的迴廊往下看舞臺，在那個黑色花崗岩的地板上造一面棋盤……」

《黃昏的先攻法》是上個月「暗色天幕」演出的劇名，這部原創作品，用的是槍中和我共同創作的劇本，將舞臺打造成棋盤，登場人物扮成棋子，以謀略和愛情作為縱軸與橫軸，以一局勝負來呈現整個故事，就此串成這整齣戲。槍中難得會在戲中加入這麼多實驗性的嘗試，所幸公演博得超乎預期的好評。

原來如此。如果在這座宅邸的大廳演出那齣戲，應該能成為很有意思的舞臺……

「對了。」我改變話題。「在溫室裡，那位姓的場的女子，講了一句令人在意的話。」

「長得很像深月的白須賀大人一事是嗎？她說連名字都相同。」

「那也算是一件……」我不經意地抬頭仰望天花板的枝形吊燈。「我指的是她最後說的那句話。她看到屋頂玻璃出現裂痕，說這座宅邸有點奇特。」

「嗯，那件事啊。」

「那到底是什麼意思呢？你不覺得這座宅邸奇特的事太多了嗎？之前名字的巧合也算是一

個。還有，彩夏說她看到樓梯上的人影和聲響。」

「的確。」槍中緩緩閉上眼。「不過，不管是什麼事，還是帶有謎團比較好，你不這麼認為嗎？」

「帶有謎團比較好？」

「不論是再有魅力的事物，當你全部都摸透後，就很無趣了。這也可以套用在人身上，舉例來說，鈴藤，你對深月這位女性了解多少？」

「咦？」

我完全沒想到他會來這麼一招，槍中神色自若地望著一臉慌亂的我。

「你的心思，我瞭若指掌。再說了，原本對戲劇不太感興趣的你，之所以會接受我的邀約，常在劇團裡出入，也都是因為之前在練習時見到了她。」

「我那是……」

「別生氣，我沒有要嘲笑你的意思。嗯，深月是位很出眾的女性，並非只有你，有誰看到她不為之心動，那才有問題呢。」

「槍中……」

我到底想說什麼？我這時候又能說些什麼呢？

就在這時，沙龍的門開啟，這對我來說，可說是一種解救。

「嗨，奈志。」走進的是名望奈志，槍中朝他露出若無其事的笑臉。「怎麼啦，覺得無聊嗎？」

「嗯，一點點。」名望攤開他瘦長的雙臂。

「彩夏人呢？」

「在那邊請忍冬醫生幫她做姓名分析。」

「那位醫生還會算命啊？」

「我實在很排斥占卜。」

「你完全不信嗎？」

「剛好相反，我的個性，在抽籤時一旦抽到凶，就會深感絕望。所以要是請人占卜，對方說出不好的占卜結果，那我可受不了。」

「這可真教人意外。」

槍中覺得好笑，莞爾一笑，名望垂落嘴角，誇張地聳了聳肩。

「──話說回來，這裡的藏書可真多。」

名望雙手插在黑色牛仔褲的前方口袋，從房內穿越，來到占滿壁爐左手邊整面牆的書架前。他時而踮腳，時而彎腰，朝那整排書的書背凝望了半晌，接著他大聲喊道，甚至還破音。

「咦～真傷腦筋。」

「嗯？怎麼了？」

「哎呀呀，槍中兄，你看這個，這裡竟然有我的名字。」

「名字？」

槍中和我不約而同地從椅子上站起，走向名望的方向。

「這個、這個。」名望朝裝有玻璃門的中間那層努了努他突尖的下巴。「喏，就是這個，正中央那四本書。」

名望指出的那一帶，擺了幾本同樣格式的書，裝在枯葉色的盒子裡。書名各自不同，但作者名全都是「白須賀秀一郎」，是這座宅邸主人的名字。書背上沒印有出版社的名稱，從這點來看，也許是他自費出版的書。

名望說「正中央那四本書」，但我不知道真正指的是這當中的哪一本。我感到困惑，順著書名一路看。《星月夜》、《時之迴廊》、《名喚之時》、《望鄉星座》、《奈落湧泉》、《志操牢籠》、《夢之逆流》……

「還沒看出來嗎？」

看到我們的反應，名望愉悅地露出門牙。

「就是這四本，《名喚之時》、《望鄉星座》、《奈落湧泉》，還有《志操牢籠》，這四本書的書名第一個字，你們試著橫向念過來。」

「啊……」

「真的耶。」

書名都印在每本書書背上的同樣位置上，也就是說，書名的第一個字都整齊地橫向排列。照名望說的，試著挑第一個字看，結果得到「名」、「望」、「奈」、「志」這四個字，正好是他的名字。

這再度出現的奇妙巧合，令我和槍中忍不住面面相覷。

我打開書架的玻璃門，試著抽出那四本當中的《望鄉星座》。果然如我所料，是自費出版的書，當中收錄了幾十篇散文詩，其他書一定也是同樣的詩集。

「槍中兄，我從彩夏那裡聽說了。」名望奈志對站在一旁朝我打開的書本窺望的槍中說道。「她說這座宅邸裡到處都有我們的名字，她天真無邪地笑著說道，但仔細想想，這實在令人發毛啊。」

「就是說啊，不論想成是某種暗示，或者認定這單純只是偶然，都還是很可怕。」

「目前還沒在屋裡發現名字的，只剩三人是吧。分別是槍中、甲斐，以及榊。」

我此話一出，名望旋即咧嘴一笑。

「不，已經又發現一個了。」

「真的？」

「在哪裡？」

我和槍中的聲音重疊在一起，名望抬起他那宛如紅毛猩猩般的長手臂，指向沙龍的方向。

「那邊的桌子上，有個顯示出榊他姓氏的物品。」

「那裡有什麼？」

槍中語帶催促地問道。

「就是那個方形托盤，裡頭放著菸灰缸的那個。」

沙龍裡那套沙發組的桌子上，擺了一個裡頭有菸灰缸和菸管架的木製抽菸道具組，名望指的就是它。

「那個抽菸道具組嗎？」槍中摩娑著鼻子。「那上面哪裡有出現榊的姓氏？」

「它的側面以透雕的手法加入圖案，你沒看到嗎？我也是剛剛才發現的，那圖案是源氏香之圖裡的『賢木[16]』。」

「源氏香之圖？」

槍中為之蹙眉，看來，也有他不知道的事。

「俗稱源氏圖案，常用來作為和室的格子窗裝飾。」我擔任起解說員的角色。「聽說原本是聞源氏香的氣味來猜，以圖的方式呈現。」

「嗯，聞氣味來猜是吧。」

「對，把五種香分別包成五包，一共有二十五包。由香會主辦者從中隨意挑選出五包來焚香，加以區分嗅聞，用五條線來表示它們的氣味有何異同。而以光源氏與女性們之間的戀愛關係為基準，將這五條線的組合套用在《源氏物語》五十四帖的各帖中，這就是源氏香之圖。」

嚴格來說，五十四帖中的「桐壺」、「賢木」、「明石」、「夢浮橋」，採用的是同一個圖案，而據傳「柳」和「若葉」是後來添加，算是例外。

「經這麼一提，好像真有那麼一樣東西，原來如此。那裡頭的『賢木』，用在那抽菸道具

16. 賢木的日文讀音さかき，音同「榊」。

組的透雕圖案上啊。」槍中深深地盤起雙臂。「不過，鈴藤姑且不談，為什麼名望你會知道像源氏香之圖這麼風雅的東西呢？」

「哼，你可別小看我。別看我這樣，我大學時代和鈴藤老師同樣攻讀國文系，也算是一位成績優秀的學生。」

「不過話說回來，這麼瑣細的圖案，真虧你分辨得出來。」

「因為畢業論文的關係，我曾經研究過那個圖案，當時吃了不少苦，現在仍占據我腦中，揮之不去啊。」

說到這裡，名望挺起他那單薄的胸膛。我面露苦笑，將手中的白須賀秀一郎的著作放回書架上，讓它恢復原狀，呈現出「名」、「望」、「奈」、「志」這樣的文字排列。

8

暴風雪完全沒有減弱的跡象，非但如此，太陽下山後，雪勢還加劇，來到走廊和日光房，耳中傳來尖銳的呼號風聲，讓人覺得用「兇猛」一詞來形容，再適合不過了。儘管待在開著暖氣的宅邸內，一樣可以感覺到空氣中的冷度比昨天更加嚴峻。

晚餐還是一樣，提供了我們很豪華的餐點，感覺用來款待不請自來的客人實在有點浪費。端菜上桌的，是昨晚我們一開始抵達露臺時，從廚房門探頭的那位身材嬌小的中年婦女。她聽取了有「刀子恐懼症」的名望奈志提出的請求，刻意幫他拿來一雙筷子，但基本上她也和宅邸裡的其他人一樣態度冷淡，沒必要說的話，一句也不會多說。

晚上七點多，我們才用完餐，深月和彩夏用推車上的咖啡機為大家煮咖啡。

「這樣子愈來愈像所謂的『暴風雪山莊』[17]了。」忍冬醫師在咖啡裡加入三匙砂糖，如此說道。「這常出現在傳統的偵探小說裡，因大雪或暴風雨而完全與外界隔絕的一棟宅邸，在那裡發生恐怖的連續殺人案，沒辦法叫警察，想逃也逃不出去。」

「請別說這種不吉利的話。」我回應道。「因為就算不是那樣，這棟宅邸也已經夠陰森了。」

「哈哈。」老醫師用手指擦拭因杯子升起的熱氣而變霧的圓框眼鏡，朗聲大笑。「沒想到鈴藤先生挺膽小的，不過，小說家不是常會做這種天馬行空的想像嗎？」

「這也是因人而異吧，至少我就不太想讓自己的想像力往這種血腥的方向發揮。」

「您不寫偵探小說嗎？」

「對，看偵探小說打發時間，我不排斥，但我不會想自己寫。」

「忍冬醫生喜歡偵探小說是嗎？」甲斐問。他可能昨晚沒睡好吧，一樣是那雙眼充血的模樣，氣色也不太好。「既然您以前曾協助警察的工作，不會覺得推理小說很虛假而看不下去嗎？」

「不不不，沒這回事，現實和小說是不同的兩回事。」忍冬醫師朝喝了一口的咖啡又加了一匙砂糖。「小說有小說的樂趣，活生生的真實案件固然也有它有趣的地方，但偵探小說另有它的精妙之處。」

「哦。」我說。「今天早上——不，當時已經是下午了，您當時不是說，比起偵探小說，警視廳的雜誌有趣多了。」

「我那句話的意思是，它也有這樣的另一面，就刺激性來說的話。」

「刺激性是吧。」

「沒錯，某種偵探小說對腦部帶來的刺激，具有和它帶來的刺激截然不同的強烈感。感覺

17. 又稱暴風雨山莊、孤島模式，是推理小說和懸疑題材影視作品的一種舞臺設定模式，由英國女作家阿嘉莎．克莉斯蒂的小說《一個都不留》首創。

就像在一個不會受現實牽絆的地方，盡情享受可怕又殘暴的遊戲。」

「說得也有道理。」

「所以偵探小說裡發生的事，我會希望它盡可能是荒誕的案件。如果要我看一個又臭又長，極具現實感的案件，那我還不如直接看警方的搜查紀錄。如果單就真實感來說，這樣更刺激。」

「真教人意外。」槍中以愉悅的口吻說。「忍冬醫生您這個年紀的人，說到推理小說，不都是首推松本清張嗎？」

「清張是吧。嗯，以前我確實讀了不少，因為在那個時期，那樣的作品曾引發一股熱潮。不過，該怎麼說好呢？人上了年紀後，腦袋反而回到小時候的年紀了。不，我這話的意思可不是說我失智哦。現在那一類的小說已完全引不起我的興趣了，反而是亂步的小說讓我倍感懷念。」

「原來如此，亂步是嗎？我也很喜歡亂步，像《孤島之鬼》、《帕諾拉馬島奇談》等等，我覺得很棒。不過，在電視的兩小時連續劇中常播出的明智小五郎偵探劇，我倒是希望他們可以見好就收。」槍中顯得心情很好，臉上掛著和悅的笑容，環視坐在桌邊的眾人。「沒想到會在這裡談到推理小說，我們劇團裡的人大多都看了不少推理小說呢。」

「哦，每位都是嗎？這可真罕見。」

「會罕見嗎？」

「因為在這種小鄉鎮，都年紀一大把了還看偵探小說，都被當怪人看。」

「真的？」

「說被當怪人看，可能講得太過火了點。像我那過世的老婆，生前總是一臉嫌棄的表情，還說：看那種殺人的故事，哪裡有趣啊？」

「嗯，也許這樣的人出奇地多。以我們劇團的情況來說，有個背後的緣由，您知道神谷光俊這位作家嗎？」

「咦，好像在哪兒聽過。」

「不是有本名叫《奇想》的雜誌嗎？那是偵探小說的專門雜誌，他是三年前贏得那家雜誌的新人獎，就此出道的作家。」

「哦，有。」忍冬醫師輕撫著他下巴的白色鬍鬚。「那是一時蔚為話題的書對吧，內容提到吸血鬼。」

「那是《吸血之森》，他的出道作，同時也是他第一部作品集的書名。」

「對、對，我看過那本書，那位神谷光俊怎樣嗎？」

「是這樣的，他真正的姓氏是清村，兩年前仍是我們團裡的人。」

「團裡的人？在你們的劇團裡？」

「對，所以我們大家都認得他。」

「哦～」

「自己的圈子裡出了一位專業的推理作家後，會想試著看他的書，這也是人之常情。在那個契機下，有一段時期，『暗色天幕』裡流行起推理小說。至於我和甲斐，就算沒有這個契機，我們也是原本就喜歡推理小說。」

「原來如此。」

「我們之中，說到討厭推理小說的人，大概就屬彩夏了。與其說她討厭推理小說，還不如說她討厭印刷字，這樣說還比較正確。」

槍中語帶挖苦地說道，彩夏很不服氣地鼓起腮幫子。

「我喜歡赤川次郎。」

「我女兒也是，不，我自己也看赤川次郎呢，因為他和其他量產型作家不太一樣。」忍冬醫師的眼睛瞇得像米粒一樣小，莞爾一笑，接著轉頭望向我。「身邊明明有這類的故事，但鈴藤先生卻不寫偵探小說是嗎？」

「啊，不，我……」

在我接話前，槍中已開口說道。

「我建議過他，但他就是不想寫，似乎是跳脫不了年輕時立下的文學志向吧。」

「也不是這樣，因為我已經放棄純文學了。」我略微提出反駁。「寫推理小說是一種特殊的才能，每次閱讀推理小說，都深切覺得，我實在寫不出這種內容。」

「是這樣嗎？」忍冬醫師噘起他厚實的下唇。「我也看過一些書，覺得如果是這種程度的內容，誰都寫得出來。」

「那麼，醫生請自己寫書吧。」

「不，這我沒辦法……」

「對了。」槍中轉頭望向彩夏。「妳請醫生用妳的名字占卜，結果如何？」

「這個嘛。」彩夏再度鼓起腮幫子，顯得欲言又止。「醫生說結果不太好，雖然我很喜歡這個名字。」

「是這樣嗎，醫生？」

「我手上剛好沒有詳細的資料，只是大致幫她看一下。她的筆劃其實也沒多差，因為她的主格十六，是最吉利的數字，不過，外格就不太好了。」

「外格是？」

「姓名有五個重要的筆劃組合，名為五格，分別是姓格、主格、名格、外格、總格這五者，各自有其含意。」

說來也好笑，當醫師開始一本正經地展開這樣的說明時，他那張禿頭的圓臉，看起來很像是街頭算命師或是寺院的住持。

「在五格之中，主格對運勢的影響力最大，以乃本小姐的情況來說，她的主格無從挑剔。不過，外格主管人際關係、戀愛、結婚，也就是用來表示自己與周遭的關係，她的外格是十二，這是很不好的數字。這個數字代表的含意，是她與家人緣薄、體弱多病、短命、多災多難。」

「我記得姓名分析不是用本名，是用一般的稱呼來占卜對吧。」

「沒錯。」

「所以我請醫生幫我想辦法。」彩夏說。

「改名是嗎？」

「嗯，因為聽了總覺得心裡不太舒服，既然好不容易取了藝名，當然就得取個好名字才行。」

「說得也是。」

「我認為沒必要做多大的變動，主格還是保持原樣，簡單來說，只要改一下外格就行了。」忍冬醫師說。「我順便也算過其他兩、三人的名字。」

「哦，結果怎樣？」

「舉例來說，對了，蘆野小姐有個很強勢的名字，雖然算不上完美無瑕，但如果今後要以女演員的身分走下去的話，大致上沒有問題。這是請哪位懂這方面知識的人取的名字嗎？」

「不是，不過，我的朋友當中有人會姓名分析，他也曾對我說過同樣的話。」

深月如此回答時，臉上露出的微笑令我難忘，因為那雖是無比文靜、柔美的微笑，但感覺同時流露出一股難以形容的落寞與哀愁之色。

「不過，名字好壞這種事，根本就不可靠。」

她難得採取這種不當一回事的口吻，老醫師頓時像洩了氣似的，眼鏡底下的雙眼眨個不停。

「信與不信，當然是妳的自由，身為醫師的我說這種話也有點奇怪，不過，姓名分析其實很準呢。」

「真是無聊。」之前一直默默抽著菸的榊，語帶嘲笑地說道。「我贊成深月的說法，不管是姓名分析還是什麼，占卜這種事都不能信。」

「咦，榊，是這樣嗎？」名望奈志凹陷的眼睛瞪得好大。「在跟女孩搭訕的時候，占卜是必備的道具吧。」

「哼，儘管如此，我還是一個徹頭徹尾的現實主義者。」

「這我可不知道呢。」

「曾經發生過一件大爆笑的事。我高中時，有個朋友說有一樣東西很酷，叫作奇門遁甲，並用它來替我占卜，聽說它能算出一個人的死期。」

「你說的死期，是死亡的時間嗎？」

「沒錯，好像光靠出生年月日和出生時間就能占卜。結果算了之後，說我的死期在十二歲到十七歲之間，而且死因是他殺，但當時我都已經過完十八歲生日了。」

彩夏一臉天真地哈哈大笑。但也不知道名望究竟有幾分認真，他以特別嚴肅的口吻說道：

「不是這樣哦，榊，這東西不能這麼小看它。八年前發生過這麼一件事，我伯父在街上遇到一位算命師，說我伯父面露凶相，結果隔天他突然就暴斃了。」

「別這樣嚇人好不好，名望兄，很蠢耶。」

榊一臉掃興地聳了聳肩。

「我覺得還是小心一點比較好。啊，對了。」名望的目光移向坐在榊隔壁的蘭。她從剛才就一直低著頭，少了平時的霸氣，不時吸著鼻涕。「小蘭也請忍冬醫生幫妳改個好名字如何？我覺得妳的名字一定很不好。」

「你這什麼意思。」

蘭用微帶黑眼圈的眼睛瞪向名望。

「因為妳那麼賣力得到的試鏡機會，竟然就這樣泡湯了。」

「奈志。」槍中厲聲喝斥。「挑釁要適可而止，那件事就別再提了。」

「是是是。」

「你也沒什麼資格說別人吧，會走到離婚這一步，表示你的運勢也沒多好。」

「啊～真是的，竟然講出來了，我好不容易才忘掉的。」名望拚命搔抓著他那宛如豆芽般的頭髮。「唉～等回東京後，我得一邊當演員，一邊想賺錢糊口的方法，真是命苦啊。」

「啊，對了。」榊如此說道，手指在桌上輕輕一敲，望向甲斐。「說到錢，喂，甲斐，我借你的錢，你會盡可能早點還我對吧？」

「咦？」甲斐慌亂地抬起眼，低沉地應了聲「嗯」。

「最近我爺爺心情不好，所以我手頭比較緊，很多方面都得花錢。」

「啊……嗯。」

「你就想想辦法吧。」

榊像在叮囑似地說道，就此離席，往沙龍的方向走去；蘭也起身，跟在他身後。與昨天吃完晚餐後同樣的光景。

目送兩人離去的背影，甲斐悶悶不樂，微微嘆了口氣。

9

晚上八點前。

剛才那名婦人再度前來，收拾完碗盤後，有人敲響餐廳的門。留在餐廳裡的，有槍中、甲斐、忍冬醫師，以及我，一共四人，其他五人都到沙龍悠哉去了。

「抱歉，這麼晚才來。」走進餐廳的，是那位姓的場的女子。「找不到適合的收音機，這雖然是很老舊的機種，但如果你們能接受的話，就借你們用吧。」

她如此說道，遞出拿在右手裡的黑色收音機，跟辭典《廣辭苑》差不多大小，確實是很舊型的機種。

「啊，太謝謝您了。」槍中走向那扇門，接過她手中的收音機。「真不好意思，讓您專程跑一趟。」

「請用那裡的電源，因為裡頭沒裝電池。」

女子指向通往沙龍的那扇門邊的插座。

「謝謝您，呃……」

槍中還想再跟她說些什麼，但女子手扶著鏡框，向他點頭說了一聲「那我告辭了」。

「我想昨晚鳴瀨應該也跟你們說過，晚上請盡早就寢，最晚請在十點前解散——告辭了。」

她說完後，便匆匆離開。槍中將那臺收音機捧在胸前，一臉掃興地聳了聳肩說道：「真不可愛。」

「喂～彩夏，她借我們收音機了。」

彩夏馬上從沙龍那扇敞開的門飛奔而來，槍中才剛把收音機交到她手裡，她直接就擺在餐桌旁，興匆匆地將插頭插進插座，接著一會兒找開關，一會兒拉長天線，花了好一段時間操作，接著開始從喇叭傳出雜音。

「新聞、新聞……」彩夏也沒坐向椅子，便一再轉動調頻鈕。「啊～沒有一臺在報新聞。」

「沒事的，彩夏。」甲斐改坐向靠近收音機的位子上說道。「如果因為火山爆發而引發嚴重災情，就會播送緊急快報，所以一定不是多嚴重的火山爆發。」

「是這樣嗎？」

彩夏仍舊露出不安的神情，並持續轉動調頻鈕，找尋她要的節目。

『……原山火山爆發的後續報導。』

混雜在嘈雜的噪音中，傳來男性播報員破碎的聲音。「十五日傍晚，已有十二年沒噴發的伊豆大島三原山，之後仍持續冒出濃煙和火柱。東大地震研究所指出，已確認火山口底部開始堆積熔岩，預料火山活動將會成為長期現象。從十六日上午十點多開始，已反覆發生多達數十次的有感地震，但是對市鎮和居民並未造成直接的傷害。目前看不出火山噴發有加劇的趨勢，反倒是增加了不少觀光客，想看火粉像煙火一樣點綴夜空的御神火[18]……」

「妳聽他說的。」槍中莞爾一笑。「看來，事態暫時還不嚴重，似乎也沒人受傷。」

彩夏深深呼了口氣，鬆開手中的收音機。

「不過我還是很擔心，因為我六、七歲的時候就發生過一次火山噴發，真的很可怕，我當時很擔心島會不會就這麼沉了呢。」

「不用擔心，因為新聞甚至還提到，來了許多觀光客呢。」

「可是……」

「如果有危險的話，會馬上發布避難命令的，不過這種情況很少見。」

「……接著報下一則新聞。今年八月，在東京都目黑區的李家……」

「呀～」

彩夏突然慘叫一聲，緊接著收音機就此從桌上掉落，似乎是她的腳去勾到從牆壁插座延伸出的電線。

「沒事吧？」

槍中從椅子上站起身，跑向她身旁，附近的甲斐也嚇了一跳，微微起身。彩夏急忙當場蹲下，撿起掉落地板的收音機。

「啊～會不會就這樣壞了？」

18. 日本人視火山為神聖之物，因而稱火山噴火或噴煙為「御神火」，尤其是指伊豆大島三原山的火山噴發。

新聞的播報聲中斷，喇叭就只傳出「滋──滋──」的噪音，很像瓦斯漏氣。

「借我看一下。」甲斐從慌了手腳的彩夏手中拿起收音機。「沒事的，只是因為掉落的衝擊，頻道跑了而已。」

「太好了。啊，糟糕，天線彎了。」

「縮起來就看不出了。」甲斐轉動調頻鈕後，就此播放和剛才的新聞不同電臺的音樂節目。

「啊，等等。」有件事令我感到在意。「可以轉回剛才的新聞嗎？」

「鈴藤，怎麼了？」槍中問。「等回去東京後，你想去參觀火山嗎？」

「怎麼可能，不是啦。後來接著播報的新聞，我有點好奇。」

「你的意思是……？」

「你沒發現嗎？剛才我聽到『今年八月，在東京都目黑區的**李家**……』。我在想，接下來應該會報導目黑區**李家一族**的事吧。」

「目黑的李家……哦，**那起案件**嗎？」

「也許會有什麼進展。」

「原來如此。」

「鈴藤兄，新聞好像已經播完了。」轉動調頻鈕的甲斐，抬眼望向我。「現在播的是廣告。」

「既然這樣就算了，也許是我自己聽錯了。」

由於當中混雜了雜音，播報的聲音不是很清楚，所以我也沒把握聽到的是否真是那樣。

甲斐將那難看彎曲的天線縮回去，關閉開關。他拔出插頭，小心翼翼地把電線纏向握把，說了一句「因為要是再掉地面就完了」，把它擺在插座附近的牆邊。

沙龍的門一直都開著，所以我們當時的對話，可能也傳到了對面，但沒人接續「那起案件」的話題。彩夏和甲斐當然明白我想說的是什麼，只有忍冬醫師一頭霧水地愣在原地，但我們並不想多作說明。

過了一會兒，希美崎蘭從沙龍走到這邊來。

「忍冬醫生。」她一臉愁容，朝蹺著短腿，嘴裡塞滿糖果的老醫師走近。「我想拜託您一件事。」

「哦。」醫師動作生硬地端正坐好。「有事要拜託我是嗎？真沒想到啊……哈哈。對了，您今天一直在吸鼻涕呢，是不是人不舒服？」

「一點點。」

「那我幫妳檢查一下吧，我這裡大致都備妥了藥。」

「還沒嚴重到需要檢查的地步。」蘭虛弱地搖著頭。「我從昨晚就睡不著，所以……」

「哦。」醫師點頭。「您的意思是想要點安眠藥對吧。」

「有嗎？」

「也不是沒有，不過，不建議發燒的時候吃，妳有發燒嗎？」

「沒有，就只是鼻子發癢。」

「會不會對什麼過敏？」

「還好。」

「嗯，那好吧，我這裡有一種特效藥，給妳一些吧。」忍冬醫師從椅子上站起身後，蘭馬上很恭順地向他道謝，他望著蘭的臉道。「您確實看起來很疲憊，今晚就好好睡一覺吧。」

「謝謝你。」

「我的公事包放在房間裡，要跟我一起去拿嗎？」

「啊，好。」

「那種藥的藥效很即時，所以您回到房間後，請在做好就寢的準備後再服用。知道了嗎？」

醫師帶著蘭走出餐廳，我也趁這個機會前往沙龍。

在壁爐前，名望奈志正和坐在凳子上的深月閒聊；榊坐在沙發上，伸著雙腳，一臉無趣地抽著菸。

「關於八月那起案件。」槍中一邊坐向榊的對面，一邊向他問道。「後來抓到嫌犯了嗎？」

「什麼？」榊的眉毛陡然往上挑。「案件？」

「就是在你祖父家發生的那起強盜殺人案啊。」

「哦，那個啊。」榊別過臉去，呼出一口煙。「我不知道，應該還沒抓到吧。」

他冷冷地應道，表情清楚地透露出，他完全不想聽到關於那起案件的事。槍中就此沒再針對這件事多問，我同樣什麼也沒說。

過了一會兒，忍冬醫師從餐廳的方向走來。看來，蘭拿了藥，便回自己房間去了。

「我說榊，你不用去陪蘭嗎？」

名望奈志從壁爐前問道，榊持菸的那隻手輕甩了幾下，露出一抹淺笑說道：

「女人情緒低落時，我向來不知道該怎麼面對。」

「還有沒有誰身體不舒服？不用客氣，儘管跟我說一聲。」醫師環視眾人如此說道，把門關上。

就在這時，一件小小的怪事在我們面前發生。擺在沙發前桌子上的抽菸道具組，突然發出一聲沉重的聲響，掉落地面。

當中最吃驚的人就屬我了。

其他人當然也很吃驚，但他們肯定認為是榊或是誰伸手勾到了它，才會掉到地上，或者認為是有人搖動了桌子。但其實那都不是抽菸道具組掉落的原因，至少就我所見，不是這些原因。

我看到了……沒錯，**我全瞧在眼裡**。我朝回答名望詢問的榊望了一眼，接著因忍冬醫師的聲音而正準備轉頭時，我清楚看到，桌上的抽菸道具組掉落的瞬間。

就我看來，它沒受到任何外力。

在醫師跟大家說話，傳來關門聲的同時，抽菸道具組突然就像在冰上滑過般，自己動了起來，然後就此掉落，沒有任何人碰它。

我懷疑自己的眼睛。

那麼，是醫師關門引發的震動傳來，就此掉落嗎？我也想過這個可能性。抽菸道具組擺在桌子靠邊的位置，但我不覺得當時關門的力道足以讓它掉落地面。

「剛才有地震嗎？」

我搞不清楚是怎麼回事，就此向槍中提出這個詢問。

「地震？我什麼都沒感覺到。」抽菸道具組整個倒翻過來，菸灰缸裡的東西全撒在地毯上，他急忙朝那裡奔去。

「可是剛才……」

「不是我打翻的哦。」榊聳了聳肩，他好像沒看到掉落的瞬間。

「那為什麼……」

「應該是**一時湊巧吧？**」

一時湊巧吧——這句話是我們在日常生活中經常使用的一種用語，雖然很模糊，但姑且還算有說服力。我偏著頭，感覺很不自在，但最後還是接受了榊的解釋，除了接納之外，也沒別的辦法了。

但另一方面。

——這宅邸有點奇特。

在溫室遇見的那名女子說了一句充滿謎團的話，從我腦中掠過，這也是事實。

——尤其是有客人來的時候，它就會開始自己動起來。

「傷腦筋。」槍中想撿起抽菸道具組，很頹喪地壓低聲音說道。「這下不妙啊。」

槍中握住抽菸道具組上的把手，緩緩提起，另一隻手拿起從裡頭滾出的圓筒形菸灰缸，擺在桌上。感覺很沉重，是南部鐵器的黑色菸灰缸。

「摔壞了嗎？」

深月從餐廳取來抹布，跪向他身旁；槍中眉頭深鎖，指向抽菸道具組的側面。

「這裡裂出好大的裂縫。」

「真的呢。」

「這東西大概也大有來頭哦。」

槍中見我站起身窺望，對我說道：

「喏，源氏圖案的透雕這下子泡湯了。」

現在回想，那確實是一種暗示，一種預言。破裂的源氏香之圖的「賢木」，當時沒人深入細想它的含意。

10

鐘盤採正十二角形鑲邊的鐘擺式掛鐘，九點半時敲了一聲鐘響；過了一會兒，以圖案玻璃的牆壁隔開的日光房，傳來更低沉、更大聲的鐘聲。那是擺在圖書室的角落，一座高逾兩公尺的長箱鐘發出的聲響。

經歷了那場物品掉落的風波後，在凝重的氣氛下，槍中提議今晚就此解散。

「抽菸道具組的事，明天我會去道歉，要是對方要我們賠，那也沒辦法。為了避免再挨罵，今天大家就安分地上床就寢吧。」

這時已沒人想唱反調，也沒什麼人道晚安，大家零零散散地返回自己房間。

「鈴藤。」我正準備朝門口走去時，槍中叫住了我。「你想睡了嗎？」

經他這麼一問，我搖頭回了一句「還沒」。

「如果睡不著，可以在房間裡看書，可以借幾本圖書室裡的書來看吧。」

「嗯，應該沒問題。」

槍中從他坐的沙發椅上站起身，一隻手插進長褲口袋裡。

「你可以陪我一下嗎？」他說。

「陪你？」

「感覺今晚我可能會睡不著覺，該怎麼說呢？我太興奮了。」

「因為這座宅邸太迷人了是嗎？」

「可以這麼說。」槍中就像要掩飾他的難為情般，撥起他垂在額頭上的頭髮。「因此，我想來擬定下一齣戲的草案，你覺得呢？」

「好啊，當然沒關係。」

「好，那就……啊，晚安。」他朝揮著手走出沙龍的彩夏打招呼。

「我想想啊。」槍中望向圖書室的門。「有資料的地方比較適合，就選在隔壁吧。我去拿筆記本和筆來，你先去吧。」

「這樣好嗎？要是被發現，又免不了被抱怨幾句。」

「只要我們不吵就不會有事的。」槍中單手摩娑著微微冒出鬍碴的臉頰，像個十幾歲的少年般，露出調皮的微笑。「總不會事先裝了竊聽器吧。」

第三幕「雨」

下雨了，下雨了。
想去玩，卻沒傘，
紅色木屐帶，也在這時斷。

◆

霧越邸的人都很早起。

傭人們平時早上六點半起床，七點過後，便著手投入各自的工作中。

宅邸內的雜務全部一手包辦的末永耕治，一大早會先前往地下的鍋爐室。在檢查過鍋爐、完成中央暖氣供應系統的調節後，接著是前往溫室，檢查溫度、濕度、澆水等。

這天早上一樣，他先在鍋爐室把暖氣調高一些，然後為了清除屋頂的雪，啟動自動灑水裝置，接著前往溫室。

在開門前，他耳朵聽到那個聲響。

那會是什麼呢？從室內傳來像是使用淋浴的水聲，但溫室裡當然沒有淋浴設備，而且也沒有哪個怪人會刻意在溫室裡頭沖澡吧——他覺得納悶，就此打開門。

聲響的來源，是澆花壺。

溫室裡備有的銅製澆花壺，懸掛在從天花板垂落的一根鐵絲上。然後有條從水龍頭接出的藍色塑膠水管，一頭插進澆花壺裡。澆花壺懸掛在跟成人的身高差不多的高度，水從壺口流出，化成好幾道細絲。

接著——

在它底下，有具濕透的男性屍體。

◆

1

那天，十一月十七日星期一，在霧越邸迎來的第二個早晨，在單調的敲門聲下展開。

一開始我還在夢裡，聽到那反覆傳來的聲響。在夢裡，聲音聽起來不像敲門聲，而是像敲打玻璃牆的聲響。

在厚實的透明玻璃牆對面，有人頻頻敲打著玻璃牆。一邊不知在叫喊什麼，一邊舉起緊握的拳頭，模樣就像緊貼在玻璃上，一再地敲打；至於叫聲，我只看到他張大嘴巴，聲音沒傳到牆壁這一側來。玻璃很堅硬，文風不動。不久，他敲打的拳頭皮開肉綻，鮮血狂噴，開始將玻璃半邊都染紅了。

我好像做著這樣的夢，並與敲門聲重疊，感覺過了很長的時間，但在現實世界的時間流逝下，其實僅過了短短數秒。

站在玻璃牆對面的那個人，我怎麼也看不到他的臉，不知道他究竟是誰，但也許我心裡早知道他是誰。我也不知在叫喊什麼，從這邊敲打著牆壁，結果我才只敲了一拳，玻璃就開始出現裂痕……

我就此醒來，當我從床上彈跳而起時，雙手仍緊緊握拳。

「──來了。」

我先回應敲門聲，接著從床頭櫃上拿起我拆下的手錶，確認時間。

現在時間即將上午八點半。昨晚（正確來說，是今天黎明前）我很晚睡，回到房間已是清晨四點半左右，而我睡著是五點前，所以我才只睡了三個多小時。

披上開襟羊毛衫後，我踩著虛浮的步履走向房門。

「抱歉打擾您休息。」

黑色西裝配上黑色領帶，整齊分邊的花白頭髮。前來敲門的，是那位姓鳴瀨的管家。甫一打開門，他那對活像標本的眼睛便瞪視著我的臉，一樣板著張撲克臉行了一禮。

「麻煩您馬上到樓下的正餐室集合。」

儘管聽他這麼說，我還是不懂他的意思，我伸指揉著惺忪睡眼，偏著頭應了聲「啥」。

「請從大廳前往中央走廊，再直直地往前走，右手邊深處的那個房間就是。」

「是，請問……到底是什麼事？」

「總之，請馬上過去。」

發生什麼事了嗎？

我還沒完全清醒的腦袋，湧現出這樣的想法，因為我從對方的聲音中，感覺到略微激動的情緒。

說完要告知的事之後，鳴瀨再度行了一禮，快步從房門前離去。

出事了，但到底是什麼事？

我急忙整理儀容，走出房外。在走廊上遇見其他一臉睏樣的同伴，想必他們也同樣被叫醒，要去那裡集合。

「嗨，鈴藤。」槍中向我叫喚。「到底是怎麼了，這麼突然。」

「天曉得。」

「難得那個男人會看起來這麼慌張。」

「嗯，我也這麼覺得……」

「不過話說回來，真受不了，幾乎都沒睡到，你的眼睛也好紅啊。」

我們從昨天「探險」的樓梯，往下來到那處挑空的大廳，來到一樓的走廊後，鳴瀨指示我們去的「右邊深處的房間」，房門敞開著，所以一下就找到了。

一間又深又寬的房間，比二樓中央並排的那三個房間大了將近一倍。

房裡有四個人。

有剛剛才打過照面的鳴瀨，以及戴著黑框眼鏡，姓的場的女子。自從前天我們造訪這座宅邸後，這兩位已算是「熟面孔」。

另外兩人的其中一人，也曾經見過。

他是穿著沒圖案的白色運動服，體格高大結實的年輕男子（應該還不到三十歲吧），披散著一頭看起來很硬的鬈髮，嘴邊留著濃密的鬍子。昨天探險，正要從大廳來到走廊時看到的背影，就是這名男子。

接下來是最後一人。

他坐在房間中央那張長長的大桌對面，身上披著一件高雅的橄欖色長袍，年約五十，背對著後方牆壁那一整排窗戶而坐。厚實的藍色窗簾已經打開，窗外直接就是如同鏡面般的霧越湖湖面，還是一樣大雪紛飛。

「請坐。」那名男子坐在椅子上說道。

他一頭褐髮整個往後梳。輪廓很深，不太像日本人，且膚色偏黑，一雙深褐色的眼珠，筆直地注視著我們。他那高挺的鼻子下方蓄著鬍鬚，儘管眼神犀利，但嘴角卻泛著一抹安詳的微笑。

「我是這屋子的主人，名叫白須賀秀一郎，幸會，各位請隨意找位子坐吧。」冷靜而又充滿威嚴的聲音。

他就是霧越邸的主人，同時也是圖書室裡那幾本詩集的作者——我們什麼也沒說，也不敢多問，就此依言而行。

過了一會兒，深月、蘭、彩夏三位女性也走進房內。

「鳴瀨。」

男子——白須賀秀一郎展露笑容，微微抬起右手。

「好像都到了，上咖啡吧。」

一身黑衣守在桌旁的管家，行了個九十度大禮後，走向裝設在房內角落的吧檯。

「不好意思，白須賀先生。」坐我身旁的槍中，語帶顧忌地說道。「我們有一個人還沒來。」

有一個人還沒來——經他這麼一說，我才發現。

如果我們所有人都被叫來這裡，應該會有九個人才對，但現在桌邊只坐了八個人，還差一人。

「什麼名字？」

霧越邸的主人氣定神閒地向槍中詢問，槍中可能是一時不懂他這句提問的意思，應了聲「啥？」，答不出話來。

「沒來的那位叫什麼名字？」白須賀又問了一次。

「哦。」槍中環視就座的眾人，回答道。「他姓榊，叫作榊由高。」

「這樣啊。」白須賀突然收起嘴角的微笑。「既然這樣，不管等再久，榊先生也不會來的。我很遺憾，他永遠也不會來。」

「您說永遠？」槍中驚訝地反問。「這到底是什麼意思？」

「**他已經死了**。」白須賀告知道。

2

他這句話的含意，與他展現出的平靜表情，實在落差太大。第一時間，每個人肯定都懷疑是自己聽錯了。我也一樣。這該不會是之前夢境的延續吧？我腦中甚至掠過這種很常見的猜疑。

「您剛才說什麼？」

槍中的聲音，打破籠罩現場、長達數秒的沉默。霧越邸的主人眉頭連動也不動一下，直接回覆道：

「我說，他已經死了。」

「騙人……」蘭斷斷續續地發出高低起伏不定的聲音。「這在開什麼玩笑？」

「我當然沒有開這種玩笑的嗜好。」白須賀再次嘴角浮現笑意，望向臉色蒼白的蘭。「榊先生死亡一事是事實，就在我家的溫室中。」

溫室？他的意思是，榊死在昨天那間溫室裡？

「騙人。」蘭以沙啞的聲音吶喊。「這不是真的！」

「蘭。」槍中馬上出言制止。「妳冷靜一下，先聽他說明吧。」

「所以我才請你們大家聚在這裡，各位能明白我的用意吧。」

白須賀以處之泰然的口吻說道，注視著我們。那再度浮現嘴角，維持不變的微笑，巧妙地掩蓋他內心的情感。

「末永。」

在他的叫喚下，原本站在右手牆邊，滿面鬍子的年輕男子，應了聲「是」，踏步向前。

「他是在我們家中工作的男子，名叫末永耕治。」向我們介紹後，宅邸主人對那位傭人——末永說道。「你告訴他們今天早上發生的事吧。」

「是。」男子以粗獷的聲音回覆後，就這樣站在原地，開始一本正經地說出他在溫室發現榊由高屍體的經過。「……總之，我保留現場原狀，馬上請的場醫生過來，雖然一看就知道他已經斷氣了。」

「的場醫生是我們家的主治醫師，很優秀的一位女性。」

白須賀補上這麼一句，那位戴黑框眼鏡的女子，靜靜地向我們用眼神致意。

經這麼一提才想到，第一天晚上，忍冬醫師曾說這座宅邸也有一位醫師，原來就是她啊。明白之後，便覺得她看起來確實與「女醫師」這個頭銜很相稱。

「榊先生是昨晚死的，而且……」白須賀說。「是遭人殺害。」

有幾張椅子發出聲響，從椅子上站起身的是槍中、忍冬醫師，以及蘭三人。

「您說遭人殺害？」蘭的表情和聲音都為之僵硬。「這是什麼意思？」

「就字面的意思。」白須賀語氣平靜地回答。「不是生病，也不是意外，是遭人殺害。」

「怎麼會這樣。」蘭一臉錯愕地雙目圓睜。「怎麼會……」

她低語的表情，從緊繃轉為鬆弛，接著突然化為強烈的激動。她握住桌邊的雙手強烈顫抖，接著她那雙瞪大的眼睛露出光芒，瞪向坐她對面的名望奈志。

「是你對吧。」

「妳、妳、妳在說什麼啊。」

名望大吃一驚，在面前不斷揮著雙手。蘭以尖細的聲音喊道：

「你裝蒜也沒用。」

「喂、喂。」

「因為好的角色都被由高占去，你心裡很不是滋味，沒錯吧？所以你才殺他洩忿。」

「別開玩笑了。」

「不然你說，還會是誰，誰會做出這種事來……」

「蘭，別說了。」

槍中厲聲喝斥道，忍冬醫師也按住蘭的肩膀說道「別激動、別激動」。她雙手抱住自己那一頭紅褐色長髮，又抓又扯，整個人癱坐在椅子上。

「……騙人，不可能，由高遭人殺害？怎麼會有這種事……」

她的聲音就此中斷，整個人低下頭去，穿著一襲黃色連身洋裝的她，肩膀頻頻顫動。

「真是抱歉，失態了。」槍中坐回椅子上，以嚴肅的聲音說道。從他雙手緊握長褲膝蓋的舉動，看得出他極力想壓抑心中的慌亂。

「您說他是『遭人殺害』，這點是確定的嗎？」

「我很遺憾，此事毋庸置疑。」

「是嗎？」槍中就像呼吸困難般，做了個深呼吸，接受白須賀冷冷投射而來的視線。「可以讓我們看命案現場嗎？有必要確認一下屍體。」

「我原本就是這個打算，才找你們來的。」宅邸主人緩緩頷首。

「的場醫生，請為他們帶路。不過，女性們還是不要看比較好。」

我們就此留深月、蘭、彩夏三位女性在正餐室裡，其他人則是跟著戴黑框眼鏡的女醫師前往命案現場。

3

八角形的溫室。

設置在中央的圓形廣場，上頭的白木圓桌前，躺著榊由高的屍體。褐色的磁磚地板上，一個像女人般纖細的身軀就這麼仰躺其上。

那張向來以俊美為賣點的臉龐，腫成骯髒的紫色，那令人不忍卒睹、嚴重變形的難看面容，就此變得僵硬。像夜叉般嘴角上揚的嘴唇，瞪得老大、翻出眼白的雙眼，因濕透而變得無比零亂的焦褐色頭髮，以及——

他抬起下巴，白皙的喉嚨有一道像是以腰帶勒出的傷痕，化為泛黑的瘀青留了下來。

我有生以來第一次近距離看遭人殺害的屍體，我全身虛脫無力，極力用雙手按住動不動就開始發抖的膝蓋，視線落向這具悲慘的生命空殼。

穿著緊身藍色牛仔褲的修長雙腿，套著鮮紅色毛衣的上半身，已無法靠自己的意思來行動的雙手，交叉纏放在心窩一帶，那姿勢就像環抱著自己的身軀。

懸吊在屍體正上方的銅製澆花壺，握把就掛在從天花板垂落的鐵絲上，就像剛才末永耕治說的，一路從水龍頭延伸而來的藍色水管就插在澆花壺裡。水已經關閉，但屍體仍舊濕透。

我還看到另一個東西。

榊併攏向前伸出的雙腳。不同於他穿在腳上的黑色運動鞋，一旁還擺了一雙陌生的鞋子，那是——

一雙塗漆的紅色木屐。

「我說——」槍中打量站在屍體旁的的場女士。「那雙木屐是這宅邸裡的物品吧？」

「對，沒錯。」女醫師頷首，槍中馬上蹙起眉頭。

「我記得這是收放在一樓大廳壁爐架上的玻璃盒內，對吧？」

我不記得大廳的壁爐架上有這麼一個玻璃盒，我肯定是被擺在它上方當裝飾的那幅肖像畫吸引了目光，所以才沒發現。

但話說回來，為什麼這裡會擺上這麼一個東西呢？

我們都不禁感到納悶。

將它想作是兇手所遺留，這樣的判斷應該很合理吧，但在屍體腳邊放一雙紅色木屐，這又有什麼含意呢？

「我看看，請讓我看一下。」

忍冬醫師嚷著要看，擠到前面。應該說他寶刀未老吧，只見他不顯一絲猶豫，直接便朝屍體旁蹲下。

「哎呀——嗯，手段真兇殘。」醫師以高亢的聲音如此說道，抬頭望向他的同業。「這應該是勒斃吧，妳覺得呢？的場小姐。」

「是的，不過……」女醫師秀眉微蹙。「可以請您看一下他的後腦嗎？」

「哦。」忍冬醫師微微抬起屍體的頭部，讓他面向一旁，望向他後腦。

「嗯、嗯。」忍冬醫師沉聲低吟道。「這個是嗎？腫了好大一個包，也就是說，一開始是從他身後重擊，令他昏厥後，再加以勒斃是吧。」

接著他再度抬眼望向女醫師。

「檢查得真仔細，果然跟宅邸的主人說的一樣，您確實很優秀。」

「您過獎了。」

「那麼，來討論下個問題吧。的場小姐，依您所見，這屍體死後過了多久時間呢？」

面對老醫師的詢問，女醫師略顯怯縮，她重新戴好眼鏡，做了個深呼吸。

「這我有點難下定奪。」

「您在大學沒學過法醫學嗎？」

「這……」

「目前暫時還不能報警對吧，最好由我們檢查後，先做某個程度的預測，趁案件才剛發生不久。」

「這個嘛……好。」

的場女士不太放心地點了點頭後，隔著屍體與忍冬醫師面對面，單膝跪地。她神情緊張，不太自然地俯視那具僵硬的屍體。

「似乎已出現屍僵現象。」

「好像是這樣沒錯，一般都是在死亡三到四小時開始變得僵硬。這種現象會先出現在下巴的關節，過了一會兒後出現在手臂和腳的大關節，接著是手指、腳趾，以這樣的順序出現，也就是所謂的下行性屍僵。」

醫師接著把右手抵向榊那宛如痙攣般歪斜的嘴角。

「下巴的屍僵情況很嚴重。」

接著手移向纏繞身體的手臂。

「這裡也很嚴重，腳的情況怎樣？」
女醫師緩緩伸手摸向屍體的腳。
「開始出現屍僵現象。」
「接下來是手指……」忍冬醫師握住死者擺在腰上的手。「這裡好像還沒那麼僵硬，只要稍微用點力就能扳開。嗯，這表示……」
「我記得手指是在死後超過十個小時才會開始僵硬。」女醫師說。
忍冬醫師很滿意地頷首。
「沒錯，下巴和四肢的關節會像這樣出現嚴重屍僵，是在七到八小時後，大概可以做這樣的推測吧。」
「屍斑的情況如何呢？」
經她這麼一問，忍冬醫師使勁讓屍體側向一邊，朝向他這一側的後頸皮膚上，已浮現紅紫色的斑點。
「——嗯，以手指按壓後，還會馬上消失。死後經過的時間一久，這斑點就會逐漸褪色消失。」
「果然是死後七到八小時是嗎？」
「沒錯，還不到十小時。這樣的推測應該沒錯，不過……」忍冬醫師的手從屍體身上移開，環視這綠意盎然的溫室。「這溫室的溫度是幾度？」
女醫師露出猛然驚覺的表情，發出「啊」的一聲驚呼。
「通常都是二十五度左右。」
「比常溫還高一些是吧。不過，如果只是這點程度的差異，想必不會有太大的誤差。」
「圖書室裡有法醫學的書哦。」槍中在一旁插話道。「待會兒翻閱一下如何？」
「說得也是。」忍冬醫師皺起他那微微冒汗的塌鼻子。「不過，目前能查到的大概就這樣了吧。胃裡的內容物通常會是最重要的關鍵，但偏偏又不能在這座宅邸裡解剖。將死後時間估算為七到八小時，不，拉長為九小時比較保險。就算更謹慎地考量到誤差因素，也是六個半到九個半小時之間。」

我低頭看錶，現在時間是上午九點十分，若倒回去推算，推測死亡時間是晚上十一點四十分到凌晨兩點四十分這段時間。

如果是昨晚那個時間，我在……

「各位來一下。」就在這時，從溫室入口處傳來一個聲音，是名望奈志的聲音。「你們快點來一下。」

我們離開廣場，陸續走向名望叫喚的方向。

在走進溫室門的左手邊——順著沿牆壁在溫室內繞行的通道轉彎處，他站在那裡，低頭望向和其他地方一樣鋪褐色瓷磚的地上某個點。（請參照第142頁「霧越邸部分地圖1」）

「就是這個，你們看。」名望指著它說道。

他指出的地點，掉落了兩個物品。

一個是附金色皮帶釦的黑色皮帶，皮帶釦上刻有三條蛇咬著彼此尾巴形成一個圓圈的圖案。我有印象，這是叫作「銜尾蛇」的設計，是已故的榊由高持有的物品。

另一個和屍體腳邊的紅木屐一樣，是很奇怪的東西。裝在三十二開的盒子內，一本厚實的書。

我彎腰細看那本書。

白盒的封面到處都沾有黃色的污漬，上面整齊地印了一排黑體字，我看了之後，忍不住驚呼道：「這是……」

「是白秋的書。」

《日本詩歌選集：北原白秋》——與「殺人現場」很不搭調的書名，就出現在眼前。

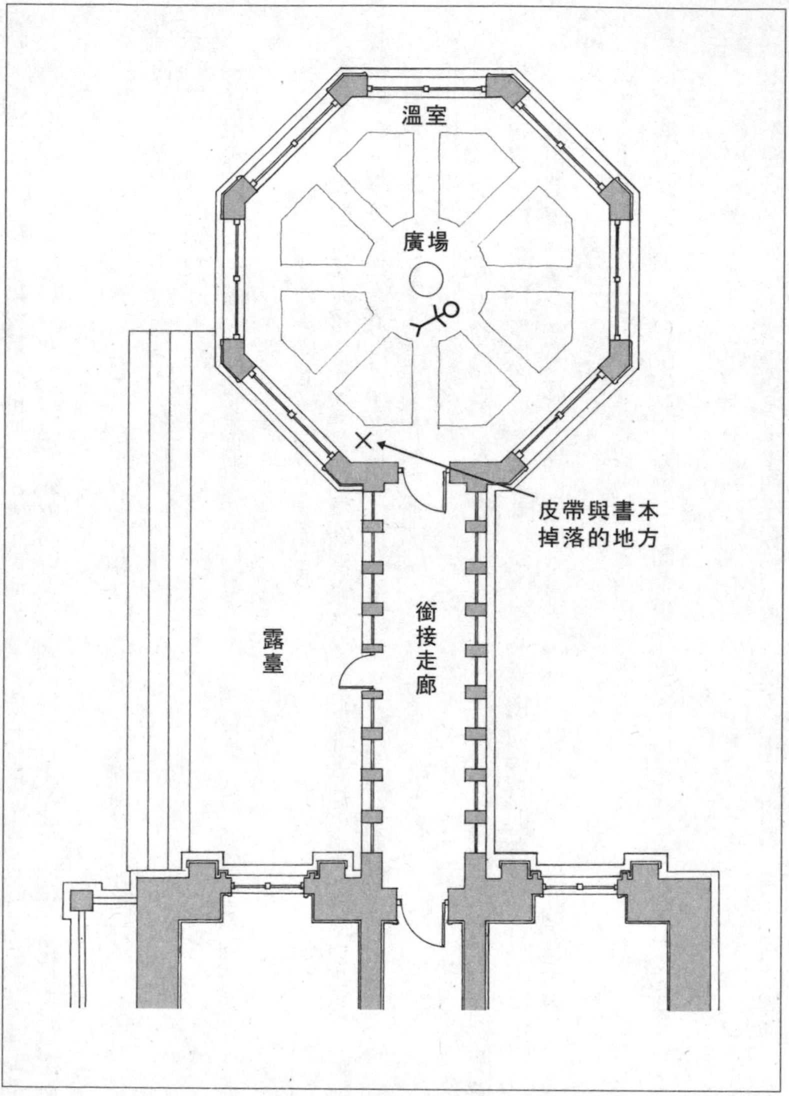
溫室
廣場
皮帶與書本
掉落的地方
露臺
銜接走廊

霧越邸部分圖 1

4

回到正餐室後，桌上已擺好了咖啡。是上頭有花朵圖案的明頓（Minton）瓷杯。室內瀰漫的咖啡香非常頂極，但我們此時應該都無心享受了。

深月、蘭、彩夏三人都坐在椅子上，不約而同地向我們投來有話想問的視線。我們不知道該告訴她們什麼才好，就此慢吞吞地坐回原位。

霧越邸的主人與板著張臉的管家，仍待在原來的位置上，房內已沒看到末永耕治的人影。

那位繫著白色圍裙，個頭嬌小的中年婦人，從左手邊牆上的那扇門走進。手上推著推車，上面是一個裝滿了三明治的大盤子。

「我來為各位介紹。」白須賀說。「這位是掌管廚房的井關悅子。」

他嘴角依舊掛著一抹淺笑。婦人停下推推車的動作，戰戰兢兢地向我們行了一禮。

「好了，各位。」白須賀啜飲一口咖啡後，從桌邊望向我們每個人的臉。「說起來，我跟各位非親非故。各位是前天在偶然的機會下來到這座宅邸，就我看來，裡頭我認識的人……」

不同於嘴角的微笑，他的目光始終很犀利，而在某個短暫的瞬間，他的視線停在深月身上。

他肯定已聽傭人們提過，而知道有件這麼湊巧的事，那就是我們之中有個女子與那幅肖像畫的女性——他的亡妻——長得如同一個模子印的，而兩人的名字碰巧同音，都叫「MIZUKI」。但他臉上並未出現明顯的表情變化，就只是緩緩搖了搖頭，接著往下說。

「一個也沒有。對我宅邸裡的傭人們來說，也是一樣，各位說是吧？」

現場沒人開口。

「而今天早上，你們之中有個人喪命，而且是那樣的死狀。各位該不會說兇手就是我們宅邸裡的人吧？」

現場氣氛一陣動蕩。

他想說的話，意思再清楚不過了。殺害榊由高的兇手，當然就在我們八名訪客之中。

白須賀以氣定神閒的表情望著我們的反應，接著問道：

「你們之中誰是代表人？」

「應該是我吧。」槍中回答。

「請問大名？」

「我叫槍中秋清。」

「槍中先生是吧，嗯。」宅邸主人頷首，像在打量般瞇起眼睛，注視著這位「代表人」。

「好，槍中先生，身為這座宅邸的主人，我想在此先跟身為代表人的您溝通一下。」

他始終都是很冷靜的口吻。

「坦白說，這對我們帶來很大的困擾。不幸的是，偏偏電話也打不通，而這場雪又沒有停的跡象。就算雪停，在這個季節的一開始就積了這麼厚的雪。會有好一陣子，我們都得困在這裡了，而且這當中還躲著殺人犯。

在我剛才說的狀況下，暫時也沒辦法報警。坦白說，我很希望你們現在馬上就離開這裡，但偏偏我又不能這麼做，所以槍中先生……」白須賀的眼睛瞇得更細了。「我希望您這時候能負起責任，馬上找出你們之中誰是罪犯。既然不能報警，請您朝這個方向努力，也是理所當然，您應該沒有異議吧？」

他的口吻始終都既平靜，又紳士，但也單方面給人一種不容分說的壓力，感覺就像高高在上俯瞰著我們。

似乎就連槍中都略感不悅，只見他緊咬下唇，一時無言以對。

「可以吧，槍中先生。」白須賀像在叮囑似地說道。

「我知道了。」槍中回望對方雙眼，以充滿苦惱的聲音應道。「就由我來接下偵探這個角色吧。」

霧越邸的主人就此笑開來，那模樣就像在說「這是當然」，接著他雙手撐向桌面，準備離席。

「請等一下，白須賀先生。」槍中喚住他。

「什麼事？」

「您要我擔任偵探，而我既然也接下了，那麼，不好意思，我也得請您提供協助才行。」

「怎樣的協助呢？」白須賀微微聳了聳肩。「不過我可以答應您，在某種程度下，我可以給予協助——然後呢？」

「一共有兩件事，一是有事請教您，二是想麻煩您幫個忙。」

「請說。」

「第一，住在這座宅邸裡的人，只有您、的場小姐、鳴瀨先生、末永先生，以及井關小姐嗎？我想請您讓我同時和他們見個面。」

「我家裡的人不是兇手哦。」

白須賀的回答很冷漠。

「可是……」

「那第二件事呢？」

宅邸主人催槍中繼續往下說，槍中雖然很不甘心地皺起眉頭，但還是照他的話做。

「我希望您能允許我在溫室裡進出，因為那裡是命案現場。」

「原來如此，好吧。」

「啊，還有一件事。」槍中朝正準備站起身的白須賀補上一句。「榊的屍體該怎麼處置？如果一直這樣擱置，也太可憐了。」

「就搬到地下室吧。」白須賀馬上答覆道。「那種東西擺在溫室裡，我們也很困擾。對了，先拍照和畫下素描後再處理，這樣可以吧？」

聽到對方毫不猶豫地將屍體當成「東西」來對待的這種說話用語，槍中臉上的表情為之一僵，但他馬上點頭回應一句「沒問題」，接著朝低頭不語的蘭望了一眼。

「可以嗎？蘭？」

經他這麼一問，蘭嚇了一跳，抬起頭來，但旋即又頹然垂首，以漫不在乎、有氣無力的聲音回了一句「隨你便吧」。

5

白須賀離席後，的場女士也跟著走出房外，井關悅子消失在她剛才走進的左手邊那扇門後方，管家鳴瀨也在幫幾個人把杯裡的咖啡補滿後，便將咖啡壺留在桌上，離開現場。

槍中執起冷卻的咖啡杯，重重嘆了口氣。

「槍中兄，這樣做好嗎？」眉頭緊鎖的名望奈志斜眼偷瞄槍中，露出門牙，生硬地擠出笑臉。「可憐的榊，他的屍體要交給那些人處置，感覺他們有可能今晚會啃他的腳，當作是配菜吃。對了，把手指拿來水煮加鹽巴，一人一根，當作前菜，至於主餐……」

「別再說了。」

蘭抬起眼，以沙啞的聲音說道。

「不，因為榊看起來最可口。嗯，他們早預謀好了，打從一開始就打這個主意。」

「不是叫你別說了嗎！」

名望誇張地聳了聳肩，閉口不語後，蘭單手朝桌子用力一敲，狠狠地說道：

「明明就是你殺的。」

「哎呀，妳還在說這種話。」

「除了你之外，也沒別人了。」

「我好像很惹人厭呢。」名望搔抓著腦袋。「不過，我其實沒那麼討厭㹴哦，雖然嘴巴上常會損他幾句，但那是我的個性使然。」

「現在解釋再多都沒用了。」

「我希望妳能相信我。」

「那你說，如果不是你，又會是誰？」

蘭的手指緊握米色的桌布，緊咬著沒塗口紅的乾癟嘴唇，臉上流露出被逼急了的表情，幾乎可以聽見她咬牙切齒的聲音。

「──我知道了，是你幹的！」

接著她將目標移向甲斐，正準備喝咖啡的甲斐為之一驚，急忙放下杯子。

「為什麼是我？」

「甲斐，你向由高借錢對吧？金額多達幾十萬，你還不了錢，所以就……」

「這怎麼可能嘛！」

甲斐臉色蒼白，望向其他人求助。

「喂喂喂，別這樣隨便瞎猜，把自己的同伴當殺人兇手。」

名望奈志嬉皮笑臉，嘴角上揚。

「那麼，我也來說我的看法吧。依我看，小蘭，最可疑的其實是妳。」

「我？」

「因為你們不是男女朋友嗎？就算因為感情糾葛而萌生殺意，那也不足為奇吧。而且，一想到前天的事……」

名望伸舌潤了潤他的薄唇。

「從巴士故障，我們開始用走的，一直到下大雪，迷了路，走在前頭的一直都是榊。」

「是又怎樣？」

「也就是說，妳應該覺得這一切都是他害的。在山上迷了路，回不了東京，都是他的錯。」

「我才沒這麼想呢。」

「這可難說哦，因為這個緣故，而無法參加那得來不易的試鏡。虧妳之前還對那些大叔出賣肉體，付出那麼多。」

「別再說了！」

蘭大聲喊道，接著突然脫下單邊的鞋子，朝名望奈志擲去。那廉價的高跟鞋，從大吃一驚的名望鬢角擦過，擊中背後的牆壁，接著順勢斜向反彈，滾落地毯。

——高跟鞋滾往的方向，正好站著打開門走進房內的的場女士，她瞪大眼睛，環視我們眾人。

「啊，這真是……」槍中急忙跑向前，撿起高跟鞋。「不好意思，因為那位遭殺害的男人，正好是她男朋友。」

高跟鞋擊中的牆壁，明顯留下擦痕，槍中一臉歉疚地朝那裡望了一眼。

「這件事可以請您睜隻眼閉隻眼嗎？她一時太激動了。」

「我明白。」女醫師以柔和的口吻回應。「不過，讓她休息一會兒比較好吧？」

她如此平靜的反應，似乎令槍中有點訝異，他原本可能猜想，對方一定會很冷漠地出言訓斥。

「我幫她拿點藥來吧。」

忍冬醫師起身說道，女醫師聽了，搖了搖頭。

「我心想，或許有人會需要鎮靜劑，所以就帶過來了。」

檜中顯得很過意不去。

「真是不好意思。」

「不用客氣。」

的場女士對難掩心中納悶的檜中嫣然一笑，感覺這是我們第一次見她笑。

「還有，老爺說，他會先將禮拜堂打開，你們如果想用，不用客氣。」

「咦……哎呀，真是太感謝了。」檜中道完謝後，轉身望向桌邊的眾人。「再怎麼說，我們畢竟失去了一名同伴，大家就一起去為他祈冥福吧。」

6

在忍冬醫師的陪同下，送蘭回三樓房間後，的場女士帶我們前往禮拜堂。

禮拜堂位在一樓大廳靠湖那一側，在環繞中間夾層的迴廊底下，有幾階寬敞的樓梯，順著樓梯下樓後，便是禮拜堂的入口，採半地下室的構造。

等在藍色的雙開門後面的，是一處比大廳還昏暗的靜謐空間，我們呼出的氣息，因裡頭沉積的清冷空氣而微微凍結。

白色的灰泥天花板呈半球形的圓頂狀；在很高的位置上，有好幾塊小小的彩繪玻璃並排；右前方的牆壁也有彩繪玻璃，這是在一個大長方形上，描繪出取自聖經故事的風景。

面朝正面的祭壇，三人座的長椅前後各兩排，隔著中央的通道，固定在左右兩側。我們默默就座後，的場女士說了一句：

「來彈首曲子吧。」

就此走向擺在祭壇旁的鋼琴。那暗沉的深紅褐色紫檀側板上，刻有細緻的裝飾，這臺鋼琴雖然有平臺式鋼琴的外形，但感覺小了點。

「諸位請默禱。」

不久，禮拜堂內開始響起樂音，不是鋼琴音，而是大鍵琴的琴音。她緩緩演奏出琶音[19]，還有與它緊緊交纏，昏暗中帶著透明的旋律……這是貝多芬《月光》中的第一樂章。原本是鋼琴奏鳴曲的這首曲子，與大鍵琴剛硬且哀戚的音色竟然莫名地搭配。

坐在前排最靠右邊的我，一面聆聽在昏暗的圓頂下產生回音的曲子，一面靜靜窺望坐我身旁的每個人。

美麗的臉龐無比緊繃的深月；雙手交握，恭敬低著頭的彩夏；雙肩垂落，雙目緊閉的甲斐；一直靜靜緊盯著女醫師展現巧妙技巧，彈奏著古樂器的名望——

攬下「偵探」角色的槍中，眉頭深鎖，抬頭仰望右手邊的彩繪玻璃；晚一步到來的忍冬醫師，則是悄悄坐向我身後。

這些人當中真的有殺害榊的兇手嗎？或者是……

在離開禮拜堂，返回二樓的路上，槍中見我走在走廊前方，輕戳我肩膀。

「鈴藤，你發現了嗎？」

在他的詢問下，我不置可否地偏著頭。

「剛才的彩繪玻璃啊，你看到了吧。」

「有，我看到了。」

「那畫的是什麼，你沒發現嗎？」

「沒。」我猜不出槍中究竟想說什麼，頭更偏了。「那幅畫怎樣嗎？」

「那應該是以《創世紀》第四章當主題所畫成。」

「《創世紀》第四章，意思是……？」

「不是有兩個男人跪著嗎？其中一個男人的面前放著某種穀物，另一個男人的面前放了一隻羊。那些都是供品，要供奉的對象當然是耶和華。」

「這麼說來，那兩個人是該隱和亞伯嘍？」

「『該隱以土地上生產的作物獻給耶和華的供品，亞伯也將初生的羔羊和脂油獻上』——沒錯，是該隱和亞伯。」

槍中摩娑著略微挺出的下巴。

「**該隱和甲斐**[20]，這麼一來，第八個巧合湊到了。」

7

應該是藉此表達弔唁之意吧，換上深灰色套裝的的場女士，朝在桌邊就座的我們遞上玻璃杯。

以女性來說，她算身材高大，而且體態絕佳。白淨的肌膚，配上鮮明的五官，只要再摘下厚厚的眼鏡，也許算得上是大美女，但一開始給人的「男性化」印象，實在很難抹滅。

「這是什麼？」

忍冬醫師將倒進玻璃杯裡的無色透明液體端到眼前細看，如此詢問。女醫師化了淡妝的臉頰露出微笑。

「是紫蘇酒摻蘇打，如果您喝得慣，可以再續杯。」

現在時間是中午十二點半，我們在二樓的餐廳吃午餐。

我們在用餐時，的場女士一直陪在一旁侍候我們，雖然態度還是一樣平淡，但與昨天相比，不論是語氣還是表情都遠為柔和許多，不時還會露出和善的笑容。若換個想法來看，這樣的

19. 琶音是指一串和弦組成音從低到高或從高到低依次連續圓滑奏出。
20. 該隱的日文發音為「KAIN」，甲斐的日文發音為「KAI」。

態度變化也實在怪可怕的。就我的理解，可能是看我們有位同伴在那種情況下喪命，對我們寄予同情，或者是她個人的一種關心的表現。

在午餐前一個小時，她在圖書室裡跟忍冬醫師聊了些話，可能是因為那個緣故，老醫生似乎很欣賞這位同業的晚輩，臉上滿是開朗的笑容，動不動就跟她搭話。

「話說回來，的場小姐，您大學當然是念醫學系吧，不過您可真是厲害呢。」

「您指的是什麼？」

「剛才您在禮拜堂彈的大鍵琴啊，哎呀，彈得真好。」

「您過獎了。」

「不過，大鍵琴這東西應該不簡單吧？記得我在哪裡看過，說它得先調音，非常麻煩。」

「末永會負責調音。」

「那位滿臉鬍子的青年嗎？」

「聽說他以前是專門學調音的。」

「哦，真是人不可貌相呢，他現在幾歲？」

「二十八歲。」

回答這問題的的場女士，並未露出不堪其擾的表情。

「對了，妳的名字叫什麼？」

「AYUMI。」

「AYUMI？漢字怎麼寫？」

「我只用平假名。」

「哦，真有意思。」忍冬醫師以手掌拍向他光禿的額頭。「哎呀，我就覺得妳跟我小女兒有幾分神似，沒想到竟然連名字也一樣。」

連名字也一樣。敏感地對這句話有所反應的人，當然不光只有我。

「說到名字，的場小姐。」果不其然，槍中開口了。「我發現有件怪事，可以向您請教嗎？」

「好。什麼事呢？」

「是這樣的……」

槍中把我們造訪這裡之後，一直到今天早上這段時間，在宅邸裡發現的「名字巧合」說給女醫師聽。起初她只是納悶地偏著頭聽，但說著說著，可以看出她臉上浮現莫名緊張的表情。

「……就是這麼回事。如果要說這一切單純只是湊巧，那事情就簡單了，但我覺得這未免也太湊巧了。」槍中窺望女醫師的表情。「您認為呢？」

「我什麼都不知道。」她含糊其詞。

「現在還沒發現巧合的，就只剩我的名字了。槍中秋清。如何？這宅邸裡有沒有可用來表現這名字的東西？」

經槍中這麼一問，她思索了片刻，接著提出一個答案。

「一樓有個房間，專門收藏甲胄、盔甲之類的古代武具，若說有沒有類似的東西，確實是有。」

「是什麼？」

「長槍，槍中的『槍』字。」

「這樣啊。」槍中雖然頷首，卻顯得有點失望。「槍是吧，這確實是我名字的一部分，但是和其他人比起來，沒那麼吻合。這樣的話……」

「我認為您大可不必那麼在意，這種事隨當事人的看法不同，意思也會隨之改變。」

「嗯，話是這樣沒錯。」

槍中盤起雙臂，若有所思地緩緩眨著眼睛。

「這雖然和忍冬醫生的姓名分析不一樣，不過，名字這種東西，並不光只是人物或事物的名稱，還擁有更深的含意。自古以來，在世界各地一直都試著去看出它的含意，以及它所具有的某種力量。」槍中開始說出他的見解。「在未開化的社會以及古代社會裡，人的名字不單只是記號，它被視為一種實體，可說是名字的主人身體的一部分。例如，古埃及人似乎認為人是由『肉體』等九個要素構成，其中一個要素就是『名字』；格陵蘭人和愛斯基摩人也認為，人類唯有『肉體』、『靈魂』、『名字』三者齊備，才算是個人。

因此，他們相信只要掌握住名字，加以施咒，就能自由操控名字的主人。由於這個緣故，他們很少會將自己的本名告訴別人。即使知道別人的本名，也不會隨便叫喚；即使別人叫喚名字，也不能回應。非洲的某個部落認為人擁有三個名字，一個叫作『內在之名』或『存在之名』，這個名字要自己保密；第二個名字是在人生的成長儀式中取的名字，代表一個人的年齡與身分；第三個名字是所謂的通稱，與這個人的本質無關。」

槍中像在自言自語般地接著說道。

「這種和名字有關的禁忌習俗，在日本和中國當然也看得到。身分高貴的人，不能直呼其名，這個國家至今仍保有這個習慣。」

「名諱是嗎？」的場女士插話道。

「沒錯，就是『名諱』，它原本的意思是『避諱名字』，也就是『諱名』。現在則是當作天皇死後，為了表達敬意而追贈的稱呼『諡』來使用，但它原本是指貴人應該保密的真名。在中國，甚至還有和『諱』有關的『避諱學』這門學問。

簡單來說，在名字與事物之間，名字不單只是個偶然的符號，人們假想它有更深層的含意，名字與本質具有同一個內在的必然關係。」

槍中稍微喘口氣後，望向聽得一臉困惑的女醫師。

「舉例來說，您的名字之所以叫『的場あゆみ』，是因為有其相應的原因。並非只是因為生在的場家，才取了這名字，有個超越這個層次，與您這個人的本質息息相關的必然性含意存在。」

「必然性含意？」

「沒錯，在中世紀歐洲，這當然會與『神』這個唯一絕對的存在有關。事物、人、語言，全都是全能的神所創造，因此，事物與用來表示它的記號之間的必然連結，也就是神的旨意，這樣的世界觀受到普世認同。

我嚴重離題了，不，其實也不會——嗯，如果換個說法，這是認為名字與命運息息相關的一種思想。」

槍中托起金框眼鏡。

「有一種想法認為，名字本身有其神秘的力量，會影響一個人的命運；也有另一種想法，反過來將重點放在命運上，認為名字是一種符號，適用於老早就已決定好的命運——姓名分析這種東西，不用說也知道，是源自於前者的構想。它不重視真名，而是重視通稱，在這一點上可以看出很大的分歧，不過，在場的演員們，說起來都算是藝名比本名更接近其人格核心的那一類人。在這個情況下，也許藝名反而還比較正確。

總之，這類的語言、文字、對名字的過度拘泥——總結來說，算是一種言靈信仰，在世界各地都看得到，可說是相當普遍。即使在社會由咒術轉為宗教，觀念也逐漸轉換為科學的現在，它還是持續存在於我們心中，始終無法擺脫。

因此——雖然這件事無法很合理地產生直接的關聯，但我還是很在意。當然了，『這座宅邸裡有我們的名字』，如果想從這樣的偶然中找出什麼必然性，這又會與我們平時作為思考依據，我們一直深信不疑的還元論科學精神背道而馳。」

槍中把紫蘇酒的玻璃杯送往唇前。

「好了，先不談這個，的場小姐。」他叫喚女醫師。「我有個問題想問您，不知道可不可以？」

「什麼事？」

「是關於這張餐桌的椅子，這十人座的餐桌只有九張椅子，剩下的一張跑哪兒去了？」

「哦。」女醫師發出一聲像嘆息般的聲音。「它壞了，所以搬去倉庫放，因為斷了一隻腳。」

「什麼時候斷的？」

「前天上午。」

「這樣啊，原來是這麼回事。」槍中暗自點頭。「昨天在溫室也發生了一件怪事，天花板的玻璃突然龜裂。」

「——是。」

「當時您說的那句話，到底是什麼意思呢？您說這宅邸有點奇特。」的場女士眉頭一震，接著視線望向地面。槍中接著道。

「尤其是有客人來的時候，它就會開始自己動起來——您還這樣說過對吧。」

「我……」她話說到一半，突然像改變心意般，再度閉口不語。「只要不去在意，就不會有事，一般人也都不會去在意。」

「嗯。」槍中低聲沉吟，眨了眨眼睛。「隔壁房間的抽菸道具組摔壞一事，之前我已道過歉，不過，事後想想，它從桌子上掉落時的狀況，也有點古怪。」

「您的意思是？」

「好像沒人碰它，也就是說，它像是自己掉落。」

昨晚解散後，我和槍中在圖書室交談時，把自己「看到」的事告訴了他。當時還是認為，那應該是「一時湊巧」而掉落，這個可能性也不是完全沒有，而我們兩人也都不得不接受這個解釋。

「就像我剛才說的，那個抽菸道具組上的透雕，是源氏圖案『賢木』。昨晚它摔壞了，而今天早上榊成了一具屍體，被人發現。這——」槍中注視著女醫師。「難道是這座宅邸又開始自己動起來嗎？」

的場女士並未表現出堅持不肯回答的樣子，她似乎正在猶豫該不該說，但槍中馬上微微搖了搖頭。

「不，您不用說沒關係。」槍中說。「您那番話的含意，我大致也猜得出來。的確，如果是一般有常識的人，不會在意這個問題，也可說是『會隨著當事人的看法而定』。既然您不想說，我也不會追究，改天有機會的話……」

8

「不好意思，請大家看我這邊。」

的場女士在飯後端出芳香的花草茶時，槍中以略顯緊張的聲音開口說道。

「大家的心情應該都比較平靜了吧？蘭，妳沒問題吧？」

「——我沒問題。」

蘭拿了鎮靜劑，在房裡休息了一會兒，但臉色卻愈來愈糟，菜餚幾乎完全沒碰。不過，其他人或多或少也都有這種情形，而說到食欲還是和平常一樣的人，大概就只有忍冬醫師，以及請人幫忙準備筷子代替刀叉的名望奈志。

「好，那麼，接下來我想針對昨晚的案件進行檢討。其實我也不希望跟刑警一樣做這種事，但事出無奈，希望各位好好回答我的問題。這是白須賀先生的要求，而更重要的是，我們也很需要這麼做。」

槍中望向同桌的眾人，接著轉頭朝站在推車旁的女醫師說道：

「的場小姐，我也想請您幫忙。」

她恭順地點頭回應。

「謝謝您，請找個位子坐。」

「首先——」槍中朝坐向我身旁空位的的場女士望了一眼。「我想先針對榊被發現時的屍體狀態再做一次確認，可以請您說明一下嗎？」

「好。」她以口齒清晰的聲音答覆。「末永叫我去溫室，是早上七點四十分左右，一看就知道對方已經斷氣。當然了，我還是量脈搏，檢查瞳孔，將該確認的作業做了一遍，就是在那時候發現他後腦的腫包。

因為澆花壺灑落的水，死者全身濕透。我先把水關掉，之後就一直保持原樣，所以可以說和剛才您看到的狀態一樣，這樣應該沒錯。」

「之後就馬上叫我們過來集合嗎？」

「我跟老爺討論後，便和鳴瀨分頭去叫你們過來。」

「那是八點半左右的事吧？」

「對。」

「之後讓我們看現場時，由您和忍冬醫生進行驗屍。我記得那時候好像是九點……十分左右吧？

依兩位所見，死因是窒息，殺人方法是勒斃，先毆打他後腦，讓他昏厥後，再以皮帶狀的兇器勒他脖子。死後經過的時間……呃，是六個半小時到九個半小時之間是嗎？因此，若單純往回推算，研判是在**昨晚半夜十一點四十分到凌晨兩點四十分**的這三小時的時間裡犯案——是這樣沒錯吧，忍冬醫生？」

「沒錯。」老醫師一臉認真地點頭。「關於死亡時間，剛才已經再次和的場小姐討論過，看來就是那個時間帶，不會有錯。而且已經抓了相當大的誤差範圍，所以就算有更大的誤差，頂多也只會再增減個十分鐘左右。只要提早解剖，詳細檢查，或許能將時間範圍再縮小一些。」

「屍體泡水這件事，不用納入考慮嗎？」

「溫室裡的水，是汲取白湖水。」的場女士說。「您知道霧越湖這名稱的由來嗎？」

「不知道，有什麼關聯嗎？」

「這一帶霧濃，那座湖原本是因火山形成的堰塞湖，湖底有幾處會冒出溫泉的地方，水溫相當高，所以這裡才會時常起霧。」

「哦，您的意思是，因為水溫高，所以對屍體不會造成太大的影響？」

「是的，應該不會因為水而產生多大的冷卻效果，而且水量也不多。」

「原來如此。」槍中摸著鼻頭。「對了，關於我們團員名望奈志在溫室發現的皮帶和書本，您怎麼看？」

「末永叫我去溫室時，我就已經發現那兩樣東西掉在那裡了。」

「是這樣啊——然後呢？」

「那條皮帶應該是用來勒住脖子的兇器。」

「那書呢？」

「那應該是圖書室裡的書。如您所見，是裝在盒子裡，很厚實的書，而且也有相當的重量，依我看，兇手可能是用那本書毆打被害人的頭部吧。」

「沒錯，嗯，我也這麼認為。」槍中頻頻點頭。「忍冬醫生有什麼看法？」

「我也贊成。」老醫師回答。「以書當兇器是有點古怪，但如果是以書背用力毆打的話，會帶來相當大的打擊效果。何況榊先生的體格那麼纖細，就連女性也很有可能犯案。」

深月、彩夏、蘭，三位女性隔著桌子，彼此互望了一眼，雖有程度的差異，不過三人都難掩驚訝與慌亂之色。

「還有那條皮帶。」忍冬醫師接著道。「槍中先生，那是榊先生的吧。不，我並非因為看過才這麼說，其實是因為他的長褲沒繫皮帶。」

「就像您說的，那確實是榊的皮帶。」槍中用力點頭，盤起雙臂。「這麼一來，就能確認這兩樣東西都是用來犯案的兇器，不過這麼一來又有新的問題了，它們為什麼會掉落在溫室的入口附近——離屍體那麼遠？」

「啊，關於這點……」的場女士說出她的意見。「不知道各位是否已經發現，皮帶和書掉落的那一帶，留有破裂的盆栽以及失禁的痕跡。因此，榊先生遭殺害的地方，不是屍體所在的中央廣場，而是在那邊才對。我認為可以做這樣的判斷。」

「簡單來說，您的意思是**對方在犯案後才搬移屍體**是吧。」

「是的。」

「嗯，我們看到的時候，屍體就像抱住腹部似的，雙手纏在自己的身體上，那也是一開始就那樣嗎？」

「聽說打從末永發現的時候就是那樣了。」

「以一位遭勒斃的人來說，那樣的姿態太不自然了。」

「對，可能是死後沒多久，身體開始僵硬前，就**被擺成**那樣的姿勢。」

「那也是兇手所為嗎？」槍中緩緩喝了一口紅茶。「還有一件事，屍體腳邊放了一個奇怪的東西：一雙紅色木屐。那當然也是打從一開始就放在那裡的，對吧？」

「對。」

「嗯。不論是木屐、澆花壺的水，還是屍體的不自然姿勢……這到底是有什麼名堂。」

確實就像槍中說的，奇怪的事——離奇的事實在太多。

從之前已查明的事實，已大致想像得出昨晚兇手採取的行動。

他先以某個藉口，把榊帶往溫室，或是找他出來。再看準機會，以事先從圖書室裡拿出的書毆打他頭部。再從昏厥的榊身上，抽出他長褲的皮帶，將他勒斃——問題是之後。

兇手將屍體搬往中央廣場，讓他擺出那個姿勢，從大廳帶來的木屐就擺在他腳邊，再將澆花壺吊在鐵絲上，以水管朝澆花壺裡注水。

兇手到底是懷有什麼意圖，而對屍體做出這一連串詭異的安排呢？

「──嗯？甲斐，你有什麼想說的嗎？」

在現場一片悄靜中，槍中發現甲斐眼神飄忽，似乎有話想說，因而向他詢問。

「不……」甲斐那看起來帶點神經質的單眼皮微微垂落，點了根菸。

「想說什麼都行，如果你發現了什麼，儘管說。」

「好。」甲斐仍垂眼望著地上，微微頷首。「我是剛才想到的，那本書──掉在那裡的書，是北原白秋的詩集對吧。」

「對，沒錯。怎樣嗎？」

「所以……」甲斐面露不安地說道。「我懷疑那會不會是在仿照〈雨〉的情境？」

9

「**仿照雨的情境？**」

槍中挑起眉毛，甲斐急促地抽著菸。

「沒錯，就是北原白秋的那首詩。」

「白秋的〈雨〉……」

現場出現一陣不安的空檔。

注意力全放在甲斐這番話的眾人臉上，皆難掩強烈的困惑之色。無法理解他話中含意的人想必也不少。

「『下雨了，下雨了。』」

忍冬醫師打破了沉默，他以沙啞的高音，用像在哄愛睏的孩子入眠般的語調，開始唱起**那**

首歌……

「『想去玩，卻沒傘，
　紅色木屐帶，也在這時斷。』」

現場一陣譁然，像波紋般，朝桌面擴散開來。

槍中扔挑起眉毛，輕咳了幾聲；名望奈志瞪大他眼窩凹陷的眼睛，吹了聲口哨；蘭蒼白的臉頰像痙攣般，微微顫動；深月手抵向她光滑白皙的額頭，緩緩搖了搖頭；彩夏雙目圓睜，東張西望地來回望向眾人。

「下雨了，下雨了。」——從澆花壺灑落的水；還有那「紅色木屐帶」——也就是紅色木屐。

「為什麼會有這種事？」

我朝胸前口袋找菸，如此低語，也不知道我說的話是否傳進槍中耳中。

「仿照情境是吧。」槍中食指抵向太陽穴，神情複雜地長嘆一聲。「的確，也想不出其他可能了。不過……」

「仿照情境？」彩夏錯愕地瞪大眼睛，如此詢問。「這到底是什麼意思啊？」

「這是『仿照情境殺人』。」槍中回答道。「也就是仿效童謠歌詞或小說內容來殺人的手法。妳沒看過阿嘉莎．克莉斯蒂的《一個都不留》嗎？」

「沒看過。」

彩夏先是搖頭，但接著馬上驚呼道：「啊，原來如此。」

「是那個對吧，照著手毬歌的內容殺人的那部電影。」

「《惡魔的手毬歌》[21]是吧。沒錯，那也是典型的仿照情境殺人。這樣妳明白了吧，兇手就是仿照忍冬醫生剛才唱的那首〈雨〉的歌詞，來裝飾屍體；以澆花壺的水來仿效雨，以紅色木屐來仿效紅色木屐帶的木屐。」

「嗯～」彩夏恭順地點著頭。「白秋的〈雨〉，是那個房間裡的音樂盒播放的曲子吧？」

「音樂盒？啊，對哦，還有這麼一件事。」

槍中朝通往沙龍的那扇門望了一眼後，以指甲朝杯子外緣輕彈，視線轉回眾人臉上。

「這件事就先擱下吧，在此我想先詢問昨晚各位的行蹤，也就是調查各位的不在場證明。昨晚大家返回自己房間，我記得是在九點半左右，之後，尤其是晚上十一點四十分到凌晨兩點四十分這段時間的不在場證明，是問題的關鍵。

首先是我和鈴藤，我們後來一直都待在圖書室，討論下一齣戲的劇情。結果討論了很久，一直到早上四點半，我們兩人都在一起，所以很幸運，我們有完美的不在場證明。沒錯吧，鈴藤。」

「對。」我深感慶幸，用力點了點頭。「槍中一度先回房裡拿筆記和筆，之後一直到四點半，我們確實都在一起。」

「那段時間裡，我們各自去了一、兩次廁所，不過頂多都只花兩、三分鐘。我可以斷言，在那麼短的時間裡要犯案，根本不可能。保守估計，要犯案至少也需要二、三十分鐘。」槍中喘了口氣，望向眾人。「接下來我會依序詢問，或許感覺不太舒服，但還是請盡可能詳細地說出正確的內容。就從奈志開始吧，你昨晚有不在場證明嗎？」

「怎麼可能會有。」名望奈志那張骷髏般的臉緊緊蹙眉。「因為我一回到房裡，馬上就睡著了。因為我這個人不論何時何地，都能馬上熟睡。一直到早上被那位大叔叫醒之前，我一直都在做夢。告訴你我做了什麼夢吧。我夢到雪停了，我回到東京，我太太正要送交離婚申請書，我死纏爛打地追著她……」

「可以了。」槍中一臉不悅地擺了擺手。「下一個，彩夏妳呢？」

21. 橫溝正史的推理小說，也曾拍成電影。

「我和深月在一起。」彩夏回答。「待在深月的房間裡，因為很擔心火山爆發的事，一直睡不著。」

「深月，她說的是真的嗎？」

「是。」深月朝彩夏望了一眼。「不過，也不是一直都在一起。」

「這話怎麼說？」

「記得彩夏到我房裡，是十二點左右，之後我們閒聊了一會兒，後來兩點左右，她說她可能睡得著了，就此離開。所以……」

「不算是有完美的不在場證明。」

「對，可以這麼說。」

「那麼，下一個是……」

槍中的視線移到蘭的臉上。

「妳跟忍冬醫生拿了藥之後，比大家都早回房間，之後妳做了些什麼？」

「我吞了藥。」蘭小聲地說道。

「嗯，妳沒去榊的房間嗎？」

「我沒去，我當時沒那個心情。」

「藥發揮功效了嗎？」

「對。」

「妳一直睡到天亮嗎？」

「是啊，槍中哥，你該不會是在懷疑我吧？」

蘭的臉為之痙攣。

「這很難說。」槍中緩緩搖了搖頭，嘆了口氣。「我雖然接下這個差事，卻很傷腦筋，因為過去我從沒想過，自己是否有當偵探的才能。不過，對一切展開懷疑，應該是當偵探的基本吧。」

「我沒殺害由高。」

「這句話可能是肺腑之言，也可能不是。」

「你……」

「蘭，妳不是有一陣子都在看推理小說嗎？兇手往往都是看起來最不可能的人。」

「別拿這和小說相提並論。」

「我沒這個意思，不過，這是仿照被風雪困住的山莊所安排的情境殺人。我現在很迷惘，不知道該在什麼地方朝現實與小說中間畫一道分界線。」

槍中有點不知所措地說道，他從緊咬嘴唇的蘭臉上移開視線，再度展開提問。

「請容我提個問。」接著他望向忍冬醫師。「醫生，不好意思，您昨晚做了些什麼事呢？」

「我和名望先生、希美崎小姐一樣。」老醫師撫摸著白鬍回答道。「回到房間後，過了一會兒就睡著了。在早上被叫醒之前，沒和任何人見面。」

「這樣啊。謝謝。」槍中冉度嘆了口氣。「再來只剩甲斐了。」

他如此說道，視線望向甲斐，此時甲斐正一臉疲態地垂落雙肩，注視著桌子正中央一帶。

「甲斐有不在場證明，我和鈴藤是證人。」

接著槍中望向我。

我默默點頭。

沒錯，跟我和槍中一樣，甲斐有確切的不在場證明。因為昨晚那個有問題的時間帶，他和我們一起在圖書室裡。

「姑且還是由當事人自己說吧，可以嗎？甲斐？」

「可以。」甲斐抬起他那充血的眼睛應道。「我九點半時先回房間一趟，但感覺睡不著，所以改去圖書室想找本書來看，結果發現槍中兄和鈴藤先生早一步到了。」
「當時是晚上十點半左右吧。」
「對，大概就那個時間，所以我直接就留在圖書室裡……」
甲斐說，他不好意思直接拿回房裡看，所以一直坐在壁爐前的搖椅上看書。聽到槍中和我的討論，還不時會加入談話中，最後他返回房間，應該是凌晨三點多。
多虧有日光房內發出鐘響的長箱鐘，我還記得這個時間。也清楚記得當時我說了一句「已經這麼晚啦」，望向自己手錶確認時間。
「那麼——」確認完甲斐的不在場證明後，槍中盤起雙臂說道。「有完整不在場證明的，只有三人；深月和彩夏的不在場證明還算不上完整；至於名望、蘭、忍冬醫生則完全提不出證明。如果單純以這樣來思考，嫌犯可以鎖定這五個人。」
接著槍中望向默默在一旁觀看他「調查不在場證明」的女醫師，「我也想問您同樣的問題，可以嗎？的場小姐？」
「我的不在場證明是嗎？」
她眨了眨眼，似乎有點驚訝，但接著馬上恢復平靜的表情，語氣平淡地回答道。
「我平時最晚十點就會就寢，因為早上得很早起。我都會留意，盡可能保有充足的睡眠，昨晚也是。十點上床後，直接就睡著了。」
「那其他人呢？」
「您的意思是，我們之中有人是兇手嗎？」
的場女士眼角微微往上挑，如此反問。
「雖然白須賀先生那樣說，但我不可能無條件地放過這樣的可能性，還望您能諒解。」
聽完槍中的說法，女醫師思考片刻後，緩緩點頭。
「傭人們在早上七點時，會展開各自的工作，所以沒人會熬夜。晚上通常最晚也會在九點半回到各自的房間，盡可能早睡。由於前天晚上你們突然來訪，所以就寢的時間多少晚了一些，不過昨晚則和平常一樣。」

「你們每個人也都沒有不在場證明是吧。」

「嗯，恐怕是。」

「您的房間在宅邸的什麼地方？請告訴我，供我參考。」

「我和井關的房間在三樓的邊間，鳴瀨和末永在二樓的邊間。」

「白須賀先生的房間也在三樓嗎？還是在一樓？」

「在三樓。」

「他也是很早就寢嗎？」

「老爺的事我不清楚，如果和平時一樣的話，他應該很早就休息了。」

「嗯，那麼，除此之外呢？」

槍中步調飛快地接連提問，看得出女醫師的臉頰微微發抖，她眼鏡底下的雙眼浮現警戒之色。

「除此之外，這宅邸沒其他人了嗎？」槍中又問了一遍。

「沒了。」她冷冷地應道。

「這樣啊，我明白了，謝謝您。」

槍中很乾脆地停止追問。想必是他心想，要是死纏猛打，一再追問下去，的場女士好不容易才展現出的配合態度就此收回，那就糟了。

「對了。」槍中將視線移回眾人身上說道。「在昨晚那個關鍵的時間帶裡，或者是在那前後都行，有沒有人聽到什麼可疑的聲響？或是有什麼發現？如果有，請儘管說……」

沒人回答，大家都垂眼望向地面，就像極力避免彼此目光交會般。

這段時間裡，我一直在觀察坐我對面的深月，她和蘭一樣氣色不佳。在這種時候偏偏發生了殺人這種離譜的案件，會有這種反應也是理所當然，但完全不會因此而損及她的美貌。

蘆野深月這位女性的一切，都深深吸引著我，令我無法自拔。就算要說我愛她、迷戀她，那也無所謂，我無法否認。

也許在這種情況下，我這樣的行徑太不謹慎……不，或許正因為處在這樣的情況下，我才會更想用明確的話語來確認暗藏心裡的這份情感，而在此同時——

昨晚——正確來說，是今天黎明前，我想起在圖書室裡聽槍中親口說出的**那句話**。具體來說，它具有什麼意義，我不清楚，但就我來看，這也許是比榊由高的死更重要的問題。

「如果是不方便在眾人面前直說的話，請待會直接私下跟我說，不管是怎樣的小事都沒關係。」槍中很快接著說道。「對了，的場小姐，關於留在現場的那雙木屐……」

這時走廊那扇門開啟，槍中的話就此中斷。

「的場醫生。」管家走進，響起他沙啞的聲音。「不好意思，可以請您來一下嗎？」

10

「現在試著集中在殺人動機這個問題來思考吧。」的場女士被鳴瀨叫離現場後，槍中朝眾人說道。「不管兇手是誰，殺害榊當然有其原因。雖然現在世上很流行因為一時發狂，沒任何動機就殺人，但依我看，現場沒有這種精神不正常的人。

我們之中有理由殺害榊的人，有**名望**，還有蘭，以及甲斐。」

「哎呀，連槍中兄都這麼說，你的意思是我對榊存有怨恨嗎？」

名望奈志不服氣地噘起嘴。

「看在旁人眼裡，你似乎不太喜歡他。」

「真是的，不光對榊，我可沒有喜歡男人這種愛好。」

「今天早上你自己也說過，前天我們會迷路，確實可以看作是走在前頭的榊所造成。我們因此被困在這裡，這打壞了你原本極力想挽回婚姻的計畫，這可說是你怨恨他的理由。」

「是是是。」一名望像在鬧脾氣般，舉起雙手。「反正我從今天起，就改為姓鬼怒川了。這麼一來，每次只要一提到我的本名，就會被人嘲笑。」

「至於蘭，就像之前奈志在樓下所指出的，是因為感情糾葛；再加上妳不能回東京，那場試鏡泡湯。妳就此產生怨恨，這也是有可能的。」

儘管槍中這麼說，但蘭已不想提出反駁，她始終低著頭，頻頻嘆息。

「甲斐欠了榊一筆債，這是事實吧？」

槍中的目光朝向甲斐，甲斐就此縮起他那肩膀寬闊的身軀，點了點頭。

「你借了多少錢？」

「也不是多大筆的金額，大約五十萬日圓。」

「嗯，雖然一般不會為這麼點錢而殺人，但我也不能妄下斷論，債權人已經沒辦法開口說話了。你有可能借了更多的錢，他叫你一回到東京就要馬上還錢，你有法了還嗎？」

「只能努力想辦法了。」

「嗯……」槍中從甲斐身上移開視線，指甲再度朝空杯外緣輕彈一下。「其他人姑且沒有殺人的動機。」

「才沒這回事呢。」蘭抬起她陰沉的臉，以沙啞的聲音說道。「既然你懷疑我，那麼，彩夏不也一樣嗎？還有深月也是。」

「哦，這話怎麼說？」

「彩夏喜歡由高啊，因為由高向來就是那樣，來者不拒，只是和她玩玩而已，所以我才會這麼說。」

「別再說了。」彩夏以尖銳的聲音打斷蘭的話。「我沒必要在這裡聽妳說三道四。」

彩夏的表情和口吻，與平時充滿孩子氣的她判若兩人，她雙眼露出憎恨的兇光，狠狠瞪視著蘭。

「她說榊只是和妳玩玩而已，這是真的嗎？」

槍中如此詢問，彩夏羞紅了臉，不置可否地搖著頭。

「榊哥人長得俊，又帥氣，所以我很喜歡他。不過，不是真心愛上他，所以也沒有因為他只是玩玩而已，我就生他的氣。」

「口說無憑，要怎麼說都行。」

蘭怒氣騰騰地回瞪彩夏，彩夏也不甘示弱。

「怎麼啦，我看是妳嫉妒吧。」

「我？嫉妒妳這個……」

「我知道了，夠了。」槍中一臉痛苦的表情，制止她們兩人。「蘭，妳剛才提到『還有深月也是』，這是什麼意思？」

「那是因為……」蘭略顯吞吞吐吐。「由高最近好像騷擾過她。」

「這是真的嗎？」

槍中望向深月，深月以平靜，但又有點擔心的表情，緩緩搖了搖頭。

「其實也沒什麼，他確實是開口邀了我幾次，但因為我不感興趣……」

「他有對妳來硬的嗎？」

「怎麼可能。」

「哎呀呀，不過話說回來，榊搞這麼一招，槍中兄一定很不高興吧。」名望奈志說。「因為深月可是你的愛徒呢，要是被那種傢伙染指，你一定會大發雷霆吧。」

「反將我一軍是吧。」槍中聳了聳肩。「關於這點，我不打算鄭重否認，不過，如果你這麼說的話，確實也算是一種動機。」

說完後，他別有含意地望向我。如果深月被人騷擾，你也會有殺人動機——他的眼神如此訴說。

「就結果來看，完全沒有殺人動機的，就只有忍冬醫生是吧。」

「不，這可難說哦，槍中兄。」

聽名望這麼說，忍冬醫師應了聲「啥」，雙目圓睜。

「我也有動機？」

「這也不無可能啊，例如說，您的么女到東京的大學念書，結果在某個地方認識了榊。」

「您的意思是，她受到誘惑，吃了虧是嗎？」

「就是這麼回事。」

「如果真是那樣，有這種巧合也太驚人了吧。」老醫師搖晃他那渾圓的身軀，朗聲大笑。

「哎呀呀，真的太驚人了。」

「真是抱歉，說出這麼冒犯的話。」槍中朝名望瞪了一眼。

「不不不，我沒放在心上，因為這座宅邸似乎充滿了許多驚人的巧合。」

「一旦開始懷疑，就沒完沒了是吧。」槍中自言自語般地說道，重重嘆了口氣。「就算是這座宅邸的人……」

正當他準備接著說時，的場女士回來了。

她被鳴瀨叫走後，已過了將近二十分鐘，現在時間已過下午兩點。

「有件事我得告訴各位。」女醫師一走進房內，便略顯緊張地對我們說道。「在那之前，請容我先確認一件事。已故的榊先生，本名叫李家充是嗎？」

槍中回答一句「沒錯」，她再次問道：

「他是李家企業社長的公子了嗎？」

「沒錯，怎樣嗎？」

她到底想告訴我們什麼，我完全想像不出來。不過，從她的口吻猜得出，她應該是得到某個很重要的消息。

「其實是電視新聞上播出李家充先生的大頭照。」的場女士坐向她原本坐的椅子上，如此說道。

「電視新聞播出榊的照片？」槍中驚訝地問。「到底是怎麼回事？」

「聽說警方正在找尋他。」

「警方？」槍中更顯驚訝了，從椅子上微微站起。「這是什麼意思？他做了什麼嗎？」

「對。」女醫師點頭，告知眾人此事。「新聞說，他是八月在東京發生的那起強盜殺人案的重要嫌犯……」

11

八月二十八日星期四深夜，在東京都目黑區李家企業會長李家享助的宅邸裡，發生了這起案件。有人潛入宅邸，殺害一名在宅邸內執勤的警衛後逃逸。

從現場的情況來看，推測是兇手正在宅邸內找尋值錢的物品時，被警衛發現，因而動手殺人。死因是某個東西撞擊警衛頭部所造成的腦出血，所以也有可能是兩人打鬥所引發的事故。兇手可能是因為發生這樣的事態心生慌亂，最後也沒拿值錢的東西，馬上就逃跑了。

由於宅邸空間寬廣，所以犯案時發出的聲響，沒吵醒家人。結果這起案件一直到隔天早上才被人發現，但從那之後過了兩個多月，警方一直掌握不到特別的線索，搜查完全沒有進展。直到最近，才終於出現有力的目擊者。

那位目擊者提供證詞指出，在案發當晚，推測兇手可能犯案的時間，他看到有一輛可疑車輛停在李家宅邸附近的馬路上，突然有個人影從屋裡衝出，坐上車，馬上駛離現場。簡單來說，目擊者記憶中的車種、車牌號碼，與榊由高，也就是李家充的車子，完全一致。

在當局將榊視為嫌犯，發布通緝之前，當然經過更仔細的搜查步驟，但我們留在霧越邸的這段時間，我們只知道新聞播報的大致內容。

「那起案件的兇手是榊？」聽完的場女士的說明後，槍中難掩心中的慌亂。「可是，他是李家會長的孫子耶，怎麼會有這種事……啊，抱歉，跟您說這些也沒用。」

「不，槍中兄，這是有可能的。」名望奈志插話道。「評論一位已故的人或許不太恰當，但榊在李家一家當中，算是最不成材的人。而且他的個性向來思慮欠周，因為缺錢花用，而跑到他熟悉的爺爺家偷錢，當作是在遊戲，他很有可能會這麼做吧。」

「扮演小偷，當作是玩樂嗎？」

「可能是喝醉酒，仗著醉意吧。還是說……對了，他好像會嗑藥。」

「嗑藥？」槍中不悅地皺起眉頭。「你的意思是，他吃興奮劑？」

「不不不，不是那麼不健康的東西，而是比較健康一點的。例如大麻，頂多就是ＬＳＤ[22]吧。」

「ＬＳＤ是健康的藥物嗎？」

「因為它好像沒什麼毒性。」

「你也吃嗎？」

「怎麼可能，我的體質就算不靠藥物，也能自嗨。」

「嗯，對了，昨晚榊說很多方面都得花錢——蘭，妳是否知道些什麼？」

經槍中這麼一問，蘭肩膀為之一震。

「——我不知道。」

22. 麥角酸二乙酰胺，一種迷幻藥。

蘭臉色蒼白，很刻意似地用力搖頭，看她這樣的反應，槍中嚴厲地瞇起眼睛，但接著馬上轉頭望向的場女士。

「那則新聞是什麼時候播報的？」

「第一次播報，聽說是在十五日晚上。」

「前天嗎？」

昨晚我聽到的那則新聞——「今年八月，在東京都目黑區的李家……」，播到一半中斷的那則新聞，果然就是在報導那起案件。如果當時彩夏沒把收音機從桌上摔落的話，我那時就會知道警方將榊視為嫌犯，正在追查他的下落。

警察可能已向劇團的相關人等打聽，查出我們從十三日起便來到信州的這件事。也許前天我們動身離開後，警方也到御馬原的飯店詢問過，但那天晚上理應返回東京的榊卻依舊沒現身。他的嫌疑肯定愈來愈重，但警方一定想不到，我們人還在信州，而且處在這樣的狀況下。

——然而。

嫌疑重大的榊由高，昨晚竟遭人殺害。

這兩件事之間，是否存在什麼有意義的關聯？或者單純只是偶然呢？

「有件事我很在意。」甲斐靜靜地道出他的想法。「是關於在八月那起案件中喪命的警衛他的姓氏。」

「姓氏……」

槍中如此低語，眼睛突然一亮。

「我記得那個人好像姓鳴瀨。」

「對，我果然沒記錯。」

我們互望著彼此，感覺好複雜。

「鳴瀨」這個姓氏，與霧越邸那位年近半百的管家的臉重疊。第一個晚上，從深月口中聽到「NARUSE」這個姓氏時，我之所以腦中會馬上浮現「鳴瀨」這個漢字，想必是看了八月那起案件的新聞報導，文字留在記憶中，才會在無意識下浮現。

「的場小姐。」槍中一臉嚴肅地說道。「他——人在這座宅邸裡的鳴瀨先生，他叫什麼名字？」

「孝，孝順的孝字。」

「那位遭殺害的警衛，我記得他的名字是『稔』，快要五十歲了……」

「該不會……」的場女士說不出話來。「您認為那個人是鳴瀨的弟弟之類的吧？」

「沒這個可能嗎？」

「我沒聽說過有這種事。」

「不過，這並不是很普遍的姓氏，對方就算不是他弟弟，也可能有血緣關係。如果是這樣，就會有殺害榊的強烈動機，您不這麼認為嗎？」

女醫師沉默不答，一臉困惑地緩緩搖了搖頭，一個不置可否的動作。

感覺就像整個人被懸吊在快要崩塌的荒屋橫梁上，一股令人很不自在的沉默，持續了半晌之久。每個人的表情都很複雜，不時望向走廊和天花板。不信任、疑惑、混亂、不安、焦躁、畏怯……各種情感飄蕩在寬敞的房間裡，相互牽制，就是這種感覺。

「槍中先生。」不久，的場女士開口。「還有一件事，我可能先告訴您一聲會比較好。」

「什麼事？」

「是關於擺在屍體腳邊的那雙木屐。」

「啊，是。」

「這事是末永說的……」她抬起原本略微低垂的雙眼說道。「您也知道的，那雙木屐原本是放在大廳壁爐架上的玻璃盒內當裝飾。盒內也一同放了一個裝了水的小玻璃杯，末永每天都會對杯裡補水。」

「是為了避免塗漆乾燥對吧。」

「對，末永昨天和平時一樣，正準備補水時，發現盒子的門微微打開。」

「當時木屐還在盒子裡嗎？」

「還在，不過，感覺擺放的位置與原本有點偏差。」

「嗯，簡單來說，**在那之前，有人曾打開盒子，拿起木屐**對吧？」

「宅邸裡的人說，他們都沒碰那個盒子。」

「您這話的意思是，我們之中有人碰過嘍？」槍中緩緩摩娑著下巴。「末永先生是昨天什麼時候發現這件事的？」

「聽說是傍晚六點左右。」

「這樣啊。」槍中頷首，以犀利的眼神望向桌邊的眾人。「昨天傍晚六點前曾經碰過裝木屐的那玻璃盒的人，可以自己承認嗎？現在還不能因為這樣就認定這個人便是殺害榊的兇手。如果不會覺得心虛，現在應該可以自己承認沒關係。」

然而，沒人回應他這樣的要求。

「嗯，我明白了。」槍中托起眼鏡鏡框，嚴厲地瞇起眼睛說道。「**有不能承認的苦衷**是吧。也就是說，**昨天碰過盒子的人就是兇手**——我可以作這樣的判斷吧？」

12

這天下午，雪仍舊下個不停。

與外界隔絕的「暴風雪山莊」，在古今中外的偵探小說裡，多次會用到的這種異常狀況下，以霧越邸作為舞臺的這場殺人劇，就此揭開序幕。而且演出的這齣戲所採用的主題，是在偵探小說裡很常見，但在現實中卻很脫離常軌的「仿照情境殺人」。

午餐後的那場「盤問會」結束後，我獨自前往樓下的禮拜堂。

仿如空氣的粒子完全靜止沉默，稀疏的光線粒子緩緩飄蕩其間……這處空間的靜謐和昏暗深深吸引著我。之所以會帶有一種「懷念」的感覺，可能是因為我小時候有一段時期固定都會去住家附近的教堂吧。總之，現在我很想獨自一人在這裡沉思。

禮拜堂的門一直敞開著。

我坐向前排右側的椅子，在圓頂天花板的彩繪玻璃灑落的微弱光線下，祭壇的十字架因光線的顏色而染上微妙的色彩，釘在十字架上的耶穌，以空洞的眼神俯視著我。

我應該是沒睡飽，因為我只睡了三個多小時，眼睛浮腫，感覺全身微燒，無比倦怠。但說來也真不可思議，我一點都不覺得睏，可能是因為精神很亢奮吧。

到底為什麼會發生這種案件呢？

在我腦中占去很多空間的，果然還是與「案件」有關的各種疑問。

為什麼榊由高會被殺害？是誰下的手？

至少可以確定，現在在霧越邸裡的眾人之中，有人是兇手，但是否真像白須賀所斷言的，兇手就在包含忍冬醫師在內的我們八人之中？或者就像槍中所指出的「可能性」一樣，就在這座宅邸的住戶之中？例如那位姓鳴瀨的管家，是在八月那起案件中被殺害（被榊殺害？）的警衛親人，真有這樣的巧合嗎？

澆花壺的水、紅色木屐──圍繞在屍體四周的這些東西，究竟有什麼含意？已從中看出，這似乎是在「仿效」北原白秋的〈雨〉。不過……

就像當成兇器之一來使用的那本書所暗示的情況，那確實可以看作是兇手刻意按照白秋的〈雨〉這首詩的意境所做的安排。但若是這樣，**為什麼兇手要做這樣的仿效呢？**

另外，屍體那不自然的姿勢，也懷疑是兇手所安排，這確實啟人疑竇。雙手纏在身上的那個姿勢，看起來和〈雨〉的內容沒半點關聯的這項詭異安排，難道又有什麼不同的含意？

我試著展開各種想像，但始終想不出答案。一直持續這樣的一片混亂，腦袋不斷地空轉，就像受到外面的呼號風雪聲催促般，只有時間從我倦怠的身體掠過。

不同於這起案件的問題，另外有一團烏雲盤據在我心中。沒錯，就是今天早上回房間睡覺前，槍中在圖書室裡說的那句話……

昨晚從九點四十分左右開始，我們一直在討論下次公演的內容。途中甲斐也來到圖書室看書，槍中不時會把他一起拉進來討論，並展現他近來難得一見的熱中態度，談到新戲的點子和概念。就這樣新的一天到來，過了凌晨三點多，甲斐離開後——

「關於深月……」槍中突然開口道。「鈴藤，你對她知道多少？」

昨天傍晚，同樣在圖書室裡，他問過我同樣的問題。這時我又被問了個措手不及，就像是初嘗戀愛滋味的國中生一樣，無比慌亂，答不出話來。

「你為什麼喜歡深月？——如果很單純地給出一個結論，就是因為她很美。她人長得美，所以你被她迷得神魂顛倒，這樣的因果關係簡單明瞭；不，當然不單純只是這樣。不過，就算只是這樣，也無所謂，我甚至認為這樣才是最純真的情感。

我自己其實也是。整體來說，這世界看在我眼裡，只要我認為『美』的事物，我都愛。不論是人、物，還是觀念，全都一樣。不過，深月這女孩在當中算是很特別的存在。她真的很出色，我甚至覺得她具有近乎藝術般的美。

啊，你大可不必露出那麼擔心的表情，我完全不會想以男人的身分將深月占為己有。我反而認為這對她來說，是一種冒瀆。不，儘管如此，我並不是想否定你的這份情感。」

我明白，槍中絕不是在出言挖苦我，也不是拿我的情感來開玩笑。

「那麼鈴藤，你認為她為什麼會那麼美？」槍中問。「——你不知道原因。也許你就算不知道也無所謂，但我認為那是因為她心中存有一種看破一切的情感，靜靜地看破一切。」

「看破一切？」我聽得一頭霧水，照著他說的話又重複了一遍。「看破一切是什麼意思？」

「你不明白嗎？」槍中微微嘆了口氣。「平靜的斷念，一種達觀，這就是她內心的形態。沒錯，她已看破一切。這意思指的不是絕望，或是像老年人一樣曉悟世事，而是對無能為力的未來感到看破，平靜地過著當下的生活。這簡直就像奇蹟，所以她才會……」

「為什麼？」我再也無法按捺，打斷槍中的話，向他問道。「這是什麼意思？」

但是槍中沒回答我。他默默地搖著頭，那神情就像在說「等時候到了你自然就會明白」，接著他緩緩從椅子上站起身，轉身背對我。

「看破一切」這句話是什麼意思？她為什麼得「看破一切」？深月到底有什麼我不知道的另一面呢？

——這時，突然間。

背後微微傳來一個聲響，是「咚」的一聲，一個堅硬的聲響。

我大吃一驚，從椅子上站起身，轉頭往後望。

門一直開著沒關，那扇藍色的房門後方，好像有個人影一閃而過。

「是誰？」我發出的聲音，在清冷而又昏暗的禮拜堂內形成小小的漩渦，產生回音。

「誰在那兒？」

沒有應聲。

我納悶地朝門口走去，又喊了一聲「是誰」，往門外窺望，但看不到仟何人。

剛才那聲響是怎麼回事？是我聽錯嗎？

那剛才的人影呢？是我眼花嗎？——不，不可能。就算我再怎麼因為睡眠不足而疲勞，也不至於會這樣。

剛才確實有人在那裡，那個人原本想走進禮拜堂，但因為發現我在場，便轉身離去。儘管我出聲叫喚，也不應聲，直接離開現場。

到底會是誰呢？

為什麼像逃跑似的，走得這麼匆忙？

我腦中已經很雜亂的眾多疑問，這下又多了一個，我決定就此離開禮拜堂。

13

禮拜堂外一旁的牆邊，擺了一個很大的裝飾層架。裡頭收納的，是年代久遠的日本人偶收藏，有一區還擺放各種能劇面具。

有御所人偶、加茂人偶、嵯峨人偶、衣裳人偶……當中最多的就屬御所人偶了。擦拭得白皙晶亮的肌膚、渾圓豐潤的肢體、三頭身的頭部畫有小巧的天真五官，這是從名為「婢子」，採嬰兒體型的除魔人偶發展而來，不過它變化出的形態相當多樣。有趴著的人偶、站著的人偶、穿能劇衣裳，仿照劇中人物的人偶、戴上能劇面具，裝設有機關的人偶，以及採用俗稱「三摺」的精細作工，腿能摺成三摺的人偶。

我將這些整齊排列，以各種姿勢、服裝、表情來呈現的人偶全看過一遍，發出一聲讚嘆。我不懂古董的價值，但不懂歸不懂，還是感受得到它們那不可思議的美。靜靜望著它們，甚至彷彿會聽見它們的呼吸和說話聲，傳來一股令人雞皮疙瘩直冒的詭異氣息。與四周以石牆環繞的這座昏暗的大廳呈現的氣氛，莫名地搭配。

洋溢在這洋樓各個地方的濃濃日本味、渾沌與調和、如同走鋼索般的平衡感……我想起槍中評論這座宅邸時說過的那幾句話，心想：或許真是如此。

不過——

現在我深刻感受到的，是彌漫在這整座霧越邸裡的某種情感。它極為模糊，單純只是我個人的一種直覺，無法明確地加以分析，但如果硬要給它個名稱的話，那應該是「祈禱」吧。

這座宅邸在祈禱。

建築裡的每個部分、為數眾多的每一項收藏品，全都合為一體，獻上祈禱。靜靜地，一心一意朝某個事物祈禱（是朝向什麼呢？）……

從人偶的層架前離開後，我緩緩穿越大廳，來到壁爐前。

收納那個木屐的玻璃盒還留在壁爐架上，裡頭深藍色臺座的角落，確實擺了一個小玻璃杯，用來裝水防止乾燥。一個高三十公分，寬和深都是五十公分左右的盒子，前方是一扇滑門，昨天傍晚，這扇門微微打開。

抬眼一看，金邊畫框裡是那幅肖像畫。

是名叫「美月」的那位已故的白須賀夫人，我試著將我所認識的蘆野深月的臉，與那落寞的笑臉重疊，並想起槍中說的「看破一切」……

「鈴藤先生。」

突然聽到這聲叫喚，我嚇了一大跳，一時還很認真地以為是畫中的人物開口說話了。

「可以占用你一點時間嗎？」

聲音的主人不是別人，正是深月本人，我惴惴不安地轉頭，發現她正從正面樓梯走下來。

「什麼事？」

我明白自己的臉頰逐漸發燙，平時就算她主動跟我說話，我也不會這樣滿臉通紅。我都這個年紀了，也不是從來沒談過戀愛，這純粹只是時機的問題。

我剛才正一邊望著肖像畫，一邊想著她，正好這時她走來……啊，不，我就別再解釋了。對我來說，深月與我過去愛過的幾位女性相比，是截然不同的存在。我和她認識已經快三年，但打從認識的一開始到現在，我對她的這份愛意，從來不曾向她透露過。

「我要說的……」深月打從一開始就有點欲言又止，似乎很猶豫該不該說。「是關於八月的事。」

「八月的事？妳指的是李家會長宅邸的那起案件嗎？」
「對。」
「妳是不是發現了什麼事？」
「嗯，其實發生那起案件的晚上，大概是十二點前吧，榊先生曾經打電話到我房間。」
「榊打電話……真的？他打給妳有什麼事？」
「他說他住的大樓裡辦派對，問我要不要去。」
「晚上那個時間突然打電話找妳去？」
「對，現在回想，覺得他當時好像不太對勁。」
「這話怎麼說？」
「他講起話來口齒不清，而且用語很輕浮，本以為他應該是喝醉了，但好像又不太一樣。」
「這麼說來……」
「剛才名望奈志先生不是說了嗎？」深月哀戚地瞇起她細長的眼睛。「他說榊先生好像都會吸毒，所以那時候或許也是。」
「原來如此，當時妳拒絕他的邀約嗎？」
「拒絕了。」
「換句話說……」我試著說出從深月的話語中得到的想像。「情況是這樣：那天晚上榊在自己的房間裡舉辦大麻或ＬＳＤ之類的毒趴，發生那起案件的時間，似乎是深夜兩點或三點。所以如果他是兇手，可能就是在他打電話給妳，被妳拒絕後，他乘著藥性犯案……啊，對了，既然他告訴妳他在辦派對，那他打電話給妳時，應該不是只有他一個人才對，意思是還有其他人在？」
「對。」深月頷首。「因為在電話裡，傳來蘭的笑聲。」

「意思是，她有可能也一起吸毒？」

這麼一來，關於之後發生的案件，蘭很可能知道些什麼。我想起剛才槍中在問話時，她表現出的反應（以比之前更蒼白的臉，發了沒必要的火，而且直搖頭）。

「電話另一端，感覺只有希美崎小姐在嗎？」

「這……」深月再度哀戚地瞇起眼睛。「我無法說得太肯定，但感覺好像還有另一個人。」

「除了她之外，還有別人？」

「對，我沒聽到清楚的聲音，榊先生也沒提到對方的名字。不過，從他的說話口吻和感覺，隱約覺得是這樣。」

「另外那個人會是誰？」

深月雖然張開嘴想回答，但她欲言又止，撐了很長的時間。

在沉默中，我一時被一種奇怪的感覺籠罩。

在這昏暗的大廳內某處，除了我和深月之外，還有別人也在場的一種感覺。那個人此時正屏氣斂息，豎耳聆聽我們的對話。

我不由自主地環視四周，看不到任何人——但我發現通往走廊的那扇雙開門，微微開出一道細縫。

是誰在門後呢？正當我如此暗忖時。

「我還是不知道是誰。」深月的手指撥動烏黑長髮，低語似地說道，視線落向我腳下。

「因為這事還完全無法確定，不確定的事，或許就不該說。」

「不，可是這也許和案件有很重要的關聯……」

「所以才更不能說。」深月緩緩搖了搖頭。「如果搞錯，會惹出很大的麻煩。」

「可是……」

我說到一半，就此住口。她說她不想說，我沒辦法強迫她——而且我也不能這麼做，不論是怎樣的事都一樣。

「剛才那番話，妳跟槍中說了嗎？」我思考片刻後，如此問道。

「不，還沒。」

「還是先告訴他比較好吧。」

「好。」

深月坦然地點頭，這表示她心中猜想的那位有問題的「另一個人」，至少可以確定不是槍中。

但如果是這樣的話——我心想。

為什麼剛才那番話，深月是跟我說，而不是跟槍中說呢？是因為她剛好下樓來到這裡，發現我在場嗎？或者是……不，我不想深入細想。她多少有點信任我，所以才會跟我說，我只要這麼想就行了。

我微微低下頭，抬眼窺望深月此時的模樣。

她穿著一件黑色窄身裙，配上同色調的毛衣，露出女性襯衫的白色衣領。她也微微低著頭，看起來像在思考接下來該說什麼好。

她的臉突然跑進我今天早上那個夢境的記憶中，我為之一驚。

是今天早上鳴瀨叫醒我之前，我做的那個夢：在厚實的玻璃牆後面，握拳敲打的那個人。我一直搞不清楚是誰的那個人——此時她的臉與那張臉重疊在一起。

原來那個人就是深月？

若真是這樣，那個夢又象徵了什麼呢？

想也沒用，因為就算找出這當中的含意，那也只是在探尋存在於自己心中的某個情感罷了。

極度的不安，還有心神不寧，這就是存在於我夢境底端的情感。

不用花時間細想，也有這樣的直覺，緊接著下個瞬間，我決定向她問個清楚。今天早上黎明前，槍中在圖書室說到的「看破一切」，究竟是什麼意思。

然而——

「不要啊！」

這時，有個尖銳的女人聲音，傳遍整個挑空的大廳。

聲音來自上方，我和深月都大吃一驚，抬頭望向聲音傳來的方向——順著石牆環繞的迴廊。

「不要！不要啊！」

我看到鮮豔的黃色連身洋裝，就像被一個透明人伸手玩弄般，在咖啡色的扶手後方，飄然翻飛，不住旋轉；同時又以一種欠缺秩序可言的不規則且不穩定的動作，在迴廊上行進。

「小蘭！」深月發出一聲驚呼。「妳怎麼了？」

「不要，別再說了，別過來。」蘭無視於深月的叫喚，向某人用緊繃的聲音叫喊，語調無比慌亂，聲音滿是恐懼。

我和深月察覺情況非比尋常，急忙跑上樓梯。

「別這樣，我求你，別再……」

蘭雙手摀住耳朵，不斷搖頭，除了她之外，再無他人。她狂甩那頭大波浪長髮，幾乎都快倒著豎起來了，像染上瘧疾般，不住顫抖的雙肩；掉了一隻鞋的腳，走起路來步履蹣跚，還不時會打結，背部重重撞向牆壁後，像是被彈開般，身子撲向扶手。

「希美崎小姐！」我急忙跑到她身旁，見她因衝勢過猛而即將從扶手挺出上半身，趕緊將她按住。「好險，妳振作一點啊，妳到底是怎麼了？」

「——你聽得到嗎？」她像在說夢話般低語著，望向我。眼神空洞，沒有對焦，放大的瞳孔滿是驚恐之色。

「我聽得到，我聽得到！」

「妳聽到什麼？」

「我聽得到，啊……」蘭再度雙手摀住耳朵，不住搖頭。「在四處低語。牆壁在說話；天花板、窗戶、地毯也在說話；圖畫、人偶，也全都有生命。」

她一臉認真，看起來不像在開玩笑或在演戲。如果她這是在演戲的話，那我得重新去認識她身為演員的才能了。

「喏，聽到了吧？你聽，你聽。」

「是妳神經過敏。」我不知如何是好，如此說道。「妳冷靜一點，牆壁和天花板怎麼可能會說話呢。」

「不要！」蘭發出尖細的叫聲，把我的手甩開。「會說話，會說話，到處都是說話聲。始終不會消失，不斷朝我襲來。啊，哇……」

「希美崎小姐。」

「小蘭！」深月從我背後叫喚。「妳振作一點，到底發生什麼事了？」

「他們全都在說，下一個就換妳了。」

她的耳朵好像真的聽得到牆壁、天花板的竊竊私語聲——是幻聽嗎？但為什麼會這樣……

「我會被殺，我會被殺，我會遭人殺害。」

她的手從耳朵鬆開，開始摸遍自己全身，那動作就像是在恍惚狀態下，胡亂擺動身體跳舞，未開化的原始人。

「啊……你們看，我的身體已變得軟趴趴了。」她以狂亂的聲音說道。「全身骨頭變得軟趴趴。哇，我正在融化，不斷地融化。他們已經開始在殺我了，我就快死了，我、我……」

「希美崎小姐，妳清醒一點啊。」儘管我試著用強硬的語氣叫喚，還是得不到滿意的反應。

「我什麼都沒做。」她摸遍全身的手，這次改為抵向臉頰，突然轉頭望向我。「我什麼都沒做，就只是在車上等而已。我明明叫他別那樣做的，可是他……」

她把臉湊近，就像要一口咬過來似的，紅色口紅斑駁脫落的嘴角，留有白色泡沫。

「蘆野小姐。」為了不讓她再次身子探出扶手外，我用力按住她肩膀，轉頭望向深月。「請快點去叫槍中來一趟，還有忍冬醫生，拜託妳了。」

14

蘭精神錯亂的情形很嚴重，旋即趕到的槍中、忍冬醫師，以及我三人合力，這才好不容易將她帶回房間。但她還是不斷說著莫名其妙的夢話，極力反抗，所以醫生只好又讓她服下鎮靜劑。

待風波逐漸平息，過了一段時間後，槍中和我為了實踐基本的偵探法則——「現場百遍勘查」，就此前往溫室——下午五點多。這時間太陽已經下山。

「看來，她好像是嗑了藥。」走在牆壁上亮著燈的大廳迴廊上，槍中以嚴厲的聲音說道。「忍冬醫生也說，她可能服用了某種強效的迷幻藥。」

「可能是吧，否則她那個樣子，只會讓人覺得她是真瘋了。」

「蘭房間裡的桌上，不是擺了一個疑似藥物的東西嗎？」

「有個錠劑盒對吧。」

「沒錯，裡頭放了藥，小小一顆，是每邊約兩公釐寬的金字塔形白色顆粒。」

「是LSD嗎？」

「大概吧。」槍中表情凝重地嘆了口氣。「麥角酸二乙醯胺（LSD），幻覺作用比大麻還強。不過，它和興奮劑或古柯鹼不同，好像不會上癮，所以就這點來看，就像名望說的，算是

『健康的』藥物。」

「榊果然是嗑了那種藥。」

「對，他和蘭兩人。在這次的旅途中，他們兩人也趁我們沒看到的時候嗑藥，不過，我並不想為這件事責怪他們。」

經這麼一提才想到，昨天下午，一同走進餐廳的榊跟蘭，感覺步履虛浮（就像喝醉酒似的），可能也是前一晚嗑藥所造成的影響吧。

「蘭想必是因為榊遭殺害而大受打擊，想要逃離現實吧，但這樣別說逃離了，反而遭遇可怕的幻覺或幻聽。」

槍中蹙起眉頭，暗自咂嘴，可能是想到日後警方介入時會遭遇的事態，感到頭疼吧。

「槍中，你聽我說件事。」

我就此告訴他，我從深月口中得知的八月二十八日那天晚上的事。

「啥，那可就糟糕了。」他在迴廊的轉彎處——掛著霧越邸那幅畫的那一帶——停下腳步，右手掌抵向額頭。「不光是榊，連蘭也極有可能牽涉八月那起案件是嗎？」

「剛才她像在說夢話般，一直重複喊著：我什麼都沒做，我只在車上等而已。」

「原來如此，那句話是這個意思啊。嗯，這表示……」槍中的手仍抵在額頭上，用力閉上眼睛。「榊遭殺害的原因，可能是為了替八月殺害警衛那件事復仇，兇手是鳴瀨。蘭知道這件事之後，感到坐立難安，擔心自己牽扯了八月那起案件，兇手同樣想取她性命。」

「有個地方令人感到納悶。」

「哪個地方？」

「吸食大麻或ＬＳＤ後，乘著藥效展開犯罪，有這個可能嗎？」

「為什麼問這個問題？」

「那種迷幻藥所產生的作用，不是會讓人感到慵懶、做什麼都提不起勁、萎靡不振嗎？」

「一般是這麼說沒錯，你曾經試過嗎？」

「只試過一次。」

「聽你的口吻，當時想必不是很嗨吧。」

「聽得出來啊？」

大學畢業後，我曾經有一次嘗試的機會，關於具體的經過，就沒必要在此說明了。不過，雖然我當時吸食的是「哈吸什[23]」，但就像槍中說的，對我而言，那絕不是一次舒服的體驗。

「那種藥是一種精神擴張劑，會出現怎樣的效果，會視服用者的精神狀態和現場的狀況，而有很大的影響。據說對音樂感興趣的人，聽覺會變得異樣清晰，能感應到平時聽不到的微妙音波，或是有『看見聲音』、『碰觸到聲音』的感覺；喜歡繪畫的人，則是會對色彩產生同樣的效果；如果在性欲高漲的氣氛下使用，感覺會就此增強。以你的情況來說……」槍中看著我。「這個嘛，大概是感覺和認知一味地往內心鑽，或者是自己的思考不斷化為對象，就此深陷在這種狀態中吧？」

說得一點都沒錯，「我」現在感覺到什麼，在想些什麼，另一個在外面的「我」感受著這一切，展開思考，而又另一個外面的「我」感受著這一切，展開思考……記得當時我深陷在這樣的無限連鎖反應中。

「這是像你這種類型的人常有的案例，我年輕時第一次嗑藥，也是同樣的遭遇，整個人累癱了。」槍中嘴唇歪向一旁，微微一笑。「也就是說，嗑那種藥物，而與犯罪或暴力的衝動產生連結，是很有可能的事，因為不安就此消除，整個人變得過度樂觀。不過，有時也會像剛才的蘭一樣，支配腦袋的恐懼感也隨之增強，就此被拖進很恐怖的噩夢中。」

我回想起剛才她在這個地方展現的瘋狂樣貌，不發一語地點頭。

23. 大麻的樹脂，以棒狀、杆狀，或球狀物的形式存在，活性成分比未篩過的大麻芽或葉的濃度要高。

「不過，深月說的『另一個人』，令我有點在意呢，會是我們劇團裡的人嗎？」

「我也覺得是這樣，不過，她說還不確定，所以不想說。」

「很像她的作風。」槍中一邊邁步往前走，一邊說道。「待會兒我再向她問問看吧。」

我們從大廳來到一樓的中央走廊，在袖廊上轉彎，打開盡頭處那扇通往銜接走廊的藍色門。

玻璃牆外——在露臺的路燈照耀下的黑暗中，還是一樣大雪紛飛，我呼出的氣息凍結，同時寒氣迅速從襯衫衣領滑進體內。遍及全館的暖氣，沒能送往這處銜接走廊，我冷得直打哆嗦。

溫室亮著燈，走進後，氣溫再次往上躍升。占滿屋內的綠意、濃濃的芳香、在鳥籠裡歡唱的小鳥們，就像是與這些景象重疊般，今天早上在這裡目睹的榊由高屍體，鮮明地浮現我腦海，我忍不住又打了個寒顫。

進門後，我們先走向左手邊的通道。

拿來當兇器使用的皮帶和書本掉落的地方，鋪設褐色瓷磚的地板，現在確實能看出榊失禁弄髒的痕跡，應該是預想到警方會前來調查，所以才沒打掃，仍保留原狀。皮帶和書已不在原地，的場女士白天時說過，已將它們放進塑膠袋裡密封，和屍體一起搬往地下室去了。

「兇手是在這裡殺了榊。」槍中雙手插在長褲的口袋裡，就像在說給自己聽似地低語道。「而他使用的兩樣兇器，都留在現場，只將屍體搬往中央廣場。」

「忍冬醫生說，女性也可能辦到，你怎麼看？」

「我贊成醫生的看法，要抱起來或許有困難，但要拖著走可就簡單了。」

「如果是拖著走，不會留下痕跡嗎？」

「因為是鋪瓷磚的地板，所以不會留下痕跡。」

槍中微微彎下腰，定睛望向腳下，緩緩搖了搖頭，接著轉身走向從入口一路往中央延伸的通道。

「嗯？」他突然在圓形的廣場前停步，轉頭望向我。「鈴藤，你看這個。」
他伸手指著右前方的某個角落。
「這花是怎麼回事？」
「真慘。」我瞪大眼睛。「全都枯了。」
那裡是擺放許多嘉德麗雅蘭盆栽的區塊，是昨天造訪這座溫室時，槍中說「和蘭長得一模一樣」，很大朵的黃色嘉德麗雅蘭。昨天還綻放得那麼燦爛，但今天幾乎都已枯萎，看不出原本的模樣。
「今天早上是什麼樣子？」
面對槍中的詢問，我不置可否地搖搖頭。
「不記得了，因為當時沒那個心思。雖說這種花很敏感，但才一天就會變成這樣嗎？」
「這個嘛……」槍中撫摸著下巴。「如果有什麼原因的話，可能是水吧。」
「水？」
「對，一直淋在屍體上，澆花壺流出的『雨』，因為水讓花朵過度潮濕——這是可以想見的。」
「但就算是這樣……」
我從枯萎的花朵抬起視線，不經意地望向上方。
看見那呈幾何圖案交錯的黑色鋼筋，與嵌在裡頭的一片片玻璃。我的視線往中央廣場的正上方移動，很快地，我捕捉到玻璃上出現的裂痕。
呈十字形交錯的兩條裂痕，昨天出現那道裂痕後，從的場女士口中說出的那句神秘的話、宅邸裡多處發現我們的名字、損毀的「賢木」抽菸道具組，以及……
「是誰？」
槍中突然響起的這聲叫喊，打斷了我正朝**某個方向**緩緩延伸而去的思緒。

「怎麼了？」

「好像有人，躲在那個屋柱後面。」槍中一路走到擺在廣場上的圓桌旁。「有人嗎？」他朝溫室深處厲聲叫喊，但沒有回應，也沒任何聲響。

「真的有嗎？」我慢慢來到他身旁，向他問道。「你看到了人影？」

「感覺好像看到了。」槍中皺著眉頭，頭偏向一旁，往深處邁出一步。「一個穿黑衣的人影。」

我想起先前禮拜堂那件事，也許是當時——我因聽到背後有聲響而轉頭看時，消失在門後的**那個人**，經這麼一提才想到，感覺對方也是穿著黑衣。

「如果有人在的話，快點出……」

「怎麼了嗎？」

這時，就像要打斷槍中的話似的，從背後傳來這個聲音，我轉頭一看，只見的場小姐從入口處直直地朝我們走來。

15

「怎麼了嗎？」的場女士大步走到我們身邊，又問了一次。和昨晚一樣，面無表情，聲音冰冷。

「不，是前面……」槍中指向前方滿是綠意的溫室深處。「看起來好像有人，所以才……」

「是您想多了吧？」女醫師朝槍中指的方向望了一眼，冷淡地說道。「沒人啊。」

「可是……」

「現場檢查已經結束了嗎？」

的場女士來到注視著溫室深處的槍中前面，就像在保護槍中所說的「在前面」的某人般，單手扠腰，擋在他面前。

「掌握到什麼線索了嗎？」

「沒有。」槍中聳了聳肩，就像死心一般，面朝其他方向，他雙手撐在圓桌上。「那件事，您問過鳴瀨先生了嗎？八月發生的那起案件。」

「問過了。」女醫師站在同樣的位置上回答道。「不過，他說和他沒半點關係，遭殺害的警衛他不認識。」

「這樣啊。」

槍中點頭，但當然尚未因此完全解開疑點。就算他們真的有關係，但只要鳴瀨是兇手，他當然會加以否認。

「這些嘉德麗雅蘭都枯萎了，是什麼時候的事？」

槍中向女醫師詢問，她聽了之後，低聲驚呼一聲「哎呀」，黑框眼鏡底下的雙眼瞪得好大。

「什麼時候……」

難道她今天早上注意力也都放在屍體上，而沒發現花的狀態嗎？

「昨天還開得很漂亮啊，但現在變成這樣，是已經過了花季嗎？」

「我不知道，關於花朵的栽培，我不太清楚。」

「我試著想過是因為被澆水壺的水淋濕所造成的這個可能性，或者……」槍中從嘉德麗雅蘭移開視線，緩緩環視溫室內部。「或者這就像您昨天說的，是『這座宅邸會自己動起來』的某個『行動』呢？」

「我不知道。」

槍中冰冷的視線投注在這位言詞閃爍的女醫師臉上，他們兩人心理上的拉鋸關係，與剛才相比，似乎完全情勢逆轉。

「我可以接續白天的話題，在這裡向您詢問嗎？我要問的是霧越邸這座宅邸與眾不同的特性。」

「這……」

「您說過，這全憑自己怎麼看。還說，只要不去在意，就不會有事。」槍中若有所思地摩娑著下巴說道。「我說過，我大致想像得出來，全憑自己怎麼看……如果選擇某種看法，它就會自己浮現。這座宅邸的特性……或許可以換個說法，改說成這座宅邸所擁有的神秘力量吧。的場小姐，您……不，住在這座宅邸裡的人們，對此又是怎麼看呢？」

的場女士一聲不吭，她雙唇微微顫動，但一句話也沒說。

「話說回來，令我感到在意的，是二樓餐廳的椅子數量。」槍中以堅決的口吻接著說。「一張十人座的餐桌，卻只有九張椅子，就像為了配合我們這九名客人一樣，剛好缺一張。而您說缺的那張椅子，是前天上午椅腳斷了。

當然了，這是很湊巧的。不過，只要換個看法，它同時也是一種暗示。客人用的餐廳椅子減少為九張，而就在那天傍晚，剛好有九個人造訪這座宅邸。如果採用極端一點的說法，這是藉由九這個數字，對未來做了一項預言。您認為呢？」女醫師望著地面，不發一語。「迎接我們九人到來的這座宅邸，就像我們打從一開始就注定會來訪般，以各種形式呈現出我們每個人的名字。而昨晚『賢木』摔壞，今天早上榊由高就化為一具屍體被人發現，這也是一種暗示——如果要更積極地來解釋的話，能將這看作是一種預言。」

槍中說到一半打住，靜靜注視著女醫師，經過一段雖然短暫，卻給人異常緊迫感的沉默後——

「這座宅邸是面鏡子。」的場女士猛然抬眼，低聲說道。「這座宅邸不會做任何事，它只會映照出走進屋內的人們，就像鏡子一樣。」

此時她的聲音聽起來彷彿從遙遠的某個地方傳來，那平靜的眼神，宛如注視著宇宙的盡頭。

「從外面造訪這裡的人們，最關心的都是自己的未來。朝著未來而沾，對大家來說，『現在』這個時間，都是連接未來的一個瞬間。因此，這座宅邸映照出這樣的畫面，就像對各位的內心產生共鳴般，會開始看見未來。」

我就像被某個巨人一把抱起，身體整個浮向空中，有種很不可思議的感覺，就此望著槍中與的場女士展開對峙。

在溫室內多處傳來小鳥的鳴叫聲，像平靜的波紋般擴散開來，它逐漸化為巨大的漩渦形狀，緩緩地要將佇立在溫室中央的我拖往某個陌生的地方。

「鏡子是吧。」

槍中喃喃低語，女醫師眨了眨眼，緩緩搖頭。

「剛才說的，純粹只是我個人的感覺，所以請別誤會。這一點根據也沒有，說起來既荒唐，又不科學，也許一切單純只是湊巧。」

「那您自己呢？您相信是哪一種呢？」

的場女士沒回答槍中的問題，就只是語氣平淡地接著往下說。

「其實也不是會發生什麼超自然現象，發生的每一件事，始終都只是自然現象。那張椅子也是因為該壞了，所以自然就壞了；抽菸道具組則是因為某個震動而滑落；就連這些花也是……」

她朝嘉德麗雅蘭望了一眼，再度搖了搖頭。

「要怎麼看，全憑看的人自己是什麼想法，我也只能這麼說了。」

暗示、預言——映照出未來的鏡子。

她說的話，我該相信到什麼程度？我整個人處在一種飄浮在空中的奇妙感覺中，一時間無法判斷。

這確實很不科學，也很荒唐。我可不像那些一聽到靈魂或幽浮的話題，就眼睛發亮的女學生，我不想全盤接受這種說法，完全不去批判。這一切不過只是眾多的湊巧重疊在一起罷了，這樣的解釋比較符合現實，也比較有說服力。然而——

另一方面，我內心也無法完全加以否定，這也是事實。

那麼，如果真像女醫師說的，這座宅邸是「鏡子」的話……

我全身戰慄，望向那枯萎的黃色蘭花。

16

晚上七點。

幾乎跟昨天同樣時間端上桌的晚餐，很少有人積極地動筷夾菜，大家比午餐時更加食欲不振，一股沉悶又尷尬的空氣，在現場沉積不散。

一直到中午的「盤問會」之前，或許每個人都還無法完全將發生的案件當作現實來看待，心裡當然大受衝擊。雖然感受到過去不曾體驗過的困惑和緊張，但還是覺得彷彿度過一段有點虛假，不太有真實感的時間。

而現在明顯起了變化。

衝擊轉為不安，困惑轉為恐懼，緊張轉為猜疑——彷彿可以看見，它清楚地改變了外形，像一團烏黑的雷雨雲般不斷膨脹。剛才蘭的瘋樣，肯定也帶來不小的影響；儘管一天又要過去，但外頭的風雪仍完全沒有停的跡象，這也帶來影響。

在用餐時，槍中一直沉默不語，陷入沉思；深月和甲斐也一樣。

蘭沒離開房間，可能是從前天起一再累積的疲勞，以及醫生給她的鎮靜劑發揮藥效，因而一直沉睡不醒吧。

撂下豪語，說自己「很快就能重新振作」的彩夏，也不見她平日的朝氣，就連名望奈志也明顯變得少言寡語。雖然還是老樣子，請人幫他準備筷子，但他卻沒有要動筷夾菜的意思；不時會很刻意地說幾句玩笑話，但幾乎沒人笑。

只有一個人依然故我，沒什麼改變，他就是忍冬醫師。他吃光自己那份晚餐，還以毫不拘束的口吻，與和他女兒同名的宅邸主治醫師閒聊。也不知是他太粗神經，還是刻意擺出這樣的態度，不管怎樣，醫師這樣的態度，感覺多少緩和了現場沉悶的氣氛。

「噢，對了，乃本小姐。」忍冬醫師朝咖啡裡加了許多砂糖，對彩夏說道。「關於取新名字的事，我昨晚試著幫妳想了一下。」

彩夏無精打采地應了聲「哦」，抬起眼來。她有好感的榊遭人殺害，而且兇手就在這座宅邸裡，就算是她，肯定也沒心情玩姓名分析了。

「我這樣說或許不太恰當，不過，既然發生了這種事，還是盡早把壞名字改掉比較好。」老醫師看起來不像在開玩笑。「昨晚我也說過，妳名字當中的外格——用來表示人際關係的格，數字為十二，這個數字表示妳會遇難或短命。」

「怎麼這樣！」彩夏瞪大眼睛。「感覺好像榊的死，也都是我的名字害的。」

「啊，不。」忍冬醫師急忙揮手否認。「當然不是這樣，該怎麼說呢？這是內心的問題。如果處在這種狀況下，大家會漸感不安，內心也就會不斷往黑暗的方向傾斜。這也是沒辦法的事，不過，就算令人不安的要素只是些小事，若能加以清除，這樣對精神健康也會有好處。」

「您這麼替我們著想啊。」彩夏手肘撐在桌上，雙手交纏，托著下巴，表情轉為柔和，突然深有所感地嘆了口氣。

「謝謝您，醫生。」

「不用謝我。」忍冬醫師輕撫白色的鬍鬚，難為情地清咳幾聲。「所以我替妳想了『矢本彩夏』這個名字。」

「十本？」

「我只把姓氏乃本的『乃』字，改成弓矢的『矢』字，這麼一來，妳繼續沿用原本的名字彩夏，也沒關係。」

「只要做這樣的改變就行了嗎？」

「對，外格以妳的情況來說，是加上乃本的『乃』與彩夏的『夏』這兩個筆劃數所合成的數字。因為彩夏是個很棒的名字，所以要是想加以保留，就只能改變『乃』字。因此我試著想了一下，發現將二劃的『乃』改成五劃的『矢』，這樣外格就會變成十五，這個數字非常好。再加上總格——這是姓名整體的筆劃，這也是三十一，是非常好的數字。妳覺得如何？」

「幾乎跟之前的名字一樣，所以沒什麼感覺。」

「妳覺得名字完全不一樣才好是嗎？」

「不，沒這回事，因為我很喜歡彩夏這個名字。」彩夏露出天真無邪的笑容，朝醫師低頭行了一禮。「那麼，我就從今天開始用這個名字——可以吧，槍中哥？」

「好，妳想怎麼辦，就怎麼辦吧。」槍中微微一笑，直接喝黑咖啡，接著他望向忍冬醫師。「醫生，蘭她沒問題吧？」

「希美崎小姐是嗎？——嗯，我也不敢保證，目前鎮靜劑姑且發揮了藥效，所以應該不會像剛才那樣鬧了。不過，應該先將那麻煩的藥物拿走，那個藥錠盒裡裝的應該就是。」

「嗯，應該是。」槍中臉色凝重地點了點頭。「請醫生您代為保管，或許是最好的做法。」

「可以啊，待會兒我再去看看她情況怎樣吧。」

「那就麻煩您了，要是到時候她意識清楚的話，請吩咐她記得把門釦扣上。」

我們住的房間，房門沒有能從外面開關的門鎖，就只有房內裝設了簡單的門釦。因此，要鎖上房門，只能由房內的人扣上門釦。」

「意思是，您擔心她會有危險？」

面對忍冬醫師的詢問，槍中微微搖頭。

「因為不知道會發生什麼事，所以還是小心為要，我就只是這個意思。」

我就只是這個意思——槍中很刻意地加上這句話。不過……

我一邊回想傍晚時在溫室發生的事，一邊偷瞄的場女士，接著用力閉上眼。

暗示、預言、映照出未來的鏡子……我實在不想相信她說的話，但心裡還是很擔心，槍中肯定也跟我是同樣的心思。

今晚我只想好好睡一覺，什麼也不去想。枝形吊燈的亮光滲進我充血的眼中，疲勞感從體內不斷湧出，但腦中似乎仍處在興奮狀態下，就算直接回房間鑽進被窩，想必還是無法睡上一頓安穩覺。

「忍冬醫生請問一下。」我戰戰兢兢地朝津津有味喝著咖啡的老醫師說道。「今晚我也可以跟您要一點安眠藥嗎？我都睡不好。」

「啊，這個嘛……」忍冬醫師朝坐在一旁的我打量。「——嗯，您真的很累。明明睡眠不足，卻又睡不著覺是嗎？」

「對。」

「也難怪您會這樣，好吧，您對藥物會不會過敏？」

我回答他「我不會」，接著醫師望向桌邊的其他人問道：「還有誰想要嗎？」

「那我也來一點吧。」彩夏舉手，醫師點頭。

「還有誰要？沒了是吧，那我回房裡拿公事包吧。」

過了一會，忍冬醫師抱著黑色的公事包回來，甲斐和名望兩人剛好去上廁所，和他錯過，醫師將公事包放向餐桌，打開那宛如蛤蟆嘴般的公事包開口，開始朝裡頭一陣掏找。我從他隔壁座位窺望他手中的動作，感覺這位醫師好像不是一板一眼的個性。他公事包裡的各種藥物，混雜在聽診器、血壓計等器材間，無比零亂，就像小孩子的玩具箱一樣，塞得滿滿。在這種零亂的狀態下，真虧他能區分清楚，我甚至感到有點不安。

不久，忍冬醫師說道「就是這個」，取出他要找的藥：一塊薄薄的銀色薄片，上面排列著許多顆橢圓形的淡紫色小藥錠。

「這是新藥，一錠就能充分發揮藥效。請回房後再吞服，如果在這裡吞服，搞不好在回房途中的走廊上就會睡著哦。」

他跟昨晚對蘭說的一樣，提醒我們注意，各擰出一粒藥錠，交給我和彩夏。

17

井關悅子前來，將餐具收拾完畢後，我們趁的場小姐離席的機會，改移到隔壁的沙龍去。

「今天已經播過新聞了，妳不聽嗎？妳收音機不是借了沒還嗎？」

名望奈志隔著桌子望向彩夏說道。

「那已經不重要了。」彩夏靠在沙發椅背上，像是剛全力跑完百米般，重重吁了口氣。

「因為我在這裡要是連火山爆發的事也擔心的話，我會瘋掉的。」

「沒想到妳神經這麼纖細呢，彩夏，原本還以為妳是那種不為所動的人呢。」

「不為所動？你說的那種人是笨蛋吧。」

「妳果然還是在想神的事對吧？」

「拜託，連名望哥都這樣，別再說這種話了。」

「如果是三原山的情況，的場小姐說，她看過傍晚的新聞報導。」忍冬醫師就像在安慰氣得鼓起腮幫子的彩夏般，在一旁插話道。「火山噴發好像會變成長期性，不過沒有造成明顯的傷害，目前暫時不用擔心。」
我聆聽他們坐在沙發上展開的對話，自己也坐向壁爐前的凳子。而盤起雙臂，像關在籠子裡的瘦弱北極熊般，在室內來回踱步的槍中，旋即朝我走近說道：
「看你好像很傷腦筋的樣子，只睡三小時有辦法應付嗎？」
「槍中，你的臉色也好不到哪裡去。」
我如此回應，他原本就清瘦的臉頰，現在更顯憔悴，眼睛四周也冒出黑眼圈。
「看來我們兩人都不長命。」槍中聳了聳肩說道，突然走向牆壁旁。「待會兒到我房間一趟好嗎？睡前我想再和你討論一下這個案件。」
「你看出什麼了嗎？」
「不是。」槍中嘬起他乾燥的嘴唇。「雖然試著做了許多不負責任的想像，但我似乎沒有當名偵探的才能。」
接著他像突然想到似的，手伸向擺放在壁爐架上的音樂盒，一個奢華地使用了各種貝殼、玳瑁、瑪瑙，並畫有波斯風花朵圖案的螺鈿小盒子，他雙手輕輕打開盒蓋。
從中流洩出的曲調，吸引了房內眾人的視線。
沒人開口說話，大家都露出複雜的表情，聆聽音樂盒演奏的悲戚旋律。
下雨了，下雨了。
想去玩，卻沒傘，
紅色木屐帶，也在這時斷。
我無意識地暗自念出配合這旋律的歌詞，這一字一句，都跟今天早上目睹的殺人現場畫面重疊，浮現腦中。

第一遍演奏完畢後，曲子又回到開頭，就這樣反覆演奏了三遍後，步調變得愈來愈慢，不久後聲音就此中斷。

「發條轉完了嗎？」

槍中合上盒蓋，微微嘆了口氣，就此離開壁爐。

「你在想，為什麼是白秋對吧？」

我說，槍中輕輕應了聲「嗯」，將原本擺在牆邊的凳子搬到我身旁，直接坐下。

「我們前天晚上全都聽過這個音樂盒發出的樂音，記得是忍冬醫生打開的，所以也不是沒有任何前兆就突然冒出這首歌。當然了，這宅邸裡的人應該也知道這個音樂盒裡有白秋的〈雨〉。」

「兇手為何對白秋這麼執著？還是說，他執著於〈雨〉這首歌……？」

「天曉得。」

「來到這裡的第一天晚上，我們曾針對白秋小聊了一會兒對吧。」

「對，因為那個層架裡有書。」槍中朝填滿斜後方牆壁的裝飾層架望了一眼。「我還試著告訴彩夏許多白秋寫的詩，當時大家都在這個房間裡，忍冬醫生打開音樂盒的時候也是。而就在那時，那位管家前來。」

「沒錯。」

「關於詩人北原白秋，你應該比我清楚，你是否想到些什麼？」

「白秋是嗎？」我探向胸前口袋裡的菸，原本帶了幾包在身上，現在開始擔心存貨不夠了。「說到白秋，首先會想到柳川。福岡現今的柳川市，是他的故鄉，他老家是一家年代久遠的造酒鋪。白秋是家中的長男，本名我記得是石井隆吉。」

「柳川、石井隆吉是吧……」

槍中輕聲複誦，他這時候似乎仍很在意「名字」。

「他二十歲前中學休學，到東京進入早稻田英文系預備科就讀，但不久又休學，加入『新詩社』，開始在雜誌《明星》上發表作品。」

「早稻田是吧，《明星》……嗯，白秋和那個『潘之會』也有關聯嗎？」

「有，他離開『新詩社』後，跟木下杢太郎一起發起『潘之會』，記得是一九〇八年的事。」冠上希臘神話牧神之名的這個聚會，成了在《方寸》、《SUBARU》、《三田文學》、《新思潮》表現活躍的年輕美術家和文學家同歡的場所。除了白秋、木下杢太郎外，像吉井勇、高村光太郎、谷崎潤一郎等傑出的文人也都齊聚一堂，成為一股原動力，為文壇帶來耽美派的振興。

「而一九〇九年，他二十四歲時，自費出版了第一本詩集《邪宗門》，而『潘之會』的機關雜誌《屋頂庭園》也是在這一年創刊。」

我腦中想到什麼，直接就說了出來，但我不認為這種文學史上的事，會成為解開「仿照〈雨〉的情境」之謎的關鍵。

「如果還需要更詳細的知識，最好去圖書室調查一下吧。」

我說完後，槍中一臉不悅地聳了聳肩，低語一聲「說得也是」。

「那麼，我想先聽你談 談你的白秋觀。」

「說什麼白秋觀，才沒那麼了不起呢，我又不是專門研究他的專家。」

「不過，他是你喜歡的詩人吧？」

「話是這樣沒錯。」我在指間把玩著沒點燃的香菸。「雖然有很多說法，不過，他是日本近代文學史上最偉大的綜合詩人，這點應該是毋庸置疑吧。橫跨明治、大正、昭和，從近代詩到創作童謠、創作民謠、短歌，跨越多種類型，各自都留下劃時代的功績，我覺得這真的很不簡單。」

「一般人聽到白秋，總會先浮現童謠的印象，〈鵝媽媽〉（Mother Goose）這首歌的翻譯也很有名。」

「或許是吧。我不是在說彩夏，就算是對詩或文學一點都不感興趣的人，也一定會知道他寫的幾首童謠，所以也有評論家說，白秋的資質和才能的優越之處，在童謠中發揮得最淋漓盡致。」

「嗯，那你又是怎麼看呢？」

「我喜歡的白秋，是最早期那時候的他，二十出頭，還在參與『潘之會』的時候。」

「像《邪宗門》或《回憶》這類的作品嗎？」

「還有《東京景物詩集及其他》，以及歌集《桐之花》。該怎麼說呢？風格很鮮明，就算現在欣賞，一樣完全都不覺得老套。那是一種令人毛骨悚然，忍不住為之屏息的鮮明感，也許就是因為在這個時代閱讀，才更有感。既妖豔，又充滿魔性，甚至可稱之為獵奇，它就是有這樣的美，但同時又帶有幾分悲戚與滑稽。」

《邪宗門》和《回憶》也是如此，不過，之後的《東京景物詩集及其他》也許稱得上是初期白秋的巔峰之作。初版是在一九一三年，不過製作年代可回溯到三年前，是剛好與《回憶》重疊，又緊接在《邪宗門》之後這樣的關係。

他初期的創作本身，原本就是在波特萊爾與魏爾倫等法國世紀末詩人的影響下展開的創作，所以會有這種傾向也是理所當然。不過，這些在濃厚的異國風情、神秘與夢幻、頹廢到極致的氣氛下寫成的感覺詩、感官詩，都帶有充沛的氣勢，近乎怪異。

第一次接觸這些作品時，應該是在我國中時代吧，當時我腦中也抱持著「白秋＝童謠」的想法，所以面對那極大的印象落差，我大感錯愕。

「原來如此，我也很喜歡那時候的白秋。」槍中滿意地面露微笑。「《回憶》當中不是有一首名叫〈人偶製作〉的詩嗎？因一時陰錯陽差，還是小學生的我讀了那首詩，由於描寫太過強烈，還記得那天晚上我嚇得睡不著覺，真的好可怕……不，和可怕又不太一樣。」

接著他突然瞇起眼睛，誦念出那首詩的開頭。

「『長崎的、長崎的
人偶製作真有趣。
彩色玻璃……在藍光照射下，
搓揉白黏土，以漿糊融解，拌入拋光粉，
黏糊糊地放上陶輪，
只要蓋著翻過來，一顆頭就完成了。』」

我接著往下念。

「『那是顆空洞的頭，
白皙的臉轉個不停……』，是這樣對吧。」

槍中莞爾一笑，問了聲「如何？」，重新望著我。

「比起〈雨〉，這首詩更適合充當仿照情境殺人的題材吧？」

「的確。」

我點頭，沒抽夾在指間的那根菸，直接又放回口袋裡。

「他這樣的風格，後來因某個事件而大幅改變。收斂起過去頹廢到極致的風格，轉為帶有頌揚人類，或是低調祈禱的這種寫詩風格。」

「那起通姦事件是吧。」

「對。」

一九一二年——明治四ー五年發生的事件。

白秋與一位他愛慕已久的有夫之婦外遇，對方的丈夫提告，就此在市谷拘留所監禁了兩週。雖然不久後便無罪釋放，但從這起事件後，他的寫詩風格便有了大幅改變。

「對方那位女性叫什麼名字來著？」

「俊子——松下俊子。」

「嗯，好像沒什麼關聯嘛。」

檜中似乎一直想從談話中找出別有含意的「名字」。

「喂，檜中，」我說。「在白秋的作品中，我們應該把焦點集中在他的童謠上才對吧？因為再怎麼說，這起案件所要呈現的，是〈雨〉這首童謠，你一味地擴大思考範圍，這樣很奇怪。」

「你說的有理。」檜中板著臉點了點頭。「說到白秋的童謠，馬上聯想到的是《赤鳥》運動吧？」

鈴木三重吉創立雜誌《赤鳥》，是在一九一八年七月。就像在創刊前發送的小冊子上所寫的，這是日本「創作童話和童謠的文學運動先驅」，目的在於「創作出具有藝術真正價值的純真童話與童謠」。

「當時的文壇人士全都參與，例如鷗外、藤村、龍之介、泉鏡花、坪田讓治、高濱虛子、德田秋聲、西條八十、小川未明……不勝枚舉。」

「在童謠中，尤其是以白秋和八十為代表人物是吧。」

「兩人常被拿來做比較，例如說白秋的童謠有田園風情，八十的童謠有都市感，或是比較兩人創作動機的差異。」

例如白秋，他在一九一九年的第一本童謠集《蜻蜓的眼珠》的「前言」裡做了這樣的說明：真正的童謠要用小孩子淺顯易懂的語言，來唱出小孩子的內心，同時對大人來說，也必須寓意深遠才行。但如果硬是想在思想上培養出童心，往往反而會帶來不好的結果。得從感覺上讓自己完全變成孩童才行——也就是「童謠是童心童語的歌謠」這樣的認知。事實上，當時的白秋將九歲以下的孩童視為假想的主要對象，始終以「童謠」為標準，立志創造出全新的童謠。

另一方面，西條八十的動機，是要讓孩子們有優質的好歌可聽，除此之外，打從一開始他就意識到成人讀者的存在。想喚醒成人心中幼年時的感覺，這是他當初抱持的期望。

不過，後來白秋的意識逐漸有所改變。隨著年紀增加，他想視為創作對象的年紀也逐漸提高，到了一九二九年發行《月與胡桃》時，他甚至說：「對於童謠創作，我認為沒必要現在才刻意回歸童心。只要抱持和創作詩歌同樣的心情，同樣的心態去面對，這樣就行了。」

「關鍵的〈雨〉這首童謠，是他什麼時候的作品呢？」

槍中詢問，我思考片刻後回答道：

「大概是他剛開始創作童謠的時候吧，可能就在《赤鳥》創刊後，因為我記得這首〈雨〉和西條八十的〈金絲雀〉，應該是在《赤鳥》上最早作曲的童謠。」

「嗯。」

「對了，〈雨〉的作曲者是誰，你知道嗎？」

「我下午查過這件事。」槍中朝通往圖書室的門望了一眼。「是名叫弘田龍太郎的作曲家，我原本還抱持些許期待，以為會出現一個別有含意的名字呢。」

18

「我可以發表一下意見嗎？」之前幾乎都沒開口，一直坐在沙發上，頹然垂首的甲斐，突然開口道。「有件事我一直很在意。」

「什麼事？」槍中從凳子上站起身，往沙發走去。「什麼都好，有什麼在意的事，全部說來聽吧。」

「啊，好。」甲斐單邊的眼睛就像發顫般，頻頻眨眼，開口說道。「呃，我在想，住在這座邸裡的人，真的就只有他們幾位嗎？」

「哦？」

「有白須賀先生、的場小姐、管家鳴瀨先生、姓末永的鬍子男，還有那位在廚房工作的婦人，姓井關是吧……一共五人。白天槍中兄詢問時，的場小姐說，除了他們五人之外，沒別的人了，但我總覺得至少還有另一名住戶。」

他的聲音聽起來沒什麼自信，但在場的人一聽到他指出的問題點，頓時都倒抽一口氣。

「你為什麼會這麼想？」

槍中問，甲斐不安地視線游移。

「我沒有確切的證據，但就舉彩夏來說吧，昨天在溫室見面前，她不是說在那邊的樓梯處看到人影嗎？」

「嗯，那是我和槍中哥他們去探險的時候對吧。那時候也是，還有前一天晚上，我也聽到奇怪的聲響。」

彩夏一本正經地回答，槍中姑且點了點頭，但還是說道：

「話雖如此，但妳沒清楚地看出是怎樣的人，也許那是白須賀先生。」

「說得也是，所以我才說，我單純只是有這樣的感覺而已。」

甲斐手指抵向太陽穴，頭微微偏向一旁。

「我還有其他覺得奇怪的地方，昨天不是在溫室裡遇見的場小姐嗎？當時她手中端著托盤，記得上頭擺了茶壺和兩個杯子。」

「是這樣嗎？不過，光這樣也不能證明什麼吧。」

「對，不過，傭人們一般應該是不會在溫室裡喝茶吧。我猜，至少那兩個杯子的其中一個，是為白須賀先生準備的，如果是這樣，那另一個呢？」

「可以看作是的場女士當他的喝茶對象，因為她看起來不像一般的傭人，連白須賀先生也都以『醫生』來稱呼她。」

槍中雖然這麼說，但一定也懷疑甲斐所說的「另一名住戶」的存在，而今天傍晚，他自己也實際在溫室看到某個人影。之前我在禮拜堂看到人影的事，也已經告訴過他。

「我也有同樣的感覺。」深月緩緩將長髮往下撥，並開口道。「今天早上我聽到奇怪的聲響。」

「這我倒沒聽說呢。」槍中蹙起眉頭，望向深月。「什麼時候，在哪裡發生的？」

「今天早上的場小姐叫醒我們，叫我們去一樓，那邊的前方走廊，我們房間那個方向的盡頭，不是有門嗎？跟通往大廳的那邊一樣，是嵌有毛玻璃的雙開門。」

那扇門通往第一天晚上鳴瀨帶我們走上來的那座樓梯。

「那扇門今天早上是鎖著的，我們從大廳那裡繞路走下樓，但從前面通過時，感覺前方傳來腳步聲。」

「腳步聲是吧。」

槍中的眉頭皺得更緊了。

「有什麼不對嗎？」

「那腳步聲聽起來，像是不良於行的人走路的聲音，像是拄著枴杖在行走，發出叩、叩……聽起來很堅硬的聲響。」

經這麼一提才想到，彩夏前天晚上說她在大廳的樓梯間聽到的，也是「某個堅硬的聲響」，而我今天在禮拜堂聽到的聲響也是。

「我想，對方當時正在爬樓梯，那邊的樓梯不是沒鋪地毯嗎？所以才會發出聲響。我是隱約有這種感覺才這麼說，那腳步聲好像是順著樓梯往上──走上三樓。」

深月的臉略顯蒼白，細長的雙眼朝天花板瞄了一眼。

「當時我們來到樓下的餐廳，除了井關女士外，所有人都到齊了。如果是這樣，我聽到的應該是井關女士的腳步聲，但那時候她應該正忙著準備待會要端上桌的三明治，而且她根本沒拄枴杖。」

「原來如此，很符合邏輯。」槍中一臉感佩地瞇起眼睛。「如果要反駁的話，也許是她只有在上下樓梯時，才會用到枴杖，而妳剛好聽到她有事上三樓時發出的腳步聲。妳覺得呢？」

「她為我們準備餐點，或是收拾碗盤時，看起來有不方便行走的樣子嗎？」

「嗯，看起來不像。」

「還有另一件事。」深月接著道。「今天早上男性們和的場小姐一同前往溫室時，我、彩夏、蘭三個人不是留在餐廳嗎？那時候我……」

「又聽到腳步聲是嗎？」

「不。」深月緩緩搖頭。「是聽到鋼琴聲，因為聲音很微弱，所以聽不出來是什麼曲子。」

「聲音從哪裡傳來？」

「我不清楚，我想，大概是從上面吧。」

「不能想作是在放唱片嗎？」

「應該不可能，因為途中還會停下來。如果是放唱片的話，應該不會有中斷的情形，所以只能看作是有人在某個房間裡彈琴。」

「妳有沒有可能聽錯？」槍中始終都很謹慎。

「我也聽到那個聲音。」這時，坐在深月身旁的彩夏也朗聲道。「雖然聽不出是什麼曲子，但確實聽到某個地方傳來鋼琴聲。」

「這下愈來愈煞有其事了。」名望奈志用手指摩娑著突尖的鼻子下方，嘴角上揚成新月形，發出微笑。「因為深月的觀察一直都很敏銳，偵探先生，這事你最好留意一下哦。」

槍中以指尖托起眼鏡中梁，低沉地應了一聲「好」，名望故意裝出駭人的聲音說道：

「喏，不是常有那種『關在牢裡的瘋子』嗎？」

他說這話好像沒半點開玩笑的成分，雖然嬉皮笑臉，但眼神卻無比認真。

「仔細想想，這麼低調地住在這種窮鄉僻壤的山林中，怎麼看都覺得**有鬼**；他們在山腳處的市街不是也傳出不好的傳聞嗎？」

「你的意思是，他們家族有個行動不便的瘋子，為了不讓世人知道這件事，才住在這種地方？」

「就是這麼回事，也許那傢伙就是殺害榊的兇手，什麼仿照情境殺人，這很像是心理不正常的人會做的事。例如對方過去曾經殺過人，而那時候剛好響起〈雨〉這首歌。」

「嗯，很像是最近流行的異常心理學會有的情節。」雖然這句話聽起來有點敷衍，但槍中同樣流露出一本正經的神情。「只好再一次試著向的場女士打探了。」

最後這個話題就此打住。

這座霧越邸有第六位住戶。

能證明這個可能性的證據，我們已大致都想過了，但這個人究竟是誰，關於這個問題，除了名望外，再也沒人提出相關的意見。「關在牢裡的瘋子」這句話，雖然感覺很荒誕無稽，但在這種狀況下，還是帶來很大的影響。內心被可怕的想像攫獲，不時地望向天花板，忍不住身子蜷縮的人，想必不光只有我吧。

和昨晚一樣，到了晚上九點半左右，大家就此解散，各自返回房間。槍中提醒大家睡覺時一定要把門釦扣上，眾人都點頭表示同意。

19

「我試著作了這份表格。」

晚上十點前。

我依約來槍中的房間找他，他讓我看他用四張報告紙作成的表格。他針對這座宅邸裡的所有人（就目前所知），整理出殺害榊由高的動機和不在場證明（請參照第212～215頁「不在場證明、動機一覽表」）。

「像這樣看過之後，不在場證明便一目了然，但還是沒辦法知道動機。我試著展開各種論證，但要作為他們每個人的殺人動機，都顯得過於薄弱。」他把書桌前的椅子讓給我坐，自己改為坐向床邊，低聲說道。「是不是我遺漏了什麼？有什麼隱藏的動機我沒發現……」

【不在場證明、動機一覽表】

榊由高	男　二十三歲　本名李家充　被害人 **推測死亡時間**　十六日晚上十一點四十分到十七日凌晨二點四十分之間。 **備考**　推測是八月發生的那起李家享助宅邸命案的兇手。
名望奈志	男　二十九歲　本名松尾茂樹 **不在場證明**　無 **動機**　對榊在劇團裡的身分感到不是滋味（？） 十五日當天，榊走在前頭，造成迷路，對此感到憤怒。 **備考**　十七日與妻子離婚，將回歸原本的舊姓鬼怒川。
甲斐倖比古	男　二十六歲　本名英田照夫 **不在場證明**　十六日晚上十點半到十七日凌晨三點這段時間， 與槍中、鈴藤一起在圖書室。 **動機**　欠榊五十萬日圓（金額是他個人的說法），榊催他還錢。

姓名	基本資料	不在場證明	動機	備考
蘆野深月	女　二十五歲　本名香取深月	十七日凌晨十二點到凌晨兩點這段時間，與彩夏在自己房間裡聊天。	榊想追求她，對此感到生氣（？）	
希美崎蘭	女　二十四歲　本名永納公子	無，服用安眠藥（？）	感情糾葛。十六日的試鏡機會泡湯，認爲是榊造成，心生怨恨（？）	八月那起案件，似乎與榊一起涉案。
乃本彩夏	女　十九歲　本名山根夏美	十七日凌晨十二點到凌晨兩點爲止，都在深月房間。	感情生變（？）	十七日依照忍冬所做的姓名分析，將藝名改爲矢本彩夏。

姓名	基本資料	不在場證明	動機	備考
鈴藤稜一	男　三十歲　本名佐佐木直史	十六日晚上九點四十分到十七日清晨四點半這段時間，和槍中一起待在圖書室。	？	
槍中秋清	男　三十三歲	十六日晚上九點四十分到十七日清晨四點半這段時間，和鈴藤一起待在圖書室。	？	
忍冬準之介	男　五十九歲　相野的開業醫師	無	？	過去曾協助警方辦案，驗屍的判斷有可信度。
白須賀秀一郎	男　霧越邸的主人	無	？	

姓名	性別・職業	不在場證明	動機
鳴瀨孝	男　管家	在場證明　無	動機　八月那起案件遭殺害的鳴瀨稔如果是他的親人，便有可能對兇手榊展開復仇。
的場 AYUMI	女　醫師	不在場證明　無	動機　？
末永耕治	男　傭人	不在場證明　無	動機　？
井關悅子	女　傭人	不在場證明　無	動機　？

殺人動機這種事，旁人有那麼容易知道嗎？殺人動機是強是弱，可以自行判斷嗎？我一邊聽檜中說明，一邊暗自展開這樣的思索。

動機說來簡單，但畢竟這不是看得到、摸得著的東西，而是人心的動向；除了當事人以外，其他人無法正確地窺知一二。我始終抱持這樣的想法。

「對了。」我將一覽表還給檜中，從我腦中零散的眾多疑問中取出一個，向他提出。「你還是很在意『名字』的事嗎？剛才聊到白秋時，你好像一直很在意這件事呢。」

「啊，對。」他接過自己作的表格後，直接扔向床上，低聲回答道。「我的確很在意。」

「你的意思是，這座宅邸有許多地方都發現我們的名字，以及它所帶來的暗示，會以某種形態與這起案件產生關聯是嗎？」

「真難回答的提問。坦白說，我也不知道，雖然不知道，但就是覺得很在意。」

「的場女士說，這座宅邸是會映照出來訪者未來的一面鏡子，這句話你有幾分當真？」

「這也是個很難回答的提問。」檜中可能是感到疲憊吧，手指緊抵著雙眼的眼皮。「基本上，我認為我是近代科學精神的僕人，無法加以擺脫。也就是說，對於超科學現象或是神秘主義思想，我都該站在加以否定的立場。但另一方面，對於自己這樣的依據，我有時又深感質疑。」他定睛注視著我。「你知道『典範』（Paradigm）這個名詞吧？」

「嗯，知道。」

「這是『科學家們共同活用的概念圖表、範本、理論、用具、應用的總體』——最初是科學史學家托馬斯．孔恩在他的著作《科學革命的構造》中提倡的概念。不光自然科學，在社會科學和人文科學方面，研究者也全都無法擺脫那個時代具支配地位的典範，自由行事。但就像天動說取代地動說一樣，或是從牛頓力學轉變為相對論，再轉為量子力學一樣，有時這個框架本身也會大幅改變，這叫作『典範轉移』（Paradigm Shift）。

而且這個用語不只局限在科學的領域，甚至可以擴展到包含這一切的層級上——例如我們的世界觀、意識、日常生活的存在方式。在這種情況下，會採用『後設典範』（Metaparadigm）這種說法。」槍中說到這裡停了下來，手指再度按向眼皮。「簡單來說，我們往往都是在支配這個時代或社會的某個典範下看事物或展開思考——不，是**被迫這樣子來思考**。不過這也是很理所當然的事，從近代以後，一直到現在，這就是所謂的近代科學精神——亦即機械論世界觀、要素還原論。我們面對所謂『科學性』、『客觀性』、『邏輯性』、『合理性』……等各種的名稱和概念，以『正確』這個價值當前提，來掌握事物，加以思考。

由C．奧古斯特．杜邦[24]開始，不論是夏洛克．福爾摩斯，還是艾勒里．昆恩，活躍於傳統推理小說中的名偵探，都像是它的化身。其中，像『客觀性』這種概念，似乎老早就已經被理論物理學否定了，儘管如此，仍不至於撼動一般人的世界觀和價值觀。」

「『客觀性』已經被否定了嗎？」

「沒錯，從海森堡的不確定性原理開始，而變得有名的索爾維會議……啊，這種細部的內容不重要，總結來說，想要觀測，就一定會有『我』這個觀測的主體存在。因此，重要的問題不是客體的存在，而是主體與客體之間的相互作用。說得更簡單一點，我們所看到的世界，也就是我自身認知的結構。

這件事當然和粒子這個極小的世界有關，不過，就像是在追隨這種思維般，在其他的學問領域上，典範也會朝同樣的方向行進。朝向相互作用論、解釋主義這一類的方向。」

我漸感焦急，取出剛才在沙龍原本要抽的菸，送入口中。

「槍中，到頭來，你到底怎麼看這件事？又回到一開始的問題了。」

「這個嘛。」

槍中如此低語，沉默了一會兒，他門牙輕咬著下唇，眉間擠出深邃的皺紋。

24. C. Auguste Dupin，愛倫．坡推理小說筆下的偵探，也被當成小說世界裡的第一位偵探，並成為福爾摩斯等偵探角色的典範。

「老實說，我很迷惘。」他很快回答道。「我應該對什麼事產生真實感？因為一切都從那裡開始，在那裡結束。」

「好含糊的說法啊。」

「所以我才迷惘啊。」槍中雙手撐在床上，像要解除脖子的僵硬般，繞動頭部。「不過……嗯，說得極端一點，也可以有這樣的想法。你知道幸島猴子的故事嗎？」

「猴子？」這問題令我有點意外。「什麼啊？」

「這是個很有名的故事。」槍中清瘦的臉頰突然浮現自嘲般的笑意，向我展開說明。「有人拿著沾滿沙子的地瓜給棲息在宮崎縣幸島上的日本猴子，猴子一開始不想吃，但有隻年輕的母猴想到用水將弄髒的地瓜洗過之後再吃。說起來，猴子們的社會就是這樣產生『洗地瓜』這種新的文化，不久，這個文化在同一座島上的猴子之間傳開來。過了幾年後，當懂得洗地瓜的猴子達到某個數量時，產生了一種奇特的變化。」

「奇特的變化？」

「嗯，真的是很奇特的變化。為了方便說明，就假設這『某個數量』是一百隻吧，就在這第一百隻猴子學會洗地瓜的這天，住在島上的猴子全都開始洗地瓜了。」

「突然學會嗎？」

「對，就像是因為這第一百隻猴子的出現，有某個東西越過臨界點一般，就像角色扮演遊戲裡所說的『等級提升』一樣。不光如此，自從產生這個奇特的變化後，『猴子洗地瓜』的行為，在隔著海洋的全國其他地方，也很自然地發生了。」

「真的假的？」

「這是萊爾．華特森在《生命之潮》中介紹的案例，不過有許多人提出質疑，懷疑它可信賴的資料有多少。」

關於那位作者和書名，就連身為科學白痴的我也聽說過，是最近頗受矚目的一本書，它點燃了新科學這把火。

「當有一定的人數相信某件事是真的，就會有上萬人也認為這是真的。在思想、流行這類的社會現象下，這是顯而易見的事，但在自然界中，它同樣也廣泛存在。華特森假想出『偶發系統』（Contingent system）這套不為人知的系統，想用理論來說明這種現象。」我坐在椅子上，槍中望向我的膝蓋，以像在念咒語般的口吻接著往下說。「還有一個類似的說法，叫作『形態形成場理論』。這是英國學者魯珀特·謝德瑞克提出的說法，他說同樣的物種之間存在著一種超越時空的連結，而透過『形態形成場』這個地方，會反覆出現同樣物種間的共鳴現象——他想藉此來說明物種的進化。某個物種進化所產生的新物種，會擁有自己的『形態形成場』，而當這個新物種達到一定的數量時，會促成棲息在遠處，尚未進化的同樣物種引發同樣的進化。這樣你明白了嗎？」

「——明白了。」

「有意思的是，這不光只是在生物方面，在物質上也會發生同樣的情形。華特森也提到一個與甘油結晶化有關的知名小插曲。

甘油這種物質，在邁入二十世紀前，似乎眾人都認為它不可能以固態存在，沒有任何一位化學家成功讓它化為結晶。某天，剛好在各種條件的重疊下，發現自然結晶的甘油，之後各個地方的化學家都以此為範本，成功讓甘油化為結晶。奇特的變化就在這種情況下發生，某個實驗室裡的化學家成功讓甘油化為結晶，這時，同一個屋子裡的甘油全都自然地化為結晶，而且這個現象還在不知不覺中，散播到世界各地。

謝德瑞克加以說明。他說，『甘油化為結晶』的這個命題，當時在甘油這個物質的『形態形成場』下成立了。」

我無法回應，只能默默聆聽，槍中抬眼望向我，他自己也露出不知如何是好的表情，嘆了口氣。

「因此，我也試著提出這樣的假設。

『某種老房子擁有預言能力』，或是像的場女士說的，『會映照出來訪者的內心』——這樣的命題，此刻在這個封閉場所以外的世界各地，也許已開始成立。

鈴藤，你覺得呢？」

20

我嘴角叼了根菸，朝它點燃火，在它慢慢燒至菸蒂的這段時間，我都望著窗戶，不發一語。外頭的百葉門似乎是開著的，在覆蓋整個玻璃的漆黑中，斷斷續續有白色的物體忽隱忽現，就像是某人從外頭窺探屋內的影子，我一再地用力眨眼。

槍中坐在床邊，再度拿起剛才那張不在場證明和動機的一覽表，單手托著鏡框，靜靜望著一覽表。雖然不時傳出嘆息聲，或是沉聲低吟，但他什麼也沒對我說，我也沒跟他搭話。

腦袋好沉重，就像麻痺似的，可能也是因為這個緣故吧，原本想重新細想剛才槍中說的話，但……沒辦法。該往哪個方向思考才好？他剛才那番話到底想表達什麼？我的思考一再空轉，完全瞧不出端倪。

戶外的風勢突然增強，玻璃窗持續震動許久，我因那聲響而吃了一驚，感覺就像猛然從打盹中醒來般，將視線移回槍中臉上。

「那件事，你向蘆野小姐問過了嗎？」

我向他詢問，槍中臉色凝重地頷首。

「那『另一個人』究竟是誰，她不肯告訴我。不過，從她的模樣來看，她似乎猜想是劇團裡的人，而且是此刻一起來到這裡的其中一人。」

「果然是這樣。」

「這麼一來，只要暫時將你我兩人排除，就是其餘三人的其中一人：名望、甲斐，或是彩夏。」

「槍中，你認為會是誰呢？」

「這很難說，感覺每個人似乎都**不太可能**，但似乎又都有可能，例如……」槍中再度望向手上的表格。「名望看起來與榊和蘭感情不睦，對蘭的態度更是辛辣。不過，他這個人說話就是這樣，不知道有幾分是真，有可能那也全是在演戲。甲斐看起來一板一眼，感覺不是會嗑藥的人，但搞不好不是我想的那樣，例如在榊這種態度強硬的人邀約下，一時無法拒絕。彩夏也一樣，她和蘭的關係很尷尬，不過，要是有榊處在兩人中間，那就另當別論了。你怎麼看？」

「──我無法妄下定論。」

「對了，只要開始懷疑的話，或許還有另一種可能。」

「你的意思是……？」

「深月。有可能她其實是因為牽扯其中，所以才刻意說謊，講得好像和自己完全無關似的。」

「這怎麼可能。」

「你能保證不可能嗎？」

我說不出話來，就此深切體認到，「偵探」該有的行為，我完全都不符合。確實就像槍中說的，因為深月對我個人來說，是很特別的人物，但是就她與案件的關聯這點來看，絕不能給她特別待遇。

我不知不覺間重重嘆了口氣。

我抬眼窺望槍中的神情，他把那張表格擱在膝上，手抵著下巴，以他過去不曾有的嚴肅表情開始沉思。

接下來有好長一段時間，我又一臉茫然地望著昏暗的窗戶。

「喂，槍中。」我走進這個房間後，第三次向他拋出同樣的提問。「關於這座宅邸，剛才你說了許多，但你到底是怎麼看？」

這當然也是對我自己的提問。槍中沉默不語，感覺有點心不在焉，手抵著下巴緩緩搖了搖頭，意思是說他不知道嗎？

「假設，我們在溫室看到的嘉德麗雅蘭的模樣，正確地向我們暗示未來的話，接下來希美崎小姐也會跟榊一樣喪命對吧。」

「大概吧。」槍中如此回答，從床邊站起身，他背對我，緩緩走近落地窗。

「如果真發生那樣的事態，我們也只能相信了。」

「玻璃的裂痕你怎麼看？」

我提出驀然浮現腦中的疑問，槍中轉頭瞄了我一眼。

「裂痕？」他頭偏向一旁。

「就是溫室的天花板啊，昨天在我們眼前發生的那個十字形的龜裂痕跡。」

「哦。」

「如果那個龜裂也是這座宅邸『動起來』的結果，那它到底有什麼含意呢？」

「嗯，的確，目前就只有那件事含意不明。」槍中重新面向窗戶，暗自低語。「十字形的龜裂是吧，那到底是怎麼回事呢……」

之後過沒多久，我便回到自己房間。時間已過凌晨十二點，我記得自己走出槍中房間時，曾低頭看錶確認過時間。

不知道什時候才會結束——甚至覺得會一直持續下去，直到世界末日——在這樣的暴風雪籠罩下，霧越邸的黑夜漸深。

幕間一

† † †

傳來遠處的風聲。

這裡是相野車站的候車室，我獨自坐在冰冷的長椅上，回顧過往。在窗戶逐漸變得濃重的黑暗下，告知寒冬到來的白雪漫天飛舞，我耳內持續響起那首歌的曲調。

……那個晚上。

四年前，十一月十七日的那個晚上，在那座宅邸的那個房間裡，我和槍中秋清面對面交談——當時說的每一句話都鮮明地浮現我心頭。而當我再次想起槍中拿給我看的那張不在場證明和動機一覽表，我忍不住長嘆一聲。

如今回想，那張表格其實暗藏了很重大的意義。那是一種**巧合**，一種**暗號**。也可能是一種暗示，一種預言。不過——

不過，當時的我又怎麼可能看出它的含意呢……

誰是殺害榊由高的兇手呢？

總之，我們必須知道答案，槍中被迫扮演偵探的角色，站在他的立場，這個想法肯定比任何人都還要強烈。

槍中在兩天後，藉由極為明快且合乎邏輯的推理，成功在眾人面前指出那起案件的真正兇手。但現在回頭來看，那天晚上在我離開他房間時，他已掌握了可以查出真相的線索。

至於我，那晚和他談完後，我就像是那無能的約翰．H．華森博士一樣，面對那許多理不清的疑問，只感到腦中一片混亂。一回到我的房間後，我服下忍冬醫師給我的安眠藥後，便鑽進了被窩。

就像醫師說的，這藥的藥效很強，等不到十分鐘，我便陷入深沉的睡眠中，接著一味地享受嚴重不足的睡眠。

不過……

記得我即將睡著前，在朦朧的意識下，那具有明確形體的不祥預感猛然膨脹變大，就此爆開來。我全身戰慄，但還是無法回頭，從那通往睡眠深處的斜坡一路滑落，像病人在說夢話般，低聲誦念著那首歌——提到第二段歌詞的北原白秋的〈雨〉。

† † †

第四幕

第二名死者

下雨了，下雨了。
即使不願意，還是在家玩吧，
來摺色紙吧，摺成各種形狀。

海拉、雅典娜、阿芙蘿黛蒂——希臘神話的三美神，就像要伸長身子般，高高地舉起單手，爭奪一樣東西。

在愛琴娜島之王佩琉斯的婚禮席間，不和女神厄莉絲拋出一顆蘋果（上面寫著「送給最美的人」），她們就此展開爭奪。

白色的石雕女神站在上頭的圓形臺座上，許多噴水口圍成圓圈，噴水口持續有少量的水流出，應該是為了防止凍結吧。

這裡是面向霧越湖的中庭露臺，環繞著漂亮木造陽臺的建築外牆，包圍了中庭露臺的其他三邊。

在「三美神噴水池」前方，露臺就像朝湖面挺出般，呈現出圓形，地面就此中斷，前方形成和緩的階梯，一路滑入透明的水中。湖水並不深，深度大概到成人的膝蓋上方，透過清澈的湖水，可就近看見鋪設白色石板地的湖底。

面向霧越湖的右前方，有一座沿著通往溫室的銜接走廊而建的細長露臺。以這兩個露臺作為兩邊形成的長方形，其中心一帶的湖面上，浮著一座圓形的小島。從湖岸的兩座露臺一路形成階梯潛入水面下的石板地，再次形成和緩的階梯上了那座小島。

小島中央盤踞著一隻脖子很長的三頭龍。與女神們的美貌形成強烈對比，擁有三張可怕臉孔的這隻模樣怪異的龍，朝天空張著大嘴，露出滿口利牙。

雪已經停了。

昏暗低垂的鉛色烏雲覆蓋整個上空。此時沒有風聲，也沒有水聲，一切的聲音，一切的動靜，彷彿都被飄降堆積的白雪吸收般，一個寧靜的清晨風景。

只不過——

浮在湖面上的異樣石像，那凹凸不平的白色背部，緊貼著一個與周遭景致格格不入的華麗色彩。那是一具女人的屍體，身上穿著鮮豔的黃色連身洋裝（請參照第230頁「霧越邸部分圖2」）。

◆ 1

「醫生，如何？」

面對槍中的詢問，忍冬醫師皺著眉頭，用力搖頭。

「回天乏術了。」

醫師以放棄的口吻說道，指向屍體脖子。這具屍體整個人趴在那隻三頭龍的背部，身體對折；她的頭無力地垂落，整個露出她的後頸，上頭纏著一條細細的銀白色尼龍繩，深深嵌入肉裡。

「又是勒斃嗎？」

「頭部也有傷，喏，在這裡。」醫生伸指靠向屍體的後腦。「跟昨天一樣的手法，先用某個東西重擊頭部，讓人昏厥，再用繩子勒住脖子。」

「這不重要，為什麼要刻意將屍體搬來這種地方呢？」

名望奈志在海龍像的另一側說道，他以褐色毛衣的下襬包住自己的雙手，那清瘦的身軀左右搖晃，完全靜不下來。

「總之，先將屍體搬往岸邊吧，之後再來仔細思考。」

槍中這樣說道，此時他的穿者，是一身睡衣，外面只披了一件外衣。伴隨著雪白的氣息一

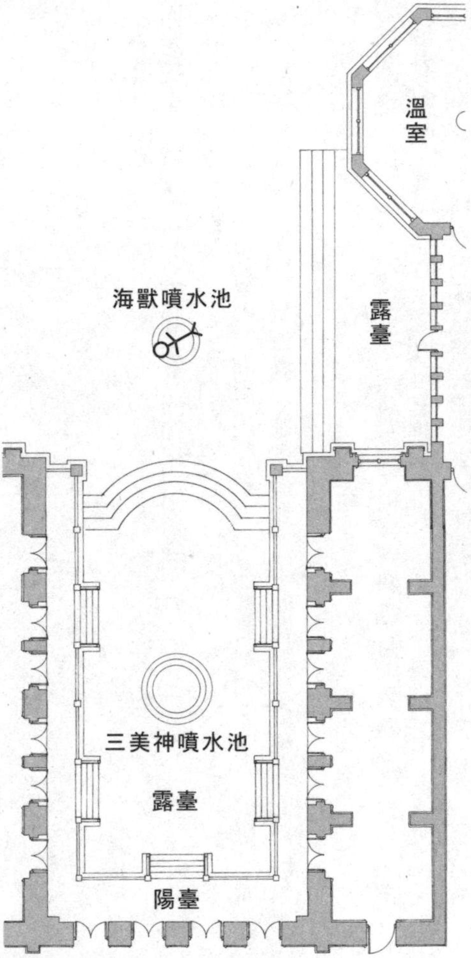

霧越邸部分圖2

同發出的聲音，就像受損的錄音帶般，微帶顫音。

「奈志，你搬腳。鈴藤，你抬肩膀。」

我依言從忍冬醫師背後繞到屍體身旁，因結凍的積雪，我一時腳滑，就此失去平衡。我迅速伸出左手，一把抓住海龍細長的脖子，水從它口中的利牙間湧出，淋濕了我的手臂。

「咦。」

這時我發出叫聲，因為我發現在屍體的腹部與龍背之間，夾著一個奇怪的東西。

「怎麼了？」

槍中原本正準備朝屍體的肩膀伸手，就此停住，向我問道。

「你看那個。」

我如此說道，指向那個物體。我朝長褲口袋裡探尋，取出手帕，小心不讓自己的指紋附在上頭，從屍體底下拉出那個東西。

「哦～」忍冬醫師那矮短的脖子偏向一旁。「這又是為什麼呢……」

醫師將說到一半的話又嚥回肚裡，低語一聲「原來如此」，似乎很快就明白**為什麼這東西會出現在這裡**。

「你拿好，別掉了。」槍中以緊張的聲音說道。「因為這或許是兇手所留下，是很重要的證物。」

我恭順地點頭，用手帕慢慢將那東西包好，放進我開襟羊毛衫的口袋裡。這時候我心裡已經隱隱有種無從捉摸的感覺，總覺得哪裡不對勁。

名望抱住蘭穿紅色高跟鞋的雙腳，槍中和我則是分別抱住她的左右肩膀，從龍背上抬起屍體。我們還請忍冬醫師幫忙引導，慢慢離開海龍小島。

就像昨天的場女士說明的一樣，霧越湖的湖水本身並不會太冷，但我們根本沒空穿大衣就趕了過來，所以冷得直打哆嗦。

可能又開始起風了，湖面升起的薄霧正緩緩被吸往岸邊的白樺林深處，感覺那昏暗低垂的厚重雲層又即將飄雪了。

大概是睡前吞了安眠藥的副作用吧，現在感到口乾舌燥，舔舐冰冷的嘴唇，感到濃濃的苦味，這可能也是因為藥的關係吧。感覺腦袋還沒完全清醒。與緊纏在舌頭上的味道很類似，一股濃濃的苦味，慢慢在我心裡擴散開來。

發現屍體的人是蘆野深月。

她說自己起床後，從面向中庭的窗戶望向湖的方向時，發現有異狀。很少顯得慌亂的深月發出的那高聲尖叫，連我隔著中庭位在她對面的房間都聽見了，就此將我從沉睡的泥沼中一把撈起。

那是大約三十分鐘前，早上八點半左右的事。

霧越邸的傭人們一如往常，早上七點便開始忙各自的工作，但在那之前，似乎沒人注意到那座海龍小島。

這裡應該都會定期進行除雪作業吧，中庭和銜接走廊的露臺積雪並未太深（話雖如此，應該也有十多公分吧）。

從湖裡上岸後，我們先讓屍體仰躺在雪地上。的場女士站在爭奪厄莉絲蘋果的「三美神噴水池」旁，靜靜注視著我們，這時她緩緩走近。

「醫生。」槍中調整自己急促的呼吸，望向忍冬醫師。「有辦法推測死亡時間嗎？」

老醫師發出「嗯」的一聲低吟，與來到他身旁的女醫師互望一眼。

「這可是個難題呢。」醫師那肥胖的身子微彎，一邊抓著他濕透的長褲膝蓋處，一邊說道。「這屍體恐怕整晚都被扔在這樣的冰天雪地下，一直處在冷凍狀態，所以實在很困難。」

「就算大致推測也沒關係。」

「就算是這樣，也有難度啊。」醫師渾圓的肩膀打了個寒顫，望向另一位同業。「的場小姐，妳怎麼看？」

「我認為沒辦法。」女醫師臉色蒼白地搖了搖頭。「因為在冷凍狀態下，幾乎不會進行死後變化。例如屍僵現象主要是起因於肌肉內的ATP分解，也就是一種化學反應。當然了，在這種低溫下，很難進行這種反應。」

「沒錯。」忍冬醫師再度抖動著肩膀，點頭表示同意。「就算是屍斑，在極低溫的情況下，也不會以理所當然的方式浮現。不過，如果早點帶到大學醫院去，請專門的醫師解剖詳加檢查，或許能有某種程度的了解。」

躺在腳邊的屍體，那張臉跟覆蓋露臺的雪一樣白，這多少讓她因痛苦而扭曲的表情沒那麼醜陋。這樣的白，感覺是她生前一直無法達到的白，這突然令我感到無比悲戚。

深月和彩夏從一樓正面的陽臺走下來，甲斐似乎很晚起，小跑步追在她們兩人身後。她們兩位女性來到「三美神噴水池」前停下，靠著那座噴水池，遠遠地朝我們窺望。

「這是……」越過她們兩人來到前面的甲斐，俯視著屍體說道。「昨天那起命案的延續嗎？」

「好像是。」

槍中如此回答，視線望向我，我沉默不語，從開襟羊毛衫的口袋裡取出剛才那條手帕，在手中打開它，讓甲斐看包在裡頭的東西。

「咦。」甲斐一臉驚詫，目不轉睛地注視著它。「紙鶴……」

「就放在屍體身旁，為了不讓它被風吹跑，就夾在屍體的腹部下。」

「這東西放在屍體身旁？」儘管聽了我的說明，甲斐仍是那驚訝的表情，就像在說搞不懂是怎麼回事般，頭偏向一旁。

「其他什麼也沒有嗎……我的意思是，屍體附近就只有這個東西？」

「沒錯。」

「……為什麼？」

「你知道〈雨〉的第二段歌詞嗎？」

我此話一出，甲斐凝視著那隻擺在手帕上的紙鶴說道：

「〈雨〉？」他以顫抖的聲音低語。「〈雨〉的第二段歌詞——啊。」

「『下雨了，下雨了。』」忍冬醫師開始小聲地哼起那首歌。「『即使不願意，還是在家玩吧，來摺色紙吧，摺成各種形狀。』」

這時，突然從湖的方向吹來一陣強風，就像是以誦念咒文般的口吻唱出的這段旋律將這陣風喚來似的，我急忙按住手帕，但慢了一步。

紫色的紙鶴被風捲走，在空中畫出難看的曲線，飄落地面。落在希美崎蘭胸前，她身穿黃色洋裝搭配深紅衣襟……與溫室裡枯萎的嘉德麗雅蘭同樣色調。

2

在末永耕治的帶領下，我們將蘭的屍體搬往宅邸的地下室。

我們改變剛才的配置，改由槍中抬腳，名望和我分別抬左右肩膀。從陽臺走進中央走廊後，進水的鞋子發出啪嚓啪嚓的聲響，末永走在前頭，我們跟著他走在檜皮色的地毯上。

從正餐室前面走過。

我從敞開的門往內窺望，隔著餐桌，看見和昨天早上同樣裝扮的白須賀秀一郎，他一臉不悅地盤起雙臂，望著窗外。我們直直地走向走廊盡頭的那扇藍色雙開門。末永打開門後，映入眼中的，是第一天我們躲避暴風雪而走進的那處後門所在的大廳。

「往這邊走。」

末永以和他粗獷的體格很相配的厚實嗓音說道，手搭向通往二樓的階梯右手邊的褐色門上。濕透的黃色連身洋裝下襬在地上拖行，我們踩著沉重的步履橫越大廳。門打開後，出現一座通往地下室，坡度很陡的階梯。

「請注意腳下。」

末永如此說道，先往前跨出一步，就在這時響起「咚」的一聲堅硬聲響，感覺彷彿有人突然停步。

我們三人搬著蘭的屍體，就這樣抬眼望向聲響傳來的方向，是通往二樓的樓梯方向。在那一剎那，我感覺在樓梯間看到有個黑色人影躲向一旁。在此同時，一根枴杖滾落樓梯，傳出「噹啷」的響亮聲響。

「是誰？」名望奈志大聲喊道。

「地下室在這邊。」

末永厲聲說道。名望朝年輕傭人那張大鬍子臉瞄了一眼，舔了一下自己的薄唇。

「我父母從小教導我，有人東西掉了，要幫忙撿起來。」

他以搞笑的口吻說道，鬆開抬著屍體右肩的手，朝樓梯走去。屍體失去重心，往一邊傾斜。

「不能去！」末永神情驚慌地朝名望追去，從後面抓住他骨瘦嶙峋的肩膀。「請別管，快走吧。」

「別吵。」名望粗聲粗氣地說道，一臉不悅地將末永的手甩開。「是誰？別鬼鬼祟祟的，快點現身。」

「請不要過去。」

末永又想進一步抓住他，但名望滑溜地躲過，直接衝上樓梯。但來到樓梯間前面，他突然停步，暗啐一聲。

「讓他給跑了。」

他撿起掉地的黑色枴杖，拿在手裡晃動，就像鐘擺一樣。他在樓梯間改變方向，一臉遺憾地朝通往樓上的樓梯仰望了一會兒，接著將枴杖立著靠向牆邊，往後轉身。

末永眼神兇惡地瞪視著名望，但他還是回到了地下室門前，不發一語，朝仍舊抬著屍體的槍中和我望了一眼。

「請往這兒走。」

他壓低聲音說道，繼續往前走。

「請問一下。」槍中緩緩走下昏暗的樓梯，向末永問道。「那根枴杖是誰的？」

隔了一、兩秒。

「是老爺的。」末永頭也不回地回答道。

「這座宅邸的主人好像很喜歡捉迷藏呢。」

槍中語帶調侃地說道，末永則是以平淡的口吻回覆：

「老爺剛才不是在餐廳裡嗎？枴杖應該是立著放在樓上的扶手旁吧。」

「宅邸的主人習慣把東西放在那種地方嗎？」

末永陡然停步，隔著肩膀轉頭望向我們。他那覆滿黑鬍子的臉，一時間浮現一種充滿挑戰意味，很像怒氣的神色。

「你說得對。」他回答。「老爺習慣東西隨處放，所以我才請你別管。」

這個男人在說謊，當時我當然是有這種感覺。

剛才我確實感覺到樓梯上有人，不光只感覺到氣息。雖然只有短暫的瞬間，但我（可能槍中和名望也是）親眼目睹有個人影對我們的視線感到吃驚，而急著藏身，一個小小的黑色人影。

前天晚上，彩夏說她在大廳的樓梯間看到的人影；昨天我在禮拜堂入口處看到的人影；槍中說他在溫室看到的影子；深月說他聽到的枴杖聲，以及鋼琴聲……果然沒錯。

這座宅邸果然還有**我們不知道的第六個住戶**。

走下樓梯後，短短的走廊兩側各有四扇黑色的門，末永推開左前方的一扇門，打開燈。約十張榻榻米大的房間，裡頭擺放了大型洗衣機和烘衣機；牆壁和地板都是裸露的水泥，正面深處的牆壁上是訂作的大型裝飾層架。這裡當然還是比戶外強得多，不過，沒有暖氣的室內還是冷得教人連呼吸都快凍結了。

右前方的角落，有一塊攤開的白色床單，上頭鼓起人的形狀，榊的屍體就安放在那裡。我們將搬來的屍體並排擺放，末永從裝飾層架裡拉出一條新的床單，槍中接過後，蓋向屍體。

「你們兩位就和睦相處吧。」

聽到名望以正經的聲音如此低語，我突然想到一個一直到昨晚都沒想過的可能性。我馬上就想否定這個荒唐的想法，但身體卻不肯靜靜地站著。

「——嗯？」槍中看我朝蓋在榊屍體上的白布伸手，發出感到納悶的聲音。「怎麼了，鈴藤？」

「不，只是看一下。」我含糊地應道。

「哦～鈴藤老師該不會是懷疑榊會變成僵屍吧？」名望奈志攤開他長長的雙臂，莞爾一笑。「說僵屍是開玩笑的，你是在想，榊是不是真的死了，對吧？」

「你的意思是，昨天的事全是在演戲？」槍中一臉傻眼地說道。「怎麼可能，沒這種事。」

「我只是想到有這個可能性。」

「昨天我也這麼想過，一開始先讓人以為他死了，因為在『暴風雪山莊』這種狀況下，這算是很老套的手段。不過，如果真是這樣，你猜這需要有幾位共犯？」

「還是確認一下比較好吧。」

「嗯，話是這樣沒錯啦。」

我惴惴不安地掀起冰冷的床單，槍中和名望也來到一旁，緩緩往下窺望。床單底下，是榊的那張臉，表情完全凍結，與昨天早上在溫室看到的時候相比，沒半點改變，感覺微微飄來一股屍臭。第二起殺人案真的發生了，可能是因為這樣，我才會變得疑神疑鬼，我強忍那不住往上湧的噁心感，伸手探他的脈搏。

榊由高確實死了。

3

我、槍中、名望三人，為了換下因走進湖中而濕透的衣服，先回二樓的房間，之後才一同前往樓下的正餐室。我們都沒帶替換的鞋子，所以三人都改穿宅邸裡的拖鞋；甲斐、深月、彩夏、已先換好衣服的忍冬醫師——已全都聚集在這裡，等候我們到來。

「請坐。」白須賀從桌邊投來犀利的目光，如此說道。「鳴瀨，煮咖啡。」

「不，我就不用了。」

槍中微微抬手，接著以同一隻手拉開椅子，全身癱軟地坐下。鳴瀨前往吧檯，沒發出半點腳步聲，開始為我和名望準備兩人份的咖啡。

「白須賀先生。」槍中緊盯著餐桌中央一帶，發出像在喘息般的聲音。「有件事不知道該怎麼說才好……」

「您已看出誰是兇手了嗎？」

霧越邸的主人語氣冰冷地詢問，不同於他此時的口吻，他那微微留著鬍鬚的嘴角，和昨天早上一樣，掛著高雅的微笑。

「不。」槍中就像被他的氣勢震懾般，無力地搖了搖頭。「我力有未逮。」

「我在這裡責怪您也沒用，不過坦白說，這真的帶給我很大的困擾。」白須賀神色從容地將橄欖色的睡袍前襟拉攏，微微清咳幾聲。「宅邸被鮮血沾污，心裡當然不會覺得好受，下一次希望你們能到宅邸外面去做。」

「下一次」這句話，我聽了忍不住屏息。

我不知道他說這句話有幾分當真，但他竟然說「下一次」。兇手光殺兩個人還不滿足，應該打算再繼續殺人，這是他想說的意思嗎？

「電話還無法接通嗎？」槍中問。

「看來，命案的兇手暫時還不希望警察來。」

白須賀如此回答，嘴角仍掛著平靜的微笑，他的濃眉間擠出深邃的皺紋。

「今天早上，鳴瀨發現設在後門樓梯大廳的電話被人破壞，您去地下室時沒看到嗎？」

「這是真的嗎？」

「是真的，話筒的線被扯斷，完全無法使用。想必是兇手昨晚下的手，他害怕電話線修復。」

「這座宅邸就只有一臺電話嗎？」

「我很討厭電話。」白須賀聳了聳肩。「討厭打電話，也討厭有人打來。不過，完全不能打也很麻煩，所以不得已才擺了一臺。」

槍中嚴肅地瞇起眼睛，長長吁了口氣。

「現在還不能下山前往相野町嗎？雪已經停了。」

「已經又開始下了。」

白須賀朝面向露臺的落地窗望了一眼。

確實如他所說，模糊的玻璃窗外，剛才的寧靜就像是短暫的歇息般，又開始大雪紛飛，還傳來呼號風聲。

「因為連下了三天，積了厚厚一層雪。這種情況要下山到鎮上去，我不敢說絕對不可能，但需要有相當的覺悟，至少我不打算強迫我家裡的人做這樣的覺悟。」

聽他的口吻，就像在說這件事他們完全不必負責。如果你們想冒險出外求救，也要由你們去擔任這個角色。

槍中低下頭，緊咬嘴唇，我坐他隔壁，也微微低下頭，同時抬眼窺望同桌其他人的神情。每個人都沒抬眼直視前方，個個臉色蒼白，表情僵硬，不時出聲嘆氣……坐我正對面的甲斐，伸手拿端上桌的咖啡杯。在這令人喘不過氣來的沉默中，杯子發出卡啦卡啦的聲響，因為他的手在發抖。

「對了，白須賀先生。」槍中抬起臉，就像拿定主意般，緊盯著這位宅邸主人。

「什麼事？」

「聽說您習慣東西隨手擺放，放了就忘呢。」

白須賀一臉狐疑地挑起眉毛，一時答不出話來，這樣的反應看得出來，他不懂這提問的含意。

「這話是誰說的？」

「他呀。」

白須賀順著槍中的視線，望向站在左手牆邊的那名年輕傭人。從我的位置也看得到末永，末永嚇了一跳，踏步向前，他想必是心想，得說明緣由才行，就此低聲說了句：「我……」

「真傷腦筋。」宅邸的主人抬手制止了末永，嘴角的微笑往臉頰擴展開來。「你大可不必說是我的習慣啊。」

「您使用枴杖嗎？」槍中乘勝追擊，持續追問。

「枴杖？」白須賀再度挑起眉毛，但緊接著下個瞬間，他從緊閉的雙唇間露出一口白牙。「有時會用。」

接著他很誇張地攤開雙臂，不太正經地壓低聲音說道「哎呀呀」。

「看來，我又忘了枴杖擺哪兒了。」

「在前面的樓梯那兒，我去地下室的路上看到過。」槍中表情凝重地蹙著眉頭說道。

「這樣啊，謝謝告知。」白須賀就像在哄天真的小孩般，微微一笑，將咖啡送入口中。

「下次我要是忘了東西找不到，就請你幫忙找吧。」

4

白須賀起身離席後，井關悅子和昨天早上一樣，從同一扇門走出，將蛋、湯、法國麵包等簡單的餐點端上桌。這時是上午十點多。

「真是不好意思，的場小姐，妳的工作又不是服務生。」

忍冬醫師對幫忙井關裝湯給每個人的女醫師說道。

「不用客氣。」的場女士以平靜的聲音說道。「因為這一兩天發生了這種案件，老爺向來說話都是那樣，但他並不是憎恨各位，突然失去自己至親的人，這種痛苦他應該最能感同身受才對。」

聽說白須賀的夫人四年前在火災中喪命，的場女士這番話，應該就是指那件事吧。

「總之，要是能早點查出誰是兇手就好了。」

的場女士離開餐桌邊，以不安的眼神望向我們，槍中接受她的視線。

「不過，**那傢伙**就在這座宅邸裡，這是唯一可以確定的事。」

槍中以別有含意的口吻說道。「以這次的情況來說，被害人蘭的死亡時間，幾乎無法鎖定，甚至連用來調查不在場證明的基本線索都無法蒐集。攬下偵探這項差事的我，也快要舉手投降了，真教人沒轍。」

「跟昨天的案件一樣，都是同一個兇手所為吧？」

「這是當然，剛才您在外面，也看到那個紙鶴了吧？」

「對。」

「兇手是仿照〈雨〉的第二段歌詞『來摺色紙吧，摺成各種形狀』裡的情境，留下那個紙鶴。說到童謠殺人，在推理小說裡往往都是連續殺人案，所以會發生第二起命案，此事不難預料……不過，沒想到竟然這麼簡單就真的發生了。」槍中重重嘆了口氣。「而且偏偏蘭就是那位受害者。的場小姐，如何？這座宅邸的預言巧妙地說中了，您對此有何感想？」

女醫師沒答腔，她垂眼望向地面，其他人雖然偏著頭感到納悶，但槍中這時並不想加以說明。

「如此一來，我也該改變一下我的理念了。」槍中撇著嘴角，語帶嘲諷地接著往下說。「這世界存在著早已注定好的命運，也就是說，這與否定動態時間緊密相連。否定了暗藏無限可能性，朝未來前進的時間。時間是靜止的平面，不，它只是直線。不論是生還是死，一切全都已事先排列好，就只是在等候上場機會罷了。」

的場女士就像要將槍中的聲音從腦中揮除般，一再地微微搖頭。

「剛才的紙鶴，可以讓我看一下嗎？」她抬起眼說道。

「我拿給您。」

我如此回答，從椅子上站起身。我都忘了，那個紙鶴仍用手帕包著，放在我開襟羊毛衫的口袋裡。那是警方早晚都會展開調查的證物，所以得跟昨天的皮帶和書一樣，用塑膠袋封好，放進地下室保管。

我取出手帕，在餐桌上輕輕地攤開來，可能是因為剛才抬屍體的緣故，手帕裡的紙鶴被壓到微微變形。

的場女士來到我身旁，望向那隻紙鶴，它是以色紙摺成，淡紫色的漸層底色，配上細小的銀色麻葉圖案。

「果然是。」她低語道。

「有什麼發現嗎？」

我側著頭感到納悶，女醫師仍注視著那隻紙鶴說道：

「這是信紙。」

「信紙？」

「您不知道嗎？請看背面，上面應該會有銀色的線條，這是我們特別為客人準備的。」

「這樣啊。」

「紫色是直書的信紙，二樓的各個房間都備有這種信紙，以及和它同組的信封，另外還有一組黃色的橫書信紙。」

「我都不知道，是放在書桌抽屜裡嗎？」

「對。」

既然這樣——我在心中暗忖。

眼下不就有必要檢查每個房間的抽屜嗎？兇手房間裡的信紙應該會少一張才對，如果能確認這點的話……

我說出這項意見後，槍中很直接地搖頭說「行不通」。

「只要那個人不是傻蛋，就一定不會用自己房間裡的信紙，只要用蘭或榊房裡的信紙不就解決了嗎？」

「啊，說得也是，有道理。」

我不禁對自己的貿然斷定感到難為情，槍中撫摸著微微布滿鬍碴的下巴說道：

「不過，有時也是會有萬一，調查一下也行。」

「圖書室裡也放了同樣的信紙。」的場女士補充說明。「兇手或許用的是那裡的信紙。」

「原來如此。」槍中點頭。「不管怎樣，不能認為這紙鶴的素材來源能作為查出兇手身分的線索，就算能現場檢查指紋，大概也是一樣的情形。現在這個時代，應該沒人會在證物上留下自己的指紋才對。」

接著，槍中以手指揉著太陽穴，不發一語地朝眾人的反應觀察了半晌，桌上的餐點，完全沒人動。

「原本是打算待會再來重新檢討這個問題。」槍中說道。「姑且先假設每個人都沒有不在場證明，說到有可能會想殺害蘭的人……不，這個假設沒什麼意思。」

他手指緊按著太陽穴，緩緩搖頭。

「雖然對蘭沒有直接的恨意，但因為情勢所迫，非動手殺人不可，這種情況也不是沒有，例如被蘭知道他就是殺死榊的兇手，或是蘭握有決定性的證據。」

「真是這樣嗎？」名望奈志開口道。「槍中兄，〈雨〉的第二段歌詞，被用來作為殺人的情境呢。這應該看作兇手打從一開始就打算殺了他們兩人，才策劃出童謠殺人的手法吧。」

「嗯，你的想法很有道理。」

「你說這話，感覺很敷衍呢。」

「會嗎？」

「啊，瞧你那眼神，拜託，你其實是想說『看他們兩人最不順眼的人，就是奈志你』對吧。」

「你也知道嘛。」

「槍中兄，你……」

「我就在這裡說一個很理所當然的推理吧。」

槍中以略帶不耐煩的聲音說道，定睛望著名望。

「我、鈴藤、甲斐三人，在殺害榊這件事情上，有完美的不在場證明；深月和彩夏是女性，我不認為她們有能耐將蘭的屍體搬到那座小島上；忍冬醫生完全沒有類似的殺人動機。因此，奈志，兇手就是你。」

「別開玩笑好不好。」名望奈志難得滿臉通紅，微微從椅子上站起身。「槍中兄，你聽我說，我絕對……」

「別那麼激動，真不像你。」槍中冷回這麼一句，轉頭望向站在我身旁的的場女士。「的場小姐，在真正舉發他是兇手之前，我得向您問件事。」

「我們和命案無關。」

女醫師的聲音帶有緊張之色，槍中緩緩搖了搖頭。

「應該在您回答我的問題後，再做出這樣的判定吧，以客觀來看，您不覺得這樣才對嗎？」

槍中展現出前所未有的強硬口吻，的場女士略顯怯縮，但她很快便輕嘆一聲應道：

「您想知道什麼？」

她一邊說，一邊繞過餐桌，靜靜地朝空出的椅子坐下。

5

「我想問的當然是這座宅邸的事。」

槍中隔著餐桌，直視女醫師的臉，如此說道，此時正餐室內已沒其他傭人。

「這座霧越邸的……不，我要談的不是昨天在溫室問您的事，而是白須賀家的事。你們好像不想讓外人知道家裡的事，但舉例來說，像昨天啟人疑竇的鳴瀨先生一事，對捲入這起案件漩渦中的我們來說，當然會引發不好的猜疑。就算你們再怎麼堅稱和你們沒關係也沒用，為了消除我們的猜疑，可以請您提供我們一些資訊嗎？」

「我……」的場女士一臉為難，吞吞吐吐。

「需要白須賀先生同意是嗎？這樣的話，我去問他。」

「不。」她挺直腰板，打斷槍中的話。「我明白了，我會依自己的判斷，對有必要的提問進行答覆。」

「非常感謝您。」槍中臉上擠出一抹淺笑，雙手置於桌上，十指交握。「第一個想問您的問題，是關於宅邸主人——白須賀秀一郎先生的事。他到底是位怎樣的人物呢？從事什麼工作？看起來才五十歲左右，但以他這個年紀，為什麼像是在避人耳目般，住在這種深山裡呢？」

我在一旁聽，忍不住擔心起來，從昨天早上開始，對我們略微展現出柔和態度的的場女士，會不會因為這個提問，而再次把自己的臉藏在那冷漠又沒表情的面具後面呢？

「我認為老爺是一位個性略微孤僻又頑固的人。」

她一時不知該怎麼回答才好，最後如此說道，她的聲音沒有想像中那麼冰冷，出乎我意料之外。

「這點我再清楚不過了。」槍中如此回應，面露苦笑。

「不過，就像我剛才說的，他絕不是一位冷酷無情的人。如果說他討厭與人接觸，也確實如此，不過，以前他的個性更為溫和，也喜歡與人相處。」

「以前是這樣對吧？您指的是夫人過世之前嗎？」

女醫師微微頷首。

「四年前，老爺一直都住在橫濱，為了經營公司四處奔走，是一家貿易相關的公司，似乎時常會待在海外。但就在四年前，老爺不在家的時候，宅邸發生大火，夫人命喪火窟。」

「他曾是一位愛妻人士嗎？」

「不是曾經，而是直到現在仍是。」

她以悲戚，但又無比堅決的口吻說道，槍中交握的十指猛然伸直。

「那場火災正確發生的時間是什麼時候？」

「四年前——一九八二年十二月。」

「對了，前天您說過火災發生的原因，說是電視機起火。」

我望著這位默默點頭的女醫師，突然強烈覺得有件事令我掛懷。

「四年前」、「電視機起火」、「火災」……某個記憶在我心裡某個角落蠢動。我記得……那好像是……

「沒有縱火的嫌疑嗎？」

槍中沒察覺我的心思，仍繼續提問。女醫師搖頭。

「沒聽說過有這回事。」

「嗯，不管怎樣，白須賀夫人是捲入那場火災，就此喪生對吧。當時她還很年輕嗎？」

「還不到四十歲。」

「您說她的名字叫『MIZUKI』對吧。」

「對。」一的場女士望向坐在一旁、低頭不語的深月側臉。「不過，漢字跟這位深月小姐有一字之差，夫人的漢字是『美月』，美麗的月。」

「大廳那幅畫的畫家，您知道叫什麼名字嗎？」

「那是老爺畫的。」

「哦。」槍中一臉驚訝，接著望向我，就像要我認同他的驚訝般。「真不簡單，宅邸主人原來還有這等繪畫才能啊。」

「聽說他年輕時原本是以美術為志向。」

「他也會寫詩對嗎？我看過他圖書室裡的詩集。」

「我想，他原本應該是想靠繪畫或寫詩的才能謀生吧。」

「那後來為什麼會開起貿易公司呢？」

「這我就不清楚了。」

「背後應該有什麼原因吧——後來是因為四年前的那場火災，白須賀先生才退出他原本的工作是嗎？」

「他將社長的職務交給別人負責，自己則是改當會長，從此好像幾乎都沒實際參與公司的事務，因為他現在一個月就只會去一趟公司。」

「原來如此，我記得他是前年春天才搬來這裡對吧，這是我從忍冬醫生那裡聽來的。」

「是的。」

「他當初是怎麼發現這棟建築的？」

「聽說這裡原本是夫人娘家的宅邸。」

「這麼說來，已故的美月夫人，是當初蓋這棟房子的那位老太爺的親人嘍？」

「這我不清楚。」

「這座宅邸平常有訪客嗎？是這樣的，因為我們住的二樓房間，感覺像是為了訪客特別準備的。」

「很少有外來的訪客，不過，以前跟老爺和夫人熟識的朋友們，幾乎每年都會來這裡聚會一次。」

「嗯，是在夫人忌日那天嗎？」

「不是。」女醫師塗著淡淡口紅的嘴唇，短暫地浮現一抹微笑，倏又消失。「是在他們兩人的結婚紀念日當天，時間是在每年的九月底那時候。」

槍中不發一語地頷首，接著又從桌上抬起單手，揉起了他的太陽穴。

「我可以針對其他人提問嗎？」過了一會兒，槍中開口道。「首先是鳴瀨先生，他從以前就在白須賀家工作嗎？」

「聽說是這樣沒錯。」

「在橫濱的宅邸時，也和這裡一樣，是住在宅邸內嗎？」

「對。」
「井關女士也一樣嗎？」
「聽說她是從已故的夫人娘家那裡跟著過來的。」
「那您呢？的場小姐。」
「我在白須賀家出入，已經快滿五年了。」
「這麼說來，您在火災發生的前一年就已經在白須賀家工作了。」
「對。」
「擔任主治醫生嗎？」
「倒不如說，一開始是擔任家教……」
這時，的場女士猛然閉口不語，槍中眼鏡底下的雙眼透射出光芒。而聽他們這場對話的其他人（當然也包括我），皆不由自主地重新打量起這位女醫師。她剛才確實說到「家教」，這表示……
然而，槍中並不想針對這點追問，他若無其事地繼續問其他問題。
「那位叫末永的青年，也是以前就在白須賀家工作嗎？」
「不，他是搬來這裡的時候雇用的。」
「這樣啊。該怎麼說呢？不論是末永先生，還是您，窩在這種偏僻的地方，感覺未免太年輕了點。是有什麼苦衷嗎？」
「我……」女醫師說到一半停下，略微避開槍中的視線。「我以前原本是在大學醫院裡工作，但是對人際關係感到有點厭倦。另外，我身體出了點狀況。」
「是生了什麼病嗎？」
「嗯，可以這麼說。」她點了點頭，臉上突然蒙上暗影。「因為這個緣故，我對自己的未來失去興趣。末永不太想談自己的過去，我想，他大概也和我是同樣的心境，才會來到這裡吧。」

女醫師的回答中暗藏的**含意**，槍中想必已經發現了吧。「對未來失去興趣」——這句話不光適用於的場和末永，對於失去愛妻的白須賀，甚至是鳴瀨和井關，恐怕也能完全套用。她曾說過——有客人來的時候，它就會開始自己動起來。另外也提到，這座宅邸是一面鏡子，會與來訪者的內心產生共鳴，映照出其內心。

外面來的人，最關心的都是自己的未來，為了自己的未來而活，所以這座宅邸會映照出人們的未來。反過來說，對於那些對未來不感興趣的人，也就是住在這宅邸裡的人們，這座宅邸的「行動」就會自行產生改變——就是這麼回事吧。

「各位都單身嗎？」槍中接著提問。

「聽說鳴瀨的妻子很久以前就過世了。」的場女士瞇起眼睛，視線投向槍中背後那一排落地窗外面。「至於井關的丈夫，聽說宅邸裡廚房的工作，原本是由他負責，但火災時他命喪火窟，當時他想進火場裡救來不及逃生的夫人。因為是深夜大火，而且又是老舊的宅邸，所以火勢延燒很快。」

「那您結婚了嗎？」

「沒有，今後大概也不會結婚吧。」

「末永先生也是嗎？」

「他……」女醫師有點欲言又止，但接著像低語似地說道。「聽說他結過一次婚。」

「結過一次……意思是離婚了嗎？」

「不是。」她更進一步壓低聲音說道。「聽說他妻子結婚後沒多久就自殺了，詳情我不太清楚。」

「原來是這麼回事。」槍中略顯尷尬地低著頭，緩緩點了點頭。「很謝謝您的配合，就連難以回答的提問，也都為我解答。」

「用不著謝我。」的場女士靜靜地搖頭。「因為我不想讓人以為我心裡有鬼，老爺和宅邸裡的其他人，一定也和我是同樣的心情。」

「原來如此，有道理。那麼，的場小姐。」槍中望向女醫師，目光轉為犀利。「我再問個問題可以嗎？」

「什麼問題？」

「白須賀先生與美月夫人之間是否有孩子呢？剛才您提到，您一開始是以家教的身分在宅邸裡出入。」

她明顯出現慌亂之色，發出「啊……」的一聲，惴惴不安地低下頭。

「那孩子怎樣了？」槍中加重語氣。「他也住在這座宅邸嗎？如果不是，表示他也在四年前那場火災中喪命是嗎？」

「對。」的場女士低著頭回答道。「他在那場火災中喪生，和夫人一起。」

槍中無意再繼續追問，他定睛望著空中，停頓了半晌之久。

6

最後，我幾乎一口飯也沒吃。

喝了幾口涼了的湯，之後我比其他人早一步離開正餐室，從挑空的大廳走上二樓，直接朝圖書室走去，因為我想先確認一下剛才的場女士說的信紙所在處。

我直接從走廊走進圖書室，當我手握著門把時，突然感到猶豫不決，因為對於那個在宅邸裡徘徊，來路不明的人物（——那究竟是什麼人）所產生的不信任感和恐懼，已不斷擴張膨脹，無法對它視而不見。

圖書室裡空無一人。

但在這片寂靜中，我還是忍不住豎起耳朵，想聽出有什麼可疑的聲響，小心翼翼地朝占滿整個牆壁的書架掃視。就連此刻，我仍覺得有人躲在暗處，靜靜注視著我的一舉一動。

擺在中央的黑色大理石桌，在桌面下有個淺淺的抽屜，我之前一直都沒發現。拉開一看，果真如的場女士所說，有整組的信封和信紙，分成紫色和黃色兩種，各放了一組。信紙是B5大小，裝訂成冊，裡頭約有三十張。

我拿起上面有直書線條的紫色信紙，掀開封面。不仔細看不會發現，上頭留有第一張被撕除的痕跡。

我當然無法馬上斷定兇手就是用這張信紙摺紙鶴，因為也許不是昨晚撕除的，而是更早之前，其他訪客使用了信紙。

展開這樣的思考後，我終於想到一件事。

如果不知道每個房間一開始的信紙張數，我再怎麼調查現在的信紙張數也只是白忙一場，就算那位管家的個性再怎麼一板一眼，我也不認為他會時時檢查客房裡的信紙還剩幾張。也許兇手使用的不是這間圖書室裡的信紙，而是其他房間裡備有的同樣信紙。也許就是遭殺害的榊或蘭房間裡的信紙，或是兇手自己房間裡的信紙，雖然槍中當時馬上便加以否定，說兇手不可能做出這樣的蠢事。總結來說，就是這麼回事。

連我都開始嫌棄起自己那不靈光的思考能力，我將信紙放回抽屜，雙手撐向桌面，長嘆一聲。

「來摺色紙吧，摺成各種形狀。」——讓人聯想到北原白秋的〈雨〉，仿照相同情境的這項工作再度展開，但還是看不出兇手真正的意圖。

單純只是為了讓我們混亂，或是感到畏怯嗎？還是有更深層的含意，才做出這樣的行為？——我心底再度感到有哪裡不對勁。

在歐美的偵探小說裡，常會使用〈鵝媽媽〉來作為這種童謠殺人的主題，像范·達因的

《主教殺人事件》、阿嘉莎．克莉絲蒂的《一個都不留》、艾勒里．昆恩的《生者與死者》……現在大致回想，腦中便能浮現好幾部知名作品的書名。兇手應該是注意到這些，而選擇以翻譯〈鵝媽媽〉聞名的北原白秋所寫的詩，來作為自己演出這場犯罪的小道具吧？

我緩緩甩動沉重的腦袋，不經意地轉頭望向背後（靠走廊那一側）牆上的整排書架。

書架高至天花板，全部塞滿了書，我視線投向書背。從書架中央偏上的那一層，我發現有一整排《日本詩歌選集》，就此走向前。接著從第一卷依序照著書名看下去。

中間少了一本《北原白秋》，它是在前天晚上榊由高的命案中，被拿來當兇器使用的那本書。

在前天晚上推測是兇手行兇的那個時間帶，我與槍中、甲斐一直都待在圖書室裡，當時那本白秋的書已從書架的這個位置被抽走，但我們當然沒發現這點。

兇手事前已先從這裡拿走書，每個人都有機會這麼做。雖說是裝在厚實盒子裡的書本，但終究只是一本書，只要偷偷潛入這裡，把書藏進外衣底下帶走，任誰都可以輕鬆辦到。

我一邊思索，一邊順著書名往下看，結果發現一件怪事。

當中有一本書——從少掉的那本北原白秋往右數過去的第四本書，整個顛倒擺放，因為是位在整齊排列的全集當中，所以映入眼中顯得格外不自然。

我偏著頭感到納悶，從書架上抽出那本書，拿在手上一看，更加納悶。

這本書雖然收在白色的厚盒子裡，但這盒子好像因受潮而髒污，再加上書背的上方邊角處難看地塌陷，紙的表面受損，變得很不平整。

這是怎麼回事？

《日本詩歌選集：西條八十》——我望著封面上那排黑體字，在書架前佇立了半晌，感到莫名其妙。

不久，傳來腳步聲和說話聲，所以我將書放回原位，打開通往隔壁沙龍的那扇門。正好槍中他們從走廊走進，的場女士也在。

「的場小姐。」我戰戰兢兢地向她叫喚，這可能是我第一次主動向她搭話。這位女醫師應了聲「什麼事」，轉身望向我，我開口說道：

「是這樣的，圖書室裡好像有一本書破損，那到底是怎麼回事？」

「什麼？」

的場女士似乎覺得很不可思議，如此應道，抬手托起黑框眼鏡。一旁的槍中抽出插在長褲口袋裡的雙手，改為盤起雙臂，低聲沉吟。

「鈴藤，兇手大概是用它來當兇器，蘭的後腦不是和榊一樣，有撞擊的傷痕嗎？是同樣的手法幹的。」

「你果然也這麼認為。」

「邊角有沒有塌陷？」

「有，而且還受潮，變得有點髒。」

「那就錯不了了。」

「可是，榊那時候書本是直接留在命案現場，為什麼這次要刻意放回圖書室呢？」

「嗯，這大概是因為……」槍中的右手伸向他挺出的下巴，撫摸著稀疏的鬍碴。「用西條八十的書，要仿照〈雨〉的情境會有點不搭吧。」

「啊，原來如此。」

我一時有種恍然大悟的感覺，但旋即又產生疑問。

既然是因為和仿照情境不搭，所以放回書本，那兇手為什麼不一開始就使用白秋的書呢？只要仔細找一下，圖書室裡除了那套全集外，應該也有其他白秋的書吧。

我說出這樣的想法後，槍中不太認同地聳了聳肩。

「應該是找不到適合當兇器的書吧，如果是想毆打對方頭部，讓他昏厥，就需要厚實的書，而且又放在堅硬的盒子裡。因為從白秋的書當中，找不到符合這個條件的書，所以才不得已使用別的書。

對了，的場小姐。」

槍中就像突然想到似的，轉頭望向一旁的女醫師。

「外面的露臺好像都會仔細除雪呢，最後一次除雪是什麼時候呢？」

「昨天傍晚。」的場女士馬上回答。「有什麼問題嗎？」

「不，只是想先確認一下，因為有腳印的問題。」槍中如此回應又摸起了下巴。「之前去檢視蘭的屍體時，不是到處都沒看到腳印嗎？不論是中庭，還是銜接走廊，都沒看到。另一方面，剛才雖然很短暫，但雪終究是停了，如果今天早上之後，露臺沒除雪的話，兇手當然就是趁著昨晚還下雪的時候，將屍體搬往那座小島。」

「嗯，確實有道理。」

「所以要是能知道昨晚幾點的時候雪停，多少就能縮小犯案時間的範圍。今天早上您起床時，下雪的情況怎樣？」

「感覺好像已經沒下了。」

「是幾點的事？」

「和平時一樣，六點半左右。」

「嗯，在那之前到底是幾點雪停，要是能知道就好了——有誰知道嗎？」

槍中向房內眾人詢問，但這問題沒人能回答。

「我也跟宅邸裡的人問一下吧，不過，他們可能也不會知道確切的時間。」的場女士說。

「那就有勞您了。」槍中面露苦笑，將他零亂的側面頭髮撫平。「要是能向氣象臺查詢就好了。不過，看那座露臺那麼大，除雪想必是很吃力的工作吧。這是末永先生的工作嗎？」

「是的，不過，這工作好像也沒那麼辛苦，因為它有巧妙的處理方法。」

「您指的是？」

「灑水。就像我昨天說的，這裡的湖水有點溫度，所以能輕鬆地融雪。由於露臺微微往湖的方向傾斜，所以融化的雪會滑入湖裡。」

「原來如此。」槍中以中指抵向眼鏡中梁，這次不是苦笑，而是露出真正的微笑。

「拜此之賜，我們才能看到那幾位漂亮的女神啊。」

7

幾乎每個人都沒梳理打扮，就起床趕來，所以槍中下達指示，要大家先回各自房間換裝準備後，再到沙龍集合。接著在上午十一點半，我們針對希美崎蘭遭殺害一事展開詳細的討論。一度先離開的的場女士，這時也再次前來，加入我們的討論。

「剛才那件事，我問過宅邸裡的人了。」女醫師馬上向槍中報告。「很遺憾，大家都說不知道昨晚雪停的時間。」

「這樣啊，還是謝謝您特地幫我詢問。」

客氣地道完謝後，槍中重新面向圍著桌子坐在沙發上的眾人。

桌上擺著一本報告用紙，打開的頁面上畫了這座宅邸二樓的示意圖。槍中說，為了正確掌握房間分配和位置關係，他昨晚趕工製作（請參照第257頁「霧越邸二樓房間分配圖」）。由於沙發已無空位，所以的場女士從壁爐前搬來一張凳子，擺在離桌子有點距離的位置，緩緩坐下。

「一開始，我想先確認一下昨天晚上到今天早上發生的事。」槍中開始說。「記得我們昨晚在這裡解散，是九點半左右，蘭因為傍晚的那場風波，已先回房間休息。在我們解散回各自房間前，我和忍冬醫生兩人去看過蘭，當時並無異狀——是這樣對吧，忍冬醫生。」

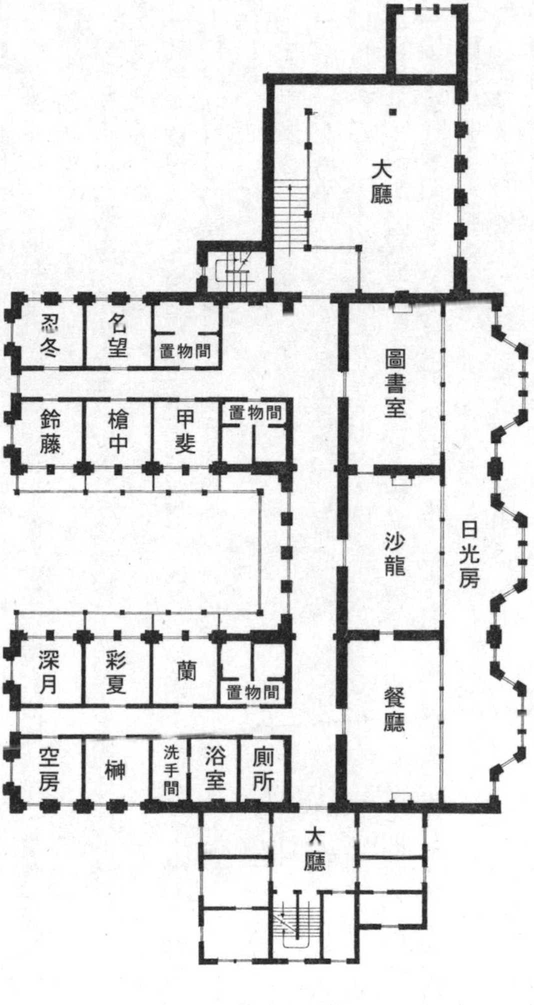

霧越邸二樓房間分配圖

「是的。」老醫生一本正經，渾圓的雙下巴沉向喉頭。

「沒吩咐她要先把門釦扣上嗎？」

我出言詢問後，槍中猛然皺起眉頭。

「她當時睡得很沉，我搖醒她，吩咐她要這麼做，但她就只是微微睜開眼，隨口應了一聲，不確定她是否照我的吩咐去做。我現在很後悔，早知道會變成這樣，當時真應該叫醒她，要她把門鎖上的。」

「這也是沒辦法的事，槍中先生，因為好像發揮了藥效，她還迷迷糊糊。」忍冬醫師出言安慰。

「話是這樣沒錯。」槍中語帶嘆息地說道，他愁眉深鎖，接著往下說。「我跟忍冬醫生是在十點前回自己房間，之後鈴藤到我的房間來，討論命案的事——鈴藤，你是幾點回自己房間？」

「十二點多。」

「就是這麼回事，這次因為無法推測死亡時間，所以無法構成不在場證明。」槍中朝眾人大致掃視過一遍。「不過，還是姑且先問一下吧，還有沒有誰在解散後，跟別人在一起？」

沒人答話，隔了一會兒，槍中確認沒人說話後，接著說道：「那麼，問下個問題。」

「接著來談黎明後，今天早上發生的事吧。最早發現屍體的人是深月，妳是從房間窗戶往外望，就這樣發現對吧。」

深月承受槍中的視線，不發一語地點了點頭。

「我因深月的尖叫聲而醒來，當時是上午八點半左右，我還搞不清楚是怎麼回事時，深月跑來跟我說，有人倒在湖上那座小島上，好像是蘭。」

槍中急忙衝出房間，叫醒他隔壁房間的我，我當時雖然聽到尖叫聲醒來，但同樣也沒搞清楚發生了什麼事，正為此感到惶恐不安。

我和槍中請深月和的場女士（她聽聞尖叫，大吃一驚，飛快地趕來二樓）叫醒其他人，就此衝下樓。在大廳遇見鳴瀨，告訴他情況後，便從陽臺前往中庭，與旋即趕到的忍冬醫師、名望奈志一同前往那座有噴水池的小島。

「有沒有什麼要補充的？」

槍中向眾人詢問後，深月原本低垂的頭就此微微抬起，似乎有話想說，但忍冬醫師比她早一步說道：

「那條當兇器的繩子，是從哪兒找來的呢？」

「這是到處都找得到的綁貨用尼龍繩吧，的場小姐。」槍中轉頭望向女醫師。「您可有想到什麼？」

她規矩地併攏雙膝，雙手交疊放在膝上，像一位精神科醫師般，以監視危險病患的眼神注視著我們。在我們的注目下，她嚴肅的表情略微轉為柔和，偏著頭說道：

「這個嘛……我不知道正確放的地方是在哪裡，不過……如果是這類的東西，去二樓置物間找的話，那裡應該存放了不少。」

「置物間會上鎖嗎？」

「不會。」

「意思是每個人都有可能拿到是吧。」

槍中視線落向桌上那張示意圖，臉色凝重地盤起雙臂。剛才有話要說的深月，這時再度低下頭，沉默不語。

她到底想說什麼呢？——我猶豫該不該開口問她，這時，槍中似乎也發現她神色有異，向她催促道：

「深月，妳是不是有話想說？」

深月撫摸著一路垂向胸前的黑髮髮梢，緩緩抬眼說道：

「對，是這樣的……昨晚我睡前從房間窗戶望向戶外。因為一直睡不著，想讓房內透透氣，所以微微打開窗，順便……」

「哦。」槍中以一臉驚訝的表情低語，鬆開他盤在胸前的雙臂。「妳該不會是看到兇手了吧？」

「不是。」

「那麼……」

「我看到燈光，有個地方亮著燈，位在一樓，大概是那條銜接走廊的燈光。」

槍中的視線再度落向桌上的示意圖，我也順著他的視線望向那張圖。

深月的房間就在我房間的正對面，中間隔著中庭，也就是位在建築左邊突出部位的最邊間。如果從陽臺那一側的窗戶往外望，左前方的那條銜接走廊會自動映入眼中。

「妳記得是幾點的事嗎？」

槍中詢問後，深月輕輕將雙手擺在胸前，就像呼吸困難似的，她纖瘦的肩膀劇烈上下起伏。

「正好是半夜兩點那時候。」

「嗯？妳不要緊吧，深月。」槍中一臉擔心地窺望她的臉色。「妳臉色很難看呢，覺得難受嗎？」

「不，我沒事。」深月手抵著胸口，緩緩搖頭。

「沒事就好。」槍中的表情帶有一層憂鬱的暗影，但他旋即將它揮除。「然後呢？那時候妳是否看到人影之類的？」

「沒看得那麼清楚，雖然覺得有點奇怪，但因為天氣很冷，雪吹進房內，我很快就把窗戶關上，所以沒看到。不過，我萬萬沒想到那竟然……」

深月緩緩搖著頭，那張美麗的臉蛋為之緊繃。她膚色那透亮的白皙，令我突然想起「近乎病態的白」這樣的形容，對此感到不知所措。因為她讓我想到這樣的形容詞，這還是第一次。
「那條銜接走廊上的燈，半夜當然會關吧。」槍中問的場女士。
「對，這是當然。」
「宅邸裡有誰會在半夜兩點這個時間去溫室嗎？」
「不可能。」
「有可能是忘了熄燈嗎？」
「不會，因為每天晚上鳴瀨都會四處巡視，確認都已熄燈。」
不論面對哪個提問，女醫師的口吻都很堅決，槍中的視線又回到圍在桌子旁的眾人。
「你們當中，有人要承認自己昨晚兩點左右去過銜接走廊嗎？」槍中問。「沒有是吧。如果是這樣，照一般常理來判斷，深月看到銜接走廊的燈光，就是殺害蘭的兇手打開的。」
沒人想提出異議。
「這樣的話，以剛才深月說的話屬實作為前提，我在此試著重現昨晚兇手採取的行動吧。凌晨兩點前，兇手造訪蘭的房間。不知道當時她房間是否從門內上鎖，也許沒上鎖，而如果上鎖，那就是兇手叫醒蘭，要她開門。蘭隔壁房間是……」
槍中確認那張示意圖。
「是彩夏──彩夏，妳怎麼說？昨晚妳沒聽到類似的聲音或聲響嗎？」
「我不知道。」彩夏眨了眨她那雙圓眼，用力搖頭。「我吃了醫生給的藥，倒頭就睡。」
「是嗎──接下來，也不知兇手是以什麼當藉口，他將蘭引誘到屋外。目前還無法鎖定行兇現場是在哪裡。也許是引誘到銜接走廊後，加以襲擊，也可能是在其他地方殺了她之後，再搬到那裡。不過，站在兇手的立場，當然會希望在離其他人的房間遠一點的地方行兇。不管怎樣，兇手在犯案的時間前後打開銜接走廊的燈光，被深月看見了。
而在行兇後，兇手可能是從銜接走廊的那扇門來到露臺，將屍體一路搬往有噴水池的小島。將事先準備好的紙鶴夾進屍體腹部下，再以同樣的路線回到室內後，將用來當兇器的書放回圖書室的層架上。之後再破壞位於後門大廳的電話——大概就是這樣吧。」

「不對。」

這時，有個人如此低語道，是甲斐倖比古。他弓著背，手掌抵向額頭，柔弱無力地搖著頭。

「不對。」他又說了一次。

「嗯？」槍中眼中發出犀利的光芒，看起來像在瞪視甲斐。「哪裡不對？」

「啊……不。」甲斐從額頭鬆手，像在發抖似地搖了搖頭。他鼻梁上滲出濕黏的油汗，他那張臉比其他人更顯蒼白、憔悴。

「不，沒什麼。抱歉，我正好在想別的事。」

槍中什麼也沒說，一臉狐疑地瞇起眼睛。甲斐縮著肩膀，無力地垂首。

「是和命案無關的事，抱歉。」

「你沒必要道歉，嗯，如果有什麼在意的問題，別藏在心裡，儘管說來聽吧。」

「——好。」

「我可以說句話嗎？槍中。」這時，我說出自己的想法。「兇手將屍體搬到小島上時，當然會弄濕衣服對吧，因此……」

「你要我檢查每個人攜帶的物品是嗎？只要找出濕掉的衣服，那傢伙就是兇手。」槍中噘起嘴，微微聳了聳肩。「兇手不會出這種包吧？只要一晚的時間，區區一條長褲，只要用電暖氣就能烘乾，也有可能打從一開始，他就脫下長褲，扔進湖裡了，鞋子也是一樣。」

這意見確實有道理，之前的信紙一事也是如此，看來，我一直想早點想出能揪出兇手的方法，太過焦急，結果一再造成自己的思考過於武斷。

「還有其他意見嗎？」

槍中向眾人詢問後，隔了幾秒，名望奈志柔弱地舉起手。

「這時候我要是不先聲明一下，可能又會被說成是唯一有可能的兇手。」

「哦，這話什麼意思？」

「也就是說，榊被殺害時，槍中兄、鈴藤老師、甲斐的不在場證明，就算再怎麼排斥，也還是非承認不可。而我想反駁的是，剛才在樓下你說要將蘭的屍體搬到那裡去，女性應該沒辦法做到。這點我不認同。」

「你認為女性也有可能辦到是嗎？」

「正是。」

「你該不會是要說，人在緊急時刻會發揮出蠻力吧？」

「你真愛開玩笑。假設蘭是在那處銜接走廊上遭殺害，這麼一來，只要打開門，將屍體搬往露臺，接下來可就輕鬆了。讓屍體在結凍的露臺上滑行，落入湖中，然後讓屍體浮在水面上拉著走，這並不需要多大的力氣。只有將屍體搬上噴水池的雕像背上比較費力一些，但這種程度的爆發力，就連女性也是有的。」

「嗯，說得也是。」

「就說吧？」名望奈志斜眼朝深月和彩夏瞄了一眼，露出像松鼠般的門牙。「我並不是想將她們兩人當兇手看待，說到女性，這座宅邸裡另外也有兩位啊。」

看來，名望似乎認為，最可疑的還是這座宅邸裡的人，他昨晚說的「關在牢裡的瘋子」，突然從我心頭掠過，我就此微微起雞皮疙瘩。

8

這場會議在下午一點前結束。

除了根據深月的證詞，將犯案時間的範圍縮小為凌晨兩點左右外，就沒有其他特別的收穫了。最後槍中提出和昨天一樣的疑問，「兇手為何執著在〈雨〉的情境仿照呢」，但眾人依舊找不到有力的答案。

的場女士問我們午餐要怎麼處理，但大家都不想吃，就連昨天食欲旺盛的忍冬醫師，今天也一臉憔悴地搖著頭說「真不好意思」。

女醫師一臉擔憂地提議道：「現在一直到晚上什麼都沒吃，對身體不好，至少下午喝點茶配點心吧。」槍中也贊成她的提議，於是大家決定下午兩點半在二樓的餐廳集合。

解散後，大家採取的行動，大致可分成兩種模式，分別是討厭獨處的人，和想要獨處的人這兩種。

符合前者的有忍冬醫師、名望奈志、深月、彩夏四人。他們並非事先說好，而是直接就留在沙龍裡。槍中說他想獨自一人慢慢思考，就此回自己房間，而甲斐同樣是一臉憔悴地回房間去。

說起來，我算是後者。

因為在意深月，我暫時留在沙龍裡，但後來漸漸受不了現場沉悶的氣氛，於是過了一會兒，我也跑去找槍中了，但途中我想到一件事，就此將目的地改為樓下的禮拜堂。這時候突然獨自在宅邸內亂逛，或許是很危險的行徑，但我因為各種疑惑而思緒紛亂，為了讓自己靜下心來，我覺得非去那個地方不可。

禮拜堂裡空無一人。

我跟昨天下午來的時候一樣，坐向前排右側的位子上，再度與在昏暗的彩色亮光下，從祭壇凝視空中的耶穌對望。這座半地下室構造的圓頂建築外傳來的呼號風聲，愈來愈強勁。

「『下雨了，下雨了……』」

打從今天早上前往那座海龍的小島，就近目睹蘭的屍體後，我腦中的某個角落便斷斷續續地隱隱作疼，總覺得有哪裡不對勁（……到底是什麼呢），我斷斷續續地小聲哼唱這首歌，刻意想將這種感覺拉到心靈的表層來。

下雨了，下雨了。
即使不願意，還是在家玩吧，
來摺色紙吧，摺成各種形狀。

這是〈雨〉的第二段歌詞。

還是不明白兇手的目的何在，總之，兇手在第一次殺人——殺害榊之後，在第二次殺人時，一樣以北原白秋的〈雨〉做了仿照意境殺人。放在屍體旁，以「色紙」（信紙）摺成的紙鶴，就是兇手用來達成目的的小道具。

不過……啊，原來如此。就是**它**。

可是，如果是這樣，兇手為什麼要將屍體搬往湖上那座海龍雕像的背後呢？

試著針對昨晚的案件來思考後，我發現既然所有人都沒有不在場證明，則我們每個人都有可能是兇手。如果犯案現場是那條銜接走廊，那就像名望奈志說的，憑女性柔弱的臂力，也有可能將屍體搬往湖上的小島。從銜接走廊通往露臺的那扇門的門鎖，構造很簡單，只要從門內按下門把的按鈕，就能加以操作。不論是要打開，還是要像原本一樣鎖上，都很輕鬆。只要兇手做好心裡準備，事後得花時間將濕衣服和鞋子烘乾，任誰都能輕易辦到。

可是，為什麼兇手要大費周章地這麼做呢？

將屍體搬往湖上的露臺，和〈雨〉的仿照意境殺人沒半點關係。**非但如此，這麼做反而和〈雨〉的歌詞相互矛盾。**

「即使不願意，還是在家玩吧」——〈雨〉的歌詞是這麼唱的。**「即使不願意，還是在**

家」……既然是這樣，第二具屍體就不該是在屋外的那種地方，而是應該在建築裡才對吧。

有好一段時間，我一直反覆在腦中思索這個問題，但不管再怎麼想，似乎還是想不出個所以然來。

這雖然是不負責任的直覺，但我總覺得答案似乎很簡單，它已被拋向很近的距離，彷彿只要手微微一伸，就能搆到。我有這種感覺，但愈是這麼想，那種搆不到的焦躁感愈是膨脹。

我朝冰冷沉積的空氣呼出雪白的氣息，伸手朝襯衫的胸前口袋裡掏找。我並不是想在這神聖的場所裡抽菸，我只是想確認這最後一包尼古丁的供應來源究竟還剩幾根。

壓扁的菸盒裡，只剩四、五根了，恐怕今天就會抽完。這麼一來，再加上尼古丁中毒的發癮症狀，我這份焦躁感想必會更加膨脹。

風的呼號聲愈來愈激烈，彷彿以這座禮拜堂為中心，捲起巨大的漩渦，隆隆作響。我茫然地望著祭壇上的耶穌，放棄這個找不出解答的問題，改將思考的觸手伸往別的方向。

溫室裡枯萎的嘉德麗雅蘭鮮明地浮現在我心頭，那是——

那真的是這座宅邸所顯示的未來「預言」嗎？

就像的場小姐昨天所說，被解釋為這座宅邸「行動」的那幾件事，未必全都是超自然現象，如果客觀來看的話，應該能給予比較現實面的解釋，就算在許多地方發現有我們的名字、溫室的天花板出現龜裂、從桌上掉落的抽菸道具組、損毀的椅子、嘉德麗雅蘭……

的確，問題始終在於看待它的人存有怎樣的想法，如何去解釋這一連串的事。看是要將這一切全都以一句「純屬偶然」來打發，或是要從中看出有意義的關聯性，甚至是進一步去承認有某個神秘的「力量」存在。

直接面對這樣的問題後，我深切了解到「真相」有多麼模糊。

這座宅邸是一座「映照出未來的鏡子」——至少對的場女士來說，這是「真相」。而這種不合科學的事物，對完全無法認同的人而言，一切都「純屬偶然」，這才是「真相」，追根究柢，這根本就算是宗教議題。這跟昨晚槍中說的話無關，不過，真要說的話，那些完全以「科學」為依據的人，不過也只是「科學教」這種新興宗教的信徒罷了。

那麼，我所認定的「真相」又在哪兒呢？

我一面思考，一面無意識地搖頭。這個動作恐怕是如實地表現出此刻我內心的想法。它在動搖。愈是思考，就愈強烈動搖。這種感覺真的不太舒服。

在這種狀態下，慢慢地——

浮現出一個假設。

首先，就讓「某種古老的房子具有『預言能力』」這樣的課題，站在「這在現實世界中絕對無法成立」的立場上吧。但另一方面，偏偏又發生了幾件事，如果要認定「這純屬偶然」，未免也太過巧合。而且就我所知，這座宅邸裡至少有個人「相信」前面的課題可以成立，這個人就是的場女士。

她相信這座宅邸擁有的「力量」，她還說，有客人來的時候，這座宅邸就會開始自己動起來，那是會映照出來訪者未來的一種行動。

如果假設她的精神有點「錯亂」，因而在她表達「真相」的脈絡上出現**某種替換**呢？每當有來訪者，這座宅邸就會動起來，這**勢必**得是能映照出對方未來的行動才行——就像這樣。也就是說……

該不會是的場女士為了讓自己認定的「真相」能符合「真相」，因而遵從這個倒錯的邏輯，殺害他們兩人吧？

前天晚上，代表榊由高的那個有「賢木」圖案的抽菸道具組，因「一時湊巧」而從桌上掉落摔壞，**所以**榊就得死。

昨天，代表希美崎蘭的溫室裡的黃色嘉德麗雅蘭，因「某個原因」枯萎，**所以**蘭就得死。

為了讓這座宅邸的「行動」能成為未來的「預言」，非得殺了他們兩人不可。

如果這個假設沒錯，我們突然就得開始重視這座宅邸的「行動」了，尤其應該注意的，是那個意義不明的龜裂，溫室天花板的玻璃出現的那道十字裂痕。因為那如果是預言我們未來的一種現象（如果她的主觀是這麼解釋的話），那就會被迫讓預言三度成真……

……想到這裡，我略感激動，但又再度為自己的思考過於武斷感到羞愧。

連我自己都認為這樣的假設很有趣，但試著與案件的詳情一比對後，顯而易見的，這個假設馬上便遭到否定。

話說回來，的場女士是如何得知前天晚上在沙龍發生的那些事？她知道抽菸道具組損毀，是隔天之後的事。非但如此，在前天晚上那個時間，她應該連訪客之中有位叫榊由高的男人都不知道。

9

「咦？」

突然聽到背後有聲音，我大吃一驚，從椅子上站起身。轉頭一看，有人站在入口的門後往裡頭窺望，是乃本——不，是矢本彩夏。

「搞什麼，原來是妳啊。」

我鬆了口氣，因為剛才一時以為那個來路不明的黑色人影又出現了。

「鈴藤哥，你在這裡做什麼啊？」彩夏拋來天真無邪的聲音，快步跑過通道，來到我身邊。

「我在想事情。」我重新坐回椅子上，如此回答。

彩夏穿著牛仔褲，上面搭上一件膨鬆的藍色毛衣，她從昨天起，就沒再採那種不合她年紀的化妝法。現在她這張圓潤的臉看起來比十九歲的年齡還要年輕，甚至可以說帶有一點稚氣。

「妳自己一人來這種地方，不害怕嗎？那個殺人犯還四處遊蕩呢。」

我這句話一說完，彩夏馬上微微鼓起單邊的腮幫子，望向我。

「怕是會怕啦……」

「那妳在樓上跟大家在一起不是比較好嗎？」

「因為……」她朝我身旁坐下。「感覺很不舒服嘛，大家都不講話，壓得我都快喘不過氣來了。」

「搞不好我是兇手呢。」

「鈴藤哥？怎麼可能嘛。」彩夏聲若銀鈴般地笑著。「我認為只有你絕對不可能。」

「為什麼？」

「因為你的樣子不像會幹出殺人這種事。不過鈴藤哥，你不是有不在場證明嗎？前天晚上案發時，你和槍中哥、甲斐哥在一起，不是嗎？」彩夏靜靜注視著我，以輕鬆的口吻說道。「還是說，你用了什麼詭計，假造不在場證明？槍中哥跟甲斐哥和你是同夥？」

「同夥？怎麼可能嘛。」

「就說吧。」彩夏露出和善的微笑。「所以你很安全的，還有槍中哥也是，甲斐哥也有完美的不在場證明，所以他也不是兇手。不過，他今天感覺怪怪的。」

「好像很害怕的樣子，不過，這也是理所當然。」

「就是說啊——鈴藤哥，你認為誰是兇手？」

「不清楚。」

我不置可否地搖頭，彩夏雙手縮在寬鬆的毛衣衣袖裡，對我說道：

「你說你在想事情，應該是案件的事吧？如果不是，大概是在想深月吧？」

我為之一驚，重新打量起彩夏，她嘴角掛著調皮的笑意。

「不行哦，不能生氣。」

「我才沒生氣呢。」

槍中就算了，連她這位年輕女孩也看透我的心思，感覺自己實在太丟人了。不過，這時候我再怎麼辯解，當然也無濟於事，於是我面無表情地聳了聳肩，向她反問：

「那妳怎麼看？妳認為誰是兇手？」

彩夏沒答話，就這樣坐在椅子上，往後仰身，幾乎都快往後翻倒了，仰望高處那半球形的天花板。

「好美哦。」

她如此說道，定睛望著鑲嵌在白灰泥天花板上的彩繪玻璃圖案，接著她的視線移向右前方牆壁上的一塊大玻璃。

「鈴藤哥，那是什麼畫？」

我感覺她刻意岔開話題，但還是回答道：

「那是以《舊約聖經》的《創世紀》第四章裡的某個場面畫成的圖畫。」

「什麼場面？」

彩夏和之前一樣，一臉納悶地偏著頭。

「妳知道該隱和亞伯的故事嗎？」

「那種故事我才不知道呢。啊，不過昨天槍中哥好像提到禮拜堂的該隱如何如何，還說那是在表示甲斐哥的名字。就是那個嗎？」

「對，該隱和亞伯都是亞當和夏娃的兒子，該隱耕種，亞伯牧羊。上面描繪的圖案，是他們兩人將供品獻給耶和華的一幅畫。」

「他們分別是哪一個啊？」

「右邊的男子是亞伯，他不是帶著羊嗎；左邊那位在前面擺著像麥穗的，是該隱。」

「左邊那個人感覺悶悶不樂呢。」

「他特地獻上了供品，但耶和華卻只收亞伯的羊，該隱的供品遭到漠視，所以兩人的表情才會形成強烈對比。」
「真可憐。」
「該隱因為這件事而生氣，殺了亞伯，這就是人類最早的殺人案。」
「嗯～」
彩夏仰望著彩繪玻璃，雙手盤在腦後。本以為她會這樣沉默一陣子，沒想到她突然以正經八百的口吻將話題又拉回案件上。
「榊哥是第一個，接著是蘭，兇手就是想殺他們兩人。如果是這樣的話，一般應該是因為憎恨，而依憎恨的程度殺害吧，否則就是從難對付的人先下手。如果是這樣的話，榊哥先遭殺害，實在很奇怪。」
「為什麼？」
「因為蘭比較容易招人怨恨啊，而且她看起來也比較不好對付，得用偷襲的方式才行。」
原來也有這樣的想法啊——我心裡這麼想，同時偏著頭暗忖「真是這樣嗎」。
「妳會覺得她容易招人怨恨，那是因為妳們同是女人。而且妳說蘭比較不好對付也不太對，榊的體格再怎麼纖細，終究也是男人，所以話不能這麼說。」
「才沒這回事呢。那麼，鈴藤哥，你喜歡蘭嗎？」
「這……」
「喏，名望哥跟甲斐哥也是，就連槍中哥心裡一定也很討厭那種類型的女人。而且我認為還是蘭比較難對付，只要她歇斯底里的毛病一發作，就不知道會做出什麼事來。」
「這我不知道該說什麼好。」
「一定是這樣沒錯。」彩夏以自信滿滿的聲音說道，接著往下說。『不過，如果是對蘭恨之入骨，就有可能會之後才對付她。」

「為什麼？」

「把她排在後面，讓她嚇得心裡發毛。明確地做出殺人預告，告訴她，下一個就換妳了。」說完後，彩夏視線突然落向自己膝上。「不過，好像沒有哪個人這麼恨她呢。真要說的話，大概就只有名望哥了吧，而且他又沒有不在場證明。」

「妳認為他是兇手？」

「有這個可能，不過，就算名望哥恨之入骨好了，他會動手行兇嗎？他不是常會出言損那些他討厭的人嗎？沒必要現在才動手將人勒斃吧。嗯～照這樣來看……」彩夏轉動她褐色的眼珠，擺出偵探的派頭，繼續展開那沒有結論的推理。「沒有完美不在場證明的，再來就只剩忍冬醫生了，但那位醫生完全沒殺人動機啊。」

「說到不在場證明，妳和深月不也沒有嗎？」

「討厭。」彩夏噘起嘴，瞪視著我。「我怎麼可能是兇手，深月也是。」

她講得很肯定，但似乎沒半點合乎邏輯的依據。

我生硬地朝她微笑點頭，在心中暗忖。深月姑且不談，彩夏有沒有可能是真正的兇手呢？說到憎恨，最恨蘭的人，與其說是名望奈志，還不如說是彩夏吧（前天她在溫室說出那番毒辣的話，當時從她眼中冒出的黑暗火焰；昨天在「盤問會」上她對上蘭的那番憎恨的口吻！）。如果此時她那樂觀又天真的表情、動作，以及說出的話，全是經過巧妙算計後演出的一齣戲……

「的場小姐很可疑。」彩夏沒理會我的猜疑，突然如此說道。

「為什麼？」

「因為她從昨天開始，突然變得和我們很親暱，用餐時一定會在場，幫我們做許多事。之前明明態度那麼冷淡，她一定是藉此來觀察我們的情況。哇～這裡的耶穌好帥哦。」

她望向十字架上的耶穌，突然大呼小叫起來。我望著她的側臉，問了一句「然後呢？」，催她繼續往下說。

的場女士行徑可疑這件事，剛才我才想過，我並非對那個已經被我否定的假設還不死心，不過，經她這麼一說，確實如此。從昨天早上開始，的場女士對我們的態度軟化許多，背後應該有什麼緣由。

「嗯～四年前的那場火災也很教人在意。」彩夏以同樣的口吻接著道。「雖然她說不是縱火，但搞不好真的是縱火。如果是這樣，兇手不就至今仍逍遙法外嗎？也許那名縱火犯就在這裡。」

這倒是個新說法。「四年前的火災」這句話，令我深感在意，但我仍舊只是隨口應了一句「原來如此」。

「那麼，有可能榊是四年前那場火災的縱火犯，白須賀家的人知道這件事，對他展開復仇嘍？」

彩夏聽了之後，發狂似地大喊道「怎麼可能」。

「我要說的不是這樣，我意思是在他們之中……」她指向自己的太陽穴。「有個這裡不太正常的人，放火燒了他們之前的房子，現在若無其事地在這裡工作。也許是的場小姐，也許是鳴瀨先生或井關女士，而在我們來了之後，這個人一時忍不住……」

「一時忍不住，殺了榊？」

「嗯。」彩夏一本正經地點著頭。「如果不是這樣，有了，也可能是那個叫末永的大鬍子幹的。不是聽說他太太自殺嗎？他可能因為大受打擊，這裡出了問題。」

「一時忍不住？」

「對，經這麼一想，不論是榊還是蘭，都是很亮眼的人，他從亮眼的人開始一個個殺害。」

我判斷不出，她說這話有幾分認真，我覺得有點傻眼，就此從彩夏臉上移開視線，若無其事地望向右前方的彩繪玻璃。

「關於火災的事。」我說。「縱火先姑且不談，妳不覺得有件事令人感到在意嗎？」

「咦？」彩夏偏著頭問。「怎樣的事？」

「聽說是四年前發生的事，因為電視機在深夜起火燃燒，這當然算是製造商該負的責任。」

說到這裡，我漸漸發現那令我「在意」的事究竟是什麼，我想起來了。

「原來是這麼回事。」

我忍不住高聲喊道，彩夏一臉納悶地偏著頭。

「怎麼了，鈴藤哥？」

「妳還記得嗎？說到四年前，妳應該還是個國中生或高中生。」我轉身面向彩夏說道。「當時接連發生幾起大型電視機起火的事故，引發很大的問題。當中有幾個案例，就是因為電視機而引發大火。」

「我不太記得，不過，經你這麼一說，嗯，好像有這麼回事。」

「那些出問題的大型電視機，全都是同一家製造商的產品，也就是李家產業。」

彩夏明白我想表達的意思，張大嘴巴喊了一聲「啊」。

榊由高——李家充，正是李家產業社長的兒子，對因為火災而痛失愛妻的白須賀來說，算是恨之入骨的「加害者」同夥。雖然不知道像賠償或刑事責任等火災的事後處理是如何安排，但當他知道這位在偶然機會下闖入自己家中的榊真實的身分後，難保不會興起想替妻子復仇的念頭。

在火災中失去丈夫的井關悅子，也能套用同樣的動機，就算是的場女士，她似乎也對已故的白須賀夫人相當景仰。

不過——我很謹慎地展開思考。

剛才我在檢驗「的場＝兇手」的假設時，遭遇了一個問題，訪客的其中一人擁有這樣的身分，她是如何得知這項事實？

不，**她有可能知道**。

姑且不談榊由高這個藝名，對於李家充這個本名，也許在我們來訪的第一個晚上，透過與八月那起案件相關的電視新聞報導，他們就已經得知。

聽說榊被當作那起案件的嫌犯，發布通緝的報導，最早是十五日晚上在電視上播放。他的本名李家充以及他的大頭照，如果也在當時的新聞（就算是隔天的新聞也行）中播出的話……要是看了他的大頭照，鳴瀨、的場女士，或是井關悅子，發現這個男人就在這群訪客之中的話……

「兇手果然就是這宅邸裡的人對吧？」彩夏突然東張西望，壓低聲音說道。「不過，如果真是剛才說的那些動機，我和鈴藤哥應該不會有事才對，因為我們沒理由招人怨恨。」

「希美崎小姐也沒理由遭殺害啊。」

「因為她是榊哥的女朋友。」

她就像要說服自己似地如此低語，接著雙手撐在椅子上，開始晃起腳來。雖然沉默了一會兒，但很快她又轉為開朗的口吻問道：

「鈴藤哥，下次公演要演怎樣的戲？」

「目前還不清楚。」

「先前某個晚上，你不是和槍中哥一起討論嗎？」

「對，不過當時還沒發生這種案件。」

「當時是原訂以榊當主角來構思的嗎？」

「沒錯。」

「換人不行嗎？」

「不知道，這不是由我作主。」

「該不會因為死了兩個人，劇團就這樣解散吧？」

「那就得看槍中的決定了。」

「那應該就沒事了，因為槍中哥很有錢。」彩夏似乎很放心，兩頰轉為放鬆。「會不會因為少了蘭，而換我擔任重要角色呢？」

她如此說道，語氣不帶半點惡意，一派天真無邪。

見我無法答腔，她馬上站起身。

「我要上樓去了。」說完她便離開現場。「鈴藤哥。」

來到門前，彩夏停下腳步，像想到什麼似的，朝坐在椅子上目送的我說道。

「我認為你和深月很有希望哦，因為深月看你的時候，眼神相當溫柔。」

10

下午兩點前——彩夏剛離開沒多久，我也離開了禮拜堂。

我將門關上，從中間夾層的迴廊下方來到大廳所在的樓層時，我驚訝地停下腳步，因為她——蘆野深月正獨自面對那幅肖像畫，站在壁爐前。

可能是注意到我的腳步聲吧，深月轉過身來，頭偏向一旁，發出一聲「哎呀」。我朝禮拜堂那扇門望了一眼，表示我是從那兒走出。

「妳很在意這幅畫嗎？」我朝她走近，如此說道。深月微微點頭，不發一語。「一個人在這種地方不太合適，很危險。」

也不知道她這樣是什麼回覆，只見深月微微搖頭，再次抬眼望向牆上那幅肖像畫。

她今天一樣是穿著黑色裙子搭配黑色毛衣，像這樣與肖像畫面對面，感覺裱在金色畫框裡的不是一幅畫，而是一面大鏡子。

「這個人是幾歲的時候過世的呢？」

深月深有所感地說道，也許就是因為長得太像，無法覺得事不關己。

「有人過世，是很悲傷的事，尤其是相信自己未來仍有很長的路要走的人，卻突然過世。」

她的低語聲極度哀戚，令我感到難受，於是朝她走近一步。我努力想要找話和她攀談，但此時浮現心頭的卻是……

「蘆野小姐。」

昨天黎明前，槍中在圖書室裡說的事，之後我在夢裡夢見玻璃牆對面的那張臉。

「我想問妳一個問題。」

聽我用一板一眼的口吻說話，深月臉上露出微帶困惑的微笑，撥動她的烏黑長髮。

「今天早上的場小姐說到對未來不感興趣這件事，我昨天也從槍中口中聽到類似的說法。」

「槍中先生說的？他說什麼？」

「他形容妳。」我拿定主意，決定說清楚。「說妳看破了未來。」

「咦？」她撥弄長髮的手指，就此陡然停住。臉上的困惑轉為驚訝。

「這是什麼意思呢？槍中說，因為妳看破一切，所以才這麼美。我不懂他話中的含意，他還說，不知道比較好，保有神秘比較好。可是我……」

在無法克制的衝動驅使下，接連說了一大串話，但當我看到深月的反應後，急忙住口。她轉頭避開我的視線，一再靜靜地搖著頭。

「我不該問是嗎？」我不知該如何是好，視線惴惴不安地在黑色花崗岩地板上游移。「我是不是不該知道？」

寬敞的挑空大廳，籠罩著漫長的沉默。

我與深月隔了約兩公尺的距離，迎面而立，我就像發條旋鈕斷了的小丑娃娃一樣佇立原地，無法更近一步靠近她，什麼也無法對她說。而低著頭，同樣佇立原地的深月，感覺就像隨時都會被吸進背後的肖像畫中，就此消失不見。如果真變成那樣，我想必會永遠呆立在這個地方吧。

「我——」深月的聲音響起，我做好防備。「我無法長命，所以……」

我一時無法理解這句話的含意。不，不是這樣，也許是我隱約早料到會是類似這樣的答案，腦袋排斥去理解。

又是一陣沉默，緊繃的空氣中，旋即傳來深月的一聲長嘆。

「這話是什麼意思？」我好不容易才出聲說話。「我不懂……」

「我和一般人不一樣。」她語氣平靜地說道，右手輕抵向胸前。「我的心臟……」

「心臟？到底是……」

「我心臟天生就很虛弱，甚至應該算是某種先天畸形吧，我現在詳細說明也沒用——從小我只要稍微做點激烈運動，就會不舒服，幾乎快要昏倒。因為情況太嚴重，後來找專業醫生求診才知道是這種情形，那是我國中時的事。」

深月細長的眼睛望向我腳下，平淡地說道（不帶一絲的顧影自憐）。

「當時家父聽醫生說，我很難活到三十歲，家父苦惱許久後，坦白向我說出實情。」

「怎麼會……」我極力擠出低吼般的聲音。「怎麼會有這種事……」

「他告訴我的時候，我大受打擊，不斷哭泣，心情跌落谷底。但說來也奇怪，一年過後，我漸漸覺得是怎樣都無所謂了。不，這和自暴自棄不一樣，也不是對人生感到絕望，該怎麼說好呢……」

——平靜的斷念，一種達觀。這就是她內心的形態。

槍中說過的話在我腦中甦醒。

——沒錯，她已看破一切。這意思指的不是絕望，或是像老年人一樣參透俗世。

「……我的內心很平靜，連我自己都覺得很不可思議。」
——是對無能為力的未來感到看破，平靜地過著當下的生活。
「槍中很早以前就知道這件事嗎？」
「對，很早以前就知道了。」
「他知道卻還讓妳站上舞臺是嗎？如果妳的身體是這種狀況，應該就連演戲也……」
「他也跟我說這樣不好，但因為我喜歡演戲。」
「儘管結果會縮短妳的壽命也無所謂嗎？」
「對。」
——這簡直就像奇蹟，所以她才會……
才會這麼美，這就是槍中要說的意思。
我從來不曾像此刻這般怨恨這位認識十多年的朋友。
槍中明明看出我對深月的愛意，但為什麼一直不告訴我這件事？不，我還是別責怪他吧，他也不能未經當事人同意，就擅自說出這樣的秘密……沒錯，一定是因為這樣。
但既然是這樣，身為一個疼愛她的人，為什麼槍中不把她的內心導往正面的方向呢？為什麼容許她的「看破」，甚至還說出像是讚賞般的話來？或許那是槍中的美學意識。可是……
有生命，才有美可談，不是嗎？
「應該還有手術或是其他方法吧？怎麼現在就放棄了呢……」
我注視著深月如此說道，她仍望著我的腳下。
「聽說需要移植。我屬於罕見的血型，找不到完全符合的心臟，就算找到了，成功的機率也很低。」
「可是……」
「重要的是，不惜要來別人的心臟也想活久一點，我沒這樣的想法，因為我自認不是這麼有價值的人。」

才沒這麼回事呢！哪有這回事！

我很想這樣大喊，如果可以，要我現在馬上刨出自己的心臟獻給她也行，我是真的這麼想——但這時我實際說出口的，就只有沙啞聲音下再普通不過的臺詞。

「別這麼輕易就放棄自己的性命，就算只有微乎其微的可能性，還是應該抱持希望。」

我不像槍中那麼想。

確實就像他說的，就是從對生存的執著中解放開來，處在如此平靜的心態下，才造就出深月現在這種聖潔的美。但我不需要這種美，不管再怎麼難看、醜陋都好，我只希望她能牢牢抓緊她唯一的生命。

「我……我對妳……」

深月不讓我接著往下說。

她就像在告訴我「我都知道」，抬眼望向我，眼神沒有一絲的討厭或閃躲。

「謝謝你，鈴藤先生。」她如此說道，嫣然一笑。

我不需要這樣的美，我不需要……

我在心裡不斷這樣說道，同時心裡也確定一件事。厄莉絲拋出的金蘋果，世上只有一個人有資格收下它，就是深月，我這想法一點也不誇張。

「抱歉，這種事不管別人再怎麼問，也不該說的。但我還是忍不住說了，因為我總覺得，想讓你知道這件事。」

聽她這麼說，當時的我又能怎麼回覆呢？

我感到無比心痛，手抵著額頭，靜靜注視著她，像在喘息般發出一聲「哦」，這已竭盡我所能。

「對了，可以聽我說件事嗎？」就像是要結束這個話題般，深月把頭髮撥向後方。「我們昨天不是在這裡談過八月發生的那起案件嗎？當時我沒有把握，所以沒說。」

「——啊，是。」我緩緩甩動麻痺的腦袋，好不容易才掌握這全新話題的含意。「妳是指當時有可能在電話那頭的另一個人嗎？」

「嗯，我現在還是沒什麼把握，只隱約有點印象。不過，現在連蘭都變成那樣，所以我心想，也許……」

就在這時——

突然劇烈的一聲「咔啦」聲響朝大廳響起，嚇了我們一大跳。我抬眼望，深月則是轉頭望向斜後方。音源來自牆上的壁爐上方。

「那幅畫……」深月手摀著嘴。「為什麼會突然……」

不知是支撐畫框的繩子或鎖鍊斷了，還是金屬零件斷裂，原本掛在牆上的肖像畫突然掉落，所幸它是垂直掉落，這才沒往前倒。那是看起來沉甸甸的金邊畫框，看它掉落的情況，應該是砸毀了壁爐架上方擺放的物品，或是收放那個木屐的玻璃盒。

這時，右手邊那扇通往走廊的雙開門突然開啟，穿著黑色西裝的鳴瀨倏然現身，應該是剛好路過時，聽到聲響吧。

他看到我們後，仍像戴著面具般面無表情。

「怎麼了嗎？」他以沙啞的聲音問道。「剛才我聽到某個聲響。」

「那幅畫突然掉落。」深月回答。「我們明明沒有碰，但它卻突然掉落。」

管家走向壁爐，定睛望著那幅掉落的畫框。

「鎖鍊斷了，應該是老舊的緣故吧。」

鳴瀨來回打量畫框裡的人物與深月，若無其事地說道。

「我會跟末永說一聲，請他修理，請不必在意。」

這段時間，我連句話都說不出，整個人呆立原地，猶如凍結一般，深月或許對我的模樣感到訝異吧。

我問我自己，眼前發生的這項「行動」所代表的含意？

老舊的鎖鍊斷裂，畫框掉落。沒錯，當然是這樣，沒什麼好奇怪的，是很理所當然的現象。可是……

毀損的抽菸道具組。

枯萎的溫室花朵。

而這次是……

「鈴藤先生。」在深月的叫喚下，我猛然回神。「已經兩點半了，得上樓去了。」

在鳴瀨冰冷的眼神目送下，我們離開大廳。

我走上樓梯，從迴廊來到樓梯間，踩著如同夢遊病患般的步伐，走在深月前面。明明有許多話該說，但此時我卻完全不知該說什麼，在肖像畫掉落前，她說到一半的話，我也忘了叫她接著說。

途中，在行經的走廊邊大廳，一個擺在角落裝飾層架上的鳥兒標本，吸引了我的目光。

那是我之前沒刻意看的東西。全長五、六十公分，翅膀為深紫黑色，同顏色的長尾有數道白色條紋，眼睛周圍有紅色的圓圈。這時我才發現，這是雉雞的標本。

剎那間，我感覺就像被人一把揪住心臟。

下雨了，下雨了。

耳內開始傳出這首歌。既懷念，又哀傷……不，現在它搭配著令人詛咒、充滿不祥之氣的旋律。

小雉雞嘰嘰叫，
想必牠也會冷，也會寂寞吧。

啊，難道……

我不自主停下腳步，轉頭望向跟在後頭的深月，但最後我還是什麼也說不出口。

11

大家都已在餐廳集合了。

坐在餐桌靠壁爐角落的彩夏，朝我投來別有含意的眼神，因為我和深月一起走進餐廳，所以她可能是自己妄自揣測吧。我沒對此做出任何反應，自行朝空椅子坐下，坐彩夏對面的，是忍冬醫師。

「末永說，有一件奇怪的事。」的場女士端著茶壺給每個人倒完紅茶後，坐向槍中隔壁，如此說道。「溫室裡放了許多鳥籠，主要都是末永在照顧，他說其中有隻鳥顯得很虛弱。」

「鳥？」槍中納悶地望著女醫師。「什麼樣的鳥？」

「是金絲雀，叫聲很好聽的德國種黃色金絲雀，名字叫梅湘。」

「梅湘。」槍中在口中重複這個名字。「嗯，是《圖倫加利拉交響曲》的作曲者梅湘嗎？誰幫牠取的名字？」

「末永，他用自己喜歡的作曲家名字，替每隻鳥取名。」

「原來是這樣，您說他養的那隻梅湘變得很虛弱？」

「是的，一直到昨天都還活蹦亂跳，但今天早上突然不太對勁。」

「不是生病嗎？」

「他說感覺不像。」
「您沒去看看？」
「我的專業是幫人治病。」
女醫師冷冷地說道，槍中聳了聳肩，不悅地摩擦著鼻子。
「說奇怪，確實是滿奇怪的，不過，這和案件好像沒什麼關係。」
表面塗黑漆的餐桌上，準備了可口的歐洲酸櫻桃甜塔，的場女士說這是井關悅子親手作的，風味絕佳，建議我們務必要嚐嚐。
「到底我們什麼時候才能離開這裡呢？」
幾乎一口便吃完整個甜塔，之前一直沉默寡言的名望奈志，以平時的口吻說道。他伸舌舔去沾在嘴角的奶油，但表情感覺有點生硬。
「雪還是一樣下個不停——真受不了。」
「這是個大問題。」忍冬醫師朝紅茶裡加入堆得像山一樣高的砂糖，如此說道。「大約十年前，這裡也曾遇過這種情況。當時我好像到隔一座山頭的村子去，然後和這次一樣，突然降下大雪，那時候我整整被困了一個禮拜。」
「只能靜靜等雪停是吧。」
「沒錯，不過，相野的人早已習慣下雪，所以也差不多開始進行除雪作業了。我猜最晚再等個兩、三天，應該就能下山了。等這麼久，這暴風雪也該停了吧。」
我雖然聽著他們的對話，但幾乎心不在焉，無法想其他事，一直望著坐我斜前方的深月。也不知道她是否注意到我的視線，只見她單手托腮，微微低著頭。總覺得她的臉色比平時更加蒼白，表情也更僵硬。
「還是不能開車下山對吧。」
「我的車沒辦法。」

忍冬醫師挺出他豐厚的下唇。名望的目光移向的場女士。

「這宅邸裡的車如何呢？」

「除了一般的轎車外，還有一臺Land Cruiser[25]。」

女醫師回答，名望彈了個響指。

「這樣的話，也許有辦法呢。」

「真不巧，上禮拜故障後，一直都擱在那兒。如果不送去修車廠，恐怕很難修理。」

「啥，真是夠了，這麼多湊巧全遇上了。」

「車庫在哪裡？」

槍中問，女醫師望向那面圖案玻璃牆。

「在前庭後面。」

「不是在建築旁？」

「對，那是以馬廄改建成車庫的小屋。」

我一直在苦思該不該將剛才肖像畫的事告訴槍中。

至少在現在這種場合——在深月面前，我開不了口。不過，就算我沒說，那幅畫掉落的事早晚肯定也會從鳴瀨口中傳進的場女士耳中，也會讓槍中知道。他聽了之後，會怎麼看待這件事呢？單純只是當作「偶發事件」嗎？還是會將它看作是這座宅邸別有含意的「行動」？

不，更重要的是，我自己要如何看待那個現象所代表的含意才好？我應該怎麼看待？

「要不要再來杯紅茶？」

的場女士問。

「喝咖啡比較好吧。」槍中回答道，環視同桌的眾人。「大家也都是這麼想吧？因為我們

25. TOYOTA的一款四輪驅動車。

都是咖啡愛好者。」

「忍冬醫生也要喝咖啡嗎？」

「好，只要是甜的，我都好。」

的場女士靜靜地起身，走向擺放咖啡機的木製推車，深月起身想幫忙，但的場女士抬起手制止。磨豆機發出尖細的呼號聲，刺激著我疲憊的神經。

「不過話說回來——」槍中對暫時回到座位上的的場女士說道。「這真的是一座很棒的宅邸。」

他從前天開始，便一再這麼說，不過，現在聽起來只覺得言不由衷。也許是他見現場氣氛沉悶，想加以抵抗，但我希望他至少也該補上一句「如果沒發生這些案件的話」。

「不論是建築、家具，還是收藏品……收藏品看起來有不少日本方面的嗜好，這全都是白須賀先生的個人收藏嗎？」

「聽說很多都是原本宅邸裡留下的，當然了，老爺個人收藏的物品也有相當的數量。」

「當初橫濱那座房子失火時，想必也燒毀不少物品吧？」

「不，當時收藏品是統一放在另一棟房子裡，和燒毀的主屋不同棟，書本也都是放在那裡。」

「哦，這樣的話……不知道這樣說恰不恰當，這算是不幸中之大幸啊。光就古董來說，一次要看到這麼多樣，可不容易呢。」槍中微微吁了口氣。「你們平時空閒時都在做什麼？」

「我們不太會意識到『空閒』這種狀態，意思也不是說我們很忙，該怎麼說呢？因為住在這裡，時間的流逝方式不太一樣。」

「這話怎麼說？」

「這種感覺不像是流逝，而是像緩緩形成一個大漩渦。不是隨著時間在生活，而是被時間包覆其中。我這樣說，您可能無法理解吧。」

「不，沒這回事，我隱約可以明白您的意思。」

「不過，一般所說的『打發時間』，這裡一樣少不了。例如到附近的森林散步，夏天如果能忍受那有點過於冰涼的湖水，也能在湖裡游泳；占地內還設有飛碟射擊練習場。」

「太厲害了，那是白須賀先生的嗜好嗎？」

「是的。」

「那他想必收藏了很棒的槍吧？」

的場女士不置可否地回以一笑，再次站起身，走向推車。咖啡已濾滴完畢，她將大咖啡壺裡裝了滿滿好幾人份的咖啡，倒入新的杯子裡，端給在場眾人。

「真是太教人羨慕了。」槍中瞇起眼，視線緊跟著女醫師的身影。「我在東京經營一家古董店，有相當的鑑賞力，考慮雇我當管理人如何？」

女醫師略顯驚訝。

「您跟我說也沒用啊。」

「我要是女性的話，一定會卯足了勁向你們老爺送秋波。」

「您真愛開玩笑。」

「我絕不是在開玩笑，我是說真的，因為等雪停下山後，大概再也沒機會看到這棟建築還有你們了。」

我拿起咖啡杯，沒加糖奶，啜飲了一口，完全沒享受咖啡的香味，只有更勝平時的苦味強烈刺激著我的舌頭。一旁的忍冬醫師還是老樣子，加了滿滿的糖奶，一口氣喝光，喝得津津有味。

「您說您經營一家古董店，那麼，這劇團是……？」

回到座位的場女士向槍中詢問。

「要是靠這種小劇團謀生，肯定早餓死了。」槍中面露苦笑，垂落雙肩。「我的本業是古典美術商，劇團算是為了個人興趣才經營的。」
「你們演哪一類的戲？」
「啊，不，戲劇方面我不熟，就只有大學時代，朋友帶我去看過幾次而已。」
「您喜歡怎樣的戲？」
「我們以正統的戲居多，我不太喜歡現代劇。」
「這樣啊。」
「像一味地追求通俗、像機關槍一樣笑話連發、演員在舞臺上東奔西跑，這些都不行。而只有觀念和思想很前衛，但艱澀難懂的戲，我也不喜歡。」
女醫師顯得似懂非懂，槍中接著道：
「或許批評家們會對我嗤之以鼻，但我就是討厭人們常說的『時代性』這種東西。」
「時代性？」
「演出現代戲劇的那些人，往往都困在『嶄新』的束縛中，只想著要讓自己走在時代的尖端。他們認為戲劇的價值是要暴露出時代和社會的矛盾結構，並加以瓦解，讓時代一再往前推進——非得是這樣才行，這樣的信仰四處蔓延。不過，我並不想刻意去否定這樣的想法。」
槍中說到一半停住，取下眼鏡，以手指用力按向雙眼的眼皮。
「比起將時代往前推進，我更希望它能停下來。正因為不可能，所以我才想，至少也要在時代的洪流中建造一座要塞。基於這個想法，我可能對古典藝能還比較有共鳴。」
「您說的要塞是像怎樣？」
「這個嘛……」槍中瞇起眼，像在凝視遠方。「舉個例子吧，就像這座霧越邸一樣。」
的場女士為之一驚，屏住呼吸，微微點頭。她伸手拿起杯子，慢慢喝著咖啡。
「我大概是對某種獨裁者感到憧憬吧。」
槍中如此說道，女醫師聽得直眨眼，似乎略感驚訝。

「獨裁者？」

「我用字太激烈了嗎？」

「這話什麼意思？」

「自六〇年代後，在日本的現代戲劇中，有一種人稱『地下典範』的表演，它或多或少仍延續至今。當中人們常談到『集體創作』概念，它是從六〇年代一直延續到七〇年代，甚至是現在的一種框架。狹義來說，在創作戲劇的集團裡，每個人都是作家、導演，同時也是演員、工作人員，是以身分的同一性為理想的一種思想……總結來說，是想清除劇團內的階級制度。是一種很直接的民主主義。不需要厲害的指導者，重要的是演員各自的獨立性。」槍中重新戴好眼鏡，緩緩搖了搖頭。「這種走向我很討厭，所以才會不由自主地脫口說出獨裁者這樣的字眼。」

「哦。」

「換句話說，我想支配這個世界。啊，請不要誤會，我對政治不感興趣，也完全不想要世人所說的權力。我只是身為一名導演，想要完美地支配自己執導的舞臺。這樣才能真正表現我自己，能更接近我在找尋的『風景』，我只是抱持這樣的想法罷了。」

這是平時槍中常向團員發表的論點，從不避諱。

他常說「暗色天幕」是我的，不是為其他任何人而設，是為我自己、我個人而表現。

「我這樣說，有可能會引來痛罵，不過，演員們全都只是我的棋子。當然了，他們也是為了自己而站上舞臺，為自己而表現，這點我不想加以否認。不過，位居上位，支配『世界』的，始終都只有我——我希望是這樣，這只是我個人一廂情願的想法。這樣算是傲慢嗎？」

「這該怎麼說呢？」的場女士不置可否地搖了搖頭。「因為我這個人對於想要表現自我的這種問題，從來不曾深入細想。」

看著他們兩人對談的忍冬醫師，可能是對談話內容漸感無趣，打了個大哈欠，從椅子上起身。他舉起雙手伸懶腰，說了聲「抱歉」，走向隔壁的沙龍。隔了一會兒，名望奈志和彩夏也前往沙龍。

槍中也許是刻意要避開案件的問題，又針對戲劇的論點繼續跟的場女士聊了半晌。甲斐雙肘抵在餐桌上，一樣是那張憔悴的臉龐，空洞的眼神望向圖案玻璃牆。

我將剩下的咖啡一飲而盡，癱軟地靠在椅背上，身體莫名地慵懶。昨晚理應睡得很沉，但似乎還是累積了不少疲勞。

我窺望深月的神情，她微微低著頭，始終沉默不語——雖然不可能看得見，但我不曾像此時這般強烈希望能看出她心裡的想法。

她真的已經看破自己的未來嗎？不會想要對抗這不合理的命運嗎？她……

深月突然抬起眼，與我四目交接，我就此靜靜注視著她烏黑的雙眸。這時——

她淡粉紅色的柔唇微動，似乎想說些什麼，但旋即又停住，然後微微搖了搖頭，再次低下頭去。她到底想說什麼呢？想表達什麼呢？

結果這件事對我來說，成了永遠解不開的謎。

第五幕

第三名死者

下雨了，下雨了。
小雉雞嘰嘰叫，
想必牠也會冷，也會寂寞吧。

◆

面向霧越湖的中庭露臺，那沒半點暗影的雪白，讓人聯想到某個異國的神殿。不是存在於世上某處的國家，而是一個不存在於任何地方的國家。如果真有這麼個地方，或許只存在於遠古的神話時代，一個像夢境般的遙遠異國。

日暮時分將至，天色昏暗。宛如風化的繡球花般的顏色，微微滲入厚實的雲層中。剛才的強風暫時屏住呼吸，雪以不可思議的溫柔，悄然無聲地從空中飄落地面。

一片悄靜，宛如整個宇宙的聲響都消失了，甚至連時間的流動也就此凍結，在這短暫的時間裡，四周完全被無限的寂靜所支配。

在鋪著冰冷的純白色地毯的露臺角落，躺著一個人。

以面朝湖水，雙手往前延伸的姿勢橫躺，身上穿著彷彿會融入積雪中的雪白蕾絲，烏黑的長髮擴散成扇形……胸口一帶狂亂地綻放出深紅色花朵。

那姿態就像是在向眾神祈禱時結束性命的巫女，而這整個露臺也像是被收在巨大畫框裡的一幅畫。

上方的陽臺處，有一對靜靜俯視的眼睛。

那是沒有感情，冰冷的玻璃眼珠，收起深紫黑色的雙翅，直直地挺出長尾的一隻鳥——雉雞的標本。那黑色鳥喙微張，彷彿隨時都會發出尖聲鳴叫。（請參照第293頁「霧越邸部分圖3」）

◆

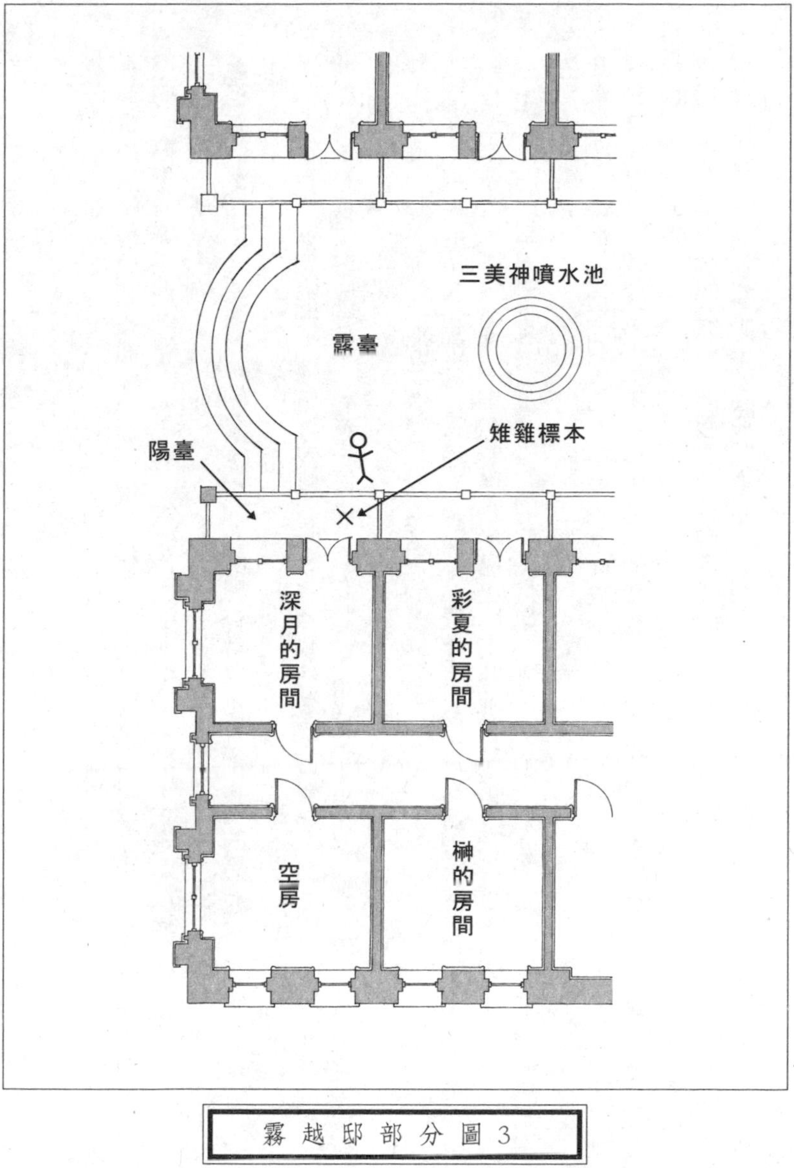
三美神噴水池
露臺
雉雞標本
陽臺
深月的房間
彩夏的房間
空房
榊的房間

霧越邸部分圖3

1

在厚實的透明玻璃牆後面，她死命地敲打著，舉起她纖細白皙的手臂，張大嘴巴叫喊，但在牆壁的阻擋下，聲音傳不過來。不久，拳頭滲出的血開始染紅了半邊的玻璃。

——深月、深月……

我像在說夢話般，叫喚著她的名字，但我的聲音肯定也傳不到牆的另一頭。

——深月……

她在求救，一定是這樣，她想打破這面牆，逃到我這邊來。

我確信是這樣，緊緊握拳。我舉起手臂，朝牆壁重重捶下，光這一擊，玻璃就出現蜘蛛網般的細小裂痕。不久——

發出乒瑯一聲，那方形的玻璃突然變成金色的畫框。

收納在畫框裡的，是和她長得一模一樣的美麗女子肖像畫。這幅畫在灰色牆上左右搖晃，眼看動作愈來愈大，甚至還加上細微的震動，發出咔啦咔啦聲，接著突然就掉下來了。

發出「咚」的一聲沉重的聲響，我的頭蓋骨與它產生共鳴，不斷震動。餘音化為無限迴圈，在我腦中奔竄……

我就像要爬出那黏糊糊的可怕泥沼般，就此醒來。

聲音的殘響還微微殘留，那不是夢中響起的聲響，而是現實世界裡的聲響——好像是日光房的長箱鐘發出的鐘響。

我甩動那沉重得宛如灌了鉛的腦袋，望向自己的手錶。

我矇矓的眼睛勉強看出那個時間是下午五點半，同時也確認月曆上的日期，當然是十一月十八日星期二。

我一時間搞不清楚發生了什麼事，我好像臉趴在餐桌上睡著了。

不光只有腦袋，全身也像麻痺般無比倦怠；眼睛無法順利對焦，眼皮無比沉重，彷彿只要一不專注，它就會閉上；喉嚨無比乾渴，舌頭感到有股苦味。

我是什麼時候睡著的？

這裡是……沒錯，是二樓餐廳。大家原本聚在這裡喝咖啡，槍中開始跟的場女士談起了戲劇，然後——

腦袋突然開始迷糊起來。啊，對了。我才剛感到納悶，思考能力便逐漸變得遲鈍，感覺身體就像隨波擺蕩……

我最後還保有意識的時間，記得是三點四十五分左右，我當時還朝壁爐架上的時鐘看了一眼。

我好不容易才從餐桌上挺起無法使力的上半身，環視四周。

黑色的餐桌周邊，槍中和甲斐兩人也一樣臉趴在攤向桌面的手臂上。他們也一樣睡著了嗎？原本坐槍中隔壁的的場女士從椅子上跌落，躺在胭脂色的地毯上。白色的咖啡杯就這樣隨意地翻倒在一旁。她沒死——從呼吸時肩膀上下起伏的動作看得出來。

「槍……」

我大感驚訝，正想叫喚槍中，但我不由自主地停止叫喊。

深月人呢？——不在這裡。在我睡著前，她就坐在我斜前方的座位上，但現在人不在座位上。

我彈跳而起，「碰」的一聲，椅子翻倒，我像宿醉般，踩著虛浮的步履，繞往餐桌另一側。

我原本以為，她會不會和的場女士一樣，從椅子上跌落地面，但那邊一樣看不到深月的身影。

我彷彿整顆心發出擠壓的聲響，不祥的預感折磨著我，我趕往隔壁的沙龍，房門敞開著。

從褐色門的對面，看到整個人仰躺在沙發上的忍冬醫師那顆禿頭，還微微傳來他的打鼾聲。沙龍裡，包括醫師在內的三個人，全都在沉睡。名望奈志俯臥在忍冬圖案的地毯上，彩夏躺在沙發上——還是不見深月人影。

她跑哪兒去了？

我打開那扇圖案玻璃門，前往日光房。面向前庭的窗戶，外頭一片漆黑，我朝左右張望，但沒看到人影。我進一步到圖書室窺望，確認她不在裡面後，我衝向走廊，穿著拖鞋的雙腳頻頻打結。

預感益發強烈地擠壓我的心，我就像一腳踩進半沉睡的狀態中，整個人迷迷糊糊，這使得這份預感，以及此刻的現狀，感覺更像是一場可怕的噩夢。

走廊沒開燈，光線昏暗。中庭的戶外燈亮著，亮光從落地窗射進，將腳下照得微帶白亮。

我朝左手邊奔去，我想去深月的房間看看，還沒來到盡頭前的轉角處，我腳下的兩隻拖鞋已經都掉了。

「蘆野小姐。」我朝前方的昏暗叫喚。「蘆野小姐，妳在哪兒？」

在藍色的雙開門前，改為右轉的袖廊，她的房間應該就在這袖廊深處的右側。

「蘆野小姐。」

我又叫了一聲，這時，我猛然屏住呼吸，因為我要前往的那個房間，門敞開著，而且——

突然從門後冒出一個黑色人影。

「你是誰？」

那是個矮小又纖瘦的人影。

他沒因為我的聲音而回頭，反而還直直地穿越走廊。就此融入黑暗中，無法清楚看出他的身形，但他的動作顯得僵硬，不太自然。看起來像是拄著枴杖，一隻腳在地上拖行。

「你是誰！」

我小聲地叫喚，跑了過去，但人影打開他走出的那個房間對面那扇門，像被吸進門內般，就此消失。

我來到那個房間前，明明跑沒多遠的距離，但我已氣喘吁吁，心跳得好急，心臟幾乎都快爆開來。

我撲向黑影人鑽進的那扇門，想打開門，但門一動也不動，已經被鎖上了。

我馬上放棄，直接往後轉，衝進敞開的那扇門後。深月的房間。

「蘆野小……」我話說到一半，就此凍結。

昏暗的房間裡，空無一人，可是——

我發現床上零亂的衣服，有黑色毛衣、黑色裙子、白色女性襯衫……是深月今天穿過的衣服。怪異的不只這樣，通往正面那處陽臺的落地窗是開著的，戶外的空氣從那裡流進室內，令房內的空氣為之凍結。

該不會……

我倒抽一口氣，惴惴不安地走向落地窗，心跳得更急了。內心的擠壓聲也愈來愈響亮，聲音幾乎都快傳進我耳朵了。

該不會……

窗外陽臺上的積雪，就像孩子打完雪仗般，地上滿是坑洞，相當零亂。上頭沒留下鮮明的腳印，不過，前方跟胸口差不多高的木頭扶手前，有個模樣奇怪的東西。

直到我來到窗戶前，這才明白它是什麼。

紫黑色的翅膀，像繫著白色腰帶般的長尾——是那隻雉雞，原本擺在走廊邊大廳那裡的雉雞標本。

這時我確定，最糟的情況已經發生。

下雨了，下雨了。

北原白秋的〈雨〉第三段歌詞。

小雉雞嘰嘰叫，

想必牠也會冷，也會寂寞吧。

我死命甩動麻痺的腦袋，想否定心中的確定。

不應該有這種事，怎麼能讓這種事發生，這種事……

我全身倦怠無力，雙腳仍感到虛浮，就像壞掉的機關玩偶，持續地搖著頭，邁步踏向陽臺。

太陽已經下山，天空覆滿漆黑的暗夜，風已經停了，只有雪仍靜靜地飛舞。

我站在雉雞標本旁，伸出雙手握住冰冷的扶手，屏住呼吸，探出身子，望向戶外燈光照向的露臺，就此發現躺在那裡的深月。

隨著一股深不見底的絕望感，吶喊的衝動湧上我喉頭，我想壓抑，但當然無法辦到。我發出連自己都不相信那是我聲音的淒厲叫喊，緊接著，它徹底粉碎包覆周遭的寂靜。

2

我手搭在扶手上，在原地呆立了一會兒，眼睛緊盯著白色的露臺，剛才發出的叫喊聲，仍在耳中餘音繚繞。

深月被殺害了。

雖然心中已如此認定，但身體卻沒展開該採取的下個行動，宛如被雷擊貫穿身體，全身麻痺，連手指都無法動彈，甚至連要眨眼都辦不到。

是因為深月遭殺害的事？還是因為發現這項事實，大受震撼？

當然是這樣。不過，眼前這具屍體的模樣，實在太像一幅不帶半點人間俗氣的「畫」，這也是原因之一。彷彿我內心有一部分從現實世界中被硬生生剝下，拋進某人精心準備的幻想庭園盆景中一般，一種精神分裂的感覺，伴隨著怪異又巨大的暈眩折磨著我，我就此全身凍結，達半晌之久。

某處傳來不是我發出的短促叫喊，我這才微微擺脫無法動彈的狀態。

我抬眼找尋聲音的出處。

右斜前方——隔著露臺與這裡相對的突出部位三樓的地方，有個在傾斜的屋頂上特別打造出的漂亮陽臺，發出聲音的人就在那裡。

是個背對著屋內亮光的黑色人影，因為逆光，外加有段距離，我不確定他的身分，但從體格來猜測，應該是管家鳴瀨。他肯定是因為聽到我的叫喊聲，驚訝地衝出來看，就此發現躺在露臺上的屍體。

而在他探出扶手的身影背後，又出現另一個人影，個頭略微矮些，應該是白須賀。

我終於能在自己的意志下離開扶手，轉身走回房內，但身體的麻痺感還是揮之不去。露臺那幕光景深深烙印在我眼中，腦中依舊有一股怪異的分裂感。

深月遭人殺害了，她被殺了。

我一面甩頭，一面努力說服自己相信。

深月遭殺害了，同樣是殺害榊和蘭的那名兇手下的毒手。

我踩著虛浮的步履，踉踉蹌蹌地來到走廊，剛才那個黑影人逃進的那個房間，房門緊閉。

我鼓起勇氣，再次面對那扇門。

要是不開門，我就算用撞的，也要撞破它。我拿定主意，握住門把——
門不像剛才那樣傳來阻力，因為門鎖已經解開。
我打開門，裡頭一片漆黑。
「你在嗎？」
我朝眼前的黑暗發出不由自主的顫抖聲，並伸手在牆上摸索電燈開關。
「你別躲了……」
我打開燈，室內的模樣就此照亮，和其他房間同樣格局的客房，但每個家具都罩著白色床單——不見人影。
是趁我站在陽臺上出神時，那個人逃離了這裡嗎？或者，剛才在走廊上看到的那個人影，是我的錯覺？
我沒時間細想。
再度用力甩頭的我，在昏暗的走廊上跑了起來，我得趕快回去告訴大家這件事。
我拔腿飛奔。
麻痺感和分裂感漸漸變淡，但我就像被一張肉眼看不見的網子從頭上罩住般，身體的動作很遲鈍。老是打結的雙腳令我焦急難耐，兩側的牆壁發出奇怪的聲響，看起來彷彿會扭曲、歪斜，朝我傾倒。
我氣喘吁吁地衝進餐廳後，原本從椅子上跌落地上睡著的的場女士，剛好醒來，正準備站起身；槍中和甲斐則還是維持剛才的姿勢，仍沉睡未醒；而在沙龍的那三個人，感覺也還沒醒。
「啊，鈴藤先生。」挺起上半身的女醫師，一見到我便說道。「我怎麼會躺在這裡……」
她托起眼鏡，一再地搖頭，舌頭還不太靈活。
「剛才……我好像聽到一個很淒厲的聲音。」見我喘息不止，像死人一樣面如白蠟，她就此倒抽一口冷氣。「發生什麼事了嗎？」

「她……」我從乾癟的嘴唇發出這沙啞的聲音。「這次換她……」

「她？」的場女士秀眉微蹙，雙目圓睜。

「您說的她……難道是……」

「是蘆野小姐，她人在底下的露臺，被人殺害了。」

女醫師微微發出一聲尖叫，可能是對她的聲音起了反應，趴在餐桌上的槍中微微動了一下肩膀。

「大家都睡著了，我也是。這段時間，有人殺了她。」

說到這裡，我當場雙膝一軟，跪向地面，剛才目睹的那幕露臺光景，在我腦中閃過。

這是為什麼！

我在心中吶喊。

那麼美麗的深月，在只剩幾年可活的有限壽命下，平靜過日子的深月。這起連續殺人案的第三名犧牲者，就非得挑她不可嗎？這到底是為什麼……

的場女士像在空中游泳般，步履踉蹌地衝出餐廳。我緊握拳頭，像野獸般發出低吼，敲打著腳下的地毯，如此反覆了兩、三次。一股悶痛感直傳進我心底。

我緊咬嘴唇，咬到都滲血了，暗自啜泣，極力不發出聲音。

3

最早趕到露臺的，是傭人末永耕治。

我出聲叫喊時，他好像剛好人在一樓的配膳室，這是位於廚房和正餐室之間的小房間，聽說他聽到聲音後嚇了一跳，就此衝向正餐室，發現窗外的異狀。

的場女士從走廊返回後，我與她分頭叫醒沉睡的眾人後，我們趕往樓下。眾人被叫醒後，皆揉著眼睛，似乎腦袋很沉重，一會兒甩頭，一會兒用拳頭輕敲頭部。他們可能是仍意識模糊，處在半夢半醒的狀態吧，儘管聽聞又有新的命案發生，卻很少有人馬上做出應有的反應。

在女醫師的引導下，眾人從正餐室的落地窗來到陽臺。

我沒穿拖鞋，直接赤腳來到露臺，儘管雙腳因積雪而受凍，我也不在乎，就只是一臉茫然地望著兩位醫師展開驗屍的模樣。

「看來，我們是被下藥了。」

蹲在屍體旁的忍冬醫師緩緩挺起他肥胖的身軀。

「下、下藥是嗎？」

槍中一臉沉痛地低聲應道。他和忍冬醫師都仍穿著拖鞋。

「沒錯。」醫師的圓臉皺起眉頭，以舌尖舔舐著豐厚的嘴唇。「不覺得嘴巴苦苦的嗎？喉嚨也覺得乾渴對吧。」

「嗯，沒錯。」

「那是我攜帶的安眠藥，可能有人用它來下藥。」

「您的意思是，有人偷了它，讓我們服下。」

「就是這麼回事，我得回房檢查一下我的公事包了。」

「不過，是什麼時候下的藥？」

「槍中。」我再也按捺不住，插話道。「比起這個，還是先將人搬進屋內吧。」

要將她搬進裡頭，讓她躺在地下室裡嗎？應該跟榊和蘭一樣，當作一具慘死的屍體，日後交給警方嗎？

雖然是我自己說的話，但我馬上被一種難以承受的感覺所困，對自己的發言深感後悔。與其那樣，還不如讓深月被掩埋在這片白雪下。這想法掠過我心頭。剛才從二樓往下望的那幕光景，就此收進一個巨大的畫框裡，成了充滿幻想的一幅「畫」，又再次在腦中一閃而過。
「說得也是。」槍中神情落寞地頷首。「忍冬醫生，您已經檢查完畢了嗎？」
「反正也查不出什麼重大的線索。」老醫師的手掌貼向他光禿的額頭，無力地搖了搖頭。
「如你所見，刀刃刺穿胸口是死因，想必是看準她服藥後昏睡的機會，一刀刺下，一刀便貫穿了心臟。」
染紅了白蕾絲的鮮血，被飄落的白雪覆蓋，逐漸帶走了鮮紅。可以看到泛黑的刀柄，從中央的位置挺立著。
「兇手應該是殺害她之後，將她從陽臺上推落。多虧有積雪形成的緩衝，她身上才沒留下明顯的傷痕，不過，下手還是太狠了……」
深月就像是朝湖的方向祈禱般，雙手往前伸。
纏在她身上的蕾絲下，似乎什麼也沒穿。她閉上眼皮，雙唇緊抿，那張臉沒半點因痛苦或恐懼而扭曲的皺紋，那遺容無比安詳、美麗。可能是因為她在沉睡中幾乎沒感覺到疼痛便就此喪命，或者這也是她的一種「看破」——從對生存的執著中解放，得到自由？
「似乎沒留下遭人踩躪的痕跡；還有，她身體還留有餘溫，可見才剛死後沒多久，頂多只過了兩個小時左右吧。以這次的情況來看，這樣的驗屍似乎沒太大的意義——的場小姐，妳有要補充的嗎？」
的場女士俯視著屍體，不發一語地搖著頭。
這段期間，雪仍舊下個不停，而一度止息的風，又開始增強。和今天早上搬運蘭的屍體時一樣，由槍中、名望奈志，和我三人，一起抬起深月的身體後，像是被凍人的強風驅趕般，走上陽臺的樓梯。
靠在扶手邊，一臉愁容地望著我們的彩夏，以沙啞的聲音叫喚深月的名字，雖然看不到她的臉，但感覺得出她在落淚。

甲斐在敞開的落地窗後面，雙手抱膝，蹲在地上。他的肩膀像痙攣般，不斷微微顫抖，說明了他受到的打擊不小。

我們正準備從正餐室前往走廊時，正好遇見前來的白須賀，我們就此停步，他也站向由我們抬著的深月身旁。

「啊……」身穿深綠色睡袍的宅邸主人，他黝黑的寬闊額頭浮現深邃的皺紋，注視著深月的遺容。

「竟然做出這麼殘忍的行徑。」他壓低聲音說道。

之前不曾展現過一絲慌亂的他，此時有所不同，嘴角看不到他那擅長的微笑。他一臉悲戚，緊緊閉上眼，肩膀劇烈地上下起伏，狀甚痛苦，並一再地微微搖頭。恐怕是四年前過世的妻子遺容，與此時的深月重疊在一起吧。

「槍中先生。」白須賀先生旋即抬眼望向抬屍體腳的槍中。「這到底是怎麼回事？」

「您會生氣也是理所當然。」槍中打斷宅邸主人的話，如此說道，就像要吐出淤積心中的沉重凝塊。「但我只能說，我完全沒轍。如果您允許，我甚至希望您能馬上解除我偵探的職務，這是我此刻的心境。」

白須賀的表情瞬間變得緊繃，他面帶慍容地瞪視著槍中，但他馬上轉過臉去。他微微抬起手，就像在說「夠了」，接著朝房間深處走去。

槍中默默目送他離去，接著望向在一旁注視著他的女醫師，出聲喚道「的場小姐」。

「可以請您帶我們去地下室嗎？」

他以筋疲力竭的聲音說道。

4

將屍體放向地下室那個房間後，我們走向二樓，的場女士在前面帶路。因為槍中說，他得去命案現場——深月的房間查看一下。

深月的房間亮著燈，我在槍中的命令下，說出發現屍體的經過。我努力想依序說明整個經過，但腦袋還沒完全脫離剛才所受的震撼，聲音發顫，始終無法清楚表達，想必我的敘述方式很糟糕，含糊不清。

聽我大致說完後，槍中以嚴峻的眼神重新環視房內。

「深月和我們一樣沉睡不醒，兇手將她搬到這個房間殺害，至於行兇的場所……」槍中走向衣服散亂的小型雙人床。「應該就在這上面吧，你們看，床單上留有血痕。兇手是在這裡脫去她的衣服，用蕾絲纏向她身體後，再一刀刺進她胸口。這蕾絲是掛在窗上的窗簾吧。」

果真如槍中所說，面向中庭的直拉窗的窗簾已被人拆下。

「而那把兇器……」槍中說到一半，朝情緒低落地站在房內角落的的場女士望了一眼。「是這座宅邸裡的東西嗎？的場小姐，這您知道嗎？」

「我猜應該是收在餐廳碗櫃裡的水果刀吧，我對刀柄的顏色和形狀有印象。」

「待會兒可以請您確認一下嗎？」

女醫師恭順地點頭，槍中就此離開床邊，走向敞開的落地窗。

「兇手以這個手法殺了她，接著從這裡將屍體拋向露臺是嗎？——鈴滕。」槍中轉頭望向我，如此詢問。「這陽臺上有兇手的腳印嗎？」

「打從一開始就是這樣。」

我趕來這裡時，陽臺上的積雪就像刻意被一陣亂踩般，坑坑洞洞，一片零亂。現在上面又積了些雪，連我留下的腳印都快消失了，眼前這種狀態，實在很難辨識兇手的腳印。

「這是兇手故意破壞的，這個人沒留下任何疏漏。」槍中嘆了一聲，走向落地窗外。「這就是那隻關鍵的雉雞嗎？原本是擺在那邊的走廊邊當裝飾——是這樣沒錯吧，的場小姐？」
的場女士從槍中身後往陽臺窺望，應了聲「沒錯」。
「又是在仿照〈雨〉的情境嗎？」
名望奈志一邊在胸前搓著雙手，一邊說道，冰冷的房內空氣，令人呼出的氣息凍成白霧。
「〈雨〉的第三段歌詞是『小雉雞嘰嘰叫』對吧。」
「對。」槍中望著蒙上白雪的那隻雉雞標本說道。「接著是『想必牠也會冷，也會寂寞吧』。擺在積雪的陽臺上的，是雉雞標本。雖然它不是『小雉雞』，但看起來似乎比普通的雉雞還小一些。」
「這叫帝雉，是棲息在臺灣高山的品種。」的場女士補充說明。「聽說體型比日本的雉雞小一些。」
「原來如此，羽毛的顏色也和日本雉雞很不一樣呢。」槍中如此說道，又嘆了口氣。「這樣一直擺在外頭也不太好，我看先擺進室內吧，我不認為兇手會不小心在上面留下指紋。」
槍中從外衣口袋裡取出手帕，當場蹲下。他以手帕包住自己的手，以防沾上自己的指紋，一把握住雉雞站立的木製臺座，將它拿了起來。接著拿進室內，輕輕放向地面。
「對了，鈴藤。」夾雜白雪的冷風吹進屋內，槍中關上落地窗，朝我投射出犀利的目光。「你說你看到人影從這個房間走出？」
「對。」
「我想聽更詳細的說明。」槍中如此說道，朝的場女士瞄了一眼。她的表情略顯僵硬，視線落向自己腳下。「是個什麼模樣的人？還記得他有什麼特徵嗎？」
「這個……」我虛弱無力地搖了搖頭，小小聲地回答道。「因為當時走廊沒開燈，看不清楚。那黑色人影……我猜他大概是穿著黑衣，對方身材纖瘦，動作不太流暢。」

「動作不流暢？他拄枴杖嗎？」
「看起來像是……啊，不，這我不確定。」
「嗯，確定他是從這個房間走出對吧。」
「應該是。」
「你說對方走出後，逃進對面的房間裡。」
「對，看起來是這樣。我追向前，想打開門，但是打不開，似乎是從房內上鎖。而事後我再次想要打開時，門鎖已經解開，裡頭空無一人……」
「的場小姐，您怎麼看？」槍中轉身面向女醫師。「鈴藤看到那個人影時，其他人都在餐廳和沙龍裡沉睡，那個人當然就是這宅邸裡的某人。」
的場女士望著腳下，沉默不語。
「到底會是誰呢？您怎麼看？」
槍中又問了一次，這時，的場女士緩緩抬起眼。
「應該是他看錯了吧。」
她瞪大眼睛，以堅決的聲音回應，槍中似乎略感吃驚。
「看錯？這不可能吧。」
「不好意思，我認為鈴藤先生說的話不太可靠。他剛從睡眠中醒來，而且當時情緒慌亂，再加上走廊也很昏暗，如果是因為服用安眠藥而入睡，藥效應該還會帶來影響。我認為他只是產生錯覺，看到了不存在的人。」
「說得真牽強。」槍中聳了聳肩，轉為望向我。「鈴藤，你應該有話要反駁吧？」
此時的我已無力認真反駁，既然的場女士這麼說，否定我的說法，或許這一切真的都是我的錯覺——我抱持這種自暴自棄的心情，緩緩搖了搖頭。
槍中就像覺得掃興般，聳了聳肩，但他已不想再提這個話題。他再次環視室內後，催促我們離開，就此轉身走向門口。

走出深月的房間後，槍中筆直地穿越走廊，打開對面的房門，往內窺望。

「這房間是做什麼的？」槍中轉頭問的場女士。

「這是客房，但不能用。」女醫師語氣平淡地回答。

「您說不能用是什麼意思？」

「電暖氣故障了，因為沒有暖氣，實在無法讓客人留宿。」

「哦。」槍中摩娑著挺出的下巴，不斷打量著的場女士。「它什麼時候故障的？難道是最近？」

「是不是最近我不清楚，你們星期六到來，在為你們準備房間時，鳴瀨發現的。」

「這座宅邸包含這個房間在內，一共有十間客房是嗎？」

「是的，大廳的中間夾層有兩間相連的大房間，以前好像是為重要的賓客準備的特別房，但現在完全沒用了，所以是十間房沒錯。」

「這樣啊。」槍中低語似地說道，靜靜地關上房門。「**原本有十間客房，現在其中一間不能用，減少為九間**。不光餐廳的椅子，就連房間的間數也是，這座宅邸藉此向我們做出一項預言是吧。」

一聽到「預言」兩個字眼，最敏感地做出反應的人是我，我感覺就像被一隻冰冷的手打了一巴掌，就此抬起頭來。

「槍中。」我像在喘息般喚道。

「嗯，什麼事？」

「其實……」

我把幾個小時前，在樓下大廳目睹的事告訴了他，名叫美月的白須賀夫人的肖像畫突然從牆上掉落的那件事。

槍中眼鏡底下的雙眼瞪得好大，的場女士手摀著嘴，倒抽一口氣。名望奈志微微吹了聲口哨，誇張地攤開雙手。

「的場小姐，看來我們真的得相信您昨天說的話了。」槍中從喉嚨深處擠出聲音說道。「這座宅邸擁有不可思議的力量這件事，愈來愈像真有這麼回事了。」

5

白須賀沒像昨天早上和今天早上那樣召集我們，我們再次聚集在二樓的餐廳，時間是晚上七點半前。

現場沉悶的空氣令人束手無策，沒人想主動開口。

彩夏揉著哭腫的眼睛，暗自嗚咽；甲斐低著頭，雙肩發顫；名望嘴角垂落，盤起雙臂；忍冬醫師不知究竟帶了幾盒糖果來，一樣嘴裡塞滿了糖，一副味同嚼蠟的模樣，並以之前不曾有的嚴厲眼神窺望其他人。

包括的場小姐在內，大家都和下午茶的時候一樣，坐在同樣的位子上。餐桌上空了的咖啡杯和杯盤仍照原樣擺著，唯一的不同，就是坐我斜前方的深月已不在座位上。

「一直都保持沉默也沒用啊。」不久，槍中語氣沉重地說道。「就在這裡討論該討論的事吧，因為這是我們現在唯一能做的事，各位沒問題吧？」

我受夠了——如果可以，我很想這樣大喊一聲。

我受夠了，就算現在查出兇手是誰，那又怎樣？死人已無法復活，深月再也無法復生，不管怎麼做都沒辦法——就算我親手將兇手大卸八塊，深月同樣再也無法在我面前展露笑容。

但我當然不能說出內心這樣的想法，我承受槍中看我的目光，只能默默頷首。

「首先，醫生。」槍中望向忍冬醫師。「您檢查過藥了嗎？」

「被偷了。」醫師表情嚴峻，圓眼鏡底下的雙眼瞇成一道細縫。「我的安眠藥整個從公事包裡消失。」

「那分量足以讓我們全部人睡著嗎？」

「當然可以，只要服下一錠，一般人就會倒頭大睡。這種藥的藥效非常快，不過持續時間很短，依我看，被偷走了十錠以上。」

「醫生，抱歉問個問題，您總是隨身在公事包裡裝這麼多安眠藥嗎？」

「怎麼可能，這次只是湊巧。前一陣子，我剛好請藥商的業務員拿許多樣品來給我。之後一直都放在公事包裡，因為我不是那種做事有條有理的人。」

「公事包一直都放在您的房間裡對吧。」

忍冬醫師點頭，朝額頭用力一拍，一副很難為情的樣子。

「說粗心的話，我真的很粗心，但我萬萬沒想到會被拿來害人。」

「您最後一次看公事包裡的東西，是什麼時候？」

「昨晚。鈴藤先生和乃本……不，要叫矢本小姐才對，他們不是說要安眠藥嗎？於是我就回去拿公事包來，各給他們兩人一錠，當時是我最後一次確認。」

「所以是之後被偷走的，每個人都有機會下手是吧。」

「確實是。」

「問題是，兇手如何讓我們把藥吞下肚。」說到這裡，槍中以指甲朝餐桌上的空咖啡杯輕彈一下。「您說是速效型的藥對吧，這麼一來，最可疑的東西就能鎖定在我們喝的紅茶、甜塔，或是後來上的咖啡了。」

眾人的視線自動往坐在槍中隔壁的的場女士匯聚，因為紅茶、點心、咖啡，當時我們吃的東西，全是她親手為我們準備。

「都是我的錯。」的場女士一臉陰沉，很苦惱地低聲說道。「都是我的錯，一定是那時候……」

「這什麼意思？」

槍中詢問，女醫師隔著肩膀，轉頭望向斜後方。她視線前方，是擺著咖啡機的那臺木製推車。

「當時我發現咖啡機裡已經放了一人份還沒使用的咖啡豆。」

「還沒使用的咖啡豆？打從一開始就有了嗎？」

「是的，我滿心以為是之前有人想煮咖啡，但後來作罷，於是就直接加上新豆……」

「哦～也就是說，已經裝在裡頭的咖啡豆，被人混入了安眠藥。」

「我應該多點疑心的，要先問大家，這咖啡豆是誰放的，或是直接丟棄。」

「既然都已發生，那也是沒辦法的事，在這裡責怪您也沒用。」槍中很不甘心地望著手中的咖啡杯。「原來是加進咖啡裡，嗯，這就難怪了，應該會很苦才對。」

這時，原本默默聽著對話的名望奈志，緩緩從椅子上站起身，走向房內的壁爐。我才在納悶他想做什麼時，只見他往擺在壁爐旁的籐製垃圾桶內窺望，接著發出「啊」的一聲驚呼，一手伸進桶內。接著拉出一張發出銀光的藥錠外包裝，裡頭全是空的。

「看來確實是這樣呢。」

槍中從名望手中接過外包裝，將它擺在餐桌上的咖啡杯旁，再次望向一旁的女醫師。

「在警察來之前，這裡的杯子最好都保留原狀別洗，可以吧，的場小姐？」

「兇手從忍冬醫師的公事包裡偷出安眠藥，應該是從今天早上發現屍體，到下午大家聚在一起喝下午茶的這段時間裡，不會有錯。每個人都有機會下手，而偷偷混進餐廳裡，安排將偷來的藥放進咖啡機裡，這宅邸裡的住戶以及我們所有人應該都有機會這麼做。

兇手將藥摻進咖啡裡，想讓我們就此服下，因為兇手想讓眾人睡著，以藉此得到再次殺人的機會。

在咖啡裡混入安眠藥的方法，簡單想過之後，有兩個方法：一是先將藥錠融入水中，放進用來煮咖啡的水壺裡；二是事先混在咖啡豆裡。

如果重點是擺在可靠性上，應該是前者比較有優勢。這樣可以確認藥是否確實融入水中，而且在有人用水來煮咖啡時，也不用擔心會引來懷疑。不過，「安排」得花一番工夫，為了將大量的藥完全融入水中，需要花相對的時間，這可能會伴隨著危險。

就這點來說，如果採用後者的方法，只要將藥錠放入磨豆機，再加入適量的咖啡豆，這樣就行了。能在最短的時間裡完成「安排」。

而事實上，兇手就是選用這個方法，不過，如果已經在裡頭放入咖啡豆，令人起疑，或是藥錠沒順利融化，而被濾紙濾掉，無法發揮預期的效果時，這時只要中止計畫就行了。如果不是很排斥要臨機應變展開對應，這可說是更安全的方法。

「如果兇手就在我們之中……」槍中如此說道，冷冷地環視眾人。「那傢伙面對按照他計畫端出的那加了安眠藥的咖啡，會假裝和大家一起喝下它。等大家都睡著後，他當然不會忘了將杯裡的咖啡倒掉，犯案後再回到這裡，一直假裝睡覺，直到有人醒來，開始大呼小叫為止。」

我試著回想我和的場女士分頭叫醒眾人時的情況，雖然印象很模糊，但當時好像沒人展現出特別不自然的反應。搞不好兇手在一切處理完畢後，自己也吞服了少量的安眠藥，混在「熟睡不醒的人們」之中。

「不管怎樣，我們就這樣喝了咖啡，昏睡不醒，兇手就此得到他想要的機會。」槍中故意以壓抑情感的平淡聲音說道。「看準大家都睡著後，兇手將深月搬往她自己的房間，加以殺害——的場小姐，剛才您提到的水果刀，您確認過了嗎？」

女醫師點頭，往碗櫃望了一眼。

「原本收在那裡的小刀，果然不見了。」

「就是這麼回事，兇手脫去深月的衣服，以蕾絲窗簾纏在她身上，然後用那把刀子刺進她胸口——鮮血回濺的情況如何呢？忍冬醫生？」

「好像沒噴出太多血，大概是因為刀子沒拔出來的緣故，纏在她身上的蕾絲也發揮了吸住鮮血的功用。雖然不知道兇手算計到什麼程度，不過，想必身上沒濺到多少血。不過，如果調查魯米諾化學發光反應，只要少量的鮮血就能驗出。」

「意思是要等警方到來嗎？」槍中眉頭微蹙，一再咂嘴。「不過，兇手打從一開始就防範濺血，自己先脫去衣服才犯案，這也是有可能的。為了謹慎起見，他可能在犯案後還沖澡。」

「如果真是這樣，也只能舉手認輸了。」忍冬醫師如此說道，做出認輸的動作。

「的確。」

槍中如此附和，就像在忍受痛楚般，用力閉上眼。看來，他雖然極力想保持冷靜，但他的精神也受到不小的衝擊。

我甚至希望您能馬上解除我偵探的職務——剛才他對白須賀說的話，伴隨著真實的聲響，在我耳畔浮現。

6

「為什麼死的是深月，這是最大的疑問吧。」

名望奈志打破籠罩現場的沉默，開口說道。

「為什麼死的是深月？」

名望又重複了一遍，一臉痛苦的表情，望向盤起雙臂的槍中。

「槍中兄，你覺得呢？感覺兇手殺了榊和蘭還能理解。我這樣說或許有點奇怪，不過，那是因為他們兩人很容易引來別人的反感和怨恨。但深月她……」

對，說得一點都沒錯。

我壓抑不了激動的情緒，瞪視著空中，咬牙切齒。

我不認為有人會討厭深月，對她感到反感，把她當成跟榊和蘭一樣的水平。她不光人長得美，也從不會誇耀自己的美貌，是位行事低調的文靜女孩。做事想得深遠，不會貿然採取行動，總會考慮到他人的感受，說到溫柔更是沒話說。說了這麼多平庸的形容，也許有人會笑我，說這只是一個暗戀者愚昧的自以為是。但不管別人怎麼說，我都不會改變自己的想法，也不想改變。

「我說……」的場女士開口道。「會不會是牽涉到在劇團裡的身分地位，或是利害關係，而對遇害的三人有共同的動機呢？」

「您這話的意思是？」槍中反問。

女醫師以略顯不安的神情回答。

「我不清楚你們劇團內的情形，不過，如果讓我猜想的話，會不會是在爭奪下次公演的角色呢？」

「這也太俗氣了。」槍中垂落雙肩。「如果是更主流的劇團倒還難說，但像我們這種小劇團，做這樣的假設感覺沒什麼真實感。」

「是嗎？」

「假設真有這樣的糾葛存在，怨恨膨脹成了殺意，應該也不會接連殺了榊、蘭、深月他們三人。如果是名望和甲斐想成為下一齣戲的男主角，那他們只要殺了榊就行了；如果換作是彩夏，只要殺了礙事的蘭或深月，或者兩人都殺，這樣也就行了。因為爭奪演出角色而將他們三人都殺害，這怎麼想都不可能。」

「那麼，有沒有可能是這樣的動機呢？」的場小姐接著說出她的意見。「引發這樣的案件，想藉此打響劇團的名氣？」

「哦，也就是說，我為了讓自己的劇團得到世人的關注，而殺害演員們，是嗎？」

槍中誇張地雙手一攤。

「這實在太荒唐了。」他忿忿不平地說道。「如果真是這樣，我會仔細挑選殺害的對象。蘭姑且不談，榊和深月死了，對『暗色天幕』來說，是很致命的打擊啊。不管劇團的知名度提升多少，要是留下的全是不值錢的演員，那也沒戲唱啊。」

「喂，槍中兄，你講這話可就難聽了。」

被當作「不值錢的演員」看待的名望奈志，蹙起他那宛如草鞋蟲[26]的眉毛，瞪視著槍中。槍中則是噘起嘴，不予理會，的場女士對槍中道：

「那麼，反過來說，槍中先生，您不認為有人對您心存怨恨嗎？」

「對我？嗯，殺害重要的演員，讓身為團長的我大傷腦筋，這是兇手的盤算嗎？」

「對。」

「為了這個目的而奪走三條人命？這怎麼可能。我可不記得自己做過多嚴重的壞事，讓人懷恨到這種程度。」

「不過……」

「其實有個動機，我也不是沒想過。」槍中如此說道，重新將眾人掃視過一遍。他那從未見過的犀利眼神，令眾人臉上的表情都變得僵硬。「那就是……」

說到一半，他馬上又說了一句「不」，搖了搖頭，再次將視線移向女醫師。

「在說這件事之前，的場小姐，反正我說了，您也一定會否認，不過我對你們的懷疑還是無法完全解除。兇手不見得就在我們這些人當中。」

26. 正式名稱為「蚰蜒」。

原本一直低著頭的彩夏，一聽到槍中這麼說，突然抬起臉來。她望向我，嘴唇發顫，一副有話想說的模樣。

我想，她可能是想問我，下午我們在禮拜堂談的那件事，要不要在這裡說出來。也就是位於橫濱的白須賀宅邸，四年前引發火災的原因，很可能與現在這起案件的殺人動機有關。

我雖然發現她有這個意思，但我什麼都不想說。

的確，那起案件很可能是殺害榊的動機，而榊的女友蘭遭殺害的理由，或許也能藉由它來說明，可是——

在屋外燈光照耀下的方形露臺，在純白蕾絲的包裹下，躺在地上的身軀；在積雪中往外擴散成扇形的烏黑長髮；狂亂綻放的深紅花朵；閉著眼睛，無比安詳的美麗容顏……

問題還是在於深月的死。

如果是那樣，為什麼非殺害深月不可？這宅邸裡的人，為什麼要殺害長得和白須賀夫人一模一樣的深月？

我悄然搖了搖頭，最後再也按捺不住，從椅子上站起身。

「怎麼了，鈴藤？」

槍中驚訝地詢問，我就像一臺只會搖頭的廉價機器人，持續緩緩地搖著頭，好不容易才回了他一句。

「不好意思，請容我離開一下，我想一個人靜一靜。」

7

我走出餐廳，直接前往一樓大廳。

大廳沒開燈，一片漆黑，我在樓梯間朝牆壁摸索，找到了電燈開關，按下後，迴廊上的壁燈（仿照草木曲線的黃銅骨架緊貼著壁面，前端裝了一顆附燈罩的燈泡）就此點亮。

牆上的電燈並不多，這處挑空的寬敞空間，照亮它的燈光比白天更顯微弱，來到黑色花崗岩地板後，更顯昏暗。這裡可能另外設有其他照明設施，但是迴廊下方通往禮拜堂的階梯這一帶，一直都有濃重的黑暗在此蟄伏。

在鳴瀨的吩咐下，末永似乎已修理好了，那幅肖像畫已掛回壁爐上方的牆壁，恢復原狀。我就像被吸過去似的，站在畫框前，仰望畫中人物掛著落寞微笑的面容。

因偶然的機緣造訪這座霧越邸，已整整三天，原本這個時候，我們應該已在東京那看慣了的狹窄天空下，回歸各自還算平穩且無趣的生活。

當然了，可能有些人沒辦法過這種生活。

例如榊由高，因為要調查八月那件案件，他肯定一回去就會被帶往警局；和榊一起疑似涉案的蘭也一樣。不過，絕不會像這樣被人奪走性命。

如果那天沒遇上那樣的暴風雪，平安回到東京的話……

明知沒有意義，但意識卻還是不由自主地想往這種空虛的假設裡鑽。

名望奈志也可能成功說服妻子，躲過離婚的命運；甲斐應該會努力籌錢，好償還欠榊的債務吧；而彩夏想必還是一樣在知道三原山火山爆發的事之後，大呼小叫；槍中會全力投入他的本業中，一邊構思下一齣戲；至於我，肯定是在那間骯髒的單人公寓裡，為了糊口而寫著一篇又一篇的雜文；還有深月……

——我無法長命。

幾個小時前，在同樣的地方與她展開的對話，感覺已經像是遙遠的過去發生的事。我們說過的每一句話，感覺都是如此遙遠。

——我的內心很平靜，連我自己都覺得很不可思議。

——不惜要來別人的心臟也想活久一點，我沒這樣的想法，因為我自認不是這麼有價值的人。

我以顫抖的聲音告訴她不能放棄，她對我嫣然一笑，並說了聲「謝謝」，還說她忍不住想說這件事，說她想讓我知道她的秘密。

激烈的一聲「咔啦」聲響，在我耳中形成回音。是那場對話後，這幅肖像畫突然從壁面掉落的聲響——與深月有同樣的名字和臉蛋的已故白須賀夫人畫像。這幅畫的掉落，「預言」了她幾個小時後的未來。

這時，一個符合邏輯的**奇怪想法**浮現在我腦中。

——這座宅邸是一面鏡子。

昨天傍晚，的場女士這樣說過。

——從外面造訪這裡的人們，最關心的都是自己的未來，朝著未來而活，對大家來說，「現在」這個時間，都是連接未來的一個瞬間。因此，這座宅邸映照出這樣的畫面，就像對各位的內心產生共鳴般，會開始看見未來。

包括說這話的她在內，霧越邸的住戶們聽說都是對未來不感興趣的人。失去自己心愛的人，對人世感到厭倦，只能活在他們最珍惜的過往回憶中，所以才會低調地在這座地處深山的洋樓裡生活。所以這座宅邸才不會在他們面前變成「映照出未來的鏡子」。如果是這樣的話……

被醫生宣告很難活到三十歲的深月，說她對自己的生命以及自己的未來已經死心了，這樣就是不積極面對未來，對未來不感興趣，不是嗎？——沒錯，就跟這座宅邸的住戶一樣。

儘管如此，這座宅邸還是「動了起來」，藉由「行動」，映照出她即將被殺害的未來。

這種矛盾到底該怎麼解釋才好？

如果的場女士所言屬實（……啊，我已經開始相信這座宅邸是「真的」擁有**不可思議的力量**了），那麼，當時這座宅邸就已經對深月「內心的想法產生共鳴」。**也就是說，至少她在那個**

時間點，內心與嘴巴說的不一樣，不見得已經對自己的未來死心。是不是這樣呢？也許（這可能是我自己往臉上貼金）當時她和我聊過之後，開始微微動心……

如果真是如此，這是何等諷刺啊。原本一直都對未來感到死心的她，現在已微微動心，而這座宅邸接收到她的變化後所出示的未來預言，竟是幾小時後她將面臨的死亡。

我仰望那幅肖像畫，雙手緊緊握拳，指甲幾乎都快刺進手掌裡了。手臂不住地顫抖，就算想停下來，也無法平息顫抖。

當時如果我能將肖像畫掉落的現象當作是這座宅邸展開的「行動」，以更嚴肅的態度看待此事的話……要是我心裡想，兇手下一個鎖定的對象有可能是深月，而對她多留意的話……

我詛咒我自己，同時——

對殺害深月的兇手產生的怒火和憎恨，不斷從心底湧現。

榊遭殺害時，還有蘭那時候，我都沒對兇手如此憎恨。我感受到的情感，就只有遭遇殺人命案這種非比尋常的事所感到的震驚，以及對引發這起案件的人同樣在這座宅邸裡一事，感到不安和畏怯。身為社會的一分子，我認同「殺人＝惡」這樣的社會規範，但也許是我的內心還不太適應這個社會，還不至於因為這個原因而去「憎恨」罪犯。

但此刻我打從心底感到憤怒和憎恨。

蘆野深月，這位世上獨一無二的女性，她的性命被兇手奪走，我對兇手以及他的這種行為感到憤怒和憎恨。

為什麼非殺害深月不可，這個疑問再度從我心底浮現。我感覺得出，之前一直在心底擴散的那自暴自棄的心情，已開始慢慢起了變化。

誰是兇手？就算查出此事，深月也不會死而復生。就算我仗著這股強烈的憎恨，將兇手活活打死，她一樣不會復活。然而——

我想逼問兇手，為什麼要殺她，我想知道兇手為什麼非殺她不可。此刻我深切覺得，這事非弄明白不可。

雙手抖個不停，我不知不覺間熱淚盈眶，仰望牆上肖像畫的視野就此變得模糊。

接著不知過了多久，我發現背後有個腳步聲靠近，就此被拉回現實的時間中。

「槍中先生很擔心您呢。」

轉頭一看，的場小姐正走下樓梯。

「您要不要回樓上去呢？」

「會議已經結束了嗎？」

我以沙啞的聲音詢問，女醫師不發一語地點頭，走下樓梯後，就此停步。

「知道些什麼了嗎？」

「您離開後，我應槍中先生的要求，將宅邸裡的人都叫了過來，就只有老爺沒來。」

「然後呢？」

「他詢問每個人的不在場證明，下午四點到五點半這段時間，幸好宅邸裡的人都有那段時間的不在場證明。」

「每位都有不在場證明，真的？」

「是真的，聽說鳴瀨一直都待在三樓的娛樂室跟老爺下西洋棋。」

「三樓的……是位在深月房間的斜對面嗎？」

「對。」

當時——我在深月房間的陽臺上大聲吶喊後，看到三樓陽臺上出現的人影，果然就是鳴瀨和白須賀。

「至於井關和末永……」的場女士接著道。「那段時間裡，他們分別說自己在廚房跟配膳室裡，井關在忙廚房的工作，末永則因為配膳室的櫥櫃毀損，忙著修理。廚房和配膳室中間的門是開著的，所以他們一直都會看到彼此。」

「這樣啊。」

我從她臉上移開視線，再次轉頭望向壁爐上方的肖像畫，不由自主地重重嘆了口氣。我目光轉向挑空的天花板，接著又望向自己腳下，女醫師一句話也沒說，就這樣望著滿心悲苦無處宣洩的我。

「我明白您的心情。」

不久，的場小姐這樣說道。不知為何，我突然從她的聲音中感到一股溫柔的暖意，我覺得很不可思議，重新打量她。

「您愛深月小姐吧？」

正當我開口想要回答時，女醫師緩緩搖頭制止了我。

「要不要一起去溫室？」

「溫室？為什麼？」

「我想找些花供在那裡。」她靜靜地朝壁爐架望了一眼。「她真的長得很像夫人，我第一次看到她時，還懷疑是自己眼花，所以……」

美月和深月。想為年輕早逝的這兩位「MIZUKI」，在肖像畫前供上鮮花——她應該是想這麼說吧。

我點頭，跟在女醫師身後。

8

「關於四年前那場火災。」轉進通往溫室的袖廊時，我拿定主意，向的場女士詢問。「您說過，火災的起因是電視機起火的意外，今天下午我終於想起，其實……」

走在前面的女醫師陡然停步，轉頭望向我。

「那臺電視是李家產業的產品，你們和宅邸主人當然都知道這……」

我問題還沒問完，她已回答道：「我知道。」

「您是什麼時候知道榊是李家產業社長的兒子？」

「我是昨天他死後，才知道這件事，因為聽到那則新聞報導。」女醫師以意外的表情望著我。

「所以槍中先生才懷疑我們是嗎？」

「不，我不知道他是否發現了這點，因為我還沒告訴他，這是我自己的想法。」

「您的意思是，我們之中有人想為那場火災的事復仇，而殺了榊先生？」

「我認為有這個可能……」

我說到一半，漸感自己說這番話很不識趣，就此打住。

「絕不可能有這種事。」她斬釘截鐵地說道。「我——不，我們在這裡過著與埋怨或憎恨這類的情感毫無瓜葛的生活，這座宅邸就是這樣的地方。」

我當然不會只憑這句話，就消除對這宅邸裡的人們存有的疑問。不過，雖然我沒有合乎邏輯的確切根據，但我開始認為，至少這位女醫師不會是兇手。

在走廊上行走的途中，的場女士叫我等一下，自行走進右邊的房間裡，說她要拿一個插花用的瓶子。過了一會兒她走出後，手裡拿著一個暗綠色的花瓶，是個瓶身呈球形，瓶頸細長，材質厚實的玻璃瓶。

抵達溫室後，女醫師一路來到中央廣場，望向布滿整個溫室的蘭花，接著說了一句「選那個可以吧」，指向深處角落一盆開花的大花蕙蘭。

直挺挺生長的花穗，搭配成群綻放的白花，花朵雖小，但模樣無比秀麗。她將花瓶擺在圓桌上，邁步朝那盆花走去。

我正準備跟著她走時，目光突然停在通道旁的一個鳥籠上，那淡綠色的鳥籠裡，一隻黃色小鳥縮著身子窩在杯子狀的鳥巢上。

看來，這隻鳥似乎就是下午茶時，女醫師提到的那隻名叫「梅湘」的金絲雀，雖然沒死，但確實沒什麼活力。聽說叫聲好聽的金絲雀中，純黃色羽毛的「德國種」叫聲特別動聽，但此時的牠別說叫聲了，只微微看得到呼吸的起伏，幾乎一動也不動。

「怎麼了嗎？」

剪好花的的場女士從通道上返回，站在彎腰往鳥籠內窺望的我身旁。

「這隻鳥。」我指向鳥籠。「就是那隻梅湘嗎？」

「啊，對。」

「確實看起來很虛弱呢。」

「好像是，我也只是聽末永提到而已，現在才真正看到──末永一直百思不解，他說昨天明明都還活蹦亂跳。」

她注視著籠裡的小鳥，也納悶地偏著頭。

「聽說金絲雀是很健康的鳥，不會隨便生病，您感到在意嗎？」

「不……。」

我們沒再針對鳥的話題多談，就此返回廣場。說在意的話，多少對此感到在意，不過，怎麼看都覺得和命案無關。

的場女士在原木的圓桌上，將剪來的蘭花插進花瓶裡，緩緩說道：

「槍中先生這個人，擁有很不可思議的一面。」

「您說不可思議，是什麼意思？」

「我也不知道該怎麼形容才好。」她有點吞吞吐吐。「他的想法、感興趣的對象，還有個性，給人這樣的感覺。」

「意思是說，看起來是個特立獨行的人嗎？」

「說是特立獨行，又不太一樣。」女醫師緩緩搖了搖頭。「具體舉個很簡單的例子吧，他從事古董的買賣，同時又擔任戲劇的導演，這對我來說，是很不可思議的組合。」

「說得也是。」

此時我在腦中描繪這位認識十多年的朋友，那張極具藝術家氣質的清瘦臉孔，這時，我脫口說出心中想到的話語。

「搞不好他對活著這件事沒什麼興趣。」

「這……」女醫師微感驚訝地眨著眼。「古董方面我還能理解，但這和戲劇的導演有什麼關聯呢？」

「這是我自己的印象，感覺他創作的每一齣戲都是那樣，怎麼說好呢……有了，應該說是死亡之生吧。」

「死亡之生？」

「很奇怪的說法對吧，但就是這種感覺。今年秋天演出的戲劇也是，登場人物全都是西洋棋的棋子，活生生的人一個也沒出現。雖然戲劇本身充滿了人味，但那始終都算是在外面操控棋子的某人所具有的特性，是他的想法，棋子本身就只是淡淡地看著自己的命運，接受這一切。就像他們打從一開始就明白，自己和俗氣的『生』無緣。在這樣的含意下，稱之為死亡之生。」

「——是。」

「還有，他好像也很喜歡採用『走向死亡之生』的主題，一路拖拖拉拉朝死亡的方向傾斜。就像這樣，打從一開始就朝向『滅亡』的生。」

我陸續說出心中湧現的畫面，看著一臉困惑的的場女士，我也對自己此刻莫名的多話感到困惑。

「另一方面，他對於自己的生，也就是自己活在世上的意義，似乎頗有堅持。他常說他在找尋一種『風景』，他應置身其中的風景。身處在這樣的風景中，最能夠真切感受到存在的意義，所以他才會創立『暗色天幕』。

啊，我自己一直說個不停，真是不好意思。我這麼口拙，想必表達得不好。」

「不，我大致明白。」她雖然如此應道，但還是難掩困惑的表情。「這麼說來，鈴藤先生您自己以及其他劇團成員們，也都和槍中先生抱持同樣的想法嗎？」

「應該沒有吧。」我搖頭。「因為演員往往都是對鮮活的『生』有所共鳴。而像『死亡之生』或是『走向死亡之生』這樣的想法，和他們則是八竿子打不著關係——不過話說回來。」

我一時說不出話來。

「蘆野小姐則未必是如此。」

「那麼，鈴藤先生您呢？」

「我是嗎？我嘛……」

我停頓一會兒，望向圓桌上的花瓶。

不透明的綠色玻璃瓶，從它的形狀和鮮豔色澤來看，猜得出可能是來自中國的乾隆玻璃。乾隆玻璃是清代製作的玻璃俗稱，以這種不透明的玻璃居多，因為色澤很接近中國自古以來被視為權力象徵，頗受看重的「玉」，所以刻意摻入許多不純的物質。

「我沒有槍中那樣的知識和鑑賞的眼力，但古代的美術品或工藝品還是很吸引我。不過，從它們當中感受到各種『生』的形態，深深吸引了我。」

「生的形態指的是什麼？」

「就以這個花瓶來舉例吧。」我望向桌上的玻璃瓶。「創作者的內心或是朝它投注的熱情視線，與花瓶本身的美不相上下，不，或許還在它之上，這點很吸引我。放在信盒裡的書信、器具上所寫的文字……我喜歡讓自己的思緒在上面馳騁。」

「您是位浪漫人士呢。」的場女士如此說道，朝我微微一笑，伸手拿起插著白色蘭花的花瓶。「我們走吧。」

9

我們離開溫室，回到大廳。

將花瓶擺在壁爐架中央那個放木屐的玻璃盒旁後，的場女士就像要獻上默禱般，暫時合上雙眼。一旁的我再度仰望肖像畫中的女子，強忍著那湧上心頭，難以壓抑的悲傷和怒火。

「鈴藤先生，您對這座宅邸有什麼看法？」不久，的場小姐離開壁爐，向我問道。

「這個問題……」

我一時沒能掌握這個提問的正確含意，略顯慌亂，但馬上想到一件事，回答道：

「昨天您說的話，我現在也開始相信了。您說這座宅邸有個不可思議的意念，以常理來看，實在無法認同，其實我現在也還是不太相信，這樣的想法占了一半。」

「我沒必要強迫您相信，因為就結局來說，要**這樣看**也是可以的。」

「不。」我搖頭，定睛注視著女醫師。「您說這座宅邸是一面鏡子，會映照出來訪者的未來。」

她的視線再度投向牆上的肖像畫，微微點了點頭。我問道：

「那麼，的場小姐，這座宅邸對住在這裡的你們來說，又是什麼呢？會『映照』出什麼嗎？」

「剛才去溫室的途中我說過，您還記得嗎？住在宅邸裡的我們，都是逃離了埋怨與憎恨等各種痛苦的情感，而在這裡生活，這座宅邸是為了這樣的人而存在的場所。」

「意思是你們的內心朝向的不是未來，而是過去是嗎？這座宅邸映照出這樣的內心嗎？」

「該怎麼說呢？我不會全盤否定。」

我望著這位女醫師，沉默了一會兒，而她也不想接著往下說。石造的牆壁外傳來呼號風聲，突然增加了幾分銳利的勁道，將我們的沉默緊緊包覆。

「來到這裡後，我一直都有這樣的感覺。」不久，我緩緩環視昏暗的大廳，如此說道。「該怎麼說呢……有了，就像『祈禱』一樣。這座宅邸的每個部分、蒐集的所有物品，都同時合為一體，向某個東西獻上真摯的祈禱。就像這樣。」

「祈禱。」

的場女士重複說著同一句話，輕輕把手放在灰色西裝的胸前，我接著道：

「也許那是這座宅邸的建造者所遺留的情感；或是聚集在此的眾多收藏品，它們的創作者遺留的情感；以及收藏者的情感。」

「或許是吧，創作者的祈禱、收藏者的祈禱。」女醫師厚鏡片底下的雙眼瞇成一道細縫，就像凝望遠方。「也許老爺也和槍中先生一樣——就像剛才您說的，有一種厭惡生存，深受死亡吸引的情感。倒不如說，也許這才是這座宅邸、這棟建築從以前一路傳承下來的……」

說到這裡，女醫師緩緩搖了搖頭。

「不，剛才的話請當我沒說。老爺和我們絕對沒被死亡吸引，吸引我們的不是死亡，而是……」

「是什麼？」

「不清楚。」

的場女士微微偏著頭低語道，接著靜靜點了個頭說道「那我先告辭了」，轉過身去。

「鈴藤先生，您也回二樓去比較好。」

我思索片刻後應道：「我想在禮拜堂再待一會兒，可以嗎？」

「請便，不過，您要是都單獨行動的話……」

「我明白，謝謝提醒。」

「那我告辭了。」

目送女醫師離去後，我獨自面向禮拜堂。

牆上多處裝設的舊式壁燈，以微弱的橘色燈光，在禮拜堂內刻畫出鮮明的陰影。我因清冷的空氣而發顫，目光投向祭壇上的耶穌，就像要窺望祂的表情般，走過中央的通道。

當我來到前排右側的椅子前，突然身後傳來一聲叫喚。

「鈴藤哥！」

我一聽就知道那是誰的聲音，我回身而望，看見矢本彩夏從門口後方往裡頭窺望。

「怎麼了嗎？」

我驚訝地詢問後，彩夏這才從門後走出。

「我很擔心，所以跑來看你。」

「擔心？擔心我嗎？」

「沒錯，我擔心你會跟隨深月的腳步想不開。」

她如此說道，一點都不像是在開玩笑。

「怎麼可能嘛。」我就像在自嘲般，嘴唇發顫。「妳放心，因為我是個膽小鬼。倒是妳，自己一個人四處遊蕩，這樣才危險呢。」

她臉上表情有異，似乎有話想說，緊接著，彩夏雙腳貼著地行走，朝我跑來。來到我身旁後，她突然望向我腳下。

「啊，鈴藤哥，你也真是的，你一直都只穿著襪子，這樣會感冒的。」

經她一說，我才發現自己的腳已經凍得像麻痺一般。我無法回應，就此坐向椅子。

「你和的場小姐說了什麼？」坐向我身旁後，彩夏像在打探般，向我詢問。

「妳剛才遇到她了嗎？」

「在上面的樓梯和她擦身而過，在樓梯間也聽到你們的說話聲，你們聊了什麼？」

「聊了很多，怎麼了？瞧妳一臉狐疑的表情。」

「因為……」

「妳還在懷疑她嗎？」

我再次望向彩夏，為之一驚。她得知深月喪命後而哭腫的雙眼，已經消腫，但取而代之的，是無比陰沉，看了令人為之發毛，她過去從來不曾顯現過的嚴肅表情。

「因為……」彩夏不安地轉頭望向入口處，用比平常更低沉、冷靜的聲音說道。「當初懷疑這宅邸裡還有另一個人，最在意這件事的人，就是深月。」

「咦！」

「昨晚最早提出這個問題點的人，是甲斐哥，但真正最擔心這個問題的人，是深月。」

「妳這話是什麼意思？」

「不是有這種情況嗎？把知道太多事的人殺了滅口。而且今天不是才在這裡說過嗎？遭殺害的，都是比較亮眼的人。就亮眼這點來說，深月也是。」

「妳的意思是，的場小姐是從較亮眼的人依序殺害？」

「我指的是**宅邸裡的另一個人**。」彩夏一本正經地說道。「的場小姐是來查看我們的情況，為了保護另一個人。」

在寬敞的宅邸裡徘徊的黑影，拄枴杖發出的堅硬聲響。那個人因瘋狂而扭曲的雙眼，從暗處向我們投射視線，猶如一隻渴求鮮血的野獸，帶有濕滑的眼神。屏氣斂息，伸舌舐唇……留下充滿不祥之氣的爪痕，宅邸裡的人們極力想加以掩蓋。

我感到毛骨悚然。

那黑影人鮮明地浮現我腦中，之前在這座禮拜堂看到的影子、在後面的樓梯處看到的影子、在昏暗的走廊上穿過的影了，突然間……

某個怪異的聲響，混雜在外頭形成漩渦的風聲中，就像要斬斷我這個念頭般，響遍整個禮拜堂。

彩夏微微發出「啊」的一聲尖叫，我也嚇了一大跳，抬起原本望向地板的視線。

「啊。」寬闊的視野中發現了剛才那奇怪的聲響來源，我不由自主地發出喘氣般的聲音。

「啊，怎麼會這樣……。」

裝飾著右前方牆壁的大片彩繪玻璃出現了異狀，以《創世紀》第四章為主題的那幅圖當中的一部分，出現白色裂痕。我正面左側的人物——跪在地上的該隱，就像頭部被整個打碎一般。

10

我和彩夏走出禮拜堂時，已將近晚上九點。

我們走向樓梯，打算上二樓時，遇見一名腳步急促走下樓的男子，是甲斐倖比古。

「你怎麼了？」

一見他的模樣，我嚇了一跳。

他的米色開襟羊毛衫外頭披著褐色西裝外套，手中還拎著自己的旅行包。到底是怎麼了？該不會想要外出吧？

「我實在受不了了……」甲斐面如白蠟，直搖頭。「我再也待不下去了。」

「你這樣說也沒用啊，外頭現在還是……」

「別攔我。」甲斐與平時的他判若兩人，說話相當粗魯。「我要出去。」

「甲斐。」

「甲斐哥，你是怎麼了？」彩夏跑向他，抓住他的手。「甲斐哥……」

「放開我。」甲斐甩開彩夏的手，雙肩劇烈地顫動著。「抱歉，我……」

他要說的話卡在喉嚨裡，接著他做了個深呼吸。

「之前說這裡有車，我要開那輛車離開這裡。」

「這太亂來了，不可能啦。」
「鈴藤先生，請你讓開。」
甲斐將想要擋住他去路的我用力推開，接著猛然衝向通往玄關的那扇黑色雙開門。
「等等！」
我放聲大叫，但甲斐頭也不回地消失在門後。
「請去叫大家過來，要是不阻止他，會有危險！」
我朝瞪大眼睛，呆立在樓梯下的彩夏下達命令，自己則是朝甲斐追去。
門後是約兩層樓高的挑空門廳，約十張榻榻米大的樓層空間裡，擺了一組接待沙發組。甲斐走進後，打開右側牆壁的那扇門，想前往隔壁房間（似乎是玄關）。
「甲斐，等一下。」
我一再地叫他，他一時間停下腳步，背對著我用力搖頭。
「不能這麼做，你冷靜下來。」
「別管我！」
在大雪冰封的宅邸裡，同伴陸續遭殺害，他處在這種異常的狀況下，精神終於再也承受不住了嗎？殺人狂的魔手或許接下來會伸向自己，這樣的恐懼占據他的內心，被逼急了的他，就此做出了判斷——如果只能繼續留在這裡，還不如冒險離開這裡。
甲斐打開位於對面房間深處的那扇特大的木製雙開門，這時，伴隨著颼颼的呼號聲，凍人的強風吹進屋內。
甲斐一時顯得怯縮，但馬上又重新拿好旅行包，不理會我的制止，衝出屋外。
「甲斐！」我也跟著衝出。
玄關的車廊覆了厚厚一層因風吹來的白雪，雖然大致除過雪，但還是積了厚厚一層，腳才一踏出，便直接沒入雪中，直達膝蓋處。

「甲斐！」我的叫聲被風聲抹除，沒半點衰減跡象的大雪，在凍結的暗夜下狂亂飛舞。

「甲斐，快回來！」

這時，他人已在前方數公尺遠的雪地中，胸口一帶都已嵌入雪中，他一味地以雙手撥開柔軟的新雪，像在游泳般一路前進。

我心想，這簡直就是自殺，他想前往的場女士說的那座位於前庭後方的車庫，但在這麼厚的積雪下，要抵達那裡實在太困難了。

我朝甲斐追去，也跟著從車廊衝出戶外，但才走了幾步，便被雪困住雙腳，難看地趴在雪地上。我身上只穿了襯衫和開襟羊毛衫，猛烈的寒氣像尖針般戳刺我的身體；我腳下只穿著襪子，全身凍得難受，一陣鈍痛向我襲來。

我想爬起身，但又失去重心，為了支撐身體而往前伸出的手臂，陷入雪地中，無從施力。

在這樣的雪地裡，甲斐恐怕會喪命，這個念頭掠過我腦中。剛才在禮拜堂發生的事——該隱那張破碎的臉，難道就已經指出這樣的事態？

「甲斐……」

當我好不容易站起身時，他已被大雪和黑暗吞沒，消失無蹤。

11

接獲彩夏通知後，槍中他們很快便趕了過來，隔沒多久，鳴瀨和末永也趕到。

槍中和名望奈志想要衝出戶外，鳴瀨攔住他們，先將前庭的戶外燈光都打開。接著準備了手電筒和鏟子，循著雪地上被撥開的痕跡，槍中、名望、末永三人前往找尋甲斐。我只能雙手環抱自己凍僵的身軀，以此取暖，在車廊的屋簷下望著他們。

過了一會兒，三人合力將甲斐帶了回來。

聽說甲斐走到車庫前，就此力氣耗盡，無法動彈，他的身體凍得像冰塊一樣，意識也處在迷迷糊糊的狀態，但幸好沒有性命之危。

12

晚上十點半。

這場風波終於平息，我們癱坐在沙龍的沙發上，甲斐吞了忍冬醫師給的營養劑和鎮靜劑後，平靜了一些，接著便一直關在房裡不出來。的場女士為我們沏了熱呼呼的綠茶，但沒人想喝，就算不是直接懷疑她，也擔心裡頭又會遭人下藥。的場女士問晚餐該怎麼辦，大家都異口同聲拒絕道「今天不用吃」，這肯定也是基於同樣的原因。

「剛才井關告訴我，發生了一件奇怪的事。」也不知道的場女士是否發現大家都沒伸手拿茶杯，她自己先喝了口茶，然後像突然想到似地說道。「她說，銀色湯匙收放在廚房的碗櫃裡，但裡頭有一根彎曲了。」

「湯匙？」槍中皺起眉頭問道。「變彎曲了是嗎？」

「不，感覺像是將一度彎曲的湯匙又折回原樣，形狀整個變形。」

「會不會是原本就變形？」

「我也這樣說，但她很肯定地說不可能，因為她特別用心保養餐具。」

「嗯，該不會是有什麼超能力者吧？」槍中以不太感興趣的語氣說道，撫摸著自己濡濕的頭髮。「不過，用湯匙殺不了人，所以和案件應該沒什麼關係吧。」

「——不過話說回來，的場小姐。」忍冬醫師開口。「真的沒問題嗎？我指的是糧食，應該也差不多快見底了吧？」

「這件事不用擔心。」女醫師回答道。「井關是一位很認真的廚師，火腿和起司都是她自己親手製作，另外還有許多能長期保存的食物。」

「話雖如此，已經第四天了呢。」儘管如此，老醫師仍舊一臉不安，他十指交握，擺在肚子上，無力地長長吁了口氣。

「您肚子餓了嗎？我還是幫您準備點吃的吧。」

「不，不用了。」忍冬醫師悶悶不樂地擺了擺手。「今晚我實在不想吃東西——不過話說回來，電線沒斷，真是不幸中的大幸，要是停電的話，就慘不忍睹了。」

「沒錯，雖然有自己的發電機，但之前從沒遇過非使用不可的情況，所以也不知道能發揮多大用處……」

透過日光房那一側的圖案玻璃牆，傳來外頭暴風雪的聲響。

比起人們的對話，那聲響反而更吸引我的注意，我從胸前口袋裡取出一根所剩不多的香菸，那個摔壞的抽菸道具組已經從桌上撤走，改放一個藍色大理石的圓形菸灰缸。

我突然想到剛才那場騷動前，禮拜堂的彩繪玻璃出現裂痕時的模樣，因恐懼而不由自主地顫抖。雖說這裡經歷過改建，但終究還是一棟老建築，就算因為強風而出現那樣的現象，也沒什麼好大驚小怪的。然而——

我內心已無法將它認定為「單純的偶然」，甲斐最後平安無事，可是……

這件事我也告訴了槍中。不過，他只是臉色凝重地點點頭，不想發表意見。

「喂，鈴藤。」兩位醫師的對話停頓後，現場籠罩著令人喘不過氣來的沉默，槍中打破沉默，向我搭話。「你可曾試著重新思考過犯罪的本質？」

「犯罪的本質？」我不太明白他這個提問的含意，加以反問。「這話什麼意思？」

「就算我們斷言，殺人即是犯罪，也很少有人會提出不同的看法，如果是一般接受過社會馴化的人，應該都會認為這是常識。但如果我說『殺人』這種行為並非具有『犯罪』的特性，應該會有很多人偏著頭感到納悶。」

我就像照著槍中說的話做動作般，偏著頭感到納悶，他接著道：

「一個世紀前，法國一位名叫艾彌爾．涂爾幹的社會學者說『某種行為並非因為它是犯罪，所以才遭到指責，而是因為我們加以指責，它才成為犯罪』，你不覺得他說得一針見血嗎？」

「感覺像是一種悖論呢。」

「也就是說，就算是殺人，它本身也只是『殺了人』這樣的**單純**行為。不是什麼好的行徑，也不是壞的行徑，就價值來說，它算是中間立場。

該社會成員的意識總體（涂爾幹以『集合意識』這樣的名稱來加以總括），對這種行為認定具有『犯罪性』這樣的負面價值，並展現出相稱的反應，殺人這才成為犯罪。追根究柢來說，『犯罪性』這種東西，實體並不存在，這始終都只是社會——集合意識的認知框架，是一種反應的方式。」

同樣是殺人，在死刑這種法律認定的制度下，以及在戰爭這種特殊狀況下展開的殺人，不被視為犯罪。腦中浮現這種單純的例子，以此加以理解，這樣好嗎？

「因此，真要說的話，這也會牽涉到『犯罪是社會所造成』的這種極端的論點。事實上，從六〇年代以後備受讚揚的犯罪理論『標籤理論』，就是將某種行為**被貼上**犯罪這種負面名稱的過程放大檢視，並加以分析。」

聽這話的其他人，多少都露出困惑的表情，為什麼槍中選在這時候高談闊論，連我也感到納悶不解。

「這種極端的論點，你們覺得怎樣？」槍中接著說。「要從這世上完全消除犯罪，該怎麼做？——答案就是，讓法律從這世上消失。」

「槍中。」我漸感焦躁難耐，插嘴道。「你到底想說什麼？」

「嗯，簡單來說，開始有這樣的想法後，我便有了深切的感受，覺得偵探這種行為以及他的存在，實在很不識趣。」

槍中如此回答，清瘦的臉頰突然浮現自嘲的表情。

「人們常說，推理是恢復秩序的戲劇，一點都沒錯。偵探這個角色，就是以這種方式來揭發被賦予負面價值的他人行為，讓集團秩序得以恢復。而這當中一定存在這個集團，也就是這個社會，依照整個社會性所創造出的價值作為依據，稱之為『正義』，而且它的背後，還有一個用『民主多數』這樣的字眼來粉飾，極為無趣的權力結構。偵探本身不管願不願意，都不會意識到這點，這樣的圖式看了真的很不舒服。

有些警察就很極端地具體呈現出這樣的圖式。你們可以試著想像一下校園紛爭時的光景。我並非想美化當時的學生運動，不過，施工的木棒[27]和警棍、火焰瓶和催淚彈——這兩種暴力究竟有多大的不同？

就只是以硬鋁盾牌當分界，分成由腐敗的權力在支持的『正義』，以及對它會造成阻礙的『惡』。不管個別的狀況有多大的不同，將別人的行為當作犯罪來揭發，加以制裁，到頭來，一樣只是以低級的權力為背景所展開的一種暴力，沒錯吧？」

「你說的話我了解，但你為什麼突然……」我無法接受，緊緊注視著槍中。「你的意思，該不會是要我們以這種理由來同情犯案的兇手吧？」

「同情？怎麼可能。」槍中聳了聳肩。「你錯了，這是我自己的問題。自己親近的人遭殺害，當然會感到憤怒，覺得不可饒恕。但另一方面，我被推上偵探的立場，想揭發這樣的犯罪時，想到我得主動地以自己平時很嫌棄的這種社會權力結構當背景，來向各位說明，就覺得……」

槍中再度聳了聳肩，目光移向一旁默默聆聽的的場女士。

「您好像有話想說呢。」

「啊，不。」女醫師手抵著鏡框。

「不，您的心思全寫在臉上。您在想，這種說了也沒幫助的蠢話，一直說個沒完，現在不是說這個的時候。我其實都知道，嗯，我知道。」

槍中的眼睛瞇成一道細縫，搖著頭，想甩除心中的迷惘。

「關於案件的動機，我有個想法——這事我今天說過對吧。也就是說……」槍中煞有其事地停頓片刻，緩緩眨了眨眼。「兇手為什麼非得在這座宅邸裡犯案呢？這可能是這起案件的關鍵。在某個層面下，『暴風雪山莊』對兇手來說是最危險的情況，他為什麼會決定展開這樣的犯案，非犯案不可呢？我現在還不是很確定，不過，以這個問題當作破案的線索，或許……」

他是想說，或許這樣就能查明案件的真相是嗎？

「可以請您轉達白須賀先生，請他再給我一些時間嗎？」

槍中似乎真的發現了什麼，但具體來說，那到底是什麼，就算現在深入細問，想必他也不會好好回答我。

當他用這種故弄玄虛的口吻說話時，不管再怎麼質問也沒用——和他認識多年的我，很明白這點。「名偵探」那種不值得學習的壞習慣，他天生就具備了。

「今晚你打算怎麼做？」的場女士問槍中。「大家都不睡嗎？」

「這個嘛……」槍中環視眾人。「大家臉色都很難看，這也難怪。」

接著他重新面向女醫師，自己也一臉疲態地說道：

「總不能一直這樣監視彼此吧，就算不睡覺，也會有個忍耐的極限。差不多也該休息了，房門要好好掛上門釦。」

27. 學生運動中隨手可用來當武器的木棒。

13

外頭微微降下小雪，風聲也平靜下來，白雪在深邃的黑暗中畫出奔放的曲線，飄然舞落。

我伸手拭去因蒸氣而變得霧茫茫的玻璃窗，透過溫暖的室內看到的景象，與先前跟著甲斐衝出玄關外時，那兇猛的暴風雪景象相去甚遠，眼前飄蕩著一股幽遠的寂靜感。

晚上十一點五十分，我們各自返回房間。

我離開窗戶，坐向床邊。伸手探尋胸前口袋裡的香菸，還剩最後一根。我猶豫了一會兒，最後還是點燃菸。

裊裊而升的紫煙前方，我看到了房門，目光自行移向剛剛親手扣上的門釦。正當我沉浸在尼古丁融入血液的輕微暈眩時，突然間——

下雨了，下雨了。

一個不知名的孩童聲音，開始在我耳裡唱起這首歌。

想去玩，卻沒傘，
紅色木屐帶，也在這時斷。

是北原白秋的〈雨〉。

榊由高在八角形的溫室裡遭殺害的屍體，隨著歌聲浮現我腦海。遭人用白秋的書重擊後腦，再用皮帶勒住脖子……被搬往中央廣場的屍體，採取的是雙手纏向身體，很不自然的姿勢。吊在空中的澆花壺，往屍體灑下的水，擺在腳邊的紅色木屐。

兇手為什麼要用「仿照〈雨〉的情境殺人」？

我覺得這一切的關鍵就在這裡。

下雨了，下雨了。
即使不願意，還是在家玩吧，
來摺色紙吧，摺成各種形狀。

湖面上的那座海龍雕像背上，發現希美崎蘭的屍體。和榊一樣，是後腦遭受重擊，遭人勒斃……一旁還附上用宅邸裡的信紙摺成的紙鶴，暗示這是〈雨〉的第二段歌詞。

我發現圖書室裡有一本書上下顛倒，擺在書架上，這本書不但被弄髒，還邊角凹陷——我記得是西條八十的詩集。可能和榊那時候一樣，兇手用這本書當兇器重擊蘭的頭部。而另一項兇器，直接就纏在屍體脖子上留了下來，一條平凡無奇的尼龍繩，據說原本是收放在宅邸的置物間裡。

關於蘭遭殺害一事，我感到最大的疑點，是為什麼要專程將屍體搬往戶外，而且還是湖面上的那座噴水池上。這麼做顯然與「仿照〈雨〉的情境」這個動機相互矛盾，會有什麼特別的含意嗎？

下雨了，下雨了。
小雉雞嘰嘰叫，
想必牠也會冷，也會寂寞吧。

第三人（啊……）是蘆野深月，她全裸的身軀裹著白色蕾絲，被拋向中庭的露臺。這次她是遭人刺死，以餐廳碗櫃裡的水果刀刺進胸膛……在純白的風景中綻放出一朵深紅色的血花，在這個連續殺人案中，第一次見血。在陽臺上俯視這一幕的帝雉標本，呈現出〈雨〉的第三段歌詞。

不過——此刻我才想到。

兇手為什麼在殺害深月時，要採取這麼繁雜的行動？如果只是要在殺人後仿照意境，應該選在什麼地方都行，例如把人搬往二樓的日光房加以殺害，再將雉雞的標本擺在一旁，這樣不就行了嗎？為什麼得讓屍體全裸，纏上蕾絲，再丟向露臺呢？

除了這些具體的疑問外——

我的激昂情緒已稍微冷靜，試著回頭看這三起案件，總覺得有哪裡不對勁。不對勁……有哪裡怪怪的，愈是注意到這點，這種感覺就愈強烈。

到底是哪裡怪，我看不出明確的形體，這只是一種很模糊的感覺，但這與不和諧音很相似。就像在井井有條的管弦樂演奏中，不時若隱若現，很微妙的零亂樂音，感覺很不舒服，就像有人拿針戳著我的神經。

是我想多了嗎？如果要說奇怪的話，每件事都很奇怪。話說回來，霧越邸這座邸宅本身不也是這樣嗎？不過……

難道是因為有幾次目睹那個黑色人影的緣故？

或者是有其他原因……例如出現在溫室天花板的十字型龜裂？在這座宅邸顯示的幾個「行動」中，那龜裂的含意，至今依舊沒能弄明白。

另外還有，溫室裡有一隻鳥變得虛弱？剛才的場女士說的，有根彎曲的銀湯匙？

……想不透。

愈是想要具體地思考，就愈會退回那模糊不明的感覺。

不管怎樣——

兇手模仿白秋〈雨〉的歌詞，葬送了三個人。

為什麼是〈雨〉？兇手又是誰？

當最後一根菸化成了灰，我從床上移身前往書桌前。打開抽屜，取出信紙，握住一同放在裡頭的筆。我並非想寫信給誰，而是想做筆記。

在這張信紙——紫色的直書用紙上，寫下跟案件有關的所有人姓名，仿照昨晚槍中給我看的不在場證明和動機一覽表，試著照那樣的順序列出。

首先是「暗色天幕」的八名關係人。

榊由高（李家充）

名望奈志（鬼怒川茂樹）

甲斐倖比古（英田照夫）

蘆野深月（香取深月）

希美崎蘭（永納公子）

矢本彩夏（山根夏美）

鈴藤稜一（佐佐木直史）

槍中秋清

另一位訪客。

忍冬準之介

再來是霧越邸裡的住戶。

白須賀秀一郎
鳴瀨孝
的場AYUMI
末永耕治
井關悅子
當中的榊、蘭、深月三人是被害人，他們之中不可能有人還活著。
我重新握好筆，在這三人的名字上方打上「×」的記號，我想重新進行所謂的「刪去法」。

藉由第一起案件的不在場證明，再刪去三人，也就是槍中、我，以及甲斐。推測犯案時間是十六日晚上十一點四十分，到隔天凌晨兩點四十分，在這段時間裡，我們三人有完美的不在場證明，所以沒有懷疑的餘地。十七日半夜十二點之後兩個小時的時間裡，彩夏說她在深月的房間裡和她聊天，但這當然沒有充分的不在場證明——名字上面的「×」增加了三個。

第二起案件，又能刪去誰呢？犯案時間推測是深月看到銜接走廊的燈光，亦即十八日凌晨兩點左右。不過，這個時間沒人提得出不在場證明。也有人說女性無法辦到，但最後大家的意見一致，認為未必真是如此，這次的案件似乎沒有證據可把人刪除。

至於第三起案件又是如何呢？

這次，臂力不夠強的女性很難犯案，這點應該可以認同。因為得將服藥後熟睡的深月，從餐廳搬往她的房間，脫去她的衣服，加以殺害後，再從陽臺的扶手把人推落露臺。感覺一般女性不會做出這樣的犯行，因此，彩夏、的場女士、井關悅子三人照理應該刪除，不過……

彩夏確實沒什麼力氣，記得我曾經在排練場地看過她幫忙搬運小道具，但一個看起來沒多重的桌子，她一個人搬不動，引來周遭人哈哈大笑。也聽說她的運動神經在劇團裡是數一數二差的，實在不覺得她有犯案的可能。

的場女士和井關又是怎樣的情況呢？坦白說，我覺得很難說。的場女士雖是女性，但個子高，體格也很好。我第一次看到她，甚至還以為是男性，所以她或許有可能犯案；井關看起來身材矮胖，沒什麼力氣，但實際是怎樣，我不清楚。

為求謹慎，這次應該只能刪去彩夏——多了一個「×」。

剩下的人當中，除了的場女士外，這四名住戶在第三個案件裡的不在場證明成立。白須賀和鳴瀨人在三樓，案發時他們一直都在下西洋棋；井關和末永在廚房和配膳室，處在可以看見彼此的位置。如果姑且不考慮共犯的可能性，藉由這些不在場證明，可將他們刪除。

雖然多少有些猶豫，但最後我還是在他們四人的名字打上「×」記號。

照這樣看來，最後只剩二人。

名望奈志、忍冬醫師，以及的場女士，照理來說，兇手就在這三人之中。

我在記憶中探尋，看有沒有能把人刪去的證據，就此想起某個光景。對了，我在喝下那摻了安眠藥的咖啡時……

忍冬醫師坐我隔壁，我喝了一小口什麼也沒加的黑咖啡，因苦味而皺起眉頭，但當時坐我旁邊的忍冬醫師，一如慣例加了許多糖奶，一口氣喝光，喝得津津有味。**我看到那一幕，他確實喝了那杯咖啡**。

對的場女士也有同樣的記憶。

她和隔壁的槍中交談，並不時喝著咖啡。我就坐她對面，**目睹了那一幕**。看起來不是「假喝」，如果真是假喝，那她肯定馬上能以一流魔術師的身分出道了。換言之，**她也確實喝下了那杯咖啡**。

兇手在咖啡裡加入安眠藥的做法，可以看作和當時檢討的內容一樣，不會有錯。事先將必要的藥量和咖啡豆混在一起，事先裝設在咖啡機裡。因此，藥當然全融入當時煮出的咖啡裡，不論是忍冬醫師喝的咖啡，還是的場小姐喝的咖啡。在服用過安眠藥的狀態下，有可能犯案嗎？——答案應該是不可能。

我在忍冬準之介和的場AYUMI這兩人的名字上面加上「×」，這麼一來，就只剩下名望奈志一人了。

就我所掌握到的消息，沒有足以將他從名單上刪除的資料。如果機械性地做出判定，得到的結論是——名望奈志就是命案的兇手。然而——

我回想在各個場面下，他的言行、表情、聲調等等，緩緩搖了搖頭，我無法相信他會是殺害三名同伴的兇手。

就像彩夏說的，名望奈志總是愛出言損人，藉此抒發內心的壓力。他為什麼現在才要殺人？——感覺那名仿照白秋〈雨〉的情境而殺了榊、蘭、深月的兇手形象，與他實在是落差太大了。

當然，光憑這樣的印象就要把他刪除，這樣是不對的，這點我自己心裡再明白不過了。

這時，我突然想到一件事，雙手用力一拍。

不，不對，**他非刪去不可**。

我之前怎麼都忘了呢？真想好好嘲笑自己的愚蠢，名望奈志不是有「刀子恐懼症」這種心理層面的特性嗎？

連吃飯用的刀子他都害怕得不敢用，又怎麼可能拿水果刀刺進深月胸口呢？如果他真是兇手，應該不會選擇刺殺的方式，當然會選擇勒脖子、重擊頭部，或是其他做法，而事實上，選擇別的方法應該多的是機會。

槍中雖然沒說，但想必他早就發現這一點。或者是，在深月死後展開的那場「檢討會」上，當我離開後，名望自己已經以這個理由主張自己的清白。

我在名望奈志的名字上打上「×」。

十四名案件關係人，就這樣名字全被刪去了。

我擱下筆，朝書桌深深嘆了口氣。

有可能是兇手的人選，現在一個也沒有，這是怎麼回事？我連反問自己的步驟都跳過了。

結論只有一個，那就是——

兇手是這座宅邸裡的另一個人。

我襯衫底下的手臂，雞皮疙瘩直冒。

如果我剛才的刪去法沒出錯的話，毫無疑問，兇手就是這個人。住在這座宅邸裡的第六個人——那個黑影。

——喏，不是常有那種「關在牢裡的瘋子」嗎？

——什麼仿照情境殺人，這很像是心理不正常的人會做的事。

這幾句話，像在低語般從我耳中浮現。

——當初懷疑這宅邸裡還有另一個人，最在意這件事的人，就是深月。

——是聽到鋼琴聲，因為聲音很微弱，所以聽不出來是什麼曲子。

——不是有這種情況嗎？把知道太多事的人殺了滅口。

我不由自主地望向門釦，在一片寂靜中豎耳細聽——再次朝書桌嘆了口氣。

不知道對方是個怎樣的人，不過，如果那「第六個住戶」真是兇手，他（也可能是女性）犯下這一連串殺人案的動機，只能看作是一種「瘋狂」的行徑。因為我不認為他（或是她）接連殺害三名突如其來的訪客，會有什麼多正當的理由。雖然此人很堅持仿照〈雨〉的情境殺人，但那也是因為瘋狂……

想到這裡，我得知一個可怕的事實。

對了，北原白秋的〈雨〉，並非只有三段歌詞。**還有後續。**

下雨了，下雨了。
都讓人偶睡了，還是下不停。
仙女棒也全燒了。

這是〈雨〉的第四段歌詞。接著是第五段。

下雨了，下雨了。
白天下，晚上也下。
下雨了，下雨了。

會配合剩下的這兩段歌詞，再殺害兩個人嗎？

「怎麼可能。」

我如此低語，緩緩從椅子起身，拿起那張上面寫了十四個姓名和「×」的信紙，走向床鋪。

時間已是半夜十二點半，我手拿信紙，癱軟地躺向床鋪。

兇手是住在這座宅邸裡的另一個人。

我姑且提出了自己的結論，但有多少的可信度呢？我對此頗感猶豫，這也是毋庸置疑的事。

我想起槍中在沙龍對的場女士說過的話。

「兇手為什麼非得在這座宅邸裡犯案呢？」——他還說這是案件的關鍵，那到底是什麼意思？

我側身面向一旁，重新細看剛才寫的筆記

難道這個刪去法有漏洞？當時槍中的口吻，不像是單純將瘋狂視為動機，到底在想些什麼？又發現了什麼？

這時，我注視著信紙上寫的筆記，發現了一件怪事。

這是？

我不由自主地眨著眼，望著上面的一排文字，就此坐起身，確認我有沒有弄錯。

「這是……」

果然沒錯，可是……

那又怎樣？這單純只是偶然吧？沒有任何意義，單純只是偶然。

我決定不再多想，將信紙拋向床頭櫃後，再次躺向床鋪。

14

在迷迷糊糊中，我聽到一首歌。

就像要在緊繃的空氣中刻劃出每個音符般，斷斷續續地響起那無比清澈，帶著一絲哀傷的音色——是音樂盒的聲音。演奏出的曲子，是那首熟悉的童謠，很久以前，在孩童時代學會的歌曲，是在小學的音樂課上學的，要不就是媽媽曾經唱給我聽。

正當我動起嘴唇，想配合旋律唱那首歌時，嘴唇突然停住——我感到躊躇、困惑、懷疑。樂音搭不起來，不管我再怎麼想唱，還是發不出聲音，唱不出來——奇怪。有哪裡不對勁？哪裡不一樣？有哪裡亂了套？有哪裡……

音樂盒的樂音漸漸改變音色，演奏的曲調也開始變形，音樂混雜在響遍四方的呼號風聲，微微傳進我耳中——

我猛然睜開眼。

我人在床上。也沒蓋毛毯，直接就這樣躺著睡著了。房內一直亮著燈，我看了一下錶，即將凌晨兩點。似乎是我維持這個姿勢思考時，不知不覺間睡著了。

窗外傳來銳利的風聲。暴風雪又轉強了嗎？

我緩緩坐起身，意識一片模糊，就像腦霧一樣。是因為莫名其妙睡著的緣故嗎？感覺有點噁心作嘔，微感頭疼。

我從床上踩向地面，雙手抵向兩鬢。這時，我再次聽到混在風聲中微微響起的那個聲音，這是……

我全身一僵。

這不是大鍵琴的琴音嗎？禮拜堂的那架大鍵琴，現在有人在彈奏。

是誰在彈奏呢？的場女士嗎？——不，不可能，我不覺得她會在深夜這麼做。

彈奏的是我曾經聽過的曲子。在風聲的阻礙下，只斷斷續續地聽到琴音，但是那憂鬱的旋律……沒錯，不就是舒伯特的《死與少女》嗎？

我將敞開的開襟羊毛衫前襟拉攏，站起身，就像被旋律吸引般，直直地朝房門走去。之所以身體會自己動起來，毫不猶豫地採取這樣的行動，也許是因為我有一部分的意識還處在迷濛睡意中。

我解開門釦，來到昏暗的走廊。可能是建築的構造影響吧，大鍵琴的琴音變得更微弱了，感覺若有似無。

我右手抵向牆壁，在地毯上行進。走廊的空氣清冷，感覺彷彿每走一步，體溫就會下降一分。

不知道為何，我完全沒想到要跟隔壁的槍中說一聲。看來，我的意識還不是很清楚。儘管明白我這是很危險的行為，但我還是想自己一個人去禮拜堂查看狀況。

我來到盡頭處左轉，朝通往樓梯間的那扇藍色雙開門伸出手，這時——

「鈴藤先生。」

突然背後有個低沉沙啞的聲音叫喚我名字，我沒尖叫，但嚇得幾乎心臟都快要從嘴巴飛了出來，轉頭望向身後。

「——甲斐。」

緩緩朝我走來的人影，從他那結實的體格來看，我知道是甲斐倖比古。

「這麼晚了你怎麼會在這裡？」

我縮回朝那扇門伸出的手，向他問道。他該不會又想自己一個人衝進雪地裡吧，那麼做等同是自殺的行為——他現在心裡應該很明白才對。

「你才是呢，為什麼在這裡？」甲斐悄聲反問我。

「你沒聽到嗎？」我說。「有人在禮拜堂裡彈大鍵琴。」

「對……我和你一樣，突然聽到那個聲音，心裡好奇得不得了。」

「你已經沒事了嗎？心情比較平靜了嗎？」

「抱歉，那時候我太慌亂了。」

那是充滿怯意，沒半點霸氣的聲音，聽起來似乎還嚴重發抖。

這段時間，大鍵琴那微弱的樂音仍持續著。我隔著黑暗，窺望甲斐那僵硬的臉龐，對他說道：

「一起去看吧。」

「——好。」

我們打開門，來到向挑空的大廳挺出的樓梯間。摸索著打開迴廊的燈。

大鍵琴的音量變大了，彈奏的樂音，也聽得比剛才清楚許多，以和緩的節奏行進，晦暗沉重的旋律……果然是《死與少女》沒錯。是舒伯特二十歲時創作的知名歌曲，在日後成為他遺作，同名的弦樂四重奏中，成為第二樂章的主題。

我們躡著腳走下樓梯。

——走開！

快走開，死亡使者！

我還年輕，

別碰我。

我想起應該配合這首曲子哼唱的馬提亞斯．克勞迪斯這首詩，這是死神來訪時少女說的話，死神回答道：

——少女啊，把手給我吧。

我是妳的朋友，

在我柔軟的胸膛前，

靜靜地沉睡吧。

當時——深月告訴我自己的生命將面對的結果時，臉上流露的神情，就像被這憂鬱的曲調喚來似的，在我心頭甦醒。

年紀輕輕，就被醫生宣告來日無多，靜靜接受這一切的深月；本已做好這樣的心理準備，但等不到生命結束，就被帶往另一個世界的深月……

走在環繞中間夾層的迴廊上，來到轉角前，旋律突然中斷，我和甲斐互望一眼，略微加快腳步。

那中斷的聲音似乎無意再響起，難道我們被發現了？儘管如此，我們還是持續努力不發出腳步聲，走在迴廊上。往下來到一樓後，前往禮拜堂那扇門。

迴廊下方有幾階樓梯，一路通往半地下室的深處——禮拜堂入口處的雙開門，只有右側那一扇打開一道跟人的身體差不多寬的門縫。禮拜堂內亮著燈，橘色的微弱光線外洩，朝四周盤據的黑暗剖出一道窄縫。

我走在前方，順著那道光線走下樓梯，甲斐緊跟在我後面。

大鍵琴的聲音已完全消失。

我屏住呼吸，從半開的門縫往內窺探，先確認祭壇左手邊擺放樂器的方向，但沒看到演奏者。我朝昏暗的禮拜堂內大致掃視過一遍，但不見半個人影。

「應該有人在這裡吧？」我踏步走進裡面，大聲說道。因為我心想，對方可能是躲在椅子或什麼東西後面。「剛才你一直在彈大鍵琴對吧，你躲在哪裡？」

「鈴藤先生。」跟著走進的甲斐，戰戰兢兢地低語道。「對方應該是發現我們，逃走了。」

「或許吧，可是……」我雖然感到納悶，但還是再一次朝那看不見的人叫喚。「有誰在這裡……」

這時，在我背後的門外，傳來叩的一聲，我大吃一驚，就此住口。原本打算繼續往內走，也因而停步，急忙回身向後望。甲斐雖然也一樣轉頭往後望，但他可能是過於慌亂，竟然呆立原地，一動也不動。我硬推著他走，回到門外。

「是誰！」我厲聲喊道。

在那宛如以淡墨掃上一層又一層的昏暗中，有個黑色人影在移動，我看到此人已爬上通往大廳的樓梯最後幾階。剛才我們藉著外洩的光線，朝禮拜堂那扇門走去時，他（她？）躲在一旁的黑暗中，一直悄聲斂息。

「等等！」

我再度感到慌亂，我往前奔去，想追上人影，但腳尖被第一個階梯卡住，就此往前撲倒。

這時，人影已繞過階梯，來到斜上方那層樓，往右邊走去。隨著對方那很不流暢的動作，響起拄著枴杖的堅硬聲響。我急忙重新站起，往上爬了二、三階，這時——

原本照亮大廳的昏暗燈光突然一下子全熄了，這一片黑暗就像捕魚網，將我們罩住，一時間什麼也看不到。

「鈴藤先生。」

我背後的甲斐，聲音在顫抖，我也一時雙腳僵直，無法動彈。多虧有禮拜堂照射來的微弱光線，不久，我才隱約看出周遭物體的輪廓。

我爬上樓梯頂端，轉向人影移動的方向，甲斐也來到我身旁。

「鈴藤先生……」

他不安地悄聲叫喚，我說了聲「噓」，要他安靜。接著我定睛望向人影逃往的方向，一處比其他地方都更加黑暗的深處。

從禮拜堂門口望去，是右手邊——正好是擺出人偶當裝飾的層架前那一帶。我往前走，定睛細看，但什麼也沒看到，濃密的黑暗占滿那附近的空間。

「你在那裡對吧。」我以偏高的聲音喚道。接著，黑暗中發出「咔啦」一聲。

「為什麼要躲？你……」

接著傳來枴杖敲地的一聲「叩」。

我還來不及往下說，又發出「叩」的一聲。

我倒抽一口冷氣，做好防備。

那呈現人形的黑影，在黑暗深處蠢動，走向從黑暗深處微微散發的光芒中……漸漸露出他的輪廓。踩著很不流暢，但又很輕細的腳步。

「是誰？」

我好不容易才又能發出聲音。

那人影的輪廓，漸漸清楚地浮現。一身黑衣，體格嬌小，無比纖瘦的身形，看起來和我所知道的任何一個人都不一樣。這表示此人果然就是霧越邸的第六個住戶嗎？

「你到底是……」

不久，我們看到對方浮現在黑暗中的臉龐，我說到一半的話語，轉為「啊」的一聲驚呼，一旁的甲斐也發出同樣的叫聲。

我看到一張白皙的臉蛋。

白得很不自然，近乎雪白的一張鵝蛋臉——光滑的肌膚，搭上一雙細得宛如絲線般的眼睛。嘴唇微微朝兩端上揚，露出詭異的笑容。但他的眼睛和嘴唇卻像結凍般，一動也不動。

我就像中了緊身咒，全身僵硬，無法動彈。

我發不出聲音。眼前那張怪異的臉代表什麼含意，我無法冷靜思考，一旁的甲斐也一樣。

在我們的注視下，人影那張白皙的臉就這樣面向我們，像螃蟹一樣往左邊移動。叩、叩……枴杖發出聲響。不久，當他來到通往走廊的那扇門前時，他伸出握著枴杖的那隻手，把門推開，就此滑進門縫內。

人影就這樣從大廳消失，過了幾秒，那緊緊纏住我全身的束縛，這才解開。

「等等！」

我和甲斐幾乎同時發出叫喊。

「等等！」

我們步履踉蹌地跑到門前，從微微打開的門縫衝向外面。

戶外的燈光從面向中庭的落地窗射進來，微微淡化走廊濃重的黑暗。但已看不到人影，也聽不到枴杖聲，只有屋外呼號的風聲，以及我自己又亂又急的心跳聲在耳中迴蕩。

「鈴藤先生。」甲斐像在呻吟般說道。「那到底是……」

「我們找找看吧。」我手抵向胸前，做了個深呼吸。「分頭去找……不，等等，還是別分開比較好。」

「可是……」

甲斐方寸大亂，我振奮精神，率先踏步向前邁出。

往前走了幾步，朝轉向右手邊的袖廊窺望，一片漆黑，什麼也看不見。那個人往這兒逃了嗎？還是說……

此時，中央走廊盡頭處的那扇門後方，突然亮燈。微微傳來腳步聲，一個大大的黑影映在門的毛玻璃上。

我再次倒抽一口氣，做好防備，我轉頭朝甲斐望了一眼。他就像是個膽怯的孩子，縮著身子，呆立在走廊邊。

那扇門開啟，出現一道人影，但不是剛才那個人。光看身影的輪廓就知道，此人身材高大，且肩膀寬闊，與發現深月屍體時，在三樓陽臺看到的身影一樣——是鳴瀨。

「怎麼了嗎？」他以沉穩的步伐從昏暗的走廊走來。這位年近半百的管家一如往常，以沒有高低起伏的沙啞聲說道。「您以為現在幾點了？我聽到聲音，以為發生了什麼事，這才前來查看。」

「剛才有人在這裡。」我回答道。「在禮拜堂彈大鍵琴，那個人是誰？」

「那個人？」

鳴瀨與我們拉近到兩公尺的距離後，停下腳步，以不帶情感的聲音反問。他的睡衣外面披著藏青色睡袍，正因為是在這樣的狀況下，在昏暗中看到他這樣的樣貌，真的就像第一個晚上彩夏對他的評語般，活像是雪萊夫人筆下創造的科學怪人。

「是個拄著枴杖的傢伙，臉很白，他的臉……」

該不會是戴著能劇面具吧——這時我才想到這點。記得那邊的裝飾層架，有個區塊收藏了各種能劇面具，那個人一定是戴上其中一個……

「我看你們是在做夢吧？」鳴瀨瞪視著我們，冷冷地這樣說道。接著他往前走一兩步，雙手探出，一把抓住我的肩膀。「請回房間去。」

「請等一下，我們真的……」

「已經很晚了，請回房間去。」

鳴瀨嚴厲地重複說著同樣的話。我身後的甲斐發出一聲低吼，轉過身去，像逃跑般遠去的腳步聲，在大廳發出叩叩叩的聲響。我甩開管家抓住我肩膀的雙手，很不情願地在走廊上退後幾步。

「晚安。」鳴瀨冷漠地說道，在我面前關上了門。

15

不肯就此返回二樓的我，一面壓抑靜不下來的心跳，一面探尋大廳的電燈開關。在牆上找到幾個開關，按下其中一個後，垂吊在天花板的枝形吊燈就此燈光燦然。這處盈滿亮光的空間，甚至比白天還要明亮，感覺剛才經歷的事宛如是夢境一場。

我來到那個裝飾層架前，那名神秘人物剛才藏身在黑暗中的地方。

層架裡有各種日本人偶，和之前看的時候一樣的擺設。左側有個區塊，占去層架三分之一的空間，陳列了許多能劇面具。

「——果然。」

我發現有一片玻璃門微微打開，忍不住如此低語。

敞開的玻璃門深處，有個三層階梯。中間那層——整齊擺了幾個面具，邊角有個很不自然的空位。這一層擺設的全都是女性面具，有般若、橋姬、泥眼、瘦女、小面、孫次郎……應該是少了「增女」吧？

我想起在黑暗中浮現的那張可怕的臉龐，就此打了個哆嗦，當時宛如被下了緊身咒的感覺，幾欲從全身各處再度冒出。

那個人到底是誰？他果然就是殺害他們三人的兇手嗎？

我肩膀上下起伏，大口喘息，甩著混亂的腦袋，朝階梯走去。我已沒力氣窺望甲斐的神情，或是叫醒槍中，我直接返回自己房間，接著馬上鑽進毛毯裡，想讓自己的內心好好安歇。

第六幕
第四名死者

下雨了，下雨了。
都讓人偶睡了，還是下不停。
仙女棒也全燒了。

◆

那天早上的霧越邸，籠罩在連日來難得一見的平靜空氣下。

黎明前的狂風已完全止息。雖然仍零星飄下白雪，但雪花彷彿一碰就會消失，顯得虛幻不實；雖然鉛色的浮雲仍覆滿天空，但會有短暫的瞬間出現雲縫，陽光像黃金的柔紗般，朝湖面傾注。

擔任白須賀家的管家已長達三十多年的鳴瀨孝，這天同樣按照預定時間醒來。時間已是早上七點多。

他著裝完畢，從後方樓梯來到一樓後，先從走廊的落地窗往外望。他將積滿白雪的露臺掃視過一遍，確認沒有異狀後，接著視線投向浮在湖面上的「海獸噴水池」，那裡同樣沒有異樣。

他直直地穿過中央走廊，前往大廳，而就在他雙手打開藍色雙開門時，那東西映入他眼中。

他說一開始還以為是有人惡作劇，或是故意整他，甚至心想，這群訪客當中，有人想用這種方式來嚇唬他。

但事實並非如此。

鳴瀨看到的，是穿著暗褐色長褲的兩隻腳，這雙腳並非站在地板上，也不是躺在地上，而是浮在半空中。

他急忙繞往大廳中央，這才明白發生了什麼事。

有名男子以繩索繫在樓梯間的扶手上吊。（請參照第359頁「霧越邸部分圖4」）

◆

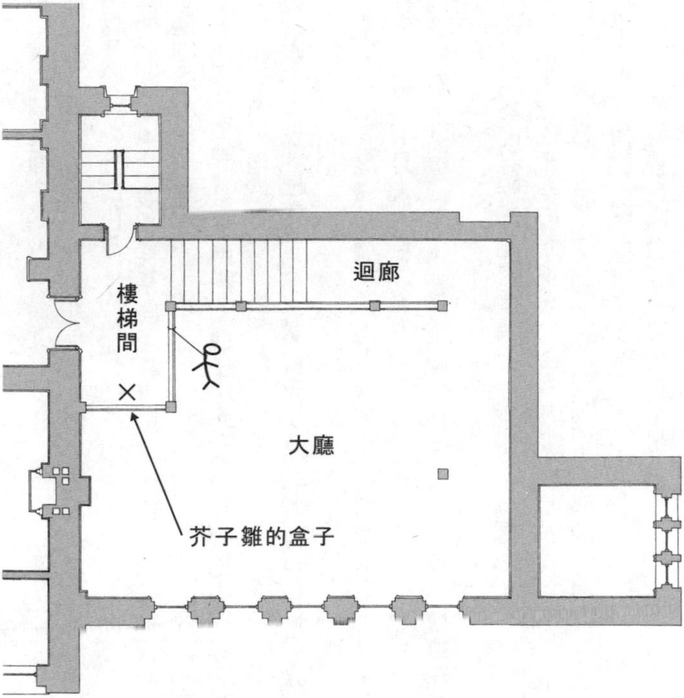

霧越邸部分圖4

1

厚實的透明玻璃牆後面，躺著三具屍體。

被灑落的「雨」淋濕全身，穿著紅色毛衣的榊由高；靠在他身邊，身穿一襲黃色連身洋裝的希美崎蘭；以及全身裹著白色蕾絲的蘆野深月。

就像在為他們的死弔唁般，從某處傳來哀戚的旋律，柔柔地響起音樂盒清亮的音色，但偏偏我想不起來演奏的曲子叫什麼名字。

是一首令人懷念……而且很熟悉的曲子，我努力在記憶中探尋，但怎麼也想不起來。明明應該都記得歌詞和歌名，但就是遲遲想不起來。

我隔著玻璃牆，茫然地望著這三具屍體，用我眼淚已經乾涸的雙眼，像化石一樣全身僵硬。

有三幕景象與這三具屍體重疊，浮現我腦海——從桌上滑落的「賢木」抽菸道具組；枯萎的黃色蘭花；掉落地上的美月夫人肖像畫。

傳來的曲調節奏逐漸變慢，接著發條突然停止——只留下殘響和餘韻，玻璃對面倏然落下暗幕。

這時，我感覺到背後有個急促的呼吸。

轉頭一看，那張臉出現在我眼前。

光滑的白皙肌膚，配上靜止不動的詭異表情——靜靜注視著我的能劇面具。這是「小面」嗎？用來表現不識人間污穢的純潔少女……不。

不對！我心中有個聲音在叫喊。不對，那不是小面，那是增女[28]。是增女沒錯。

此人一身華麗的能劇服裝，手中握著樣式古老的大刀。

我向後躍開後，對方從面具中尖聲大笑。這時再度響起音樂盒的旋律，就像要幫忙炒熱氣氛般。

你是誰（這是什麼歌）？

我想這樣大喊，但完全發不出聲音。

尖銳的笑聲變成冰冷又含糊的聲音，我才剛這麼想，那把大刀突然寒光一閃，朝我劈來。

你是誰（這是什麼歌）？

——這時。

音樂盒的旋律像被斬斷似的，戛然而止。剎那間，對方也高舉著手臂，就此停止動作。那白色的能劇面具，像文樂[29]人偶裡的「ガブ[30]」一般裂開來，從下方露出利牙，現出般若[31]的臉……

我的夢因一陣急促的敲門聲而中斷。

夢？剛才只是一場噩夢嗎？——沒錯，當然是這樣。

我用力甩頭，將那不斷桀桀怪笑的般若面容從腦中揮除，離開床邊。

昨晚我沒換上睡衣，手錶也沒拆，就這樣睡著了，我看了一下時間。

上午八點半——感覺從百葉門的縫隙射進的亮光比昨天還亮，是我自己想多了嗎？

敲門聲又連敲了數下。

「來了。」

我以沙啞的聲音應道，從門外傳來一個熟悉的女性聲音。

「我是的場。」

28. 能劇面具。女神、仙女，或是高貴的女性使用的面具，代表高尚的年輕女性。
29. 人偶劇人形淨瑠璃的代稱。
30. 妖怪變身或怨靈的角色會用到的偶頭。設有特殊機關，平時是美女的樣貌，但緊接著眼睛一轉會變成金色，出現般若的面容。
31. 能劇中的女鬼面具，頭上長角，嘴巴裂至耳際，呈現出憤怒和嫉妒的面相。

「啊，是。我這就開門。」

這時候她找我會有什麼事呢？我思索著，腦中只能想到一個答案，但這時我可能是半刻意地想要逃避這個答案。

「大事不好了。」我一解開門釦，打開門，的場女士便向我說道。「甲斐先生死在下面的大廳了。」

2

她還說槍中和忍冬醫師已起床趕往現場，的場女士開始敲起住我斜對面的名望奈志房門，我從她背後掠過，衝過走廊。

通往樓梯間的雙開門敞開著，在挑空大廳產生迴響的說話聲，一路傳到這裡。

她還沒告訴我甲斐是在怎樣的狀態下死的。我衝向樓梯間後，胸部抵向扶手，往樓下窺望。

甲斐倖比古剛好就在我窺望的正下方。

他仰躺在黑色花崗岩地板上，蹲身的忍冬醫師那顆禿頭就在他旁邊。敞開的米色開襟羊毛衫、無力地癱在地上的手腳，以及纏在喉嚨上的灰色繩索。繩索多出的部分，纏成圓圈狀擺在屍體旁邊，似乎相當長。

這表示甲斐是用這條繩子上吊？

我急忙從扶手上移開身子，仔細一看，那咖啡色扶手上，我剛才胸部抵著的地方，有像是用某個堅硬物體摩擦過的傷痕。將它看作是綁繩索留下的痕跡，應該不會有錯。

自殺——我想到這個字眼，就此毛骨悚然，呆立原地。

我回想昨晚在大鍵琴的琴音吸引下，和甲斐一起來到大廳時，他表現出的神情。他那深感害怕的表情和聲音語調，都和平時一樣。與幾個小時前他衝進暴風雪中的時候相比，是顯得冷靜許多，不過……若有人問我，覺得那像是之後會自殺的人嗎？我實在不知該怎麼回答。

不管怎樣，甲斐倖比古已成了一具屍體。

霧越邸第四度成功以「行動」做出對未來的「預言」，禮拜堂的彩繪玻璃上出現的白色裂痕，在我腦中發出碎裂聲。

「啊，鈴藤老師。」

我聽到名望奈志的聲音，就此回身向後望，他雙手忙著撫平蓬鬆亂翹的頭髮，從走廊來到樓梯間。不安地東張西望。

「聽說甲斐遭人殺害。兇手到底要殺多少人才滿意啊。」

「好像是從這裡用繩索上吊。」我如此說道，指向那留下傷痕的扶手。「也許是自殺。」

「啥？」名望眨著他凹陷的雙眼。「真的嗎？這又是為什……」

他一臉錯愕地朝我走來，接著微微發出一聲「咦」，改變方向。

「不對哦，鈴藤老師，他不是自殺。」名望用一本正經的聲音說道。

我納悶地偏著頭問：

「你說不對？為什麼這樣說？」

「喏，你看這個。」

他指著擺在樓梯間邊角的方形玻璃陳列盒，裡頭收納了江戶時代的芥子雛和雛人偶陳列臺的那個盒子。

「它怎樣嗎……啊！」

我正準備走向盒子時，突然全身僵硬。

那高度和寬度都是六、十十公分的陳列盒裡，鋪著苔蘚色毛毯的小小雛人偶陳列臺上。天皇與皇后、三位宮女、五位唱歌演奏者……裡頭擺飾的十個雛人偶，全都仰倒。

「他不是自殺哦。」名望又說了一遍。「甲斐是遭殺害。這不是〈雨〉的第四段歌詞嗎？」

下雨了，下雨了。

耳內響起孩童天真無邪的歌聲。

都讓人偶睡了，還是下不停。
仙女棒也全燒了。

我和名望奈志來到樓下後，原本望著忍冬醫師驗屍的槍中，微微抬起右手朝我們走近。鳴瀨則是一身黑西裝，沉著張臉，站在壁爐前。

「聽說是他發現的。」

槍中將舉起的右手放回口袋裡，望向管家。

「是從樓梯間的扶手垂吊對吧？」

我如此詢問，槍中頷首。

「是在的場女士的指示下，由他和末永合力放下來的，上吊用的繩索，好像原本是放在置物間裡。」

「發現時，這裡是開著燈嗎？」

「好像只有迴廊的壁燈是亮著的。」

槍中轉身，再度走向忍冬醫師。我和名望也跟著他走。

隔著蹲在地上的老醫師肥厚的肩膀，我看到甲斐那鬆弛的難看面容。

呈現紫色的淤血，從喉嚨到耳後一帶，窄細但牢固的灰色繩索，緊緊地嵌進肉裡。大廳沉澱的清冷空氣，參雜著撲鼻的怪味，屍體的鞋子跟褲腳都濕透，地上一灘髒污——失禁的痕跡是吧。

「如何？」槍中問忍冬醫師。

「應該是上吊自殺沒錯。」醫師像在嘆氣般回答道，緩緩站起身。「勒痕周邊形成皮下出血，應該不可能是因其他原因而死，之後再將人吊起。這是以繩索圍成繩圈，套在頭上，從樓梯間跳下。死因是氣管閉鎖以及頸部血管閉鎖，在這樣的衝擊下，頸骨也因此斷折。」

「是自殺嗎？」

「勒痕似乎沒有可疑之處，也就是說，就算是先將人勒斃，然後想佯裝成是自殺，而將人吊起來，勒痕的位置往往會偏移。因為繩索的懸掛方式和施力的角度會有不同，至少目前看不出有這樣的疑點。」

「這麼說來，果然是……」

「不對。」名望奈志打斷槍中的聲音說道。「甲斐不是自殺的，雖然不知道兇手是怎麼做的，但一定是他殺。」

「你為什麼知道？」

槍中一臉驚訝地瞪視著名望，名望就像是要挺出他尖細的下巴般，朝斜上方的樓梯間努著下巴。

「你們沒看到擺在那裡的雛人偶嗎？」

「雛人偶？」槍中納悶地蹙起眉頭。「怎麼了嗎？」

「雛人偶陳列臺上的人偶，全都翻倒了。」

「你說什麼？」

槍中錯愕地瞪大眼睛，名望敞開他細長的雙臂。

「兇手應該是仿照〈雨〉第四段歌詞的情境，下手行兇。有一句提到『都讓人偶睡了……』，不知道會不會哪裡有『仙女棒』呢。」

「可是……」槍中一副難以接受的神情，抬頭望向樓梯間，眉頭深鎖。「那些芥子雛為什麼會……」

他口中喃喃自語，偏著頭，一副若有所思的神情。

感覺以前好像看過類似的表情和反應，但那個人不是槍中，不是槍中……

我俯視躺在地上的甲斐遺容。

想起來了，那個人是甲斐。

昨天早上，我們將蘭的屍體從海龍的小島上搬往露臺時，稍後趕來的甲斐就是做出這樣的反應。我從手帕裡取出那隻紙鶴給他看，忍冬醫師像在念咒般，開始哼唱起〈雨〉的第二段歌詞。就是那時候他臉上的反應。

難道甲斐那時候發現某個重大的問題嗎？

這樣的想法突然浮現我腦中。

我試著重新回想昨天一整天甲斐的言行，當時他驚訝的表情、之後極度畏怯的神情、顫抖的聲音，還有……

感覺他好像很在意其他事——啊，對了。

記得是在二樓的沙龍裡討論蘭遭人殺害的事情時，甲斐很突兀地喃喃低語著「不對」。槍中問他這話是什麼意思，但他馬上道歉，說他在想另一件和案件無關的事。接著垂落雙肩，頹然垂首……

那到底是怎麼回事？真的是在想和案件無關的事嗎？還是說，甲斐果然發現了某個重要的事？——如果是這樣，他說「不對」是什麼意思？到底是哪裡「不對」？

「從屍斑和屍僵的情況來看，至少死了五個小時以上。」忍冬醫師繼續說明他驗屍的看法。「大概是五到七個小時之久，現在是九點，所以死亡時間是凌晨兩點到四點這段時間。不過，因為和這地方的氣溫有關，所以待會兒也聽聽的場小姐的意見，再進一步檢討。」

我本想說出昨晚在這座大廳發生的那件事，但最後還是作罷。因為鳴瀨在壁爐前一直緊盯著我看，他的視線令我在意。

記得我和甲斐一同下樓來到這裡，是凌晨兩點多的事。在走廊上被鳴瀨訓斥，回到自己房裡，記得是兩點四十分左右。甲斐當然是在那之後喪命。

如果——我進一步思索。

如果甲斐的死，是因為昨晚那件事造成的話……如果是因為當時看到那名戴能劇面具的人，而遭殺害的話……

白秋的〈雨〉還有第五段歌詞，還留有另一人份的歌詞，這麼說來，下一個被鎖定的人，不就是和甲斐一起看到那個人的我嗎？

「您說勒痕沒有疑點，這樣就完全沒有他殺的可能性嗎？」

我摩擦著雞皮疙瘩直冒的手臂，向忍冬醫師詢問。

「不不不，沒辦法一概而論。」醫師輕撫著他的白鬍鬚。「也是有他殺的可能。舉個例子吧，如果想得單純一點，有這樣一個方法：事先將繩索的一端綁在扶手上，另一端作成套頭用的繩圈，然後叫甲斐先生出來，趁他背對的時候，迅速將藏在手中的繩圈套向甲斐先生頭上，直接將他推落。就像這樣。」

「原來如此。」

「昨晚到今天早上這段時間，有沒有地震？」

槍中突然這樣說道。我、忍冬醫師、名望奈志三人互望一眼，全都搖頭。來到這裡之後，應該沒發生過地震才對。

「嗯，說得也是。」

槍中皺起眉頭，目光落向甲斐的屍體，就此沉默了一會兒，接著他微微沉聲低吟，再次仰望樓梯間。

「——原來是這樣，地震是吧。」

他自言自語似地說道，接著抽出插在長褲口袋裡的雙手，神情堅決地朝樓梯走去。

「你要去哪兒？」

我向他詢問，但他踩著急促的腳步衝上樓梯，頭也不回地應道：

「去看人偶。」

3

的場女士和彩夏走下樓梯，與槍中擦身而過。女醫師走在前頭，彩夏走在後面，與她保持三、四步的間隔，戰戰兢兢地跟著。在來到一樓前，彩夏的視線停在甲斐的屍體上，微微發出一聲驚呼。她雙手掩面，一再搖頭，似乎很不能接受。

「可有查出什麼？」的場女士以冰冷的聲音向忍冬醫師問道。

「毫無疑問，是上吊身亡。」老醫師板著臉回答道。「但好像不能輕易認定是自殺。」

「因為上面那些雛人偶的緣故嗎？」女醫師抬頭朝樓梯間瞄了一眼。「剛才槍中前去查看。」

「他昨天顯得很慌亂呢。」忍冬醫師如此說道，視線投向甲斐那睜著空洞的雙眼望向天花板的遺容。「他的精神好像出狀況了，因為無法再承受更多的緊繃狀態而自殺，只要想到他那時候的情況，就覺得很有可能。」

這段時間一直守在壁爐前的鳴瀨，不發一語地離開大廳。我發現他離去後，猶豫該不該說，最後還是決定告訴的場女士。

「您可能已經從鳴瀨先生那裡聽說。」

「什麼？」

女醫師轉頭面向我。

我心想，還是得問個清楚才行。

昨晚**那個人**究竟是誰？我已經不想再聽她說這是我的錯覺，是我自己想多了，我確實親眼看到那個人。

「是這樣的，昨天晚上……」

正當我開口的時候——

昏暗大廳的清冷空氣一陣震動，突然開始響起音樂盒清亮的樂音。我完全沒料到會在這個地方聽到這個樂音，這令我大為吃驚，就此閉口不語，東張西望。

彩夏站在壁爐前，不知道她什麼時候走過去的，她面向白須賀夫人的肖像畫，像個找不到路回家的孩子般，孤零零地站著。

壁爐架上，昨晚的場女士擺出當裝飾的白色蘭花旁，放著一個曾經看過的螺鈿小盒子，取代了在昨天之前一直都放那兒的木屐玻璃盒。盒蓋打開著，樂音從裡頭流出。

「這不是擺在二樓的音樂盒嗎？」

我向的場女士詢問。她回了聲「不」，靜靜地搖著頭。

「是不同的東西。」

我就像被那持續鳴響的曲子吸過去般，朝壁爐架走近。仔細一看，雖然形狀和大小相同，但螺鈿的圖案感覺與放在二樓沙龍裡的不太一樣。不過，它傳出的旋律確實是〈雨〉沒錯。

「裡頭的音樂一樣呢。」

我轉頭望了女醫師一眼。她點頭應道：

「這是老爺特別訂做的。」

「白須賀先生是吧——為什麼裡頭的曲子是〈雨〉呢？」

「這是因為……」

的場女士有點吞吞吐吐，抬眼望向牆上的肖像畫。

「聽說已故的夫人常拿它當搖籃曲來唱，在彰少爺小時候，因此才加以蒐集……」

「彰？」

我將聽到的名字又說了一遍，彰……「彰」這個字緩緩在我腦中浮現。啊，記得我在哪裡見過這個名字。

「『彰』難道是白須賀先生在火災中失去的孩子？」我問。

女醫師略顯慌張，手指抵向黑色的鏡框，但旋即又以一本正經的聲音回答。

「對，是的。」

音樂盒的〈雨〉仍未停止，在寬敞的挑空大廳裡持續傳響。

那悲戚又充滿不祥之氣的旋律，可能是因為剛剛從女醫師口中聽到「搖籃曲」這個字眼的緣故，我幾年前病故的母親說話的聲音，在我耳中甦醒，開始在我耳內與歌詞重疊。

下雨了，下雨了。
想去玩，卻沒傘，
紅色木屐帶，也在這時斷。

下雨了，下雨了。
即使不願意，還是在家玩吧，
來摺色紙吧，摺成各種形狀。

下雨了，下雨了。
小雉雞嘰嘰叫，
想必牠也會冷，也會寂寞吧。

下雨了，下雨了。
都讓人偶睡了，還是下不停。
仙女棒也全燒了。

下雨了，下雨了。
白天也下，晚上也下。
下雨了，下雨了。
下雨了，下雨了。

我們一時不知該說什麼才好，豎耳聆聽那持續發出清澈樂音的〈雨〉。這五段歌詞的旋律淡淡地反覆演奏，接著出現幾秒的空白。這時，就像是與樂音再度響起的那個瞬間重疊般……

上方傳來「咚」的一聲巨大聲響，我們的注意力就此從音樂盒轉移。彩夏可能是因為那突如其來的聲響而嚇了一跳，直接將盒蓋蓋上，正要演奏的旋律就此停止。

「怎麼了嗎，槍中兄？」

名望奈志朝樓梯間喊道，看來，剛才的聲響是槍中發出的。

「啊，抱歉，嚇到你們了嗎？」槍中從扶手後面探頭回應道。

「剛才那聲響是怎麼回事啊？」

「沒什麼事……。」
槍中不久後返回一樓，可能是我多心了，感覺他的神情比剛才上樓時顯得清爽許多。雖然眼鏡底下的眼神依舊嚴峻，但已不再皺眉，朝我們走來的動作也顯得泰然自若。
「槍中先生。」的場女士說。「是這樣的，我們家老爺……」
「又要抱怨是嗎？」槍中聳了聳肩，直接打斷女醫師的話。接著態度堅決地說道：「如果是這樣，那就不必說了，請您轉告他。」
這驚人之語，令的場女士直眨眼。
「您這話是什麼意思？難道說……」
此時，有個人緩緩從敞開沒關的那扇通往走廊的門走進，是末永耕治。
「的場醫生，可以占用妳一點時間嗎？」
他朝女醫師招手，的場女士說了聲「抱歉」，就此離開我們身邊，繞過甲斐的屍體，前往末永身旁，末永低聲跟她說了些話。
不久，她又走了回來，跟我們說道：
「聽說梅湘死了。」
「梅湘？」槍中皺起眉頭。「是那隻變得很虛弱的鳥嗎？他特地跑來向妳報告這件事？」
女醫師點頭，槍中注視著她，眼神嚴峻地瞇起眼睛，伸手摩娑著他那大大的鷹鉤鼻。而就在他準備開口時，這次換彩夏身旁的壁爐突然發出巨大的聲響。
「呀！」
彩夏大叫一聲，向後躍開，仔細一看，原來是剛才那個音樂盒滾落到黑色花崗岩地板上。
「我沒做什麼……」
我跑向惶恐不安的彩夏身邊。
「它為什麼會掉落？」

「我不知道啊。」
「是不是妳手勾到了？」
「我不知道。」
我跪向地板，撿起地上的螺鈿盒。因剛才掉落的撞擊，側面的板子嚴重破裂，我試著輕輕掀開盒蓋，但裡頭的機械似乎也故障了，沒發出聲音。
「對不起。」
彩夏以畏怯的眼神朝的場女士望了一眼，垂頭喪氣地鞠躬道歉。女醫師不發一語地走近，從我手中拿起損毀的音樂盒，將它放回原位。
「您不必放在心上。」的場女士以溫柔的聲音對頹然垂首的彩夏說。「這不是妳的錯，老爺那邊，我會跟他說。」
彩夏抬起頭來，頗感意外。女醫師靜靜地轉身，回到槍中身旁。
「剛才您說，沒必要再抱怨了。」她如此說道，觀察槍中的反應。
「沒錯。」槍中態度堅決地承受她的視線。「這個嘛，能請宅邸裡所有人三十分鐘後找個房間集合嗎？當然了，白須賀先生也請到場。」
「這……」
面對答不出話來的女醫師，槍中向她宣布。
「昨晚我不是要求再多給我一點時間嗎？我現在想履行承諾。或許有點晚了，但我就在那裡公開這一切吧。」

4

的場女士命末永和鳴瀨合力將甲斐的屍體搬往地下室後，為了向宅邸主人傳達槍中說的話，就此匆匆離去。她叫我們去沙龍等候，於是我們依言返回二樓。

「你是說真的嗎，槍中兄？」槍中深坐在沙發上，名望奈志在他四周來回踱步，頻頻追問。「你的結論，到底誰是兇手？」

「等一下我會說。」

槍中冷冷地應道，深深地盤起雙臂，雖然剛才他宣布已經破案，但他的神情看來，似乎還有事懸心。

「用不著這樣吊人胃口吧，透露一點點也好，告訴我吧。」

「等會兒再說，再等會兒。」

「你該不會學不乖，又說一句『奈志，兇手就是你』吧？」

「你猜我會怎麼說？」

「可別再來這招了。」

名望一面嘮叨，一面坐向壁爐前的凳子，雖然他一副開玩笑的口吻，但眼神卻很認真。

「昨天我也說過，其他事姑且不談，因為發生深月那起命案，所以我絕不是兇手。拿刀子刺進別人胸口，我光想就快暈了。」

看來，名望已提出自己絕不可能殺害深月的主張。

「真是這樣嗎？」槍中突然露出不懷好意的笑容，回望鼓起腮幫子的名望。「只要認真想的話，也能想出幾個法子。例如你早料到自己有天或許會拿刀子殺人，為了因應這天的到來，你平時就佯裝成有『刀子恐懼症』。」

「開什麼玩笑啊！」

當他們兩人一來一往時，彩夏已從餐廳拿來那臺收音機，找尋這房間裡的插座。她發現插座就在沙發後面，就此插入插頭，打開開關，接著她將收音機擺向桌上，自己則是跪在地毯上。

「妳要聽三原山的新聞嗎？」

忍冬醫師從沙發上探出身子問道，彩夏微微點頭應了聲「嗯」，拉出借這臺收音機的當晚，不小心從餐廳的餐桌掉落而撞彎的天線。

她在轉動頻道旋鈕時，從雜音中傳來像是新聞節目的聲音，這時播報員開始提到「伊豆大島的……」，這當然純屬巧合，不過時機相當巧妙。

名望和槍中閉上嘴，專注聆聽收音機的聲音。參混著雜音，聽不清楚的新聞廣播，提到三原山的火山噴發活動仍相當活躍，噴出的熔岩早晚會越過內輪山流出。

「哦，原來是這樣。」槍中沒理會滿臉愁容的彩夏，突然像發現什麼似地說道。「搞不好……」

「怎麼了嗎？」

坐他對面沙發上的我出言詢問，槍中以正經八百的手勢把偏移的金框眼鏡調正，說道：

「你陪我一下好嗎？」

「陪你？你現在又要幹嘛？」

「有件事想確認一下。」

話才剛說完，槍中便倏然起身，他吩咐其他人在沙龍等候，直接走向通往走廊的那扇門，我莫名其妙地跟著他走出沙龍。

槍中帶我去的地方，是已故的甲斐倖比古住的房間，打開門後，他毫不猶豫地走進房內。

「槍中。」我朝他背後喚道。「為什麼是來甲斐房間？你想確認什麼？」

槍中沒答話，就此打開電燈。房內正面一整排的落地窗和直拉窗，外面的百葉門都是緊閉的；那個曾經看過的紅紫色旅行包，就扔在床鋪前的地板上。槍中快步走到那裡後，拿起旅行包放在床上，拉開拉鍊。

「喂，槍中……。」

槍中沒理會我的叫喚，開始在旅行包裡摸索。接著——

「有了。」

他如此低語，從旅行包裡拉出一個像文庫本大小的黑色機器，是甲斐帶在身上的隨身聽。

「這東西怎樣嗎？」我更加感到納悶不解，偏著頭朝槍中走近。「這到底和案件有什麼關係啊？」

「你還不明白嗎？」

槍中轉頭望向我，聳了聳肩，見我答不出話來，他的視線又移回手中的機器。

「果然是這麼回事。」他很滿意地喃喃自語。「鈴藤，你看這個。」

經他這麼一說，我望向他手中。

「如何，能正常運作對吧。」

「嗯，對。」

就像他說的，這機器確實能運作，裡頭傳來錄音帶轉動的聲音，從垂落在槍中腳邊的耳機，傳來細微的沙沙聲。

「你還記得第二天早上，甲斐跟彩夏說，這臺隨身聽的電池沒電的事嗎？」

在槍中的詢問下，我雖然感到困惑，還是點了點頭。

「**不過，現在這臺機械可以正常運作**，這代表什麼意思？」

事後想想，這答案再簡單不過了，但是就當時的我來說，槍中的提問就只是讓我原本就混亂的腦袋更加混亂罷了。

「還沒想通嗎？」槍中又聳了聳肩，窺望著百思不解的我。「那麼，我再告訴你一個可以更加接近真相的關鍵線索吧。不過，它非常特殊，是**只有霧越邸這座宅邸才適用**的線索。」

「只有這座宅邸才適用？」

「對，第二天的下午，我們第一次去溫室時，我們親眼目睹天花板的龜裂，只有那件事不知道它代表什麼含意——鈴藤，前天晚上你自己不是這樣說過嗎？」

「對，我確實說過，但那又怎樣？」

「只要知道龜裂代表的含意，就會知道兇手的名字。」

槍中若無其事地說道。

「也就是說，在這座宅邸一連串的『行動』中，**只有那件事所表示的不是命中注定即將遭殺害的人物，而是命中注定將會行兇的人物，也就是命案兇手的名字。**」

幕間二

† † †

遠處的風聲持續未歇。

那聲響是某個巨大物體在痛哭——我突然有這種強烈的感覺。我一邊豎耳細聽，一邊感受著從心底不斷滲出的悶痛感。我的視線追循著雪花在窗外黑暗中飛舞的動向，嘴唇配合那像在與風聲唱和般，不斷在我耳中鳴響的歌曲，暗自哼唱。

結果，那到底是什麼呢？

回顧四年前那件事，我又再度拋出這四年來我一再反覆提出的問題。

那到底是什麼呢？

可能是脫離日常中的「現實」，不可思議的某種存在。霧越邸這座洋樓所擁有的神奇意念和力量；一面會映照出來訪者未來的鏡子；暗示；預言。此時我試著再度一一回想，我們在那幾天遇見宅邸做出的那些「行動」。

在宅邸的各個地方，以各種形式顯示我們的名字；就像是在配合我們這群來訪者的人數般，餐廳的椅子減少為九張；同樣間數減少的客房；溫室的天花板上出現的十字裂痕；從餐桌上滑落而損毀的抽菸道具組；僅短短時間就枯萎的蘭花；從牆上掉落的肖像畫；破裂的禮拜堂彩繪玻璃。還有——沒錯，還有……

那——那到底是什麼？

就算重新思考還是一樣，我心中早有答案。

儘管如此，我現在還是一再地問我自己，這是因為退至我內心深處的一個名叫「常識」的敗戰小兵，為了保有自己的棲身之所，而刻意這麼做。

那畢竟會隨著接受者的個人意識，而去改變它的含意——這也是我一再說服自己的話。這一切單純只是偶然在作祟嗎？例如將心理學家卡爾．古斯塔夫．榮格所提倡的「共時性」這種概念，套用在這上頭。或是完全脫離近代科學這個支配性的框架，認同那座宅邸具有不可思議的意念存在。

這麼多解釋，究竟何者為「真」？只有相信其中一種解釋的人，心中才會得到答案。而當時身在那座宅邸裡，在我們的主觀下，那「不可思議的某個東西」確實存在。

儘管是四年後的現在，基本上我的答案還是沒變，而另一方面，我自己也明白，不管我們怎麼堅稱，也還是很難獲得有常識的旁人認同。那也無妨。只不過……

唯獨有一件事，我得說清楚才行。

我之前列舉的那幾件事，絕非人為（經某人之手所刻意營造）的現象，不管就什麼層面來說都一樣。不過，我也不是單純只想提出合乎邏輯的主張，聲稱絕無這樣的可能。因為**就結果來看**，我單純只是提到我所知道的事而已。

不過，**從結果中**可以看出，這當中所執行的一連串犯罪，確實是有血有肉的普通人所為。這當中存在著我們所知道的人類情感、行動，以及因果。我可以說，為了解開謎團，始終都需要冷靜的邏輯推理和對內心的洞悉力。

那天——四年前的十一月十九日。

在已故的甲斐倖比古的房間，槍中秋清做完最後的確認後，相關人等全都聚集在一個地方。就像槍中說的，案件最後終於在我們面前揭露了真相。

† † †

第七幕
對決

1

「請坐。」

白須賀秀一郎一樣嘴角掛著沉穩的微笑，迎接我們的到來。這天是十一月十九日星期三，是我們造訪霧越邸的第五天上午十點半。

我們都在二樓的沙龍等候，而就在剛才（在槍中請的場女士準備座位後，隔了四、五十分鐘），鳴瀨前來叫我們過去。我們被帶往的是面向前庭這一側的一樓中央房間，位置正好就在沙龍的正下方。

走廊和這個房間中間，有一間形狀細長的等候室。

這間等候室裡，在宛如壁龕般內陷的兩邊深處牆壁，各裝設了大型的玻璃櫃，裡頭收放了紅色與藏青色的兩組甲冑，這是古老的日本盔甲。它前方的走廊我路過幾次，但都沒發現這裡擺放了這樣的東西。例如昨晚，要是鳴瀨沒出面訓斥，我們四處找尋那個戴能劇面具的人，而在這裡撞見這盔甲的話，肯定會嚇破膽，此事不難想像。

我們前往以雙開門隔開的深處房間，首先令我們為之瞠目的，是畫滿整個天花板，一幅山明水秀的畫；在兩側的前方轉角處，各裝設了一座青黑色的大理石壁爐；還有同樣顏色的大理石地板。房間中央鋪著以鮮豔的紅和黃為主色調，織出曼陀羅圖案的中國地毯，上頭大器地擺放了厚實的黑檀木餐桌，以及黑底加上金銀刺繡的綢緞沙發——豪華的接待沙發組。

兩邊的牆壁似乎都有通往鄰房的門，每扇門前面都擺了一座屏風，槍中沒理會宅邸主人注視我們的眼神，緩緩朝左手邊的屏風走近。這幅畫以讓人聯想到水墨畫的深山幽谷為背景，畫出美麗的白鷺在水邊嬉戲的畫面。

「這不是應舉嗎？」

槍中手指抵向鏡框，往屏風畫角落的落款窺望，微微發出一聲驚呼。

應舉？他說的是圓山應舉沒被人發現的作品嗎？另一座屏風是以金色當底，畫上竹林和山鳥，這莫非也是出自某位名畫家之手，也許是什麼重要文化遺產的作品呢。

我往沙發走去，同時微微踮腳，試著望向立在檜中前方的那座屏風後面。那扇門敞開著，隱約可以看到裝飾在隔壁房間牆上的浮世繪。

「檜中先生，請坐。」

在白須賀的催促下，檜中這才停步，沒走向另一座屏風。

「哎呀，真是不好意思，我一看到這種文物，就會忍不住。」

檜中半開玩笑地敞開雙臂，如此說道，但看得出他臉上明顯滿是緊張之色。宅邸主人背對著正面那扇凸窗而坐，檜中坐向他正對面的位子。

「要各位專程在此集合，真是不好意思。」

檜中很客氣地說道，視線投向聚集在房內的每一個人。

在場女士與白須賀並肩而坐；末永和井關坐在靠牆邊的備用椅子；鳴瀨沒坐椅子，而是站在白須賀的斜後方。除了這位悠哉地坐在沙發上的宅邸主人外，每個人都露出前所未見的緊繃神情。

「請告知兇手的名字吧。」

白須賀張開原本交握擺在膝上的手指，開門見山地說道。檜中筆直地回望他那充滿威儀的視線，回答道：

「我會依序說明，這樣可以嗎？」

「一切隨您。」

「謝謝。」

檜中挺直腰板，再次緩緩環視現場。他先做了個深呼吸，之後以一句充滿古典味的「話說……」起頭。

「一開始我們先大致回顧一下案件的全貌。這三天發生的案件，一共有四起，為了方便起見，就分別以第一幕到第四幕來加以命名吧。

第一幕是榊的命案，前天早上，榊由高，也就是李家充，在溫室被人發現遭人勒斃；第二幕則是昨天早上發現的希美崎蘭，也就是永納公子的命案，同樣也是遭人勒斃；第三幕是昨天下午，蘆野深月，也就是香取深月遭人刺死的案件；最後的第四幕，是今天早上甲斐倖比古，也就是英田照夫的命案。

縱觀整體，我心中抱持的疑問大致有二個。

第一，兇手為什麼要仿照北原白秋〈雨〉的意境呢？這種仿照意境殺人的背後含意，是值得細究的問題。

第二，兇手為何要在霧越邸裡行兇？非這麼做不可嗎？這與犯案動機的問題有緊密的關聯。

而事實上，現在我知道這兩點都是觸及案件核心的重要問題。在此，我就先從第二個問題點開始說吧。」

槍中停頓片刻，伸舌潤了潤乾燥的嘴唇。

「兇手為何要在霧越邸裡行兇？非這麼做不可嗎？」

從我們來到這裡的十五日晚上一直到現在，霧越邸都處在所謂的『暴風雪山莊』的狀況下。與外界完全孤立，是一種無法來訪，也無法離開的密室狀態，但這種特殊的狀況，卻提供了想在這裡展開連續殺人的兇手幾項優點，同時也為兇手帶來同樣的缺點，或是更多。

最大的優點，就是警察不會介入。而且不必擔心會讓鎖定的對象溜走。能在心理方面將對方逼入絕境，給予強烈的恐懼，視犯案動機而定，這也能算是其中一項優點。

至於缺點，就是兇手自己也無法逃離這裡，可說是一把雙面刃。當這座封閉的山莊再度開啟大門時——也就是暴風雪平息，孤立狀態解除，警方進入宅邸內展開搜查時，兇手無處可逃，兇手就在這時**倖存下來的**這些人之中。就算不是這樣，在這樣的集團裡發生的連續殺人案，每殺一人，嫌疑人的範圍就會自動縮小一分。因為被封閉在這裡的人們戒心會提高，就算警方沒來，大家當然也會努力想找出兇手。這對兇手來說，也是很大的危險。

殺人犯通常都是被警方無法馬上介入的優點所吸引，而在這種狀況下決定犯案，這點不難想像。而經驗豐富的專業搜查員、現代相當發達的科學搜查技術、警方這個組織所擁有的絕對權力……這些對犯罪者來說，都是很大的威脅。只要擺脫這些威脅，就能對外行人執行殺人計畫──這可以看作是兇手選定『暴風雪山莊』當作殺人舞臺的主要原因。

不過，就像我剛才說的，這個舞臺同時存在著會與這些優點相互抵銷而多出的缺點，面對那逐漸縮小的網子，兇手也會有留在其中無法脫身的危險。

那麼，有沒有什麼能充分發揮優點，將缺點降至最低的方法呢？想在『暴風雪山莊』下犯罪的人，雖然有程度差異，但一定會展開這樣的思考。例如，迅速將在場的所有人都殺光，以適當的方式處理屍體，讓人分不清楚誰是誰之後，自己再逃離這裡，擺出一副和整起案件完全無關的模樣。或是殺光所有人，找個不會被人發現的地方掩埋，就此瞞過警方耳目，不讓人察覺有命案發生。」

簡單來說，就是「殺光所有人」。我忍不住想起那部大名鼎鼎的偵探小說情節，兇手在殺了所有人之後，最後也自殺。

「不過，這次案件的兇手，似乎無意殺死所有人。昨天下午我們遭人下藥，處在無力抵抗的狀態時，也就是**最能製造多具屍體的時候**，兇手只犯下殺害深月的案件。從這個事實可以明確看出這點。

那麼，這名兇手為了消除『暴風雪山莊』所伴隨的缺點，採取了怎樣的對策呢？兇手可能完全沒想過這個問題，但根據那周到的仿照情境安排，以及對我們下藥的巧妙手法來推測兇手的形象，會覺得不太有這個可能。只要是多少有點智慧的現代人，既然選擇了這種特殊狀況作為連續殺人的舞臺，則不管採用何種形式，應該都會想要消除這些缺點才對——我是這麼認為。

至於消除缺點的方法，除了我剛才舉例的『殺死所有人』之外，還有以下的方法。如果以『縮小的網子』來做比喻，那應該就是『讓自己置身網子外』吧。而這大致可分成兩種模式，也就是——

一、一開始就不進入網子內。

二、從網中逃脫。

這兩種。

『不進入網子內』，**意思是讓自己不在山莊（霧越邸）裡**。舉個具體的方法，就是讓我們認為他打從一開始就沒來這裡，原本就不存在；或者是讓人以為他中途離開了；或是暗中從外面潛入，這也是可以想見的狀況。

而第二種的『從網中逃脫』，意思是在內部展開搜查的階段，盡快讓自己加入『不是兇手』——『不可能是兇手』的圈子裡。例如佯裝成是被害人，或是用某種詭計，讓人以為自己不可能行兇。

在這些伎倆當中，兇手到底使用了哪個方法，想用哪個方法呢？」

宅邸主人十指交握擺在肚子上，雙目微閉，聆聽槍中說明。槍中將原本一直望著他的視線移開，轉為窺望坐他斜對面的的場女士。這動作就像在問「妳覺得如何」，但這位女醫師就只搖了搖頭，不發一語。

「在此，我想聚焦的是我們『暗色天幕』一行人造訪霧越邸的過程。」槍中接著道。

「十一月十三日下午，我們從東京來到御馬原。結束三天兩夜的行程後，於十五日下午，搭上飯店的接駁巴士踏上歸途，但這輛巴士卻湊巧引擎故障。

巴士停車的地方，剛好離相野町比較近，所以我們考量列車的時間，決定接下來要徒步前往。這時，突然暴風雪來襲，我們走的是彎彎曲曲、沒鋪柏油的山路，而且事後詢問才知道，從那裡到山腳並非只有一條路。因為寒冷、視線不良、焦急……在各種不良條件的重疊下，我們完全迷了路。在雪中徘徊了好一陣子後，很湊巧地抵達了這座霧越邸。

若順著這樣的前因後果來看便會明白，在我們來到這座宅邸前，發生了許多偶然。在這種情況下，有個沒和我們一起行動的人，在外頭操控，讓我們來到這裡，這是絕不可能的事。就算是對巴士動了手腳，但要是我們選擇的不是走到相野，而是返回御馬原的飯店，這樣就不可能會來到這裡了。真要說的話，根本舉例不完。有誰能準確地預料到會有暴風雪？能預料到我們會因迷路而來到這座宅邸？同樣的情形，也能套用在我們團裡的每一個人。

因此，『一、一開始就不進入網子內』，偷偷從外面來到這裡的方法，可以完全忽略。因為我們造訪這座宅邸，被困在這裡，應該是任何人都預想不到的事。

此外，那天搭那輛巴士的，就只有我們一行人，後頭沒有車輛，不可能有第三者在後面尾隨。因此，假裝沒來到這裡，藏身在某處的這個方法，也可以加以否定。而在這五天的時間裡，沒人離開這座宅邸，所以『讓人以為自己已經離開，然後又悄悄返回』的方法，也可以從檢討的對象中摒除。

問題在於**兇手不在這裡頭**的情況下。」

沒錯、沒錯——我心中暗忖。

昨晚我一直都獨自思索，不是姑且也想出了答案嗎？答案就是：那不為人知的另一個人便是兇手。而且之後我還實際親眼目睹那個人的存在。

在霧越邸裡，確實有個我們不知道的人物——對我們來說「並不存在」的第六位住戶存在。

那個黑影人，拄著枴杖，戴著能劇面具的……

最後，我並未告知槍中昨晚那件事，我錯失告訴他的機會。雖然剛才就我和他兩人單獨前往甲斐房間，但我的注意力完全被當時他的言行所吸引，儘管心裡想著非告訴他不可，但最後還是沒說。

「不過，槍中先生。」白須賀緩緩睜開他閉著的雙眼。「你們是在純屬偶然的情況闖入這個家，剛才您已這樣確認過了。您的意思是，這座宅邸裡住著一個對你們抱持殺意的人，但就算真有這麼一位你們不知道的人存在，這樣未免也太湊巧了吧？」

「確實就像您說的。」槍中如此回答，緩緩撫摸著下巴。那滿是緊張的表情一樣沒變，但他沉穩的態度，與坐他對面的宅邸主人相比，毫不遜色。

「但應該還有另一種可能性。因為忍冬醫師也曾經認同過，在霧越邸裡，似乎充滿了許多驚人的偶然。而且未必需要什麼多理所當然的動機。例如，那個人可能是位瘋狂殺人魔……」

聽到這裡，白須賀顯得有點不悅，他蹙起眉頭，聲音變得尖銳。

「我們宅邸裡沒有瘋子。」

但槍中以堅決的口吻說道：

「有這種可能性，不過，我也承認這個可能性很低。」

2

「我們回到正題吧，接下來得針對『從網中逃脫』這個方法展開檢討。」槍中接著說道。「發生命案後，出現在我們面前的屍體一共有四具，每一具屍體都經過忍冬醫生和的場小姐這兩位專家確認他們的死亡。因此，應該是不可能選擇裝死佯裝成被害人的這個方法。事實上，昨天將希美崎蘭的屍體搬往地下室時，我方的鈴藤也想過這個問題，而檢查了榊的屍體。因為關於屍體，我們都只是就近觀看，並未親手碰觸。我們試著懷疑忍冬醫生和的場小姐的死亡診斷，但當然了，他確實都成了屍體。

照這樣依序刪去後，最後只留下兩個可能性，其中一個可能性，就是剛才遭白須賀先生您否定的，一位不在這裡，我們不知道的人物就是兇手，而另一個可能性，是因某個原因而無法犯案的人物，其實是兇手。關於前者，只要我們強行對宅邸展開搜索，就能以某種方式判別真偽，但我目前不打算這麼做，現在還是先針對後者展開詳細的探究吧。」

正面的凸窗外，是一整片覆滿白雪的前庭，看不到飛舞的雪花，也聽不到風聲，暴風雪終於結束了嗎？這時突然從雲縫間射下陽光，令遠方的地面發出耀眼光輝。

「您說無法犯案，到底指的是何種狀態？」

白須賀再度閉上眼，槍中注視著他，接著說道。

「首先能想到的，是時間的不在場證明。接下來，還有受傷、眼睛看不見、色盲等等，因為肉體上的不利條件，使犯案的可能性遭否定的案例。而現場為密室，不可能進出，這也是其中之一，但以這起案件的情況來說，所謂的密室殺人連一件也沒有，所以沒必要納入考慮。

在這一連串的事件中，並沒有因為肉體上的不利條件而免除嫌疑的人。真要舉例的話，名望奈志的『刀子恐懼症』算是一個，但這種**沒有形狀可循的東西**——也就是心理、精神上的特性，與有形狀的東西相比，反而更容易捏造。他的『刀子恐懼症』是真是假，在此無從確認。」

名望奈志就坐在我右手邊，他手指抵向突尖的下巴，微微暗啐一聲。

「此外，尤其是昨天深月的命案，看起來像是沒力氣的女性無法辦到的犯行，但作為刪去嫌疑的線索，我覺得可信度偏低了點。因為我認為，只要有心，就算是女性也有可能辦到。再加上近來出現一股風潮，女性在任何事情上都非得要和男性『一樣』才滿意，所以這時要是認定女性就辦不到，反而有可能會換來歧視的批評，我勢必得向世上的女權論者表達敬意，認同女性們的可能性。還有，那位拄枴杖的未知人物，似乎主張自己有不利的條件，但對此，我決定暫不考慮。

那麼，關於時間上的不在場證明又是如何呢？

在第一幕時，我、鈴藤、已故的甲斐三人，都有完美的不在場證明。深月和彩夏的不在場證明雖然不夠完美，但姑且也算有。至於第二幕蘭的命案，擁有不在場證明的人一個也沒有。而

第三幕時，白須賀先生，您和鳴瀨先生，以及井關女士和末永先生這兩組人，能提出彼此的不在場證明。至於第四幕，目前尚未確認……」

槍中環視在座眾人。

「現場有人可以主張自己昨晚有不在場證明嗎？根據忍冬醫生的說法，他推測甲斐的死亡時間是凌晨兩點到四點這段時間。」

沒人回答。

「這四起案件中，只有第一幕和第三幕有人主張自己有不在場證明對吧。對了……」槍中重重呼了口氣。「我一開始提出的兩個問題點的其中一個，我想試著一併思考。這個問題也就是：**兇手為什麼要仿照白秋〈雨〉的意境來殺人呢？**

在那四起案件中，仿照意境的工作做得最仔細的，不用說也知道，就是**第一幕**吧。或許和第一起犯案有點關聯，但與其他三起案子相比，明顯花了很多工夫在屍體的裝飾上。因此，這給我一種感覺，兇手似乎有什麼特別的意圖。在此，我想稍微撥點時間，將焦點集中在第一幕榊由高的命案上進行探究。

我們試著回頭看那起命案的梗概會發現——

榊的屍體是在十七日早上七點半的時候被發現，地點在溫室裡，發現者是末永先生，現場的狀況如下。

屍體躺在溫室中央的廣場，擺出有點奇怪的姿勢；雙手像這樣纏住身軀，模樣就像要護住心窩般；兇手殺人的手法，是先重擊後腦，令他昏厥後再加以勒斃；兇器是北原白秋的書以及榊自己的皮帶；屍體上方垂吊著一個澆花壺，一條接出的自來水管插在裡頭，水不斷流下；而且屍體的腳邊還附上一雙塗漆的紅木屐。而除了屍體所在的中央廣場外，在另一個地方——溫室入口附近的通道上，也留有遭殺害的痕跡，兩樣兇器也都掉落在那裡。

驗屍的結果，推測屍體已死亡六個半小時到九個半小時之久，這是以前協助過警方辦案的忍冬醫生，與的場小姐討論後，謹慎求出的數字。由於是在上午九點十分左右展開調查，所以倒推回去，推測死亡時間是十六日晚上十一點四十分到十七日凌晨兩點四十分這段時間。就算有誤差，頂多也只會再增減十分鐘左右。

這個案件最醒目的特徵，不用說也知道，就是仿照情境殺人。從澆花壺灑落的水、紅色木屐、北原白秋的書——明顯是仿照童謠〈雨〉的歌詞所做的安排。

好了，回到一開始的提問。

兇手到底是抱持怎樣的意圖，而做這樣的仿照情境？為什麼非得是白秋的〈雨〉不可？

仿照情境殺人是抱持某個意圖進行——我想，這應該有以下三種情況。

第一，兇手從『仿照情境』這種**對屍體進行裝飾的行為**中，找到積極的意義。在這種情況下，那是仿照何種情境的這個問題已沒多大意義。也就是說，兇手的主要目的，是透過某種仿照情境的安排，將屍體當成展示品。

第二，兇手認定〈雨〉這首歌，或是詩、語句、旋律等構成要素，具有某種特別的含意。這種情況下，**演出〈雨〉的這種行為本身**，就是兇手的主要目的和執著，而兇手所展開的仿照情境，也可看作是兇手傳遞的一種訊息。

第三，裝飾屍體或是演出〈雨〉的情境，**這種公開的行為都不具有兇手真正的用意**，這種情況下，仿照情境本身始終都只是一種障眼法。透過這種華麗的幌子，來掩飾某個不能被知道的事——例如兇手身分或犯行的實情，對兇手不利的證據，或者是藉此創造出對兇手有利的某種假象，這才是其真正的目的。

對於第一和第二種情況，全都是歸結在極為心理與內面的問題，很難做出正確的判斷。『將屍體當成展示品』、『裝飾』、『對歌和詩的執著』——很容易與這種意向性產生連結的，應該是施虐癖、戀物癖、偏執狂、妄想狂等一連串的異常心理吧。總結來說，兇手就是在這種異常心理的刺激下，展開仿照情境，但光是這樣，我還是無法接受，總覺得還是存有疑點。雖然當然也能想作是為了復仇，而將屍體作成展示品，但這樣還是不太有說服力。

那麼，第三種情況又是如何呢？

我想支持這種情況。仿照情境本身並沒有真正的含意，兇手真正的意圖其實不同於仿照情境，而是另有其他。也就是說，**這樣的安排是為了障眼法而做。**」

槍中的聲音變得犀利。

「大家不妨將第一幕中，構成〈雨〉的仿照情境要素挑出來看，從澆花壺中灑落的水、放在腳邊的紅色木屐，以及白秋的詩集。

兇手在現場落下『雨』，是想隱瞞什麼東西嗎？還是說，紅色木屐或白秋的詩集出現在溫室裡顯得很不自然，為了加以掩飾，才展開仿照情境？

在此，我來問鳴瀨先生一個問題，可以嗎？」

「好。」

即使突然被叫到自己的名字，守在主人身後的這位年近半百的管家，他的應對還是一如往常。

「那雙木屐有哪裡不太一樣嗎？」

面對槍中的提問，鳴瀨緩緩搖了搖頭。

「不，除了被水淋濕之外，沒有什麼不同。」

「我舉個例子吧。假設兇手很仔細地將上面的水擦乾，放回大廳的玻璃盒內，這種情況下，您會覺得有哪裡不對勁嗎？」

「應該感覺不出來。」

「那麼，如果是那本詩集呢？要是兇手若無其事地將那本弄髒或是破損的書放回圖書室的書架上，您會發現嗎？」

「這很難說，如果仔細地放回原位，可能要等到曬書的時候才會發現吧。」

槍中露出滿意的神情，向鳴瀨道謝，視線又移回白須賀臉上，接著說道：

「如您剛才聽到的，兇手的安排，似乎不是因為木屐或詩集才那麼做。因為如果紅色木屐或白秋的詩集，會令兇手感到礙事，他大可不必為了加以掩飾，而如此繁雜地進行仿照意境的安排，只要像我剛才說的，將東西物歸原位應該就行了。

這麼一來，接下來就只剩下澆花壺灑下的『雨』了，此刻需要的，是與白秋的〈雨〉這個附加意義切割開來，試著單純去思考這項安排本身的含意。從澆花壺灑落的『雨』。當我們將它看作是一種現象時，它原本具備的要素是什麼？——這是很理所當然的事，共有兩個要素，也就是『聲音』和『水』。

澆花壺的『雨』，是為了藉由水聲來吸引人們的注意嗎？或是為了掩蓋其他某個聲音呢？——答案兩者皆非。那間溫室與我們所在的主屋，處在以一條長長的銜接走廊隔開的位置關係上，我不認為溫室裡的水聲會吸引人們的注意，更何況，如果是光靠水聲就能掩蓋的聲響，根本傳不進我們耳裡。一個不必擔心會被聽到的聲音，又何需加以掩蓋呢？事實上，屍體在早上末永先生於固定的時間前往溫室之前，一直都在那裡，沒人發現。

與『聲音』無關。如果是這樣，就只能推測，另一個要素『水』具有某個含意。朝屍體灑水，以水讓屍體濕透。這應該就是兇手真正的目的吧。

假設真是如此，那麼，**為什麼兇手有必要用水讓榊的屍體濕透呢？**」

槍中講了這一大串推論，感覺似乎漸入佳境，這時他突然停下，望向默默聆聽的眾人。

「為什麼兇手有必要用水讓榊的屍體濕透呢？」同樣的問題，他又重複說了一次。「我想到了三個解答。」

槍中自己回答道：

「第一，兇手看準了以水讓屍體濕透後，能發揮某種物理性或生理性的效果。例如在屍體身上有某個不能讓我們知道的內出血或是輕微的燙傷，所以想加以冷卻。雖然對屍體進行冷卻，也不可能痊癒，這只是個舉例。我從的場小姐那裡聽說，溫室裡的水是引自湖水，水溫比較高，所以就算加以冷卻，也無法期待會有多大的效果。此外，例如屍體散發高溫之類的……我想了許多可能，但似乎都無法順利地套用在這起案件的情況中。

我第二個想到的答案，是兇手想用水沖洗掉某個東西，某個讓我們知道就麻煩了的東西，附著在屍體身上或是屍體倒臥的附近地板上。兇手用水將它清洗掉之後，為了加以掩飾，而用澆花壺下『雨』。如果是這種情況，那附著物會是什麼呢？

白須賀先生，您認為呢？」

這段時間，霧越邸主人一直都閉著眼睛，也許是因為他很在意這件事，當槍中拋來這個提問時，他靜靜地睜開眼睛。

「這個嘛。」他嘴角揚起微笑。「不容易知道，如果不問兇手，是不會知道的。」

槍中聞言，一本正經地點頭道：

「沒錯，您說得對。這附著的東西是什麼呢？要怎麼想像都行。也許是某種粉末狀的物質，也可能是液體，或許有氣味，能展開更具體的想像，例如兇手的唾液、兇手的血液、兇手的嘔吐物、兇手沾附在臉上的香粉、香水的氣味……數都數不完。但現在它已經被沖走，它到底是什麼，我們已無法做出正確的判斷。

因此，就算兇手是為了將某個東西沖掉才灑水，但為了不讓人知道真相，而進行如此繁雜的仿照情境安排，根本沒有意義。我認為兇手應該沒必要這麼做。」

槍中將落向前額的頭髮慢慢往上撥。

「這麼一來，就只剩第三個答案了，也就是——

因為有某個其他原因，屍體原本就已濕透。為了瞞過我們的眼睛，不讓人知道這個真相，兇手才用澆花壺灑下了『雨』。」

3

「榊由高的屍體，因為其他原因，原本就是濕的，兇手無論如何都不想讓人發現這點。這到底是怎麼回事呢？我深信，案件的真相應該就隱藏在這個正確答案中。

為什麼屍體在做那樣的安排之前就已經濕透了呢？我們就試著來探討這個問題吧。身體被水弄濕的情況、弄濕身體的水……首先想到的是洗澡，浴缸或是沖澡的熱水。此外，還有湖——霧越湖的水，以及屋外的雪……

對了，榊確定是遭勒斃致死，而命案現場也確實是在溫室中。命案現場的地板明顯留下失禁的痕跡，那不像是偽裝的安排，至於在其他地方——例如在屋外遭殺害，甚至是溺斃，可以說完全沒這種可能。

忍冬醫生、的場小姐，你們認為呢？」

槍中依序望向這兩位醫師。

「我沒異議。」

忍冬醫師回答，的場女士也恭順地點頭。

「也就是說，屍體不是**遭殺害時**弄濕的。這麼一來，屍體弄濕的時間，當然是**遭殺害前**，或是**遭殺害後**，這是我得到的結論。

依照常理判斷，我支持後者。如果是死前就弄濕——例如榊剛泡過澡、沖完澡後，或者是在湖裡游完泳後，雖然這不太可能，不過，就算真有這麼回事，兇手應該也沒理由要加以掩蓋吧。

因此可以推斷，**榊的身體是在死後——遭殺害後才弄濕的**。

屍體是在遭殺害後才弄濕。這種事態為什麼會發生、如何發生，我們就一邊與剛才舉例的浴缸或沖澡的熱水、湖水、戶外的雪聯想在一起，來加以探討。

首先是浴缸，我們使用的浴室在二樓邊間，而另一方面，殺人現場在溫室的入口附近。如果屍體是在浴室弄濕的，則兇手便是在溫室殺害榊，再將屍體搬回主屋，爬上二樓前往浴室，把屍體弄濕後再扛起濕淋淋的屍體回到溫室。怎麼想都不覺得現實中會展開這樣的行動，這是既荒唐，又沒意義的解釋。

那麼，弄濕屍體的是湖水，還是屋外的雪呢？不管是何者，只要稍微搬移一下屍體就會弄濕。從溫室搬往銜接走廊，再從那裡搬往露臺，考量到榊纖瘦的身材，這樣的搬動距離並不算什麼。我研判這是最有可能的答案。」

通往溫室的玻璃牆銜接走廊，設有一扇通往湖岸露臺的門，是一扇可以輕鬆從門內上鎖和開鎖的門，所以移動確實不難。

「一路想到這裡，就很自然可以明白**兇手讓屍體擺出那個奇怪姿勢的含意**了。」槍中接著說。「一般來說，要是死後沒過太久就搬動屍體，屍體的姿勢改變，屍斑也會跟著移動。因為屍斑是血液的沉積現象，所以當血液還處在有流動性的狀態時，當然會往下移動。例如一開始仰躺的屍體，如果在一段時間後改為俯臥，則身體上下兩面都會出現屍斑。專家就是根據這種屍斑的移動狀態來推測屍體是如何被搬動。

兇手可能具有相當的法醫知識，為了不讓我們發現搬動屍體的事實，而讓屍斑的移動減至最低限度。可以猜想，**就是這樣才讓最容易活動的雙手纏在身上加以固定**。

如此費心安排的兇手，經由銜接走廊的那扇門，將榊的屍體搬往戶外的露臺，最後，屍體因屋外持續飄降的雪而濕透。兇手是否進一步將屍體泡進湖水裡讓他濕透，此事姑且不提，但兇手是為了什麼目的，而刻意這麼做呢？」

槍中就像要確認每個人的反應般，緩緩環視眾人，就這樣等了很長——長得有點誇張的一段時間。

白須賀微微睜眼，嘴角泛起不變的微笑；的場女士在一旁注視著槍中，眼神緊張；坐在牆邊的井關和末永也一樣，雖然流露出緊張之色，但基本上還是與鳴瀨一樣，面無表情。

在我右邊的名望奈志，則是像章魚一樣噘著嘴，頻頻搔抓著頭髮；至於忍冬醫師和彩夏則是並肩坐在我左手邊的槍中對面，但我看不到他們兩人的表情。

「原來是這麼回事。」

不久，忍冬醫師低語道，槍中像是老早就在等他發話般，接著應道：

「您明白了嗎，醫生？」

「應該是這麼回事吧，也就是說，兇手是想藉由這麼做，來擾亂我和的場小姐的驗屍結果。」

「沒錯。」槍中用力頷首。**「之所以將屍體搬往露臺，是為了利用外頭積雪的低溫。將屍體放在低於冰點的低溫下，延遲死後變化，這正是兇手真正的目的。」**

「死後變化……」名望奈志說到一半，彈了個響指。「哈，原來是這麼回事，兇手想以這種方式來製造不在場證明是嗎？」

「就是這麼回事。」槍中再次頷首。「死後變化的進行，是用來推測死亡時間的基本線索，它會隨屍體所處的環境條件而大幅改變。一般來說，如果溫度提高，就會加速變化，反之，如果溫度低就會減緩。至少像屍僵現象這種屍體內部的化學反應，確實可以這麼說。如果是處在冰點以下的低溫冷凍狀態，則可以想見，幾乎不會進行這樣的死後變化。

先將屍體搬往戶外一段時間，讓它處於冷凍狀態，之後再搬回常溫的溫室內。只要採取很單純的計算方式便會明白，屍體擺在屋外的時間，會延遲死後變化，也就是說，**死亡時間看起來會比實際的時間更晚**。當然了，因為讓人搞錯死亡推測時間，兇手就能製造不在場證明。

榊的死亡時間推測是晚上十一點四十分到凌晨兩點四十分這段時間，但這是錯誤訊息，實際的時間其實更早——**把死後變化延遲的時間算進去往前移，才是真正的時間帶。**

殺害榊由高的究竟是誰？

走到這一步，**網子的內外就此翻轉。**

就像剛才推測的，為了消除『暴風雪山莊』的缺點，兇手在第一次殺人時，迅速製造了不在場證明，採取從縮小的網子中逃脫的方法。也就是說，能從中導出一個結論，**兇手就在那天晚上聲稱自己有不在場證明的人當中。**」

槍中窺望眾人的反應，接著往下說。

「在第一幕中聲稱自己有不在場證明的人，有我、鈴藤、甲斐、深月、彩夏，其他人則沒有不在場證明。因此，兇手就在這五人之中。

首先針對深月和彩夏，彩夏說她因為睡不著，所以跑去深月房間，兩人聊了一會兒。在這種情況下，應該懷疑的當然是前去找深月的彩夏吧，因為深月在第三幕遭到殺害。

兇手就是彩夏，是否真是這樣呢？」

咦——彩夏驚恐地叫了一聲，槍中朝她瞥了一眼後，馬上微微搖了搖頭。

「彩夏說她和深月在一起的時間是凌晨十二點到兩點，姑且算是提出了不在場證明，但這絕對稱不上是完美的不在場證明，倒不如說不完美的部分還比較引人注意。

將屍體擺在戶外一段時間的結果，到底會造成死後變化延遲多久，推測的死亡時間延遲多久呢？就算以圖書室裡的法醫學書籍查閱，兇手應該也無法預料到正確的時間吧，所以假的不在場證明，應該得先**盡可能保有一個安全範圍**。但在凌晨十二點到兩點這個短暫的時間帶下，很可能會不小心跑出兇手所看準的時間範圍，而事實上，彩夏也只提得出不完美的不在場證明。如果她是兇手的話，應該會更謹慎地決定好製造不在場證明的時間和範圍，因此，我研判彩夏不是兇手。」

槍中又朝鬆了口氣的彩夏望了一眼，視線轉向我。

「接下來是我和鈴藤。我們兩人在晚上九點半解散後，幾乎沒留空檔，緊接著在九點四十分到凌晨四點半這段時間，一直都待在圖書室裡。實際的死亡時間，應該比推測的時間帶還早，所以我們兩人當然都沒機會犯案。我和鈴藤也都不是兇手，因此……」隔了一會兒，槍中說道。

「最後就只剩甲斐倖比古了。」

4

「甲斐來到我和鈴藤所在的圖書室，是十六日晚上十點半左右，離九點半解散的時間，又過了一個小時。在這一小時的時間裡，把榊引誘到溫室殺害，是很有可能的事。」

其他人還來不及插嘴，槍中已接著往下說。

「在此假設他是兇手，我試著重現他的犯案過程——

以事先從圖書室帶走的書，看準機會將榊擊昏。如果是拿撥火棒或沉甸甸的擺飾當兇器，那還另當別論，如果只是拿一本書，對方應該不會起疑。榊昏厥後，兇手接著用他身上的皮帶將他勒斃。

之後甲斐為了製造不在場證明，來到圖書室。所有人都知道我和鈴藤在那裡討論下一齣戲的內容，如果我們不在的話，他只要找個巧妙的藉口去某人的房間即可——就這樣，一直到十七日凌晨三點多這段時間，他都和我們一起，至於他將屍體搬往戶外，是在這之前，還是之後呢？我推測可能是之後。

剛才我也稍微提到，只要事先將屍體搬往氣溫降至冰點以下的戶外，讓它處於冷凍狀態，用最單純的方式來看，在戶外擺放多久，死後變化就會停止多久。實際情況是怎樣，我不知道，但可以想見，兇手就是以這樣的計算當參考標準。假設甲斐是兇手，他將屍體擱置在那種狀態下，是在他來圖書室之前，那麼，一直到他之後離開圖書室的凌晨三點前的這段時間，屍體會在雪中擱置四個半小時以上。這樣的話，安排不在場證明就沒意義了。假設他是在晚上十點行兇，則擱置的時間是五個小時，單純以這樣來思考死後變化延遲的情形，則推測死亡的時間會變成凌晨三點。當然了，在推測時會保留相當的誤差時間，所以他的不在場證明未必能成立。

因此，可以推想甲斐是在安排好不在場證明後，也就是凌晨三點後，再度下樓將屍體搬到戶外。可以想像之前那段時間，屍體可能是擺在銜接走廊上。因為要是事先擺在溫室裡，想之後再搬到戶外，延遲死後變化，擺在戶外的時間至少就得和想延遲的時間一樣長才行。如果是晚上十點行兇，而想讓屍體看起來像是凌晨一點遭殺害，至少就得讓屍體處在三小時以上的冷凍狀態；但如果是從凌晨三點開始放置三個小時，時間會來到早上六點。只要觀察前一天早上的情形就會知道，宅邸的人早上大多七點就開始忙碌，所以沒時間讓兇手這樣拖拖拉拉。

因此，屍體先從溫室被搬往銜接走廊。走廊沒有暖氣，所以雖然不像戶外那麼冷，但也算是處在相當低溫的狀態下，死後變化當然會比在溫室內來得緩慢。只要先這麼做，之後得將屍體搬出戶外的時間就能期待可以縮減到三個小時以內。說起來，屍體就是經由那樣的方式，**被模糊了真正的死亡時間**。」

我們來到宅邸的隔天下午，其他人看起來都充分睡了一覺，消除了疲勞，但唯獨甲斐可能是睡眠不夠，雙眼充血，而且發現榊陳屍的隔天早上，他看起來更顯疲憊。如果真像槍中說的，是甲斐擬定這套殺人計畫，並加以執行，他那憔悴的模樣就能理解了，可是——

「照這樣來看，甲斐是兇手這個假設，似乎沒什麼邏輯上的問題。此外，他還符合想得到的幾項條件，例如——

為了讓這項詭計得逞，需要有位熟練，而且我們信得過的驗屍醫生在。這點，以前在警局幫忙過相關工作的忍冬醫生是不二人選。甲斐是否事前就知道醫生有這方面的經歷呢？——**他確實知道**。

第二天下午在二樓的沙龍，醫生和鈴藤聊天，當時在中間那扇門敞開的隔壁餐廳裡，他應該跟我和深月一樣，都在聆聽他們兩人的對話。而在正式介紹的場小姐前，他也曾經聽忍冬醫生提過，所以知道這座宅邸裡住著一位專屬的醫生。比起一位醫生，有兩位醫生討論確認，推測出的死亡時間當然可信度更高，可信度愈高，他的不在場證明就愈牢靠。

這死後變化的現象，是他想到這項詭計的來源，他具有這樣的知識嗎？——**有的**。甲斐說過，他原本的志願是要考上醫學院，與其他人相比，也可能多少具有一些醫學方面的知識基礎，而且在我們這一行人當中，他算是看了不少推理小說的人。在動手殺人時，就算腦中想到仿照情境、製造不在場證明，也不足為奇。至於將屍體放在低溫和高溫的環境中，來擾亂死亡時間的推測，這種詭計的原理，在推理小說中也曾出現過幾個知名的應用案例，他很有可能是從中得到啟發。

他知道宅邸裡有那樣的溫室和銜接走廊嗎？——**他當然知道**。因為第二天下午，我和鈴藤發現那間溫室時，他隨後也到來。例如溫室裡的溫度一直維持在二十五度，以及銜接走廊沒有暖氣，有一扇直接通往戶外露臺的門，這一切他也事先都知道。」

接著槍中對他講了這一長串的推理，做出明確的結論。

「具備了這麼多的條件，我可以在此斷言，兇手就是甲斐倖比古。」

「可是槍中兄，甲斐他……」

名望奈志有話想說，但槍中微微抬起單手制止了他，接著往下說。

「我認為，甲斐在第一幕所採取的行動，就像我剛才說的推測一樣，沒多大的不同。他依照自己的判斷，先將榊的屍體搬往露臺的雪地上，擺了一、兩個小時後，又再次搬進溫室內。接著為了掩飾屍體被飄降的白雪弄濕的真相，他才刻意模仿白秋的〈雨〉，安排成仿照意境：從大廳取來木屐，擺在屍體腳邊，讓澆花壺的『雨』灑落……

為什麼偏偏是〈雨〉呢？關於這個問題，是因為第一天晚上我們在沙龍聽到了音樂盒的樂音，而且是在令人印象深刻的時機下。所以在他擬訂殺人計畫時，就算構想會與當時聽到的音樂盒樂音連結在一起，也是很自然的事吧。

對了，還有，在此我得另外提一個問題，那就是：甲斐為什麼要在溫室中央那處行兇地點以外的地方安排仿照情境呢？

或許不用我刻意說明，大家也都知道，其原因就在於，殺人的痕跡，也就是地板上失禁的痕跡，甲斐不想用澆花壺的水沖走。讓人懷疑屍體曾搬往溫室外（或是從溫室外搬進來），對他來說應該是最大的威脅，因為他從溫室搬往銜接走廊、露臺，接著又搬往溫室，他再三地搬動屍體，讓人知道屍體曾經搬到溫室外，將會使他的不在場證明出現破綻。他應該不光只是固定屍體的手臂，在搬動時，對屍體全身的姿勢應該也都很注意，事先擺在銜接走廊上時，附著在地板上的髒污，他肯定擦拭得很仔細。

讓我們相信**屍體一直都在溫室裡**，並沿著這個方向推測出死亡時間，這是讓計畫成功的首要條件，為此，他無論如何也得**確實地先留下在溫室內殺人的痕跡**。所以澆花壺的『雨』必須在有一段距離的不同地方灑落。」

甲斐倖比古就是兇手。

我一面對槍中那很合乎邏輯、無懈可擊的推理表示認同，一面回想甲斐那纖細的長相、神經質的個性，以及結實的體格。原來如此，如果是甲斐，肯定會很細心留神，像剛才槍中說明的那樣，多次輕鬆地搬運屍體。

可是——

「可是他……」

聽我不由自主地脫口說出這句話，槍中馬上做出反應。

「你是指今天早上的命案嗎？」

「對。」我納悶地問道。「甲斐為什麼昨晚會……？還是說，他真的是自殺？」

「沒錯。」槍中很直截了當地回答道。「是因為良心譴責，還是害怕被捕，得問他本人才會知道。不過，我認為甲斐的死確實是自殺。他昨晚那麼慌亂，想自己一個人逃離這裡，也是基於同樣的原因，不是害怕自己成為下一個被鎖定的目標才逃走，而是因為**他自己就是兇手，所以**

才想逃亡。他逃走失敗，因此最後選擇自殺。」

「可是，那些人偶……」

「那其實是地震引起的。」

「才沒有什麼地震呢。」

「我說的地震，是一種比喻。」槍中望著我，微微聳了聳肩。「簡單來說，那些芥子雛不是人為弄倒的，而是因為樓梯間的震動而自己倒下。」

「你的意思是？」

「甲斐應該是將繩子的一端固定在扶手上，另一端綁成繩圈套住頭，從樓梯間跳下，這樣應該會對扶手造成強烈的衝擊。他在懸吊狀態下大幅搖晃，身體很可能撞向下方的犀柱，那股衝擊讓整個樓梯間像地震一樣產生震動。強烈的震動當然也傳到了擺在那裡的雛人偶陳列臺，那震動足以將小人偶都震倒。」

「原來如此，難怪你剛才……」

我想起剛才在大廳，槍中走上樓梯間去查看人偶時發出的聲響，沉重的一聲「咚！」，以及震動。他可能是試著實際在樓梯間跳躍，看地板的搖晃情況有多嚴重，以此進行實驗。

甲斐真的是自殺嗎？昨晚他和我一起目睹那個戴能劇面具的人現身後，他沒把握能再繼續隱瞞自己的罪行，或是對此感到厭倦，這才決定結束自己的性命嗎？

「他的殺人動機是什麼？」這次換名望奈志提問了。「你該不會說，他是因為不想還那幾十萬的小錢，而動手殺了榊吧？而且真是這樣的話，他也沒理由連蘭和深月都殺了吧？」

「當然不是因為這樣的動機而殺人。」槍中回答後，轉頭面向一直都在一旁默默聆聽的宅邸主人。「我剛才說的，是以這起案件中，肉眼確實看得見的部分當線索，極力排除模糊不明的要素，所展開的推理……也就是說，對於人心這種問題，我刻意不去碰觸。但坦白說，我並非一開始就構思出這樣的推理，而認為甲斐是兇手，倒不如說，我是先探討動機的問題，而就此懷疑他可能是兇手。」

5

「現在得再度回到一開始的設問，這個問題也就是兇手為什麼非得在霧越邸裡犯案不可？」槍中再度開始說明。「對於『暴風雪山莊』的優點和缺點，一開始我已探討過，不過，在這種特殊的狀況下，兩者的比例顯然是缺點多於優點。我個人是這麼認為，就算他再怎麼耍手段，想要消除這些缺點，在這種狀況下展開連續殺人，都是非常危險的賭注。就算很憎恨對方，欲殺之而後快，但如果可以，還是在別的機會下，找其他地方下手，才是明智之舉。

但兇手卻刻意**選在這個地方**下手，這當中應該有相當的決心、覺悟，以及必要性。要動手殺人，有很多可能的動機，但在嫌犯完全被限定住的封閉環境中，卻還是非得下手行兇不可。兇手具有這樣的動機。

因此……

剛才提出的結論，暫時就當我沒提過，繼續往下說吧。

在針對犯案動機思考時，我首先懷疑的人……不好意思，其實是宅邸裡的住戶。白須賀先生，剛才您說過，對榊懷有殺意的人剛好就在宅邸裡，不可能有這樣的偶然。但您當然知道，確實有這樣的偶然存在。」

白須賀沒說話，就只是聳了聳肩，槍中朝站在主人斜後方，身穿黑衣的管家瞄了一眼。

「舉其中一個例子，有一位八月時在東京的李家享助的宅邸裡遭殺害的警衛。」槍中說。「這位叫鳴瀨稔的警衛，殺害他的人似乎是榊。這則消息從十五日的晚上開始在電視新聞中播放，而另一方面，府上這位同姓的管家迎接我們的到來。如果那位遭殺害的鳴瀨先生，與府上的鳴瀨先生有什麼淵源的話……雖然鳴瀨先生否定了兩人的關係，但我無從確認此事的真偽，他並非完全沒有嫌疑。

另外還有一個例子，那就是四年前發生的那場火災。我聽的場小姐說，令位於橫濱的白須賀宅邸付諸一炬的那場火災，是起因於電視機起火。我就此想起，那個有缺陷的電視，不是別人，正是李家產業的產品。

如果是因為遇上了這些偶然，為了復仇而萌生殺意，這麼一來，『為什麼一定要此刻在這個地方下手』的疑問就解開了。偶然發現為了躲避暴風雪而前來投靠的這群不速之客中，有個可恨的仇人，等雪停了，這些客人就會回東京去，要是放過這個機會，也許將再也不會有下次了……

可是，就算是因為這樣的動機而殺了榊，但接著連他的情人蘭也一併殺害，感覺似乎太過火了。而且還有第三位被害人蘆野深月，這也是事實，她沒有理由遭到殺害。考量到她與已故的美月夫人長得如出一轍，就更加讓人覺得這個假設不太可能。」

說了這麼一長串的話，可能也覺得累了吧，槍中這時停頓下來，摘下眼鏡，用指尖用力按住眼皮，白須賀以平靜的眼神注視著槍中的動作。

「那麼……」槍中旋即鬆開手指，緩緩將眼鏡重新戴好，接著說道。「兇手果然不是這宅邸的住戶，而是我們這群訪客的其中一人嗎？我苦思良久，最後終於發現，還有一個可能的動機，絕不能忽略。

真的是花了很久的時間才想到，仔細想想，這事其實再單純不過了，我應該早點發現才對的。想必是太多事轉移了我的注意，才會唯獨那件事完全沒擺進我的思考範圍內，這答案就是這麼簡單。」

會是什麼呢——都這時候了，我還是沒發現那件事，儘管已經知道甲斐倖比古就是兇手，還是沒發現。

甲斐殺害榊由高的動機。

甲斐殺害希美崎蘭的動機。

甲斐殺害蘆野深月的動機。

非得在霧越邸殺了他們三人不可的動機……

「剛才我已稍微提過，八月時在東京曾發生過這麼一起命案，大家可能都知道，但在此我還是再說一遍吧。」槍中接著道。「八月二十八日深夜，有個人似乎為了行竊而闖入李家產業會長李家享助的宅邸，並殺了宅邸內的一名警衛後逃逸。警方一直查無所獲，但最近出現一位有力的目擊者，警方馬上決定將李家享助的孫子李家充，也就是榊由高當作嫌疑人，發布通緝。而在這趟旅行期間，我們——也包含了榊在內，都完全不知道這樣的情況。

這是只有我和鈴藤才知道的事，已故的深月曾跟我們說，這可能與八月的那起案件有關，而就此說出了一件事，據她所言……

發生那起案件的晚上，深月在房裡接到榊打來的電話。當時感覺榊嗑了藥，同時也傳來與他同行的蘭發出的笑聲，但感覺電話的那頭還有另一個人，因為深月沒把握，所以最後沒說出她覺得那個人是誰。但針對這『另一個人』存在的意義深入細想，就能輕鬆解開這座宅邸裡的命案行兇的動機。」

也許與八月的那起案件有關的另一個人——沒錯，她確實說過這件事。

前天下午，我從深月那裡聽聞此事，之後有一段時間我也一直掛念著這件事。那個人會是誰呢？經這麼一提才想到，那天晚上我和槍中討論過這件事，可是——

啊，對了。深月昨天在大廳裡再度要談到那件事的時候，我被另一個問題（之前聽說與她有關的秘密）吸引了注意，根本無暇管那件事。而且當時那幅肖像畫突然從牆上掉落，就像要硬生生打斷她的話似的。

「這另一個人——第三名人物，如果與榊和蘭一起牽涉八月那起案件的話，那就大概是這樣的情況吧。」

我沉浸在深深的嘆息中，槍中朝我的側臉瞥了一眼後，又接著往下說。

「這三人乘著藥性發作，就此犯下無法彌補的罪過，兩個半月過去，幸好警方還沒盯上他們。榊天生就是那樂天的個性，所以他可能已完全放心，覺得不會有事；而蘭的個性也相當堅韌，也許她一直都說服自己相信，我只是在車上等而已，因而擺出一副悠哉的模樣。不過，這另一個人，始終一顆心七上八下，擔心警方不知什麼時候會查到他頭上──處在這種情況下，要是這個人得知在我們來信州旅行這段時間搜查當局採取的行動，他心裡會怎麼想呢？

回到東京後，榊馬上就會被逮捕，接受訊問後，榊會被迫供出其他兩名共犯，這麼一來，這個人將會身敗名裂。或者還有另一個可能，在那起案件中殺害警衛的人其實不是榊，而是這另一個人，如果是這樣就更嚴重了，絕不能將榊交給警方。蘭身為榊的女友，當然會成為警方鎖定的目標，所以如果可以，也不能把她交給警方。

就是因為這樣。

所以這個人在暴風雪平息，我們可以就此從這裡解脫之前，被迫得殺了榊和蘭滅口，**絕對不讓這兩人回東京**。他也能將警方的動向告訴榊他們，建議他們逃走，但無法保證他們不會被捕。目前有嫌疑的人，暫時只有榊一人，應該沒其他人知道他也和這個案子有關，所以只封住這兩人的嘴，就不必擔心自己的事曝光──這個人肯定最後做出這樣的結論。

對了，我們從的場小姐那裡得知這則新聞，是在前天，榊遭殺害之後。但如果我剛才說的動機沒錯的話，這另一個人，也就是兇手，當然在更早之前就已經知道這則新聞。

那麼，**兇手是如何得知消息的呢？**

我們所在的地方，連一臺電視也沒有，當然也沒報紙，電話在第一天晚上的深夜斷線。再來就只剩收音機了，我想得到的收音機當中，忍冬醫生車上的收音機故障，再來就只剩甲斐攜帶的隨身聽內建的收音機，或者是的場小姐借我們的收音機。

這時有件事非注意不可，十六日──發現榊屍體的前一天下午六點前，擺在大廳的那個木屐的玻璃盒，有被人打開過的痕跡。

聽說是末永先生為了替盒內用來防止乾燥用的水補水時發現的，之後詢問眾人，這是誰做的，但沒人承認，因此，可以看作**打開木屐玻璃盒的人，就是殺害榊的兇手**。而兇手在偷偷打開玻璃盒時，腦中應該就已經想好要以〈雨〉當主題，要為仿照情境殺人的計畫著手安排——這是很容易推測的事。

基於以上的情況我們可以明白，**兇手得知那個關鍵新聞的時間，最晚是在十六日下午六點之前**，但我們向的場小姐借到收音機，是在這個時間之後。**兇手要得知這個新聞只剩一個方法，那就是——透過甲斐攜帶的隨身聽**。」

「這麼說來，槍中兄。」這時突然插進名望奈志的聲音。「甲斐聽到那個新聞，是在第一天晚上——因三原山火山爆發的事而引發軒然大波的那時候嗎？」

「這樣想應該沒錯。」

槍中就像要看穿時間，望向過去般，突然朝天空瞇起眼睛。我也跟著瞇起眼睛，回想起造訪這座宅邸的那個晚上——十五日晚上在沙龍發生的事。

蘭說她想聽天氣預報，甲斐回房拿來隨身聽，原本自己戴上耳機聽廣播，接著突然微微驚呼一聲「什麼？」，他的聲音聽起來既驚訝，又慌張。

大家問他怎麼了，甲斐一時答不出話來，經過很長一段不自然的沉默後，他才說出三原山火山爆發的新聞。

當時甲斐的樣子確實很奇怪，如果是彩夏倒還另當別論，但甲斐跟大島沒有直接的關係，他聽到三原山火山爆發的新聞顯得那麼慌張，實在很不自然，而且經這麼一提才想到，之後蘭叫甲斐放廣播給她聽，甲斐卻將耳機塞進耳裡，不肯交給她，那動作也很不自然……

「還有這麼一件事。」槍中轉頭面向前方，接著說道。「十六日下午，彩夏說她想聽三原山的相關新聞，請甲斐借她隨身聽，甲斐當時卻說電池耗光了，加以拒絕。」

聽到這裡，我終於真正明白到這個房間集合前，槍中先去了一趟甲斐的房間「確認」的用意。

那個隨身聽能正常運作的含意——沒錯，電池的電力根本就沒耗盡。也就是說，甲斐當時對彩夏說謊。

為什麼要說那種謊？——**因為他認為，要是讓別人聽到廣播就麻煩了**。在他殺了榊滅口之前，無論如何都要避免讓榊和我們知道那個關鍵的新聞，所以才……

同一天晚上，當彩夏開始用的場女士借我們的收音機聽新聞時，甲斐想必一顆心七上八下吧，因為隨時都有可能會傳出和前一天晚上同樣的報導。當開始播放廣播時，他馬上改坐在收音機附近，接著果真在三原山的新聞之後，開始播放「今年八月，在東京都目黑區……」這則新聞。

當時剛好彩夏勾到電線，將收音機摔落地面，這對甲斐來說，是很走運的事，如果沒發生那件意外，他一定會被迫得自己關閉收音機的開關。

6

「……就是這麼回事。」槍中說完之前他在甲斐房間「確認」過的事實與它的含意後，接著繼續往下說。「十五日晚上，因為聽到那個關鍵的新聞，甲斐就此開始決定要在宅邸裡殺了榊和蘭滅口。同一天晚上碰巧聽到音樂盒傳出的音樂〈雨〉、外頭持續飄降的雪、電話斷線，完全與外界孤立的情況、同時有兩位醫生、溫室、紅色木屐——因為有這各種誘因和重要因素，他就此想到藉由仿照情境殺人來製造不在場證明的詭計，而決定付諸實行。此外，得知宅邸裡的管家與八月那起案件的被害人同樣都姓『鳴瀨』，以及從的場小姐口中得知四年前那起火災的原因，當然也帶來了影響。如果順利的話，我們的猜疑可能會轉往那個方向，或許警方也是……他肯定抱持這樣的期待。」

我陸續想起前天發現榊的屍體後，甲斐展現的言行。

話說回來，最早提到溫室屍體上的裝飾，會不會是仿照〈雨〉的情境，不也就是甲斐嗎？另外，的場女士告知我們八月那起案件的新聞時，最早指出那名遭殺害的警衛姓「鳴瀨」的，我記得也是甲斐。還有，最早提到這座宅邸裡住著「第六位住戶」，對此很擔心的人，也是他。

「至於第二幕之後的情況，我應該就不需要多說了吧。殺了榊，成功確保自己的不在場證明，完全置身於網子外之後，接著甲斐殺了蘭。在大家都得知鳴瀨先生有可能是兇手的那個階段，蘭的猜疑完全轉往那個方向，對於擁有完美的不在場證明，而且又是八月那起案件『同夥』的甲斐，她完全沒半點猜疑。甲斐以『同夥』的身分，說要討論今後的對策，或是巧妙利用某個藉口，半夜把蘭找出來，成功殺害了她。仿照〈雨〉第二段的情境，在屍體旁邊附上紙鶴，當然是為了藉由營造出『連續仿照情境殺人』這樣的構圖，來加強掩飾第一幕的不在場證明詭計。

第三幕，他殺害深月的理由，就毋須我再說明了吧。甲斐在某個機會下——可能是在一旁聽到鈴藤與深月的對話——而得知深月似乎發現八月那起案件中有『另一個人』的存在。因此，他也非得殺了深月滅口不可。

說到這裡，這起案件的真相幾乎已完全明朗了。」

在鴉雀無聲的房內，槍中悠然地環視眾人。

「最後還有一件事我非提不可。」他說。「也就是說，霧越邸擁有的特殊力量，在第一起命案發生前，就已經預言了兇手的姓氏。」

這是剛才他在甲斐的房間提到的事，溫室天花板上的龜裂所代表的含意——但我實在資質駑鈍，到現在還是沒弄明白。

「預言？」名望奈志發出一聲怪叫。「這是一座很奇妙的宅邸，這句話我已經聽很多遍了，可是槍中兄……」

「這是真的嗎？」忍冬醫師探出頭來，望著槍中。「你說這宅邸預言了兇手的姓氏，在哪裡？」

「就是十六日下午，我和鈴藤在溫室目睹的**『行動』**，天花板的玻璃突然破裂，形成十字形的裂痕。」

接著槍中的視線轉向雙手疊放在膝上，專注聆聽，一動也不動的的場女士。

「的場小姐您應該很清楚，會『映照出來訪者未來』的這座宅邸，透過幾個『行動』，對命案被害人的名字做出預言。例如刻有源式香之圖『賢木』圖案的抽菸道具組破裂、溫室的蘭花突然枯萎，但這一連串的『行動』中，只有一項含意不明，那就是剛才我說的溫室天花板龜裂。」說到這裡，槍中的視線再度回到坐他正對面的白須賀臉上。「我說這話，當然沒有任何科學保證和合乎邏輯的必然性，對有一般常識的人們來說，這是毫無說服力可言的想法。但是在霧越邸待了幾天，至少在我的主觀意識中，我認為這宅邸不可思議的力量——要稱之為『意念』或是『氣場』都行，它確實存在。而正確解讀這股力量所展現的『行動』背後的含意，就結果來說，是用來查出案件兇手名字的捷徑。」

槍中舔舐乾燥的嘴唇。

「『十字形的龜裂』——那關鍵的裂痕，我和鈴藤都這樣稱呼它。『十』、『十字』……我針對那形狀所擁有的含意，展開各種思考，但還是想不出個結果。

於是我試著改變看法，它有沒有可能不是『十字形』呢？之所以說是『十』，**其實只是因為我當時剛好站在那個位置，所以看起來覺得是『十』**。也就是說，**它真正的形狀**，也許是將它轉成四十五度的『X』。

『X』——『艾克斯』、『叉叉』、『未知數』……儘管如此，乍看之下似乎沒任何含意，但只要稍微轉個彎，答案就很簡單地浮現了。這個『X』，不是當成一般的英文字母來念。」

「啊……」

我終於發現「答案」，不由自主地叫出聲來。

「要當成希臘文來念，**希臘文的『X』，念作『KAI』**[32]。」

雲縫間灑落的陽光，從窗戶射進屋內。鳴瀨無聲地行動，朝當中的幾扇窗拉上窗簾。室內略顯昏暗。

槍中等候鳴瀨返回原位後，喚了一聲「白須賀先生」，之前的嚴肅表情轉為柔和。

「既然我都講得這麼清楚了，之前提到的另一個可能性，也就是這宅邸裡的第六位住戶是兇手的說法，就沒必要刻意提了。剛才說了很冒犯的話，不過，不管府上是否有這樣的人物存在，應該都和案件無關。我認為從剛才的說明中，已能得到需要的答案，您覺得呢？」

笑意緩緩在槍中清瘦的臉頰和薄唇上擴展開來，白須賀深深地往後倚著沙發，正準備開口說話。

這時，傳來鋼琴聲。

7

從隔壁房間——以應舉的屏風隔開的那扇敞開的房門後，傳來一陣琴音。

那細微而又高亢的樂音，演奏出哀戚又熟悉的曲調，像小孩子在彈琴嬉鬧般，不太流暢，所有人都靜止不動的房內空氣為之震動。

啊，這首歌是……

是很久以前，我年幼時記得的歌曲。是在小學的音樂課上學會的嗎？還是已故的母親唱給我聽的？——**這首歌不是〈雨〉**。它不是〈雨〉，對了，與昨晚在我半睡半醒的夢中，以及今天早上在沉睡的夢中聽到的，是同一首歌……

實際上肯定只有幾分之一秒的時間。但在我耳朵聽到那個旋律，從記憶中的某處找出與它相符的**那首知名童謠**的曲名和歌詞的那一刻，感覺彷彿有數年，甚至是數十年的時間從我心中掠過。

……忘了……怎麼唱歌的

……金絲雀……

配合那演奏的曲調，某人懷念的歌聲在我腦中響起。

……就丟在……

……後山吧……

宛如凍結般的寂靜融解，湧現一股低沉的喧譁，緩緩在我們之間擴散開來。

槍中臉色大變，從沙發上霍然起身，接著名望奈志站起，我也站起，我們一同朝屏風的方向走去。

琴音仍舊持續，就像在訴說著什麼，以同樣不太流暢的節奏，彈奏著那首曲調。

槍中手伸向屏風，動作相當粗魯，很不像他平時對待珍貴的古董藝術品會有的舉止，將屏風推向一旁，琴聲同時戛然而止。

完全敞開的雙開門，前方是牆上掛了許多漂亮浮世繪的寬敞房間，朝右手邊的窗戶擺放了一架暗紅褐色的平臺鋼琴，然後……

32. 為日文的かい，亦即甲斐。

一名男子端坐在鋼琴前，修長的手指放在黑白琴鍵上，側臉面向我們。

我們三人不由自主地在門前停步。

黑色的窄版長褲、黑襯衫、黑色的圓領毛衣，一身黑衣的這名男子（他是個年輕人，稱呼他「少年」還比較合適），緩緩從鋼琴前的椅子站起身，左手拿起立放在一旁的黑色枴杖，靜靜地朝我們走來。

「就是你嗎？」

名望奈志態度強硬地大聲喊道。男子──少年沒回應，嘴唇泛起一抹微笑。

白須賀從沙發上站起身，從我們身旁穿過，走進隔壁房間，他走到少年身旁，手環向少年那只到他胸部高度的纖瘦肩膀，讓他坐向附近的椅子。

「還沒跟各位介紹。」霧越邸主人態度從容，嘴角的微笑往整張臉擴散開來。「這是我的獨生子，名叫彰。」

彰──今天早上也曾聽的場小姐提過這個名字，我頓時想起當時的記憶。

對了，造訪這座宅邸的隔天下午，槍中、深月、彩夏、我四人在邸內探險時，曾看過這個名字。迴廊牆壁上裝飾的那幅畫──描繪霧越邸的一幅水彩畫，上頭有這個簽名。槍中當時說，這應該不是專業畫家畫的作品，這麼說來，那幅畫就是出自這名少年之手嗎？

「獨生子？」名望驚呼道。「的場小姐說，那孩子已經在四年前那場火災中過世了，那不就……」

「哦，她真這麼說？」白須賀神情不變，微微攤開雙手。「的場小姐一定是哪裡誤會了。」

白須賀彰膚色白淨，面容端正──是長相可以用「漂亮」來形容的年輕人。年約十六、七歲，看到他沉穩的儀態和神情，或許年紀還要再大上兩、三歲。

他身材嬌小，體格纖瘦，柔順的頭髮垂落在前面，他那張瘦臉的左半邊幾乎都被頭髮遮住了——他望向我們的右眼，那漆黑的深邃眼瞳，暗藏著冷峻而又沉穩的光芒。

「您是槍中先生嗎？」

彰短暫地顯露出些許躊躇，接著月光投向站在門前的槍中，緩緩開口說道。那第一次聽聞的聲音，是很迷人的男高音，果然與「少年」的形象很搭配。

「對。」

槍中回以嚴峻的聲音，彰一時像是畏怯般，縮起身子。但他旋即像是要揮除心中的躊躇般，用力搖了搖頭說道：

「樓梯間的芥子雛翻倒，並非偶然，是人為故意的。那是我做的，帶有告發的含意。」

告發？他說告發是什麼意思？還有，他說翻倒人偶的人是他，這又是什麼意思？

「這怎麼可能。」槍中雙目圓睜，加以反駁。「那些人偶是因震倒才翻倒的，我之前才實驗過，那確實是……」

「不對。」少年凝視著槍中說道，他臉上已沒有怯懦的表情，聲音中甚至帶有一絲果決。

「那是我翻倒的，那項證據，難道您不覺得有點奇怪嗎？」

「哪裡奇怪？」

「雛人偶陳列臺上擺設的，應該不光只有翻倒的那十個人偶，屏風、貝桶、裝飾層架，時鐘等雛人偶道具，同樣也在雛人偶陳列臺上吧。那麼纖細的道具沒翻倒，而相較之下重心較低，反而比較不易翻倒的人偶卻倒下了，而且全部都仰躺翻倒。」

「這……」

「如果像您剛才說的，是因為震動引起，那麼，這種翻倒方式也太不自然了吧。」

「這……」

槍中為之語塞，他垂眼望向地面，就像在責怪自己的觀察疏忽般，右手握拳，輕敲著太陽穴。

「——原來如此。」

槍中如此低語道，接著抬起右手，以食指指向少年。

「你就是兇手對吧。」槍中似乎苦思不得其解，如此說道。「你剛才說你翻倒了人偶對吧，仿照〈雨〉第四段歌詞的情境，這也就證明了你是兇手。是你殺了甲斐，沒錯吧？」

槍中抨擊的用語愈來愈激烈。

他的表情無比認真，但剛才他不是提出了那麼縝密又合乎邏輯的推理嗎？

一定是像他提出的結論一樣，兇手是已死的甲斐倖比古，但他為什麼這麼輕易就推翻了自己的推論呢？

「這個人就是兇手。」槍中轉頭望向我，像是在尋求我的同意。「鈴藤，你也看到了對吧，深月遭殺害時，從她房間逃出的那個人影。甲斐和深月都是他下的毒手，住在這宅邸裡的第六位住戶就是兇手——那剩下的另一個可能，就是案件的真相。」

我、站在我身旁的名望、隨後也跑到門前的忍冬醫師和彩夏，都來回望著粗聲粗氣的槍中，以及以超然的態度與他對峙的彰，感到不知所措。

他說的沒錯，我接二連三目睹的那個黑色人影，肯定就是這位少年。當時從深月房間走出的人，以及昨晚在大廳遇見的人，一定也是他。可是……

「這樣明白了吧，大家快點合力抓住他。」槍中的態度已看不到剛才的冷靜。他就像自體中毒般，扭動著身軀，喊出那無比急迫的聲音。

「喂，你們大家是怎麼了？快點……」

見我們沒人有動作，槍中最後自己衝進房內，朝坐在椅子上的少年奔去。

就在這時——

「別輕舉妄動。」

一個犀利的聲音響起，制止了槍中的動作。仔細一看，不知什麼時候，隔壁房間靠近走廊的那扇門開啟。的場女士竟然雙手握著步槍，站在那裡。

「別動，槍中先生，請坐向一旁的椅子。」女醫師如此命令，朝擺在房內角落的扶手椅努了努下巴。「好了，動作快。」

在她的嚴厲催促下，槍中就像因呼吸困難而喘息般，肩膀上下起伏，坐向她指示的椅子。末永從我們旁邊通過，走進房內，大步繞到槍中背後，從他身後牢牢壓制住槍中的雙肩。的場女士手持步槍，踩著謹慎的步伐來到槍中面前，那擦拭晶亮的黑色槍口對準了他的頭。

8

我們呆立在門前，一臉茫然地望著這幕光景。

槍中臉上血色盡失，表情僵硬。的場女士手指扣在扳機上，以沉著的眼神注視著他。

「難、難、難道說……」名望奈志聲音發顫。「你們是同夥？該不會是想合力對我們怎樣吧？」

「我們沒這個打算。」回答的人是白須賀彰。「不過，或許我得向各位道歉才行，也就是說……」少年那脫俗的美貌，突然蒙上暗影。「之前我一直暗中行動，不讓各位發現。還有，儘管不小心讓你們看到了我，卻還是堅持不想表明自己的身分，確實有不對的地方。」

「果然……」我戰戰兢兢地開口道。「我多次看到的那個人影，就是你對吧？分別在禮拜堂、後方樓梯，還有溫室。」

「對。」少年靜靜地頷首。「昨天喪命的那位女性——蘆野深月小姐，我從她房間走出時，正好被鈴藤先生您撞見。」

「昨晚那個戴能劇面具的人也是你吧？」

「沒錯，好像讓您受驚了，真的很抱歉。」
「為什麼你要那麼做？」
「因為當時我也很慌張，所以絕對沒有故意嚇您的意思。」說到這裡，彰輕聲嘆息。「我的房間位在三樓，如您所見，我有點行動不便，所以要盡可能多上下樓梯運動。所以鳴瀨才會請各位別上三樓，因為我不太習慣和人見面或是交談。」
「可是……」
「我之所以去蘆野小姐的房間，是因為發現你們的模樣有點古怪。我從的場醫生那裡聽說，昨天你們從下午兩點半開始，便在餐廳裡集合。醫生和我約定好，等散會後，就會到我房間來告訴我你們的情況。」少年朝的場小姐望了一眼，的場小姐見狀，默默朝我們點了點頭。「但一直等到傍晚，醫生都沒來。我覺得納悶，下樓去查看情況時，別說說話聲了，就連人的氣息也感覺不到。於是我到餐廳去查看，結果發現大家都睡著了。」
「所以你就改去她的房間？」
「沒錯，我很擔心她。」
「你也在那裡發現躺在露臺上的屍體嗎？」
「對。」
少年臉上的暗影變得更濃了。
「我大吃一驚，衝出房間時，正好鈴藤先生趕來。」
「如果是這樣，你大可不必那樣躲著吧。」
少年靜靜地搖了搖頭。
「我當時也很慌亂，萬萬沒想到她會變成那樣。不過，要是能事先猜想的話，或許也能料想得到，事後真是後悔莫及啊。當我聽到鈴藤先生的聲音時，我一時還以為是兇手折返回來了，所以才……」

「昨晚你三更半夜在禮拜堂彈大鍵琴是嗎？這是為什麼？」

「是為了哀悼她的死，因為她和我已故的母親長得很像。」少年低下頭，閉口不語，纖瘦的肩膀因悲傷而微微顫動。「現在我之所以決定出現在大家面前，是因為希望大家也能一起動腦思考一下。」

少年旋即又抬起臉來，先前的陰暗已從他的神情中消失，他以摒除一切情感的冷峻眼神注視著我們，以平穩又帶有威嚴的口吻說道。

「就像我剛才說的，翻倒樓梯間人偶的人是我。在鳴瀨發現屍體，將眾人召集過來之前，我做了一個小動作。」

「當中暗藏告發的含意是嗎？」

面對我的詢問，少年以眼神表示肯定。

「甲斐先生被佯裝成自殺，但其實是遭人殺害。**這不是自殺，而是一起殺人案**——這就是我想告發的。」

「你這話的意思是，你知道兇手是誰？」

「對，昨晚我就已大致猜出案件的真相，也已料到，如果有下一個會被鎖定的人，大概就是甲斐先生了。」少年微微縮起肩膀。「昨晚在大廳被鈴藤先生發現時，我要是不逃，改為仔細說出這件事，也許反而還比較好。這麼一來，事態或許就會變得不一樣。」

「案件的兇手不是甲斐嗎？」

「說不是的話，應該也沒錯。」

「可是……」我覺得無法接受，頭偏向一旁。「你也在這個房間聽到剛才槍中說的話了吧，他指出甲斐是兇手的推理，感覺沒有什麼疏漏，如果說他的推理有錯，那麼真正的兇手又是……」

我話說到一半，猛然一驚，目光望向被的場女士拿步槍抵住的槍中，其他人就像是受我誘使般，視線也都再次往他身上匯聚。

難道是槍中？——不。

不可能有這種事，這不可能。

「這不可能。」我使勁搖頭。「槍中不可能會殺害榊，那天晚上他一直都和我在一起，不管使用怎樣的詭計，應該都無法撼動那個不在場證明。還是說，你認為我提供假的證詞？」

彰聞言後，雙眼瞇成一道細縫回答道：

「**殺害榊先生的人，是甲斐先生**，我也這麼認為。」

「咦？」

「槍中先生的說明，我都在這裡聽見了。」少年如此說道，視線轉向正狠狠瞪視他的槍中。「我認為那是很棒的推理，對他相當佩服。」

「那麼，你的意思，到底是哪裡錯了呢？」

我又問了一次，彰回答道：

「關於最早的那起案件——如果仿照槍中先生的說法，那就是第一幕，他剛才做的推理確實很精采，我無意提出任何異議。但是自第二幕開始，槍中先生到底提到了些什麼呢？」

「啊……」

經他這麼一說，確實如此。

關於第四幕甲斐的死姑且不談，至於第二幕和第三幕，槍中都只說甲斐是兇手，做了這些犯行，並順著他的動機加上簡單的說明。舉例來說，蘭的屍體為何會被搬到湖上的噴水池呢？為什麼深月會以那樣的方式遭殺害？對於這幾個問題，他根本都沒提出像樣的答案。

隔了一段微妙且有效的空檔後，白須賀彰對我說道：

「如果可以，能否請您針對兇手在第三幕採取的行動，說出您所知道的部分呢？」

「好。」

我在他的請求下，抱持著像是在說給自己聽的心態，說出我的想法。

「首先，兇手從忍冬醫生的公事包裡偷走安眠藥，偷偷放入咖啡機裡。下午大家聚在餐廳裡喝茶，的場小姐問大家要不要再續杯……啊，對了，當時槍中提出要求說，既然這樣，還不如喝咖啡吧，於是的場小姐就按照現場的人數沖煮咖啡。而在我們喝了摻入安眠藥的咖啡，沉睡不醒的這段時間，兇手將蘆野小姐從餐廳搬往她的房間。在床上脫去她的衣服，並拆下蕾絲窗簾纏在她身上，之後再以餐廳碗櫃裡取出的水果刀刺進她胸口。再把屍體扔向樓下的露臺，把雉雞標本擱在陽臺上……」

說著說著，原本重重沉積在我心底的悲傷、憤怒、自責，全都交纏在一起，湧上心頭。胸口像受擠壓般，苦不堪言，聲音不自主地顫抖起來。

少年以平靜的眼神注視著我，開口問道：

「您能想像得出，做出這種犯行的兇手是什麼形象嗎？」

「兇手的形象是嗎？這……」

「女人沒辦法做到。」彩夏突然在一旁大聲說道。「將深月搬回房裡、脫去她的衣服、從陽臺推落，要是我想做這些事的話，肯定會像不小心踩到貓一樣，弄出很大的聲響。槍中哥剛才也說過，女人一定辦不到。」

彰那顏色淺淡的小嘴，掛著一抹淺笑。

「說得也是，兇手還是男性比較有可能，還有其他看法嗎？」

「既然彩夏都這麼說了，那我也重申我的主張。」這次換名望奈志開口。「拿刀子刺向別人的胸口，這對我來說實在太可怕了，絕對做不到，不過槍中兄說，我的這種說法不可採信。」

「還有其他意見嗎？鈴藤先生，你有沒有想到什麼？」

「兇手是……」我的腦袋依舊一片混亂，但我還是極力思索，做出回答。「有機會偷走安眠藥的人。不過，要潛入忍冬醫生的房間，在公事包裡翻找，偷走藥物，大家都有這個機會。」

說到這裡，我猛然發現**一件事**，說到一半不由自主地停下，彰看到我的神情，漆黑的眼瞳發出犀利的光芒。

「怎麼了嗎？」

「經這麼一提……」我略顯激動地回答道。「**那個安眠藥是什麼顏色和形狀，又是怎樣的包裝**，甲斐可能不知道。」

「為什麼突然這樣說？」名望問。

「我的意思是，忍冬醫生的公事包混亂地放了各種藥，如果很熟悉包裝盒上記載的藥物商品名稱和記號，那還另當別論，但如果是不具備這方面知識的人，我不認為可以準確地從裡頭找出想要的藥物。因此，兇手當然知道安眠藥的形狀、顏色、包裝盒的種類和大小，就是依靠這些線索偷走安眠藥。」

「哦，這樣啊……」

「第三天晚上，希美崎小姐說她睡不著，請忍冬醫生給藥時，她跟著去了忍冬醫生的房間。那個時候其他人沒機會看到公事包裡的東西或是藥品的形狀。而隔天——也就是前天晚上，我和乃本，不，和矢本小姐請醫生給同樣一款藥時，這次醫生將公事包帶到沙龍來。是這樣沒錯吧，醫生。」

「對。」忍冬醫師撫摸著光禿的額頭說道。「我記得是這樣沒錯。」

「不光拿藥的我們，當時在場的人，都能看到藥的形狀和顏色，不過那時候……」

「原來是這樣。」名望雙手一拍。「我記得，鈴藤老師。當時忍冬醫生帶著公事包進來，而我和甲斐正好離開去上廁所。」

「沒錯，我們拿到藥時，你們兩人不在場。在那之後，忍冬醫師就再也沒在我們面前打開公事包，或是拿出安眠藥，所以甲斐和你沒機會得知安眠藥的形狀。」

「原來如此，我一直以為醫生公事包裡的東西都會整理得井井有條，所以不覺得會有什麼問題，還以為安眠藥會放在寫有標示的袋子裡。」

「**甲斐無法確定哪個就是安眠藥，而成功把藥偷走**，因此，他不可能是殺害蘆野小姐的兇手。」

少年很滿意地聆聽我們的對話，我轉頭望向他說道：

「可是，第一幕——殺害榊的兇手，是甲斐對吧？」

「只能這麼想了。」彰毫不猶豫地回答。「因為我也親眼見過榊的屍體和現場的情況，你們之間有過怎樣的交談，發生過怎樣的事，我也都大致掌握了。」

原來如此——我心裡這麼想，視線望向手持步槍的場女士。

發生第一起案件後，她突然與我們親近，原來是為了**這個目的**。她可能現在仍擔任少年的家教，為了向少年通報案件的詳細消息，她才打進我們之中，對我們多方關照。一定是這樣沒錯。

還有——

我將視線移回少年身上，在憶海中探尋。

那時候——前天下午，我和深月在大廳交談時，少年在那之前已來到禮拜堂，被我看到後，他應該是一直藏身在走廊的門外吧。如果他一直偷聽我和深月的對話，他當時也就會知道八月那起案件中有「另一個人」。

「那麼，彰先生。」我問。「你說殺害深月的人，不可能是甲斐，這到底是什麼意思？」

「剛才槍中先生針對消除『暴風雪山莊』缺點的方法說了許多，其方法大致可分為兩種：一是一開始就不進入縮小的網子中；一是從網中逃脫。槍中先生還說，所謂的『從網中逃脫』，就是加入被認定不可能是兇手的圈子裡。」彰又朝槍中瞄了一眼，接著說道。「我想在這當中再加上一個方法，這方法就是『**不是兇手的人，乘著自己被認定不可能是兇手之便，犯下新的殺人案。**』」

「不是兇手的人……」我跟著將少年說的話又重複了一遍，這時，我想到一個名詞。

「**順勢殺人嗎？**」

「對，就是這麼回事。」

「嗯……的確，只要連續發生擁有相同主題的殺人案，我們幾乎都會自動當作是同一個兇手所為。」

「沒錯，以這個案件來說，如果按照北原白秋的〈雨〉這個主題，犯下新的殺人案，就能讓眾人認為這也是第一個兇手所為，也就是將自己的罪行嫁禍給『第一個兇手』。」

「可是彰先生……。」

「有什麼問題嗎？」

「相反的，這個兇手──我說的是『第二個兇手』，他有可能會因此背黑鍋，連『第一個兇手』所犯的罪行，也攬到自己身上啊。」

「如果沒弄好，當然會有這種情形，因此，『乘著自己被認定不可能是兇手之便』，這點很重要。」

「嗯，原來如此。」

「例如在第一起案件，或是接下來的案件中，只要能製造出完美的不在場證明即可。在展開順勢殺人時，如果知道先前的命案誰是兇手，就能積極地安排，把罪嫁禍到對方頭上。」

「意思是，為了殺人滅口，能將對方安排成像是自殺，再加以殺害是嗎？」名望奈志插話道。我們面面相覷，接著像被吸過去似的，視線幾乎同時投向槍中。

他剛才瞪視少年的嚴峻表情已經消失，此刻他微微低下頭，雙唇緊抿，合上雙眼。

彰想表達的意思，難道是說那位企圖「順勢殺人」的「第二個兇手」，就是槍中？此刻我確實開始懷疑起他。

雖然懷疑，但不敢相信的念頭還是很強烈，也可以說是不願相信。

彰所指出的，終究都只是有這種可能罷了。真要說的話，讓這個可能性與槍中連在一起的，就只有在第一幕殺害榊的時候，槍中有完美的不在場證明這項事實。

這樣顯然太武斷了，既然是以第一幕的不在場證明當理由，那麼，我鈴藤稜一也處在完全相同的條件下。

9

「殺害榊的人是甲斐吧，而最後採自殺般死法的，也是甲斐。」名望奈志一本正經地撫摸著他突尖的下巴。「可是，甲斐卻不是殺害深月的兇手，意思是他替『第二個兇手』背負了其他罪名，慘遭殺害是嗎？」

「既然這樣，彰先生。」我接著向彰提出自動浮現腦中的下一個疑問。「那第二幕呢？您認為殺害希美崎小姐的兇手是誰？是甲斐嗎？還是說，這起命案同樣也是那『第二個兇手』所為？」

「關於這個問題……」少年以左手的枴杖輕敲腳下的地面。「接下來我們就來思考第二幕的情況吧，這次我要改問名望奈志先生，您還記得那起案件的情況嗎？」

彰的語調與他父親白須賀有些相似，雖然溫和，但隱隱透露出一股威儀，與他俊美的容貌和聲音似乎很不搭調，但感覺卻又很相稱。

「這是當然。」名望的聲音透露出先前不曾有的緊張，如此應道。「第二幕的舞臺在湖上的那座小……」

「那叫『海獸噴水池』。」

「在那處『海獸噴水池』發現蘭遭勒斃的屍體，雖說死亡時間無法推測，但兇器是原本收在置物間裡的綁貨用尼龍繩。而且仿照〈雨〉第二段歌詞的情境，用宅邸裡的信紙摺成紙鶴，擺在屍體下面。」

「您沒察覺屍體周遭的情況很奇怪嗎？」

「咦……」名望偏著頭，抽動著鼻子。

「經你這麼一說……」他盤起雙臂。「我事後也覺得納悶，**那情境和第二段的歌詞不搭。**〈雨〉的第二段歌詞應該是『即使不願意，還是在家玩吧』，但為什麼蘭的屍體會被搬到戶外的噴水池上呢？」

沒錯，這也是我一再感到疑惑的地方。

為什麼兇手要做出跟〈雨〉的仿照情境如此矛盾的安排，有這個必要嗎？

「在第一幕中，仿照情境做得很講究對吧。」名望奈志見少年用力點頭，就像要催他繼續往下說似的，就此有了幹勁，開始滔滔不絕說了起來。「但到了第二幕，給人的印象與其說隨便，還不如說是完全搭不上。為什麼要那麼大費周章地將屍體搬到湖上的噴水池去呢？雖然那麼做不需要多大的力氣，但應該也是很費勁吧。而且雖然是三更半夜，但從二樓的窗戶看得到那處噴水池，萬一有人剛好來到陽臺，兇手就完蛋了。不過，兇手可能是看準了這麼冷的天，沒人會這麼做。話是這樣沒錯，但把屍體搬到那種地方去，真的是件麻煩事，而且應該也會有危險才對。

到底為什麼得這麼做？實在搞不懂，就算是想弄混正確的死亡時間，也大可不必如此費勁地搬往那裡，只要搬到露臺上不就行了嗎？」

「確實就像您說的。」彰靜靜地莞爾一笑。「關於第二幕，還有沒有什麼其他奇怪的地方？」

彰如此詢問。

「其他是吧……」名望奈志雙臂盤胸，一本正經地皺著眉頭苦思，接著換我說出腦中想到的幾個疑點。

「還有圖書室的書，是昨天早上發現的。《日本詩歌選集》當中有一本書上下顛倒擺放，所以我才發現，它感覺與前天掉落在命案現場的白秋那本書一樣，損傷很嚴重。另外還有兩、三個問題，雖然和案件沒什麼關係，但令人在意。我從的場小姐那裡聽說，溫室裡有隻叫梅湘的小鳥變得很虛弱，還有，收在廚房碗櫃裡的銀湯匙變彎曲了。」

「圖書室裡損傷的書是哪一本？」少年的聲音突然顯得犀利。

「我記得是西條八十的書。」我一面回想先前向槍中報告這個發現時，與他展開的對話，如此回答道。「我想，那本書可能也和第一幕的白秋那本書一樣，是兇手使用的兇器之一。為什麼要特地放回書架上呢？雖然我當時感到疑惑，但槍中說，這一定是因為和〈雨〉的仿照情境不合，一時找不到白秋的書來當兇器，不得已，只好先用那本書，所以才……」

「鈴藤先生，這樣的想法您怎麼看？」

「這個嘛……」我偏著頭。「我也不知道該怎麼說，不過，當時只覺得光靠這樣的說明，不太能接受。」

「這樣啊，我也贊成你的看法。」彰以泰然自若的眼神望著我說。「您是否發現了什麼呢？」

「你的意思是？」

「**西條八十的書、變得虛弱的小鳥、彎曲的湯匙**，從您剛才說的這一連串的事實，可有聯想到什麼？」

「西條八十的書、變得虛弱的小鳥、彎曲的湯匙……」

我念念有辭地在口中重複這些話，這時，腦中突然閃過一個答案。我忍不住發出「啊」的一聲驚呼，少年聽了，露出一抹淺笑，點了點頭。

「**梅湘是金絲雀，而變彎曲的是銀湯匙……**」

「您明白了吧。」

這句話就像暗號般，這時白須賀秀一郎從他便服的懷裡取出一本書，遞給他兒子。彰右手拿起那本書，從椅子上站起身，緩緩朝我走來。

「請看。」

少年如此說道，朝我遞出的那本書，是昨天我在圖書室裡拿起來看的那本西條八十的詩集。

「請看夾書簽那一頁。」

我依言打開書。

金絲雀

——忘了怎麼唱歌的金絲雀，就丟在後山吧
——不，不，不可以。
——忘了怎麼唱歌的金絲雀，就埋進後門的草叢裡吧。
——不，不，這也不可以。
——忘了怎麼唱歌的金絲雀，就以柳鞭抽打吧。
——不，不，這樣太可憐了。
——忘了怎麼唱歌的金絲雀，
只要有艘象牙船，搭上銀製船槳，

浮泛在月夜之海，
就會想起遺忘的歌。

10

「**『只要有艘象牙船，搭上銀製船槳』**——果然是這麼回事。」

我打開那一頁，遞給名望奈志看，接著轉身面向少年，他從我面前離開，再次坐回原本的椅子上。

「**原來第二幕仿照的情境不是白秋的〈雨〉，而是西條八十的〈金絲雀〉。**」

「我是這麼認為。」

「請等一下。」彩夏原本想朝名望手裡攤開的那本書窺望，但突然停止動作，以覺得很傻眼的聲音說道。「鈴藤哥，這到底是什麼意思啊？」

「妳知道〈金絲雀〉這首歌吧？」

我試著哼唱這首知名童謠的其中一小節。

「『——忘了怎麼唱歌的金絲雀，
只要有艘象牙船，搭上銀製船槳，
浮泛在月夜之海，
就會想起遺忘的歌。』」

「嗯。」彩夏一臉訝異地點著頭。「是剛才彰先生用鋼琴彈的那首曲子對吧。」

「沒錯。」

「可是……」

「擺放希美崎小姐屍體的『海獸噴水池』——也就是湖面上的那座白色露臺，就是浮在海上的『象牙船』；還有那彎曲的銀湯匙，那大概是用來暗示『銀製船槳』而偷出來的東西吧；至於溫室裡的梅湘會變得虛弱，也是同樣的原因，那隻金絲雀應該是連同鳥籠一起，跟著屍體一同被帶往噴水池那裡吧，因為這個緣故，才會變得虛弱，今天早上終於死了。而西條八十的詩集和第一幕一樣，被用來當作重擊頭部的兇器。」

「原來如此。」後方傳來忍冬醫師那高亢的聲音。

「可是……」名望奈志說道。他將西條八十的詩集遞給老醫師。「為什麼後來會變成〈雨〉的第二段歌詞呢？」

「那是因為……」思考了一會兒後，我回答道。「兇手中途改變了想法，或是發生了非這麼做不可的事，因而不得不改變做法吧。」

「不對哦。」白須賀彰很明確地否定了這項說法。「各位都知道，這屋子裡有個音樂盒，會播放〈雨〉這首曲子吧。」

「對，當然。」

「剛才在槍中先生的推理下，認為第一幕的兇手，也就是甲斐先生，他之所以選擇白秋的〈雨〉來當作他安排仿照情境的主題，以掩飾他想出的不在場證明的詭計，是因為他聽到音樂盒的樂音。我認為這個想法沒錯。對了……」少年望向朝窗戶擺放的鋼琴，向我們問道。「關於音樂盒的音樂，你們當中有人聽到最後嗎？」

「聽到最後？」我驚訝地反問。「這是什麼意思……」

白須賀就像是順著兒子的視線般，朝鋼琴走近，這時我才發現，那曾經見過的螺鈿盒就擺在鋼琴上。

「我將原本放二樓的東西拿過來了。」少年說。

白須賀朝小盒子伸手，輕輕打開蓋子。同時開始傳出〈雨〉的旋律。

我們全都暗自吞了口唾沫，朝那清亮的旋律專注聆聽了一會兒。第一段結束，接著是第二段、第三段……等到五次重複旋律結束後，經過幾秒的空白，接著再次從盒內演奏出的曲子是……

「這是？」

我錯愕地望向少年。

因為那開始響起的旋律不是〈雨〉，而是〈金絲雀〉。

——聽說已故的夫人常拿它當搖籃曲來唱。

我想起今天早上的場女士針對擺在大廳壁爐架上的那個音樂盒所說的話，就此低語一聲「原來如此」。

——在彰少爺小時候，因此加以蒐集……

她之前不是提到「加以**蒐集**」嗎？

如果音樂盒裡只收錄〈雨〉這首曲子，她絕不會那樣說。正因為除了〈雨〉之外，也加了其他曲子，所以她才用了「蒐集」這個說法。

「這麼說來，兇手在大家都不在的時候，整個聽完音樂盒的音樂，然後呢？」

少年朝我的詢問點了點頭，白須賀同時將盒蓋蓋上，〈金絲雀〉的旋律就此打住，留下微微的餘韻。

第一次聽到這個音樂盒——對了，是在我們造訪這座宅邸的那天晚上。忍冬醫師發現沙龍的壁爐架上有個小盒子，就此打開盒蓋。而剛好就在整段旋律結束時，鳴瀨現身，向我們提醒道「這裡不是飯店」。忍冬醫師嚇了一跳，把盒蓋蓋上，音樂盒的音樂就此中斷。

第二次聽到，我記得是前天——榊的屍體被人發現的那天晚上。當時槍中打開盒蓋，由於當時已知命案是以〈雨〉當主題的仿照情境殺人，所以眾人都以複雜的神情聆聽音樂盒的旋律。當音樂重複三遍後，速度變得愈來愈慢，接著便停了下來，因為發條已經到底了。

因為這個緣故，我們全都以為音樂盒裡的音樂只有白秋的〈雨〉這首曲子，深信不疑。

除了企圖仿照〈金絲雀〉情境的第二幕兇手外，沒人發現後面還有西條八十的〈金絲雀〉這首曲子。

一直到今天早上，彩夏打開擺在大廳壁爐架上的音樂盒時，也是如此。當〈雨〉的旋律奏畢，它再度開始傳出樂音時，因為槍中在樓梯間發出巨大的聲響，彩夏急忙把盒蓋合上。大家根本沒能來得及聽出接下來的曲子不是〈雨〉，而是〈金絲雀〉。

「是我今天早上請的場老師在那邊的大廳擺上裡頭是同樣曲子的音樂盒。」彰說。「我心裡想，要是大家也能注意到這音樂盒裡的曲子就好了。」

「這到底是怎麼回事？」名望奈志搔抓著頭髮說道。「第一幕的兇手是甲斐。第三幕的兇手不是他，而是『第二個兇手』犯的案。第一幕和第三幕都是仿照〈雨〉的情境，但另一方面，第二幕原本好像是要仿照〈金絲雀〉，這表示……」

「應該是這麼回事吧。」我在名望後面接話。「第二幕的兇手，是仿效〈金絲雀〉的歌詞情境殺了希美崎小姐。但得知這項事實的另一個人，因某個原因，**而想將它改成仿效〈雨〉第二段歌詞的情境。**」

「我也這麼認為。」

「原來如此。」名望奈志吹了一聲不太響亮的口哨，低聲沉吟道。「這麼說來，殺害蘭的一樣是甲斐嘍。以槍中兄說明的殺人動機來看，甲斐也不能在殺了榊之後，留蘭活口。」

名望奈志中指抵向下垂的眼尾擠出的皺紋上，像要把它揉開似地不斷繞圈圈，接著往下說道：

「請讓我再複習一遍。呃……首先是甲斐，他因為牽扯了八月那起案件，而有了殺人動機，決定殺了榊和蘭，並擬定計畫。他想出一套詭計，利用戶外的低溫，錯開死亡推測時間，確保自己擁有不在場證明，而為了加以掩飾，刻意仿照〈雨〉的情境。就這樣，他在一開始的階段讓自己逃向『網子外』，並打探下次犯案的機會。

接著在前天晚上，甲斐成功取了蘭的性命。這時，他為了將第一幕的詭計掩飾得更講究，他展開第二個仿照情境。那就是〈金絲雀〉。簡單來說，當時甲斐腦中所想的，並非以〈雨〉當主題的連續殺人，而是以音樂盒裡的音樂當主題的『連續童謠殺人』這樣的構圖。不過，只要換個想法來看，這或許也是很理所當然的構想，因為在第一幕中仿照〈雨〉的情境，這當中暗藏了左右他命運的詭計。與其眾人的注意力都投注在〈雨〉上頭，還不如接下來改為仿照不同歌曲的情境，分散眾人的注意，這樣反而還比較好。

另一方面，有別於甲斐的計畫，還有『第二個兇手』，他在第一幕之後想到了順勢殺人，簡單來說，此人想殺害深月，然後佯裝成是甲斐所為。這位『第二個兇手』在分析第一起案件後，已識破甲斐的詭計和動機，因此，他深信接下來會換蘭成為甲斐鎖定的目標。雖然不知道他是什麼時候確定這件事，但在那個時候，他一定是認定接下來蘭遭殺害時，會仿照〈雨〉第二段歌詞的情境。所以他暗自規劃，接下來自己順勢殺害深月時，要利用那個雉雞標本，來仿照〈雨〉第三段歌詞的情境。然而，甲斐仿照的情境卻是〈金絲雀〉。」

名望以流暢的步調回溯整個案件的經過。

「這名『第二個兇手』，應該最晚在前天晚上就已經察覺甲斐便是兇手，當然了，他也開始注意甲斐的行動。因為這個緣故，他也才能發現半夜兩點時，甲斐將蘭引誘到銜接走廊去。

但這時情況變得很怪異，甲斐一如預期殺了蘭，但不知為何，甲斐卻將屍體搬往戶外，而且是那座有噴水池的島上。此人可能尾隨其後，也可能從二樓的窗戶看到那一幕，總之，他在得知此事後，大為慌亂。明明應該是仿照〈雨〉第二段歌詞的情境才對，但為什麼會將屍體搬往戶外呢？於是他看準甲斐忙完一切，回到房間後，偷偷前往查看屍體的情況。這才發現，甲斐仿照的不是〈雨〉的情境，而是〈金絲雀〉的情境。

因此，『第二個兇手』想出了什麼主意呢？他決定動手改變眼前的仿照情境，將那連同屍體一起搬往噴水池的金絲雀籠子放回溫室，將西條八十的書放回圖書室。至於銀湯匙……雖然不知道將它弄彎的人是甲斐，還是『第二個兇手』，但他可能是將湯匙放在地上踩踏，勉強將彎曲的湯匙折回原狀，擺回廚房的碗櫃裡。取而代之的，是依照〈雨〉的第二段歌詞，摺了一隻紙鶴，夾在屍體肚子下。如果可以，他或許很想將屍體搬回家中，但他可能沒那麼多時間。不過話說回來，那傢伙幹嘛這麼大費周章……」

名望奈志說到這裡，我突然想到之前都沒注意到的事——一個很重要的含意。我不由自主地驚呼一聲，名望被我嚇了一跳，就此住口。

「鈴藤先生，怎麼了嗎？」彰問。

「是這樣的，這是昨天早上發現希美崎小姐屍體時發生的事。」我手抵著額頭，一邊謹慎地確認剛才發現的事是否無誤，一邊接話。「我們因為蘆野小姐發現屍體時的尖叫聲而醒來，接著馬上趕往露臺……沒錯，槍中就只在睡衣外面披了一件外衣。他和我、名望三人合力將屍體搬往地下室後，我們為了更換弄濕的衣服，而回到二樓的房間。當時我們三人換好衣服後，馬上便一同前往樓下的正餐室。」

我依序說出之後發生的事。

在正餐室吃完早餐後，我比大家早一步回二樓，獨自走進圖書室。因為我想確認用來摺紙鶴的信紙在什麼地方，這時，我發現書架上的西條八十詩集有破損。不久，我聽到眾人從走廊走來的聲響，於是我從圖書室前往隔壁的沙龍，將書的事告訴走進的的場女士。在一旁的槍中聽到後，展開這樣的對話。

——鈴藤，兇手大概是用它來當兇器。蘭的後腦不是和榊一樣，有撞擊的傷痕嗎？是用同樣的手法幹的。

——你果然也這麼認為。

——邊角有沒有塌陷？

——有，而且還受潮，變得有點髒。

——那就錯不了了。

——可是，榊那時候書本是直接留在命案現場，為什麼這次要刻意放回圖書室呢？

——嗯，這大概是因為……用西條八十的書，要仿照〈雨〉的情境會有點不搭吧。

在那之前，我對的場女士只說了一句「圖書室有一本書破損」，**我完全沒提到那本書是西條八十的詩集，但槍中卻說「用西條八十的書」**。

他是什麼時候知道那本書是西條八十的書呢？

「昨天早上，他應該完全沒時間去圖書室才對，他不可能知道那本書的事。」

對於這個矛盾，答案再清楚不過了。我將口中黏稠的口水往肚裡吞嚥，以一種難以形容的心情接著往下說。

「有問題的那本書，是在前一天晚上被第二幕的兇手甲斐拿去充當仿照〈金絲雀〉情境的道具，而且是兇器之一。書本之所以會破損，當然是兇手在犯案時，用它來毆打頭部，或是被雪弄濕所造成。而之後『第二個兇手』從『海獸噴水池』那裡拿走這本書，放回書架上。推測至少比犯案時刻凌晨兩點還要再晚上一個多小時，那個時間大家都已經熟睡了，所以在我發現之前，應該沒人注意到那本破損的書。只有一個人例外，那就是把書放回原位的『第二個兇手』。」

這是很單純的邏輯，說到這裡，我停頓片刻，心情沉痛地嘆了口氣，說出我的結論。

「**因此，理應除了兇手外，沒人知道的事，槍中卻一清二楚，所以他就是兇手。**」

11

眾人的視線不約而同地往槍中匯聚。

他被末永結實的手臂架住肩膀，雙眉緊皺，形成銳角，兩眼緊閉，從剛才起就一直維持同樣的姿勢，一動也不動。站在一旁的的場女士可能是判斷他不會再抵抗，原本對準他腦袋的步槍就此放下。

這時，名望奈志突然朗聲大笑，令眾人都驚訝地瞪大眼睛。

「槍中兄是兇手！原來是這麼回事，這未免也太諷刺了吧。」

「名望……」我話說到一半，名望打斷了我。「我說的沒錯啊，因為這『第二個兇手』原本滿心以為會是〈雨〉的仿照情境，不願讓它就此取消，而想破壞〈金絲雀〉的仿照情境。鈴藤老師，你對此有什麼看法？」

「我不知道該怎麼說。」

「他大可不必這麼大費周章地變更仿照情境，因為他自己也還沒展開任何行動，所以只要將自己的計畫改成『連續童謠殺人』不就行了嗎？他為什麼不這麼做？」名望敞開他瘦長的雙臂。「說起來，這也是理所當然啦。如果槍中兄是『第二個兇手』，他應該很不願意直接沿用〈金絲雀〉的仿照情境吧，因為**只要試著將〈金絲雀〉（かなりや）倒過來念**，一切就清楚明瞭了。」

「——啊！」

「**かなりや（金絲雀）——やりなか（槍中）**對吧，真是天大的諷刺。」

名望像哭又像笑，一張國字臉顯得表情僵硬，朝緊閉雙眼一動也不動的槍中走去。

「喂，槍中兄，經這麼一提才想到，來到這座宅邸後，你在宅邸各處發現有我們的名字，但唯獨沒找到你自己的名字，你對此一直很在意對吧。就算的場小姐說底下的收藏室有長槍，但似乎還是無法吻合，不過，沒想到是出現在這種地方。**你的名字是以倒過來的方式顯示**，出現在溫室的金絲雀，以及音樂盒裡的〈金絲雀〉這首歌上頭。」

我想，槍中發現第一幕的真相，可能是在前天晚上散會後，他在房裡和我討論命案的時候，或是在那之後吧。

最早的線索，就像他自己說的「就結果來說，是用來查出案件兇手名字的捷徑」，正確解讀霧越邸「行動」的含意，或許就是破案的捷徑。他想到溫室的龜裂意謂著「KAI」（甲斐），從那時候起，他便已看穿兇手、動機、詭計……案件的一切真相，並就此展開「順勢殺人」這種邪惡的構想。

這麼說來——

該不會**那件事**也一樣吧？昨天我為了進行刪去法而做的那份筆記，從中發現的奇妙巧合，會不會也有可能對他當時的想法帶來影響呢？他也在那天晚上望著那個動機和不在場證明一覽表，而發現那件事……

「就像溫室天花板出現的龜裂，預言了那天晚上犯下殺人案的甲斐名字一樣，在第二幕裡，甲斐一手策劃仿照〈金絲雀〉的情境，碰巧也顯示出隔天想殺害深月的槍中兄的名字。這宅邸不可思議的力量，令槍中兄相當在意，既然正視了這個問題，**無論如何也不能讓自己的名字就那樣以很明顯的方式遺留在殺人現場吧？**是這樣沒錯吧，槍中兄？」

槍中沒答話，擺在膝上的雙手仍緊緊握拳，不願睜開眼睛。我感到心情沉重，就此從他身上移開目光，但同時想起留存在記憶中的幾個場面。

昨天下午，的場女士說發生了一件怪事，而告訴我們梅湘的情況時，槍中做出的反應。他一臉痛苦地摩娑著鼻子，直接就判斷道「這和案件沒關係」；夜裡，的場女士告知銀湯匙彎曲的事情時，記得槍中也是同樣的反應，刻意擺出不感興趣的態度，馬上否定與案件的關聯性——發生這兩件事情時，他內心一定很不平靜。

我又想起了另一件事。

當蘭的屍體被人發現，得知一旁附上紙鶴時，甲斐露出的反應。他以慌張的聲音問「沒其他東西了嗎？」，接著以感到莫名其妙的表情，茫然地望著那隻紙鶴。

這也難怪。

因為事先留下的東西都消失了，取而代之的，是自己完全沒印象的仿照〈雨〉的情境，這不知道令甲斐多麼苦惱和不安。

之後在討論案件的聚會中，甲斐突然低語一聲「不對」，這句話的含意，現在就能輕易理解了。不光是仿照意境變更，前天晚上，因為害怕電話線修復，而毀損擺在後方樓梯大廳那臺電話的人，應該也不是甲斐，而是槍中。許多甲斐不記得自己做過的事，全都被說得像是同一個兇手所為——換句話說，全都是他幹的，他才會忍不住脫口說出那句話。

深月遭殺害後，甲斐的畏懼變得更嚴重了，不安加速度膨脹，他害怕那身分不明的黑影人，最後終於再也無法忍耐，就此衝向暴風雪中。

然後——

今天早上，槍中得知樓梯間的芥子雛翻倒時，臉上呈現的表情和反應，我感覺與昨天的甲斐有幾分相似——這也是理所當然，因為槍中也碰上和甲斐同樣的遭遇。那些翻倒的人偶，是白須賀彰帶有「告發」意味而特別安排，槍中完全不記得自己做過這樣的仿照意境。

昨天晚上，我跟甲斐在大廳遇見彰之後，槍中編了某個巧妙的藉口，把甲斐引出房外。不，也許他是對嚇破膽的甲斐說「我知道你就是兇手」，接著和他進行某個交易，例如說「我幫你隱瞞這個事實，不過你得幫我……」，就此將甲斐帶往樓梯間。在黑暗中，他看準機會，將事先裝設在扶手處的繩圈套在甲斐脖子上，甲斐還沒來得及抵抗，就被推落了。這時，或許甲斐的身體真的撞向下方的屋柱，令樓梯間的地板一陣強烈震動。為了佯裝成是自殺，槍中在犯案後，也沒忘了先將迴廊的電燈打開。

但今天早上前往命案現場時，聽聞雛人偶陳列臺裡的人偶全都翻倒，槍中想必再度大吃一驚，大感慌亂。他馬上前往查看人偶的狀況，這對他來說，是完全無法理解的現象，為了加以解釋，他只好推拖說是甲斐上吊時的震動造成翻倒。

12

接下來有一段時間，可能大家各自都陷入類似的思索中，所以才會沒人注意槍中的動作。

「啊～！」

的場女士突然尖叫一聲，令房內的空氣為之撼動。當我們大吃一驚，目光望向那邊時，發現槍中已經掙脫末永的束縛站起身，原本女醫師握在手中的步槍也已跑到他手中。

「這座宅邸的力量實在令人折服。不過，我竟然也會相信這種事，也許這樣的想法，就是造成這一切的原因——嗯，沒錯。這確實很諷刺。如何，奈志，現在這種情況，也算是諷刺的延續對吧？」

槍中迅速背對著牆壁，以冰冷的聲音說道，他手持步槍，對準了名望奈志。

「槍、槍、槍中兄，你可別開玩笑啊。」

名望反射性地高舉雙手，緩緩向後退。「哼哼」，槍中夾帶鼻音輕笑幾聲，接著將槍口轉向坐在椅子上的白須賀彰。

「白須賀先生。」槍中對站在兒子身旁的宅邸主人說道。「你這個人可真壞，明明家中有這麼優秀的人才，卻還刻意命我擔任我不太熟悉的偵探角色。」

此時就連白須賀也表情僵硬，伸手搭在兒子纖瘦的肩膀上，就像要保護他似的。

「喂，名偵探。」接著槍中望向彰。「我很佩服你，如果要採用老套的說法，這場勝負算是我輸了。」

然而，少年不顯一絲慌亂，以冷冷的眼神回望槍中。

「如何？可以請你順便說明一下這位『第二個兇手』殺害蘆野深月的動機嗎？」

「這只是我個人的想像，如果你不介意的話。」少年以平靜的聲音回答。「關於動機，似乎只能從兇手有時會談到的各種話語來推測。」

「無妨，你聽了之後是怎麼想，願聞其詳。」

「舉例來說，他雖然抱持導演的思想，卻說過以下這樣的話——我大概是對某種獨裁者感到憧憬吧；我想支配這個世界；想要完美地支配自己執導的舞臺；演員們全都只是我的棋子。如果因為這樣就下斷言，可能會過於武斷，不過，我認為他犯下的第三幕案件，對他來說，是作為某種創造行為，而刻意這麼做。支配這個他當作是理想舞臺的『世界』，這樣的含意，可能就存在於他的意識最深處吧。」

「嗯，原來如此。」

「此外，他的朋友也針對他發表過這樣的評論——他對『生』似乎沒什麼興趣，比起『生』，他反而覺得『死』的概念更有魅力，他就是這麼一個感性的人。」

「是從鈴藤那裡聽來的嗎？原來如此，哎呀，你的記性可真好。」說完後，槍中朝呆立在他剛才被迫坐下的那張椅子旁的的場女士瞥了一眼。「的場小姐，妳日後能當一位出色的間諜哦。」

女醫師臉色蒼白，緊盯著那把步槍，很不甘心地緊咬嘴唇。

「你似乎漏看了很重要的一點，不過那也是情有可原，大致是這樣沒錯，就算你說對了吧。」

槍中面向靜靜瞇起眼睛的彰，單邊嘴角揚起，露出僵硬的笑容。

「在榊被殺之前……不，在那天晚上，我確定兇手是甲斐之前，我一直沒弄明白，有時我看著深月會感到一陣焦躁，這份情感是怎麼回事。因為她是我表哥的女兒，在大部分情況下，我都很愛她的美，以及支撐她這份美的內心形態，甚至可以說對她抱持一份敬意。不過……

有時我會克制不了這份強烈的煩躁，她在日常生活中吃東西、擔心晾曬的衣服、搭乘擠滿人的地鐵到練習的場地來，我看了就會對她產生一種近乎憤怒的情感，你知道這是怎麼一回事嗎？」

「我不知道。」

「你不知道？我猜也是，不論她長得和你已故的母親有多像，你也不會知道。」槍中的嘴唇揚得更高了。「深月她不該做這些事，這是我的感覺。現在回想，這份煩躁背後的原因是什麼，我一直都不想問我自己。也許是為了不讓它在我內心的表層顯現，我在無意識下加以壓抑。前天晚上，我先發現那溫室龜裂的含意，從中得知甲斐就是兇手時，我接著想到可以順勢利用這樣的情況來殺人，而在這之前，原本一直存在我心底的**那個東西**就此浮現。我得知自己強烈的欲望，馬上做出這樣的結論——深月現在就應該與『生』切割，應該在這座宅邸裡化為美麗的屍體。」

槍中說著說著，嘴角擠出的笑容逐漸看不到一開始的僵硬，轉為帶有駭人之色的神情。他金框眼鏡底下的雙眼炯炯，以興奮的口吻接著往下說。

「而另一方面，我從霧越邸這棟建築感受到一股言語難以形容的魅力。這座宅邸兼具混沌與和諧……是以宛如走鋼索般的平衡感建造而成的一處空間；絕不受任何東西迷惑，也不受任何東西污染，就這樣存在於此的美麗空間，簡直就像……對了，像建造在時間洪流中的要塞。我在這座宅邸裡窺見了過去我一直在尋找的一部分『風景』，接著它擴大成更大的部分，包容了蘆野深月這名女性的死。

彰小弟，你知道嗎？就算昨天我沒親手殺了深月，她早晚——過不了幾年，她一樣難逃一死，她的身體狀況就是這樣。她接受了這項事實，靜靜地看破自己的未來，就這個層面來看，她真的是位很出色的女性，所以她才會那麼美。但正因為這樣，有時會令我難以忍受，活在這腐敗現實世界中的人們，無法逃避，被強行加諸在身上的這些無趣的枷鎖。

她必須擺脫這些枷鎖，完全得到自由。對了，與其當人，還不如當人偶。她不能吃飯，不能和男人上床，更不可以變老變醜，也不能有青澀的孩童時代。要超越過去和未來，唯有這樣，她的美才會完美——這是我的想法。」

「哪有這種事。」我忍不住叫出聲來。「這種想法，是你自……」

「想說我這是自以為是嗎？」槍中轉頭面向我。「鈴藤，讓你這麼悲傷，我很過意不去。不過，我是打從心裡愛她，只是愛的方式和你不太一樣罷了。」

「說這什麼話，如果你真的愛她，為什麼要……」

「我說過，是愛的方式不一樣。我想你一定會說，正因為活著，所以才美；擁有生活，談天、歡笑、活動，所以才美。哼，這才是愚不可及的蠢話。」

槍中語帶不屑地說道，朝擺在房間深處角落的一個大彩繪壺努了努下巴。

「你看那個仁清[33]的大壺，如果它和插在那裡的楓紅一樣有生命，它的美會像這樣保存至今嗎？不可能吧，應該老早就乾枯，變回髒污的土塊了。

聽我這麼說，你們想必會提出反駁，說什麼玫瑰一直努力綻放，直到凋謝為止，所以才美。你是這麼想的對吧，鈴藤？」

槍中就像在嘲笑般，鼻梁浮現皺紋。

「你錯了，才不是這樣。玫瑰之所以美，是因為它注定很快就會凋謝，打從玫瑰綻放的時候起，它就已經逐漸凋謝。就像我們從出生的瞬間開始，便一步步走向死亡一樣，這個道理放諸四海皆準。這個國家、社會、全體人類，甚至是地球，或是整個宇宙，都無一例外。

沒錯，玫瑰逐漸在凋謝，唯有在它最美的瞬間將它折下，才有意義。你可以試著把花擺在眼前，望著它逐漸枯萎，看有誰會覺得這樣美。頂多是看到掉落腐爛的花瓣，嘆息道——以前明明很美的。

你們太小看美麗的事物了。聽好了，真正美麗的事物，絕不該衰退。如果美麗的事物本身不具有防止衰退的方法，我們就該出手幫忙。」

槍中不給我們時間反駁，一路說到這裡，接著喚了聲「白須賀先生」，視線投向宅邸主人。

「如果這座美輪美奐的宅邸開始出現衰退之色，你應該會用盡各種方法吧。例如重新粉刷牆壁、重鋪碎石……沒錯吧？」不等白須賀回答，槍中再次轉頭望向我。「其他人也都非得這麼做才行，用盡各種辦法，守住美麗的事物。那麼，對於那些像生物一樣，以飛快的速度改變，背負著這種宿命的事物，又該怎麼對應才好呢？前天晚上我突然有了領悟。」

槍中以誇耀的口吻說道。

「那就是親手摘下，除此之外，別無他法。」

「摘下……」

我以黯然的心境，將他說的話又重複了一遍。

「沒錯，鈴藤，就是這樣。

花的顏色會改變，是花要負責。摘下的花，顏色還是一樣會改變，但這種情況下，要負責的不是花本身，而是動手摘下它的人。如果無論如何都阻止不了顏色的改變，那就在它衰退變醜之前，選擇好它最美的瞬間，將它摘下。以這個方式負起一切責任，這是最好的做法，是最為無私奉獻，最好的愛美方式。」

「你——」

就像有個鉛塊在我的肺部逐漸膨脹般，我強忍胸口的這股悶痛，用力擠出聲音來。

「你這單純只是想親手支配美的事物，是你內心欲望的顯現。」

「支配？嗯，用這種說法也不錯。」

「槍中，難道說……」我向他提出剛才想到的**那個問題**，我忍不住想問個清楚。「你決定順從這樣的想法，在這座宅邸裡犯案，難道和那天晚上發現那件事有關嗎？」

「**哪件事？**」

33. 野野村仁清，江戶初期京燒的集大成者，在京都御室開窯燒製的陶器，人稱仁清燒，也叫御室燒。

「**名字**。」我以低吼般的聲音說道。「前天晚上，你不是在房間裡拿給我看嗎？那張你為了討論案件而特別製作，列出不在場證明和動機的一覽表，從我們排列在表上的名字中，發現那個**奇妙的巧合**。」

「哦，你發現啦？」槍中喉中發出一聲低吼。「沒錯，鈴藤，你說的對。」

「這是怎麼回事，鈴藤先生？」

白須賀彰望著那朝向他的黑色槍口問道，我正準備回答時，槍中搶先一步開口。

「我來回答吧。」槍中望向少年白皙的臉蛋。「我們『暗色天幕』一行人的名字當中，暗藏了一個很簡單的暗號。」

「暗號？」

「沒錯，包含死者在內，如果將我們八個人的名字依照年紀大小排列，會是這樣的排序。槍中秋清、鈴藤稜一、名望奈志、甲斐倖比古、蘆野深月、希美崎蘭、榊由高、乃本彩夏。不過，排在最後的乃本彩夏**造訪這裡後**，在前天下午聽從忍冬醫生的建議改姓了，她新取的名字叫**矢本**彩夏。

我就只放姓氏，重新排一次吧。

槍中（やりなか）、鈴藤（りんどう）、名望（なも）、甲斐（かい）、蘆野（あしの）、希美崎（きみさき）、榊（さかき），以及由乃本改成的矢本（やもと）。

如何，名偵探。這就像小孩子玩的遊戲一樣，**挑出這八個姓氏的第一個音，會變成怎樣啊？**」

「——哦！」

少年似乎明白了。槍中接著說：

「然後下面是我們的本名，我現在舉出的，除了我的名字外，其他全是藝名或是筆名，這次按照年紀，由小到大來對名字排序。

山根夏美、李家充、永納公子、香取深月、英田照夫、松尾茂樹、佐佐木直史、槍中秋清。不過在這種情況下，松尾茂樹，也就是名望奈志，**他在來到這座宅邸後**，亦即前天，與他妻子離婚，原本是贅婿的他，就此恢復舊姓，姓氏改回**鬼怒川**。

所以依序是山根（やまね）、永納（ながの）、香取（かとり）、英田（あいだ）、松尾改為鬼怒川（きぬがわ）、李家（りの）、佐佐木（ささき）、槍中（やりなか）。

如何？很酷吧。**各自挑出第一個音後，同樣也能拼成一個名字。『や・り・な・か・あ・き・さ・や』——正是我的名字。**」

接著槍中轉頭望向我，像被什麼給附身似的，整張臉因變形的笑容而扭曲。

「真是的，鈴藤，當我發現這件事情時，真的覺得很古怪。那天晚上在我房裡，你當時也在對吧，這到底該怎麼解釋呢？如果說那單純只是個湊巧的惡作劇，或許真是如此，但這個湊巧之所以會發生，也是因為**在霧越邸**。彩夏和名望改姓，也都是到這裡之後才發生的事。如果沒發生這種事，這八個名字再怎麼對調，也無法完整地看出我的全名，所以……」

「你要說，這也是宅邸的預言之一嗎？」

我此話一出，槍中眼鏡底下的雙眼突然瞇成一道細縫。

「算得上是某種預言。」他的語氣略微緩和下來。「不，倒不如說，是我做了這樣的解釋。**這是啟示**。也就是說，你們七個人的未來，現在全握在我手中，你們全都是被我的名字支配的棋子。如果採用傲慢的說法，大概就是這樣吧。」

「槍中，你……」

在無法壓抑的憤怒和悲傷的折磨下，我緊咬嘴唇，幾乎都快咬破皮了，狠狠瞪視著這相識十多年的朋友。

「你想說我不可饒恕是嗎？」那益發變形的笑容，在槍中的臉上擴散開來。「如果你想責怪我殺了深月，那你就盡情責怪我吧。不過鈴藤，她在雪白的露臺上，全身纏上純白的蕾絲，胸前綻放出一大朵紅花，你不覺得很美嗎？是過去你所見過的她的各種姿態中，最美的一次。就像剛才彰小弟說的，這是我這一生中最棒的舞臺演出。在霧越邸這座最棒的舞臺。

深月已不會再變老，也不會在幾年後躺在病床上醜陋地腐朽而終，絕不會因為她是凡人之身，而損及她的美。她的時間就此停滯，她的美被刻印在那幕『風景』中……一種永恆就這樣誕生了。在這座宅邸裡的那座雪白舞臺上，她就此轉生成一具完美的人偶。

她就需要這樣，而另一方面，這座宅邸也需要她，這樣才是完美。你怎麼看啊，鈴藤。」

「我……」我緩緩搖著頭應道。「我認為，哪怕是她在世時眨個眼，都比起你描繪的那幅『畫』來得美。而且不管她上了年紀，變得多醜，我都同樣愛她。我想全心愛她，不管時間如何推移，外表的美如何衰退，人或物的本質依舊不會改變。」

槍中似乎覺得很掃興，皺起眉頭，猛然轉過臉去。槍口仍對準彰，就像在說「真是個傷腦筋的傢伙」一般，微微聳了聳肩，很刻意地嘆了口氣。

「那可真教人遺憾啊，看來你完全不懂。」他面露苦笑。「算了，畢竟你和我找尋的『風景』不一樣，因為我打算藉由那麼做，來守住深月的美。」

「哪有這種事。」我瞪著他的臉，忍不住粗聲粗氣地說道，往前踏出一步。「槍中，那我問你，這件事和殺害甲斐有什麼關聯？你該不會要說，甲斐一樣也是死了比較美吧？」

槍中一時答不出話來，原本在他臉上擴散開來的笑容，一時浮現掌權者遭受難以忍受的屈辱時會有的表情，但馬上就又消失。

「你那是為了保護自己。」我很不客氣地說道。「你說負起一切責任就是愛對吧，雖然嘴巴上這麼說，但你卻想逃避責任。我實在無法理解，你褻瀆了你自己對美的奉獻，不是嗎？」

「說得真好聽。」

「我說的是事實。槍中，我打從心底恨你，恨你說的美、你的思想，以及你犯下的罪行。」

「罪行是吧，哼，枉費我這樣跟你講道理，真是白費唇舌。」

槍中筆直地注視我的眼睛，之前那宛如瘋狂信徒般的笑臉，再次轉為落寞的微笑。接著——原本朝向彰的步槍槍口緩緩畫出一道圓弧，本以為他是要環視房內眾人，沒想到他猛然一個轉身，跑離現場。

「槍中！」我大吃一驚，叫喚他的名字，正準備隨後追上時，他已從打開的門衝向走廊。

「槍中！」

我連滾帶爬地跑向走廊，名望奈志、忍冬醫師、的場女士也快步跟在後頭。

在右邊——可以看到槍中踹開走廊中央那一整排落地窗的其中一扇，接著跳向陽臺，順著往下通往露臺的樓梯跑下樓。

「槍中！」

「槍中兄！」

他沒理會我們的叫喚，在積雪的露臺上跌跌撞撞地奔跑，來到那搶奪黃金蘋果的「三美神噴水池」前，就此停下。

槍中轉過身來，手持步槍對準來到陽臺上的我們，我們為之一怔，停下腳步。

「槍中……」

他臉上泛起落寞的微笑，接著，他改變手中步槍瞄準的方向，拇指扣在扳機上，黑色槍口緩緩插進口中。

一看到那一幕，我腦中馬上浮現今天早上在大廳遇見的兩件事。

一是的場女士在接獲末永通報後告訴我們的事——溫室裡那隻叫梅湘的金絲雀死了。

二是壁爐架上的音樂盒突然掉落摔壞了——裡頭有〈金絲雀〉這首歌的那個音樂盒。

住手——我甚至來不及出聲制止，槍中已扣引扳機。

驚人的爆炸聲令凍結的空氣為之震動，同時升起一道鮮紅的血霧。瞬間幾乎失去整個腦袋的身體，像在跳舞般，搖搖晃晃地倒臥在染成鮮紅色的雪地上。

一時間沒人有動作，大家就這樣前胸緊貼著陽臺的扶手，視線緊盯那死狀淒慘的屍體，忘了戶外的寒氣，一直呆立原地。

率先從我們中間穿過，往下來到露臺的，是白須賀彰。

左手拄著枴杖，單腳拖地行走的少年，他空出的右手，拿著一根葉片染成紅色的楓葉樹枝，是在剛才的房間裡，插在那個彩繪壺裡的樹枝。

少年始終踩著平靜的步履走在雪地上，朝喪命的槍中走去。來到屍體旁，他俯視了一會兒後，輕輕將手中的楓葉樹枝放在槍中碎裂的頭上。

接著少年轉過身來。

我踏向往下通往露臺的樓梯，正想出聲叫喚時，他白皙俊美的臉龐垂落，就像要拒絕我似的。接著他不發一語地離開現場，再次從我們中間穿過，消失在昏暗的走廊深處，只微微留下枴杖的聲響。

他最後與我擦身而過時，我看到少年以長長的頭髮蓋住的左半邊臉。那半邊臉……

留下一大片泛黑的燙傷疤痕，大概是四年前奪走他母親性命的那場大火遺留的爪痕吧。

終場

之後的事，我不想多談。

我、名望奈志、彩夏、忍冬醫師四人，在三天後，也就是十一月二十二日星期六下午，坐上醫師的車，離開霧越邸。馬路正在進行除雪，已經有好幾輛警車在路上來去，所以前往相野町的這路上不會令人感到不安，但天候依舊不穩定，天空再度蒙上厚厚的雲層，不時有細雪飄落。只有的場女士來到玄關為我們送行。打從槍中喪命，整個案件迎來了結局，一直到我們離開的此刻，都沒能再見到白須賀彰這名少年。

這天，我們第一次有機會正面欣賞霧越邸的外觀。

象牙白的牆壁，很均衡地配置了黑色的木架和許多玻璃窗；有一座挑空的大廳，從正面看，位於最右邊的那部分，是採山莊風格的木造建築；到處都展現了新藝術運動的風格。一半積著白雪的陡坡屋頂，呈暗青綠色，許多地方有老舊的紅磚煙囪帶來點綴；在遙遠的高處，細膩的屋梁裝飾，將灰色的天空裁切成蕾絲圖案。

優美又氣派的建築兩翼，可以望見微帶淺綠色的淡灰色湖面。我們之前就在那裡目睹了霧越湖這個名稱的由來。

從湖面湧現的乳白色濃霧，在緩緩拂來的徐風吹動下，慢慢形成大漩渦，就像要保護它不受俗世的喧鬧影響般，那白色漩渦緩緩爬上建築的牆面，幾欲將它完全包覆。

車子緩緩朝大門前進的這段時間，我的視線一直緊盯著朝斜後方遠去的這棟洋樓。

鮮血、憎恨、扭曲的情感、悲傷、孤獨，甚至是絕望，可能是想讓這一切全部無聲地昇華吧，它就像是寧靜的守護神般，佇立在那裡，看起來宛如一種「祈禱」。不吸引任何人靠近，也不排斥任何人靠近，那專注祈禱的樣貌……

這時——

在逐漸包覆建築的白霧縫隙間，我發現有個黑色人影。

我不清楚那裡是位在宅邸裡的哪個位置，只知道有人站在牆上那一整排玻璃窗的其中一扇後面，臉貼在玻璃上注視著我們——明明不可能看得這麼清楚，但不知為何，我就是有這種感覺。

一個在某處看過的人影。

看不出對方的體格和長相，但我直覺那是我很熟悉，而且和我很親近的人。我試著依序回想留在宅邸裡的每一個人，但找不出與這種感覺吻合的人物，那人影到底會是誰呢？

當然了，這或許單純只是我自己想多了，當然……

車子穿越寬敞的前庭，駛出大門，爬上坡道，穿越落葉松的樹林，被乳白色的漩渦包覆的霧越邸，就這樣融入白雪妝點成的樹叢後方。

再來只剩下升起的濃霧留下的些微殘影，不久，連這一點殘影也隨之消失，我望著迎接冬天到來的雪白景致，將一個宛如傳說般的記憶冷冷地刻印在我心中。

又過了兩天，我們才踏上返回東京的歸途。

† † †

遠處持續傳來風聲。

像是從這世界以外的某處誤闖此地的巨大動物，因懷念原本的世界而痛哭哀嚎。就像要與那聲音共鳴般，或是那聲音自己暗中奏出這樣的旋律，**那首歌曲**的曲調開始在我的耳內深處傳響。

那同樣也是既悲戚又令人懷念的歌曲。

那是許久以前，當我還是個幼童時便有記憶的歌曲。是小學在音樂課中學會的嗎？如果不是，會是母親唱給我聽的嗎？只要是在這個國家生長的人，可能都知道吧。那首有名的童謠——

〈金絲雀〉。

因為這首歌……

沒錯，**那個人**——檜中秋清就因為這首歌而走上毀滅，那座宅邸不可思議的意念，就表現在這首歌當中。儘管檜中知道它的存在，並接受它，刻意想克服它帶來的阻礙，但最後還是自己走上了絕路，我這樣說應該沒錯。然而……

從那之後，四年的時光過去。

時間展開了前所未見的飛快腳步，從八〇年代末邁往九〇年代——在東西雙方急速拉近，以及中東緊張的情勢下，世界確實正準備迎接新的時代來臨。伴隨著滑稽的風波喧鬧，「昭和」就此走入歷史，在被迫接受的新年號下，日本國民不厭煩地全力投入這座沙城的增建工作。我居住的這座巨大市街，不斷地擴增，變得愈來愈畸形，但還是吸引愈來愈多人入住，持續膨脹。

到處都暗藏著很不可靠的預感，一切全都像是被附身似的，朝世紀末全力衝刺。每當想像未來會有的景象，就忍不住想起四年前的那天，檜中在自裁時說的那句話。

他說，就像我們從出生的瞬間開始，便一步步走向死亡一樣，這個道理放諸四海皆準。

我原本以為，這種事不用他說，我自己也很明白。不過，我恐怕不敢說自己是因為對此有真切的感受，才明白這個道理。現在的我不禁產生這樣的感覺。

這世界確實朝向無法閃躲的滅亡加速前進，只要不徹底改變現今文明前進的方向，這股加速前進的勁道便不會停下。不，就算這種徹底性的改變真的實現了，大概也會產生另一個全新的方向，等在前方的，又會是另一個不同形態的終結。這世界所剩的時間肯定不長，至少不像現在許多人仍深信不疑的那樣。

有必要這麼著急嗎——我總是感到焦躁。雖然有這種感覺，但身處在這種瘋狂的急流中，只能隨波逐流，任其吞沒，就是這樣才令我倍感焦躁。

從那之後已經過了四年——

劇團「暗色天幕」因為團長槍中秋清亡故，它短暫的歷史當然只能就此落幕。最後，有的團員告別了戲劇，有的還是堅持沒離開。

那年名望奈志加入別的小劇團，現在已是一位個人風格獨具的演員，頗獲好評；而改姓後的矢本彩夏，後來自己也很熱中姓名分析，又改過一次藝名，持續演出一陣子，但隔年秋天便嫁作人婦，就此退出，現在是兩個孩子的媽；至於我鈴藤稜一，前年春天參加某文學獎（雖然不是所謂的純文學獎）徵稿比賽的作品，意外地幸運得獎，從那之後便以專業小說家的身分，過著老是被截稿日追著跑的日子。

最近我深切感受到，身處在這匆忙的時間洪流中，自己的內心正逐漸變形。

憤怒的烈火已熄，劇痛轉為隱隱的悶痛，記憶中的細節變得脆弱風化，逐漸剝落。總有一天，就連名為「暗色天幕」的劇團曾經存在過的事實、我曾有過槍中秋清這位朋友的事實，以及蘆野深月這位美麗的女子曾占據我心的事實，也都會遺忘吧——不，我不會忘。雖然不會忘，但可能會以和當時完全不同的另一種形態遺留在記憶中吧。我深深覺得，這是避免不了的趨勢。

所以我又來到這裡。

想讓四年前的那起案件，再次正確地在我腦中重現，並加以整理。等我達成這個願望後，如果可以，我想讓它浮在時間之河的河面上，就此鬆手。

昨天我在御馬原過了一夜。

這處偏僻的山村，果真如四年前投宿的那家時尚飯店的經理所提出的願景一樣，搖身一變成了極具現代化的綜合休閒度假村。從相野一路延伸的外環道路也已完工，四周矗立著全新的建築，風景變得截然不同。

在那裡，我與特地休診一天前來的忍冬醫師重逢，補齊即將遺失的記憶片段。醫師還是老樣子，那張福相的圓臉滿是親切的笑容，在向我抱怨過他那三個優秀的孩子後，開心地陪我聊天。

當時我們也聊到霧越邸裡的那位少年。

他好像之後到相野町辦事時，與剛好下山的的場女士見過幾次面。但是從見面的機會中，只得知四年前的那時候，少年才十八歲，他是在十四歲時，因那場火災而受了重傷，除此之外，就沒再打聽出任何消息。

醫師昨晚返回相野，今天一早我獨自離開御馬原。

我搭上計程車，不是前往外環道路，而是前往翻越「返嶺」的山路。來到之前飯店的巴士拋錨的那一帶，我叫計程車停下，司機一臉詫異，我告訴他，我要從這裡改為徒步。

走了三十多分鐘，前方出現雙岔路。原來如此，哪一條是原本的道路，哪一條又是岔路，從這個方向確實很難判斷。

四年前的那天，在這個地方，我們的命運就跟這條道路一樣，往兩個方向分歧。而我們當中至少就有幾個人在這裡選錯了路──我抱持這樣的想法，會不會太傲慢呢？

我選了向右手邊延伸，比較窄的那條路。

在兩側都是紅褐色落葉松的林中走了一小段路後，路寬愈來愈窄，我漸漸明白這不是通往相野的幹道。不過，那天在突如其來的暴風雪中，我們失去正常的感覺，根本沒餘力看出這樣的差異。

與四年前同樣季節，而且同一天。

這時候要是同樣又下起雪來，我打算怎麼辦？我在行走時，一時突然覺得可怕起來，但很快我便心念一轉，如果真是那樣也無妨。

不過，現在時間遠比當時來得早，而且天氣晴朗，我心裡很清楚，不可能會再度暴露在那樣的危險中。

之後我繼續在山裡走了很長一段時間。落葉的群樹和枯草發出乾燥的聲響，因風吹而窸窣作響。我不時會發現仍保有鮮豔色彩的紅葉，以及蟄伏在褪色的草叢中綻放的小花，而就此停下腳步，望著秋末的蕭瑟景致，耳中聆聽那天暴風雪的呼號風聲。

就這樣不知走了多遠的距離。

斜前方的白樺樹叢間，突然出現某個物體，與形成這周邊景致的一切完全不同樣貌。那是高約三公尺的柵欄，紅磚一路疊至腰部的高度，上頭插上有蔓草雕刻當裝飾的青銅柵欄。

這圍欄有什麼含意嗎？經過一番驚訝與慌張後，我這才曉悟。

我走近握住柵欄，朝它後頭窺望，隔著稀疏的樹叢瞭望，但看不到那天在雪中看到的湖色。

我沿著柵欄在昏暗的樹林中前進，柵欄不斷往前延伸，感覺不會中斷。前方樹林突然沒了，我來到一處寬度勉強可供一輛車通行的碎石路。柵欄來到這裡，形成一座高大的門，道路從門下穿過，筆直地往前延伸，在落葉松林間緩緩爬升，我認出這是最後一天忍冬醫師開車經過的那條路。

順著坡道往上走，然後再下坡，應該就是**那座宅邸**了。

我使勁搖晃那緊閉的青銅門，但上面牢牢地上著鎖，無法打開。

我不願放棄，在所剩的時間裡，繼續沿著柵欄走，但別說那座洋樓了，就連升起白霧的那座湖，我也無緣窺見。我不死心，返回大門，朝那條往上通過樹林的道路前方凝望了半晌，這時我恍然大悟。我在那座宅邸看到的「祈禱」，究竟是要獻給什麼，這個疑問我終於找到了答案。

那就是長眠。

沒有聲響，甚至沒有時間，昏昏沉沉地持續長眠。只有夢幻在此徘徊，沒有終點的長眠。過去、未來、現在，全都擁進它懷中，絕不受任何人打擾的長眠——如果是這樣，當時在那裡喪命的人們，也都走進這樣的長眠國度嗎？在那白霧的漩渦中，靜靜地從理應無法擺脫的時間束縛中解放開來……

不，不可能。

不可能有這種事——正當我態度轉為嚴肅，準備搖頭時，我這四年來一直抱持的最後一個疑問，竟就此找到了答案。

離開宅邸那天，坐在緩緩朝大門駛去的車內，我看到的那個影子，在白霧的縫隙中，站在玻璃窗後的影子。感覺那人影是我很熟悉，而且和我很親近的人，那究竟是誰？此刻我找到了答案。

那是——

沒錯，那一定是**我自己**的影子。不是別人，正是我自己，我當時只是看到自己映照在霧中的身影。

也就是說，對於槍中所說的「想要在時代的洪流中建造一座不受撼動的要塞」這句話，我內心產生共鳴是嗎？也許對於他要將深月的美刻印在宅邸「風景」中的那種行為以及價值，當時在我內心某處早已認同。

就算深月現在仍活著……

想到這裡，我不禁再度用力甩頭。

有些本質是不會改變的——我曾對他這樣說過。這個想法，當時我當作是自己一個小小的信念，極力主張，但現在已變得很脆弱，搖搖欲墜。這是朝世紀末飛奔的這個時代所造成的嗎？是因為這四年流逝的時間所造成的嗎？還是……

我沮喪地轉身，背對這扇門，開始走在碎石路上。

不管怎樣，我很確定，日後我應該會再造訪此地。總有一天，我會再次走進那座被白霧漩渦包覆的美麗洋樓中……沒錯。四年前看到的那個人影，一定是那座不可思議的宅邸向我展現的最後「行動」。

而在那裡，我……

嗯，一切也該結束了。

空無一人的車站候車室、天花板閃爍的日光燈、感覺像是最近才重新粉刷，白得特別顯眼的牆壁、觀光宣傳的漂亮海報……我從長椅上緩緩站起身。我正準備將樣式老舊的大衣前襟兜攏時，這才發現早已燒完的香菸，菸蒂還夾在我指縫間。

此刻，在雪花翩然落下的黑暗前方——

回程的列車行進聲逐漸駛近，載著暫時遠去的時間洪流前來。

——完

引用文獻與主要參考資料

● 英国聖書協会編『旧新約聖書』、英国聖書協会、一九三一年
● エミール・デュルケーム、田原音和訳『社会分業論』、青木書店、一九七一年（原著は一八九五年）
● 劇団状況劇場篇『状況劇場全記録 写真集 唐組』、PARCO出版、一九八二年
● 島崎藤村『藤村詩集』、新潮文庫、一九六八年
● 神西清編『北原白秋詩集』、新潮文庫、一九五〇年
● 新庄嘉章編『西条八十』、彌生書房、一九七六年
● 新潮日本文学アルバム『北原白秋』、新潮社、一九八六年
● 坪田譲治編『赤い鳥傑作集』、新潮文庫、一九五五年
● 豊田国夫『日本人の言霊思想』、講談社学術文庫、一九八〇年
● 豊田国夫『名前の禁忌習俗』、講談社学術文庫、一九八八年
● 西堂行人『演劇思想の冒険』、論創社、一九八七年
● 藤田圭雄『北原白秋童謡集』、彌生書房、一九七六年
● ライアル・ワトソン、木幡和枝・村田恵子・中野恵津子訳『生命潮流』、工作舎、一九八一年（原著は一九七六年）
● ルパート・シェルドレイク、幾島幸子・竹居光太郎訳『生命のニューサイエンス』、工作舎、一九八一年（原著は一九八一年）

【綾辻行人特別專訪】

霧越邸秘話

採訪者／千街晶之

※內文部分涉及《霧越邸殺人事件》的真相，請斟酌閱讀。

——《霧越邸殺人事件》是一九九〇年在「新潮推理小說俱樂部」的叢書全新發行的作品，我想先從當初出書的情形開始問起。您在新潮社文庫的後記提到「在距今約十多年前，『霧越邸』這個怪夢的種子在我心中埋下，接著很快便開始萌芽，很感謝當初在培育這部作品時給了我很多幫助的小野不由美小姐」，您是早在實際執筆之前就有這份構想嗎？

綾辻：沒錯。記得我曾在某次接受採訪時說過，我學生時代曾寫過與《霧越邸殺人事件》同名的原型作品，當時是和小野[34]共同執筆。所以才會寫下那份謝辭。原型是我二十二、三歲時，在京都大學推理小說研究會一份給內部人士自己看的會誌《推理小說研究通信》上發表，花了一整年的時間連載，字數大約是四百張稿紙。法月綸太郎先生和我孫子武丸先生當時都即時看過這本書，因為那年他們剛好也都加入京大推理研究會。而當新潮社委託我寫全新的長篇小說時，我就想到要拿這部作品來改寫，雖然有這樣的構想，但有許多難題，為了解決所有問題，必須大幅度地重新構思。

——原型作品的骨架，大概有幾成運用在現今的《霧越邸殺人事件》中呢？

綾辻：關於本格推理的部分，大約用了七成吧。話說回來，我本來就想採正面的方式來描寫「在壯麗的『暴風雪山莊』展開『連續仿照情境殺人』！」的本格推理，抱持這樣的幹勁寫下這部練習作品。在充分運用這個骨架後，再加上奇幻小說的粗大骨架，連帶加上許多新點子，讓這個故事愈來愈龐大。最後，原型作品的字數本來是四百張稿紙，而這部作品完成後，字數硬是增加了一倍以上。

——通常如果小說裡出現「××邸」，都會在「××」裡加入住戶的姓氏，但這本書卻是用「地名＋邸」，這相當罕見呢。

綾辻：因為「霧越」這個字面的氣氛與眾不同，所以我很想拿它作為宅邸的名稱。如果是源自於「霧越湖」這個地名，一般來說，後面接的應該不是「邸」，而是「亭」才對，但如果是「霧越亭」的話，就字面上來看，實在很不搭，所以才取名為「霧越邸」。

——德島縣有個地名叫「霧越嶺」呢。

綾辻：哦，是嗎？我第一次聽說呢，當時我沒查得這麼仔細。「霧越湖」就不用說了，就連「御馬原」、「相野」、「返嶺」，這些在書中出現的信州地名，也全都是虛構的。

——您完成的作品約一千張稿紙的份量，算是綾辻老師您截至目前為止最長篇的作品，您寫完此書時可有什麼感慨？

綾辻：初版的版權頁寫的是一九九〇年九月二十五日，而我原稿完成的時間，好像是同年的七月。我在當時的筆記上記下「七月三十日完成」。當時在「新潮推理小說俱樂部」，編輯強烈拜託我，希望能和宮部美幸小姐的《LEVEL7》同時發行……因為是七月底完成的稿子，九月下旬就付梓出版，所以製作得相當趕。而且當時一千張稿紙的書並不多見，所以我也很佩服自己，竟然寫出這樣的長篇小說（笑）。

34. 小說家小野不由美，是綾辻行人的妻子。

——說到一九九〇年，島田莊司老師的《黑暗坡的食人樹》也出版了，我記得那本書也很厚。

綾辻：沒錯，《LEVEL7》也很厚。當時一說到字數達一千張稿紙的大部頭推理小說，往往都會想到小栗蟲太郎的《黑死館殺人事件》、夢野久作的《腦髓地獄》、中井英夫的《獻給虛無的供物》這三部作品，再加上竹本健治的《匣中失樂》，合稱所謂的「四大奇書」。

這麼大篇幅的長篇小說，至少就一般推理小說而言，不太受歡迎，這是八〇年代的出版狀況。尤其是新人作家，長篇小說應該壓在五百張稿紙左右，這算是常識。就算是要修改原稿，該如何刪減，也是很重要的課題……不，就某個層面來說，這樣的方向其實很正確。在這種情況下，新潮社推出的這本新書沒有稿紙張數的限制，所以我可能也因為這樣而心想「那我就來寫個一千張吧」，特別有幹勁。而事實上，為了在良好的形態下完成《霧越邸》，確實也需要這麼多張數的稿紙。

當我讓構想擴張，持續執筆寫作時，我的情緒愈來愈激昂，甚至覺得只要好好完成這部作品，或許能成為一部傑作，所以當時我甚至心想，只要趁三十歲前能讓這部作品問世，就算死也無憾了（笑）。在那個時候，我很難想像自己三、四十歲的模樣。大家應該也有類似的想法吧？所以我才會產生「就算死也無憾」的想法——不管怎樣，當我完成原稿時，我獲得很深厚的成就感。

——您大概沒想到日後還會寫出更大部頭的書吧（笑）。

綾辻：《殺人暗黑館》對吧。那足足寫了二千六百張稿紙，花了八年的時間。因為在九〇年代，尤其是自從京極夏彥先生登場，推出暢銷書後，本格推理小說也變得愈來愈大部頭。但當年我寫出《霧越邸》這本書時，光是那樣的厚度就有人說「這本書將成為兇器」（笑）。

◆

——《霧越邸》在那年的「週刊文春」前十大推理小說票選中排名第一，就我的印象，過去往往毀譽參半的「新本格推理」，也因為這樣而博得一般大眾的認識，綾辻老師您自己怎麼看？

綾辻：我當時最直接的感覺就是「咦？為什麼是我？」。同時心想，「由新潮社推出精裝書，反應會有這麼大的不同嗎？」（笑）心裡一方面高興，但另一方面也覺得自己以冷靜的心態看待這件事。

我對作品本身很有信心，但因為那時候讀者們往往都會用有色眼鏡來看待「新本格推理」……所以在發行後，我聽到的評論往往也是毀譽參半，也有不少評論提到「作為本格推理小說，這部作品該怎麼說好呢」。因為這樣，當我得知「週刊文春」的票選結果時，心裡大呼「為什麼？」。

——現今的年輕讀者可能不清楚當時對新本格的評價，可以請您稍微說明一下嗎？

綾辻：哦，這樣啊。一九八七年的《殺人十角館》是我的處女作，但這本書沒獲得新人獎或其他獎項，是因為島田莊司先生的推薦，才突然由講談社Novels出版。這在當時是很罕見的事，幸好銷量還不錯，所以接著同樣在講談社Novels發表「館」系列。同樣銷量和評價都不錯，所以許多「新本格」的年輕作家，看準這樣的趨勢，陸續出道，就此展開一股熱潮。

但該怎麼說好呢？這個業界的主流——一部分的作家、評論家、編輯，或是一部分的推理小說迷，覺得我們只是「新本格的菜鳥們」，而遭受輕視，雖然這當中也牽涉了許多原因，不過，也確實有某種打壓存在……當時帶有這種緊張的氣氛。

不過，講談社推出《十角館》後，便有一些其他出版社的編輯開始對我感興趣，其中一位是新潮社的佐藤誠一郎先生。他原本就是擅長冒險小說類的編輯，也都一直在關注我的作品，於是才會談到執筆寫《霧越邸》這件事，最後完成這部作品，在一九九〇年九月發行，不過，試著出版後，感覺與過去在講談社Novels或是祥傳社的NON NOVEL出版的書相比，反應大不相同。我的作品就是有這樣的力量——我也希望可以這麼想，不過當時心裡還是覺得，新潮社精裝書這種「包裝」，確實具有不小的影響力。比起新書版（105×173mm），推出四六版（130×188mm）看起來比較了不起，這可能就是業界的風氣吧。我向來不了解這種權威結構，所以編輯怎麼說，我就怎麼做……

——如果是四六版的話，前一個世代的讀者會比較感興趣，有沒有可能是這種考量呢？

綾辻：這該怎麼說呢？不過，我確實是鎖定三十歲以下的年齡層來寫這部作品。得到很大的迴響，我當然也很高興。《霧越邸殺人事件》也在隔年成為日本推理作家協會賞的入圍作品，雖然最後沒能贏得大獎，但因為接下來的《殺人時計館》得獎，從那時候起，「新本格的菜鳥們」終於也獲得了認同。

不過，現在回頭看《霧越邸》四六版上面的作者近照後，深深覺得，哎呀，這傢伙可真菜啊（笑）。不管是好是壞，總之就是讓人覺得這是個年輕又狂妄的小夥子。

——話說，您在書的開頭附上「獻給另一位中村青司先生」這句獻辭，是什麼含意呢？

綾辻：哦，這指的是小野不由美（笑）。「館」系列裡出現的建築平面圖，我全都發包給小野畫，所以如果用更高的等級來說的話，她算是「館的設計者」。《霧越邸》的平面圖也一樣，建築的設計和結構，原本都是她構思的……所以和小說裡的中村青司[35]算是分屬不同次元的「另一位中村青司」，我就是基於這層含意而附上獻辭。

◆

※接下將會提到《霧越邸殺人事件》的真相，請在閱畢本書後再看。

35. 綾辻行人的館系列小說中的天才怪異建築師。

——這部作品的幻想要素，是在怎樣的過程加入構想中呢？

綾辻：剛才也提過，這是我以前寫的原型作品，它本格推理的骨架，有七成運用在這部作品中。採用了「暴風雪山莊」、「連續仿照情境殺人」，當中的詭計和兇手的設定也幾乎都一樣。不過，重要的本格推理部分，有一個很嚴重的問題點，簡單來說，就是第二起案件展開的「仿照情境變更」的必然性，有個很大的疏漏。

「第一個兇手」的計畫，是在第一起案件仿照北原白秋〈雨〉的意境，在第二起案件仿照西條八十〈金絲雀〉的意境……也就是「連續童謠殺人」。但看到第二起案件現場的「第二個兇手」，也就是槍中，因為從「金絲雀（かなりや）」→槍中（やりなか）」的關係中發現自己的名字，所以才將〈金絲雀〉改成〈雨〉的第二段歌詞。這就是問題點。為什麼槍中要做這樣的安排，這個必然性不夠充分，或者應該說是太過草率。因為一般來說，真兇應該不會刻意在命案現場留下自己的名字，所以就算他發現了「金絲雀」，也只要別去管它就好。但在我的原型作品中，我記得槍中單純只是因為對這樣的偶然感到吃驚，便急忙「變更仿照情境」，這樣的安排不行。

挑出劇團相關人員名字的第一個字，就會出現兇手的名字，雖是這樣的設計，但在原型作品中，採用的方式卻是在故事結束後，作者親自出面，提醒大家注意「請試著像這樣挑出文字來看」（笑）。因為當時我想像鮎川哲也老師的某部作品一樣，嘗試進行「遊戲」。不過，這種帶有遊戲性的設計是很有趣，但這在《殺人迷路館》或許可以這麼做，在《霧越邸》卻不合適，而且覺得這樣就少了美感……

在我成為職業作家的第三年，決定著手寫《霧越邸》時，便在心裡想，如果這個問題不先解決的話，後面就不用談了，我非這麼想不可。到底該怎麼解決才好呢？我絞盡腦汁，該怎麼做，才能賦予槍中的「變更仿照情境」充分的意義？如果可以的話，在原型作品中只算是故事外附加物的「名字遊戲」，我希望能加進故事裡——經過一番苦思後，最後得到的想法是，「只要打造出一個『名字的巧合』能擁有強大支配力的『世界』就行了」。如果能好好在故事裡構築出這樣的世界，兇手因為相信這個支配力而採取這樣的行動，也就有其必然性了。

那麼，該怎麼做才能達到這個目的呢？我展開思索，最後終於想出，「霧越邸擁有不可思議的超自然力量和意念」這樣的概念。因此，我身為作者，並非打從一開始就打算寫出本格推理小說與奇幻小說的混合體，而是想寫一部極度追求樣式之美的本格推理小說，而在追求本格的整合性和完成度的情況下，最後跳脫出這種領域的定型。這才是這部小說演變的順序。

——原來如此。站在從您的出道作開始便依序即時閱讀的立場來看，《殺人水車館》的最後同樣也有奇幻要素，所以我原本認為當初大力推動您這種志向的，就是《霧越邸》，現在知道這是您追求本格整合性所得到的結果，真的很意外。不過，也有人說「因為具有超自然的要性，所以不配稱作本格」，聽起來很諷刺呢。

綾辻：與其說諷刺，應該說有點驚訝，這又不是藉由超自然的力量來破案。故事裡提到的，是出現在霧越邸，可看作是超自然現象的「行動」，故事裡的人物是如何看待，而他們是否相信這樣的不尋常性，至少故事中的「第二個兇手」就是因為相信了它，案件才會有這樣的發展。書中完全沒有兇手是鬼魂，或是以超能力從密室逃脫的情形。不尋常的現象本身，最後只是「可能有，也可能沒有」，交由讀者自行去判斷；將判斷的工作交給讀者後，也沒明確地給出答案，就這樣留下謎團。也許批評的人不是對超自然要素有意見，而是對這樣的結構感到排斥。

現在回想，《霧越邸殺人事件》問世，是在京極夏彥之前。京極先生發表《姑獲鳥之夏》是在一九九四年，而那時候果然有人提出類似的批評。全都沒有適當的說明！這樣根本就違規吧！京極先生很快地便以下一部作品《魍魎之匣》讓這些荒唐的批評全都住嘴，這就是他厲害的地方。

不過，還是有人能正確地看出《霧越邸》的特殊結構和意圖。在我發表這部作品後，皆川博子女士馬上寫信來為我加油，真的很感謝。那封信至今我仍保存著，我向她本人詢問後，她說「可以啊，你公開沒關係」，於是我就藉這個機會，在此引用信中內容，介紹給大家知道吧。

「就像看完精采的舞臺表演時，會忍不住大喊Bravo一樣，我在讀完《霧越邸殺人事件》時，也忍不住想對作者獻上一聲Bravo的讚美。

（中略）

對於那超乎客觀性認知的部分，我不知道該用什麼術語來說才好，雖然我這樣有點隨便，但還是請容我姑且借用『奇幻』來稱呼它。這奇幻的部分與本格的部分，兩者巧妙地交織在一起，令人讚嘆。

奇幻推理……是超自然的故事，同時也能當作本格解謎看待的推理小說，我雖然也想寫這樣的小說，但我無法具體地掌握它究竟是怎樣的內容。只有舞臺是超自然，但整體仍舊算是本格，這種例子過去倒也不少，但如果是不一樣的內容，我實在寫不出來，所以《霧越邸》對我帶來很大的震撼。我向來都是奇幻與本格分離，無法在奇幻的故事中融入邏輯性。光是以奇幻來寫作，遠為輕鬆許多。

身為讀者，我很想說一句『謝謝你寫下這麼出色的作品』。

而身為作家，我被徹底打敗。（後略）」